MISS DOLITTLES GEHEIMNIS

BAND 10-12

MOLLY FITZ

KATZENGEHEIMNISSE

Übersetzung ins Deutsche: Julia Fuchs
Korrektorat Deutsche: Ursula Mirwald
Cover-Designer: TM Franklin

PO Box 873543
Wasilla, AK 99687

Whiskered Mysteries
https://whiskeredmysteries.com/

ÜBER DIESES BUCH

Skurriler Humor? Kleinstadtverbrechen? Ein sprechender Kater? *Es gibt nichts, was diese Serie nicht zu bieten hat!*

Seit Angie Russo nach einem beinahe tödlichen Zusammenstoß mit einer defekten Kaffeemaschine wieder aus der Ohnmacht erwacht ist, kann sie mit einem extrem verwöhnten Kater namens Octavius sprechen – und, was noch schlimmer ist, ihn auch verstehen.

Diese Sammlung enthält folgende Bände: Die Retriever-Rettung, Kätzchen-Konfusionen und Die Möwen-Mission. Verfolgen Sie spannende Abenteuer, etwa wie eine Hundeentführung die Stadt in Aufruhr versetzt, wie ein verlassener Wurf von Kätzchen das blanke Chaos verursacht, oder wie ein Schwarm militanter Möwen Angie das verspricht, was sie sich auf der Welt am meisten wünscht ... vorausgesetzt, sie ist bereit, ihnen zuerst einen Gefallen zu tun.

Fügen Sie einen Roadtrip quer durchs Land, einen bizarren Gastauftritt der Autorin und eine kleine Romanze hinzu, machen Sie es sich gemütlich und stürzen Sie sich in die Detektivarbeit!

Wenn Sie Katzenkrimis und schrägen Humor lieben, sollten Sie sich diese USA-Today-Bestseller nicht entgehen lassen und die Chance ergreifen, sich die Bände zehn bis zwölf in dieser speziellen Sammelbox zuzulegen.

Viel Spaß beim Lesen!

ANMERKUNG DER AUTORIN

Hallo. Danke, dass du dieses Buch gekauft hast. Wenn du ebenfalls ein großer Fan von spannenden, schrägen Tierkrimis bist, sollten wir unbedingt Freunde werden.

Wie wäre es, wenn du direkt einmal meine Facebook-Seite besuchst, die ich speziell für meine treuen deutschen Leser eingerichtet habe? Hier der Link dazu: **Facebook.com/Katzengeheimnisse**

Oder melde dich für meinen Newsletter an und sichere dir als Abonnent gratis ein digitales Geschenkpaket, einschließlich einer exklusiven Kurzgeschichte über Octocat: **Katzengeheimnisse.com/Abonnieren**

Ich bin sicher, wir werden eine Menge Spaß miteinander haben. Also schnell umblättern …

Wir sehen uns dann auf der nächsten Seite.

MOLLY

DIE RETRIEVER-RETTUNG

Erst wird ein Hund entführt, doch dabei bleibt es nicht, denn die Täter führen Böses im Schilde ... Passt bloß auf da draußen, Angie und Octocat!

Im meist recht verschlafenen Küstenstädtchen Glendale wurde gerade ein neuer Bürgermeister gewählt, Mark Dennison, jedoch sind viele Leute darüber alles andere als begeistert. Und irgendjemandem geht es offenbar so sehr gegen den Strich, dass er Dennisons geliebten Golden Retriever entführt und ein Erpresserschreiben hinterlässt: Sollte der Mann nicht abtreten, sieht er seinen Hund nie wieder!

. . .

Die Sache wird zum ersten offiziellen Fall von Angie und Octocat. Ihr Auftraggeber, der neue Bürgermeister höchstpersönlich, ahnt allerdings nicht, dass die beiden nicht nur alles daransetzen, seinen Retriever zu finden, sondern auch seine Vergangenheit unter die Lupe nehmen. Sie wollen unbedingt wissen, warum jemand zu derart drastischen Mitteln greift, um Dennison aus dem Amt zu drängen.

Kann ein kleiner Kater einen vermissten Hund aufspüren? Oder hat er vielleicht gar keine Lust dazu? Findet es heraus im neuesten Abenteuer von „Pet Whisperer P. I." alias Angie Russo, der Privatdetektivin, die mit Tieren sprechen kann.

1

Mein Name ist Angie Russo, und ich kann mit Tieren sprechen – das versuche ich jedoch tunlichst geheim zu halten. Ich lebe in Blueberry Bay in Maine, einer hübschen Gegend an der US-Ostküste. Dank meiner besonderen Fähigkeit erfahre ich Dinge, die anderen verborgen bleiben, und deshalb habe ich begonnen, Kriminalfälle zu lösen.

Anfänglich bin ich in so einige Verbrechen mehr oder weniger zufällig hineingeschlittert, einfach weil ich zur falschen Zeit am falschen Ort war. Doch jetzt habe ich beschlossen, mich als Spürnase selbstständig zu machen und deshalb eine Privatdetektei gegründet. Bisher hatte ich zwar noch keine zahlenden Kunden, aber das heißt ja nicht, dass ich keine gute Ermittlerin bin. Oder besser gesagt, dass wir keine guten Ermittler sind.

Wir – das sind mein Kater und ich. Ja genau, der Tiger ist tatsächlich mein Geschäftspartner. Unterstützt werden wir außerdem von meiner äußerst rüstigen Großmutter, deren süßem Chihuahua Paisley, meinem Freund Charles, der als Rechtsanwalt tätig ist, und sogar von einer Handvoll Tiere, die in der Nähe unseres Hauses leben, allen voran Pringle. Letzterer ist ein Waschbär, der in einem luxuriösen Baumhaus in unserem Garten haust und ziemlich süchtig nach Reality-TV-Sendungen ist.

Grandma und Charles können nicht mit Tieren sprechen, und ich habe auch noch nie jemand anderen getroffen, der dieses Talent besitzt. Warum ausgerechnet mir diese besondere Fähigkeit geschenkt wurde, weiß ich immer noch nicht genau. Ich weiß nur, dass ich einen brutalen Stromschlag von einer defekten Kaffeemaschine abbekommen habe, bewusstlos wurde und als ich wieder zu mir kam, hockte dieser Kater auf mir und redete auf mich ein.

Zuerst konnte ich nur ihn verstehen, aber mit der Zeit wurde ich als Tierflüsterin immer besser. Inzwischen kann ich mich mit den meisten Tieren unterhalten, nur bei manchen Arten funktioniert es einfach nicht.

Jener besondere Kater heißt Octavius von und zu, aber ich nenne ihn meist nur „Octocat“. Nachdem wir gemeinsam den Mord an seiner früheren Besitzerin aufgeklärt hatten, landete er schließlich bei mir. Und er brachte nicht nur einen großzügigen Treuhandfonds und eine Villa am Stadtrand von Glendale mit, sondern bereichert mein Leben seitdem auch mit unzähligen spöttischen Kommentaren über mich und das, was ich so tue.

Der kleine Tiger hat sogar eine Freundin, eine ehemalige Showkatze namens Grizabella. Sie ist eine echte Himalayan, und die beiden führen eine Fernbeziehung, hauptsächlich über Instagram – über meinen Insta-Account. Sie ist eine reizende und gewitzte Katzenlady, kann aber mitunter auch ganz schön anstrengend sein. Aber, hey, wenn mein Kater glücklich ist, bin ich es auch.

Doch in letzter Zeit gab es für mich noch mehr Grund zur Freude, und Glück im Unglück hatten wir obendrein. Zuerst dieser Elektroschock, der mir Octocat und mein Spezialtalent bescherte, und dann trat, dank Grandmas impulsiver Ader, Paisley in unser Leben. Aber das ist nichts im Vergleich zu der Tatsache, dass wir kürzlich ein großes Familiengeheimnis lüften konnten.

Mom und ich fanden heraus, dass Grandma uns nie die Wahrheit über die Herkunft unserer Familie erzählt hatte, obwohl sie mehr als fünfzig Jahre Zeit dazu gehabt hätte, reinen Tisch zu machen. Und auch wenn diese Entdeckung anfangs ein Schock für uns war, haben wir nur deshalb überhaupt erst erfahren, dass wir Verwandte in Georgia haben. Und so kam es, das ich in meiner Cousine Mags die Schwester fand, die ich zuvor nie hatte.

Sie kam über die Weihnachtsfeiertage zu Besuch, und wir hatten eine Menge Spaß miteinander, die meiste Zeit zumindest. Nur Heiligabend verlief etwas anders als erwartet …

Sie kennt mein Geheimnis immer noch nicht, aber ich denke, ich werde es ihr erzählen, wenn wir uns das nächste Mal sehen. Ich hätte es ihr wahrscheinlich sagen sollen, bevor sie wieder nach Hause fuhr, hatte aber Angst, dass sie mich für verrückt erklären und der Rest unserer neuen Familie mich dann gar nicht erst kennenlernen wollen würde.

Ich meine, es klingt schon echt crazy, wenn jemand behauptet, er könne mit Tieren sprechen. Allerdings ist es in meinem Fall auch echt wahr und mein hervorstechendstes Merkmal von allen. Ich kann mir mein Leben gar nicht mehr anders vorstellen, und durch die Tiere ist bei mir immer etwas los.

Und das bringt mich zum heutigen Tag. Es ist noch früh im Jahr, Silvester erst wenige Wochen her, und obwohl ich da normalerweise keine guten Vorsätze fasse, habe ich mir dieses Mal dennoch etwas vorgenommen … nämlich alles daranzusetzen, um unsere Detektei endlich ans Laufen zu bringen. Wir könnten zwar problemlos von Octocats Treuhandfonds und Grandmas Rente leben, aber es ist doch kein Zustand, wenn einem der Lebensunterhalt von der eigenen Katze finanziert wird, oder?

Außerdem besitze ich tatsächlich Abschlüsse in gleich sieben verschiedenen Studiengängen. Wenigstens einer davon sollte ja wohl für einen Job gut sein. Und einen solchen werde ich mir wohl suchen müssen, wenn mein Geschäft dieses Jahr nicht in Schwung kommt. Mein Freund Charles hat mir zwar angeboten, dass ich jederzeit wieder in seiner Kanzlei anfangen kann, doch bei aller Liebe zu ihm habe ich die Arbeit als Anwaltsgehilfin offen gestanden immer gehasst.

Aber ist ja auch egal, denn ich bin fest entschlossen, die Detektei zum Erfolg zu führen. Um aufzugeben, bin ich sowieso viel zu stur. Außerdem kann ich meinen Kater doch nicht im Stich lassen …

„Hach, ist das aufregend“, trällerte Grandma, als wir mit ein paar Bekannten aus Glendale vor dem Rathaus standen, um die Vereidigung des neuen Bürgermeisters mitzuerleben. Sie hielt Paisley im Arm, die fröhlich bellte. Octocat hatte es indes vorgezogen, zu Hause zu bleiben, da er Menschenmengen hasst, und auf sein ewiges Gezeter hatte ich heute überhaupt keine Lust.

Der neue Bürgermeister, Mark Dennison, erschien oben auf der Treppe. Er trug einen feinen marineblauen Anzug mit hellblauem Hemd und passender Krawatte. Mit seinen siebenundvierzig Jahren war er mindestens zwei Jahrzehnte jünger als sein Vorgänger McHenry, ein gestandener Mann und Familienvater. Dennison hingegen war überzeugter Junggeselle.

Kürzlich war er von der Presse auf sein Singledasein angesprochen worden und hatte geantwortet, dass sein treuer Golden Retriever mehr als genug Familie für ihn sei. Außerdem sei es für ihn auf diese Weise einfacher, sich voll und ganz auf seine neue Aufgabe zu konzentrieren, um unserem kleinen Glendale zu neuem Glanz zu verhelfen. Keine schlechte Antwort, oder?

Als Dennison sich nun auf das Podium zubewegte, ertönten laute Buhrufe aus der Menge. Grandma und ich drehten uns um und sahen eine Reihe von Demonstranten, die Schilder hochhielten, auf denen die Absetzung des neuen Bürgermeisters gefordert wurde – dabei war er ja gerade erst im Begriff, sein Amt anzutreten.

„Das ist geschmacklos", zischte Grandma und schüttelte den Kopf.

„Was haben die denn alle gegen ihn?", flüsterte ich.

Sie zuckte mit den Schultern. „Immer, wenn die amtierende Partei wechselt, gibt es welche, denen das bitter aufstößt. Das ganze Land ist ein Pulverfass, warum sollte das in unserer Stadt anders sein?"

Ich wandte mich wieder Dennison zu, der mit starrer Miene regungslos dastand. Armer Kerl. Er hatte die Wahl zwar gewonnen, doch nun wurde ihm dieser Höhepunkt seiner Karriere vergällt.

„Was ist los, Mami?", fragte Paisley und wedelte aufgeregt mit dem Schwanz. Durch ihren ewigen Optimismus schätzte sie Situationen oft falsch ein, und in diesem Moment verstand sie die aufgeheizte Stimmung der Menge nicht. Ich küsste sie auf den Kopf und flüsterte: „Mach dir keine Sorgen, Süße." So sehr ich die kleine Hündin auch liebte, es war anstrengend, ihr ständig alles erklären zu müssen – vor allem, wenn wir in der Öffentlichkeit waren und ich nicht frei sprechen konnte.

„Liebe Bürgerinnen und Bürger von Glendale", dröhnte Dennisons Stimme trotz der anhaltenden Proteste. „Danke, dass Sie mich gewählt haben."

Die Buhrufe und die Forderung nach seinem Rücktritt wurden lauter. Grandma neben mir dagegen juchzte und jubelte, obwohl ich genau wusste, dass sie nicht für ihn gestimmt hatte. Sie lächelte mich verschämt an. „Der arme Mann. Jemand muss ihn doch ermutigen." Also fiel ich in ihren Jubel mit ein.

Für einen kurzen Moment trafen Dennisons Augen meine, und er nickte mir unmerklich zu, bevor er fortfuhr. „Ich verspreche Ihnen, alles zu tun, was in meiner Macht steht, damit Glendale in den nächsten vier Jahren floriert und wir uns hier alle sicher und wohlfühlen können. Ich danke Ihnen." Er senkte den Kopf und verschwand wieder im Gebäude. Bestimmt würde sich Octocat nachher ärgern, diesen dramatischen Auftritt verpasst zu haben.

„Also, das war die kürzeste Antrittsrede, die ich je erlebt habe, und ich war bei allen dabei, seit ich vor vierzig Jahren hierhergezogen bin", meinte Grandma.

„Es wird schon alles gut werden", murmelte ich. „Die Leute brauchen einfach Zeit, um sich an den neuen Mann zu gewöhnen."

Sie sog zischend die Luft durch die Zähne. „Ja, in ein paar

Wochen sieht die Welt sicher schon ganz anders aus“, antwortete sie dann.

Wir blieben noch eine Weile stehen und beobachteten, wie die Leute reagierten. Einige von ihnen verließen den Platz, aber die Demonstranten schienen immer zahlreicher zu werden und drängten sich noch näher an die Treppe vor dem Rathaus heran.

„Lass uns gehen“, sagte Grandma mit einem traurigen Kopfschütteln, und auch ich wollte jetzt nur noch nach Hause.

2

Ich saß in der Nische vor dem großen Erkerfenster meiner Büro-Bibliothek und nippte an einer Jumbotasse English Breakfast Tea, während ich die tanzenden Flocken beobachtete. Octocat hockte zu meinen Füßen und bewegte seinen getigerten Schwanz in einem ruhigen Takt hin und her. Kaum ein Laut war im Haus zu hören.

„Nie im Leben würde ich jetzt freiwillig da rausgehen, ums Verrecken nicht“, brummte er.

Ich senkte meine Tasse und kuschelte mich noch tiefer in die Decke, die ich um meine Schultern gelegt hatte. „So schlimm ist der Schnee nun auch wieder nicht.“

Er betrachtete mich abschätzig. „Das sehe ich anders. Schließlich ist das Zeugs nichts weiter als halbfestes Wasser. Nein, vielen Dank.“

„Weißt du …“, erwiderte ich und musste grinsen, als er

sich mir zuwandte. „Maine Coons lieben angeblich Wasser, und du bist doch zum Teil eine Maine Coon, oder?“ Das hatte er zumindest immer behauptet, aber insgeheim wussten wir beide, dass es nicht stimmte.

Octocats Augen verengten sich, und sein Schwanz erstarrte. „Ja“, antwortete er gedehnt, „aber ich bin zum Teil eben auch eine Tabby, und Tabbys mögen es nicht.“

„Natürlich.“ Ich nahm rasch einen Schluck Tee, um zu verhindern, dass mir ein Kichern entwich. Ich sparte mir, ihn darauf hinzuweisen, dass es sich bei Tabby um die typische getigerte Fellzeichnung und nicht um eine Rasse handelte. Alles, was Octavius sagte, musste für bare Münze genommen werden, sonst wurde der gnädige Herr ärgerlich.

Beim Christmas Festival an Weihnachten, zu dem er mitgekommen war, hatte er sich nicht sonderlich über den vielen Neuschnee beschwert – zumindest nicht für seine Verhältnisse. Anscheinend hatten wir die für ihn akzeptable Schneemenge inzwischen überschritten. Möglicherweise wollte er mich auch dezent darauf hinweisen, dass ich mir mit dem Schneeschippen vor dem Haus mehr Mühe geben sollte.

Ein vertrautes Klackern auf den Dielen kündigte Paisley an, die wie immer stürmisch wedelnd hereingetrabt kam. „Hallo, Mami. Darf ich zu dir kuscheln kommen?“

Octocat stöhnte und verdrehte die Augen, als der Chihuahua auf meinen Schoß sprang.

„Ich wollte nur kurz Hallo sagen, bevor Grandma und ich laufen gehen. Hallo!"

Ich musterte sie. „Bei dem Wetter läufst du mit?" Der Schnee musste mindestens doppelt so hoch sein wie die kleine Hündin selbst.

Verwirrt blickte sie mich mit großen Augen an. „Ja, natürlich. Wir gehen jeden Tag joggen, komme, was wolle."

„Wassertreten", witzelte Octocat mit einem schnellen Schwanzschnippen. „Sie gehen Wassertreten."

Genau am ersten Januar hatten Grandma und Paisley mit ihrem neuen Hobby begonnen und es seitdem jeden Tag durchgezogen. So war meine Großmutter eben. Sie hatte immer mehrere Steckenpferde, in der Regel mindestens ein künstlerisches und ein sportliches, meist auch noch einige mehr.

Ich hatte jedoch den Eindruck, dass es bei ihren jüngsten Laufaktivitäten weniger um sie selbst als um mich ging. Nur allzu oft hatte sie schon bewiesen, dass sie mit ihren über siebzig Jahren viel besser in Form war als ich mit meinen noch nicht einmal dreißig. Erst vor wenigen Wochen konnte sie das wieder einmal eindeutig unter Beweis stellen, als wir durch die Innenstadt von Glendale stürmten, auf der Jagd nach Mördern und Kidnappern.

Offensichtlich hatte ich dabei zu laut geschnauft und zu oft herumgestöhnt, denn nun lud Grandma mich jeden Tag ein, sie zu begleiten – und jeden Tag lehnte ich dankend ab. Hatte sie wirklich geglaubt, dass sie mich mitten im tiefsten

Winter zu einem neuen Trainingsprogramm überreden könnte? Nein, vielen Dank.

Natürlich wurden meine schlimmsten Befürchtungen bestätigt, als sie fünf Minuten später in der Bibliothek erschien. Sie trug einen pinkfarbenen Velours-Trainingsanzug und einen Mantel mit Leopardenmuster und Pelzkragen über dem Arm. „Komm schon, wir müssen heute etwas früher los. Ich muss noch einen kurzen Zwischenstopp einlegen, bevor wir uns auf die Piste begeben."

Welche Piste sollte das denn sein? War sie heute etwa schon ganz früh aufgestanden, um sich selbst einen Weg freizuschaufeln? Mir entfuhr ein lautes Gähnen, und gleichzeitig schauderte es mich bei dem Gedanken, draußen herumrennen zu müssen. „Viel Spaß da draußen, ihr zwei!"

„O nein, heute kommst du mit", beharrte Grandma, nahm meine Hand und versuchte, mich zum Aufstehen zu bewegen. Mit gespielt schmerzerfüllter Miene entzog ich mich ihrem sanften Griff. „Netter Versuch. Aber auch heute bleibt es dabei: Macht ihr das mal schön allein. Octocat und ich werden hier die Stellung halten. Bis später."

„Von wegen! Diesmal akzeptiere ich kein Nein." Sie verschränkte die Arme vor der Brust und verengte drohend die Augen.

„Warum nicht? Sonst hattest du doch auch Verständnis für mich." In dem Moment war mir klar, dass ich mich auf dünnem Eis bewegte.

Sie deutete auf den großen Kalender mit den Comic-

Katzen, der an der Wand über meinem Schreibtisch hing, stöhnte und marschierte zu ihm hinüber. Sie nahm ihn ab, schlug die Januarseite um, und nun lachte uns ein Vertreter der Space Cats entgegen, der in einer gigantischen Taco-Schale durchs Weltall sauste.

„Heute ist der erste Februar, das heißt, deine Schonzeit ist um“, zwitscherte Grandma. Ich schwieg, weil ich wusste, dass es überhaupt keinen Sinn hätte, mit ihr zu diskutieren. Je mehr ich sagen würde, desto unerbittlicher wäre sie am Ende.

„Selbst wenn du dich den ganzen Januar erfolgreich gedrückt hast, aber ein neuer Monat ist immer auch eine Chance, neu anzufangen“, fuhr sie fort.

„Kann ich vielleicht in einem wärmeren Monat anfangen?“ Ich schaute wieder aus dem Fenster. Alles war weiß – der Boden, der Himmel und selbst mein Spiegelbild, weil ich vor Angst kreidebleich geworden war. Diesmal meinte sie es ernst.

Ich war geliefert. Zumindest musste ich ein letztes Mal versuchen, sie umzustimmen: „Ich habe überhaupt keine Sportsachen, die ich anziehen könnte“, klagte ich mit betrübter Miene.

„Doch, hast du“, erwiderte sie mit einem breiten Grinsen. „Dein neuer Jogginganzug wartet schon auf dich. Wir gehen natürlich im Partnerlook. Außerdem habe ich dir ein Paar Laufschuhe und dicke Wollsocken besorgt. Das liegt alles schon in deinem Zimmer für dich bereit. Husch, husch. Wie gesagt, wir müssen noch einen kurzen Zwischenstopp einlegen, bevor wir richtig durchstarten."

Jetzt konnte mich nur noch ein Wunder retten. Ich hob den Blick zu der niedlichen Weltraumkatze auf dem Kalender und flehte sie im Stillen an, ein gutes Wort beim Universum für mich einzulegen, damit Großmutter Gnade walten ließ. Es funktionierte nicht.

„Fünf Minuten", rief sie entschlossen und tippte mit dem Fuß mehrmals ungeduldig auf den Boden, „dann geht's los, ob du fertig bist oder nicht."

Wir wussten beide, dass sie mich zur Not halbnackt hinaus in den Schnee schleppen würde, wenn ich auch nur eine Sekunde länger bräuchte. Und ebenso wussten wir beide, dass sie die Stärkere von uns beiden war.

Was blieb mir also anderes übrig? Hastig rannte ich hinauf in mein Turmzimmer, um mich umzuziehen. Octocats schadenfrohes Lachen schallte hinter mir her.

3

Die Beifahrertür von Grandmas kleinem, roten Sportcoupé ließ sich nicht öffnen. Normalerweise sorgte sie dafür, dass das Auto nicht nur aufgeschlossen, sondern auch innen mollig warm war, bevor wir losfuhren, da sie die Standheizung per Funk einschalten konnte.

„Wir nehmen deinen Wagen!“, rief sie mir von der Veranda vor der Haustür aus zu und ging federnd die Stufen hinunter, mit Paisley im Schlepptau.

Mein Auto stand jedoch nicht dort, wo ich es normalerweise parkte. Grandma bemerkte mein Zögern und zeigte zur anderen Seite des Hauses. Mein Atem bildete eisige Wölkchen in der Luft. Auf das Laufen freute ich mich zwar ganz und gar nicht, aber zumindest würde mir dabei warm werden.

Als ich es erblickte, stöhnte ich entsetzt auf. Meine bescheidene Kiste war tatsächlich mit einem pinkfarbenen Schneepflug ausgestattet worden. „Was ist das denn?“, rief ich irritiert.

Grandma ging an mir vorbei, öffnete die Tür und setzte sich auf den Fahrersitz. „Das ist natürlich unser Räumfahrzeug für unsere Laufstrecke.“

Oh, natürlich. „Warum ist das Teil pink?“

Sie lächelte mich voller Stolz an. „Weil das meine Lieblingsfarbe ist. Das weißt du doch. Ich habe es extra anfertigen lassen.“

„Und hast du es auch ganz allein montiert?“, murrte ich. Obwohl meine Großmutter in fantastischer Form war, konnte ich mir nur schwer vorzustellen, dass sie dieses Monstergerät ohne fremde Hilfe angebracht hatte.

Sie machte eine wegwerfende Handbewegung. „Unsinn, ich habe Cal gebeten, das zu übernehmen.“

Na toll. Cal war zwar unser Lieblingshandwerker, aber den würde ich mir vorknöpfen, wenn ich ihn das nächste Mal sah. Ich kletterte auf den Beifahrersitz und schnallte mich an. Paisley stemmte sofort ihre Vorderpfoten gegen die Tür, um aus dem Fenster zu schauen, aber das war so vereist, dass man fast nichts erkennen konnte.

„Warum sind wir im Auto? Wir wollten doch Joggen gehen!“

Mich persönlich beschäftigten andere Fragen: „Wird mein Wagen das auch sicher aushalten? Es hat doch seine Gründe, warum diese Schneepflugdinger normalerweise nur an Unimogs und dergleichen montiert sind."

Grandma seufzte. „Dieser hier ist aus Plastik und nicht aus Metall. Ich bin sicher, dass es gutgehen wird."

Aha. Berühmte letzte Worte.

„Außerdem, wie sollen wir uns sonst unsere Laufbahn freiräumen?" Sie drehte den Schlüssel im Zündschloss, und meine alte Karre sprang an. Sie machte einen Ruck nach vorne und blieb dann genauso unvermittelt wieder stehen.

„Was ist denn jetzt kaputt?", entfuhr es meiner Großmutter, und sie drückte erneut aufs Gaspedal. Diesmal rührte sich der Wagen überhaupt nicht. „Gestern Abend hat es noch funktioniert." Daraufhin verstummte sie.

„Schade. Dann müssen wir das Laufen wohl doch noch mal verschieben." Rasch stieg ich aus und marschierte zum Haus zurück. In Gedanken hielt ich bereits die zweite Tasse heißen Tee in meiner Lieblingsleseecke in Händen, als Grandma mir hinterherkam und rief: „Warte, nicht so hastig, wir nehmen mein Auto."

Ich stapfte weiter und dankte dem Universum, nun doch zu meinem normalen Tagesablauf zurückkehren zu können. „Wenn schon meine Karre mit diesem Ding nicht klarkommt, dann schafft deine es erst recht nicht."

Grandma reagierte nicht darauf und sprach stattdessen mit der Chihuahua-Hündin: „Paisley, es tut mir leid, aber du musst hierbleiben. Der Schnee ist zu tief für dich." Sie brachte die Kleine zur Veranda und setzte sie neben der elektronischen Katzen- beziehungsweise Haustierklappe ab.

Die arme Maus winselte und sah mich hilfesuchend an. „Mami, sag Grandma, dass ich mitkommen will. Ich will immer mitkommen."

Das brauchte ich nicht zu übersetzen. Paisleys Wimmern und ihr eingeklemmter Schwanz sagten alles. „Ich wünschte, ich könnte mit dir tauschen, aber Grandma hat recht, der Schnee ist zu tief für dich."

„Quatsch!", rief Paisley, hüpfte die Treppe hinunter und sprang mit einem enormen Satz in die nächste Schneewehe, in der sie sofort unterging. Nicht einmal mehr die Spitzen ihrer großen, fuchsähnlichen Ohren waren noch zu sehen. Ich stürzte hinter ihr her, hob sie heraus und nahm sie in die Arme. Sie war zu schockiert, um etwas zu sagen, zitterte am ganzen Körper, und alles, was sie nach einigen Augenblicken hervorbrachte, war: „K-k-kalt!"

„Wir sind bald wieder da", versprach ich ihr und flüsterte ihr dann noch zu: „Versprochen, so schnell wie möglich." Trotzdem jammerte sie erneut, als ich sie wieder vor der Katzenklappe absetzte. „Geh doch mal nachsehen, was Octocat macht. Vielleicht kannst du ihm helfen", schlug ich ihr vor. Und als wäre nichts gewesen, hob sie wedelnd ihr Schwänzchen, schlüpfte durch die Klappe hinein, und drinnen hörte ich sie fröhlich bellend nach ihrem Katzenkumpel rufen.

„Alles in Ordnung?“, fragte Grandma und zog fragend eine Augenbraue hoch.

„Mit Paisley schon“, grummelte ich, trottete jedoch brav hinter ihr her zu ihrem Auto und stieg ein. Das würde eine echte Qual werden.

„Wohin fahren wir denn eigentlich?“, fragte ich kurze Zeit später, da sie mir das noch immer nicht verraten hatte.

„Eine Freundin aus meinem Kunstkurs braucht im Moment etwas Hilfe. Bei diesem Wetter leidet sie unter Arthritis, und da ihre Zwillingsenkel seit diesem Jahr auf dem College und nicht mehr in der Stadt sind, hat sie niemanden, der mit Cujo Gassi geht.“

Ich keuchte entsetzt auf. „Cujo? Ich weiß wohl, dass Stephen King auch aus Maine stammt, aber mal ehrlich, was ist das für ein Name für einen Hund? Vor allem wenn man bedenkt, was Cujo alles angerichtet hat.“ Grandma seufzte, hielt den Blick jedoch auf die Straße gerichtet. „Sagt jemand, der seine Katze Octocat nennt“, meinte sie trocken, und ich konnte mir das Lachen nur gerade so verkneifen.

„Bitte sag mir, dass er kein Bernhardiner ist.“

„Nein, er ist ein Mischling. Ein Husky mit noch etwas anderem. So genau weiß ich es nicht.“ Nun denn, wir würden es bald herausfinden.

Und tatsächlich erreichten wir, trotz des tiefen Schnees und der vereisten Straßen, nach nur etwa fünf Minuten das Haus von Grandmas Freundin.

„Warte hier“, meinte sie, stapfte zur Rückseite des Hauses

und kehrte kurz darauf mit einem riesigen, zotteligen Tier an der Leine zurück. Sie gab mir ein Zeichen auszusteigen und mitzukommen. „Wir können von hier aus loslaufen."

„Ist das Cujo?", fragte ich und beäugte den Hund zögernd. Er war zwar kein Bernhardiner, aber fast so groß wie einer. Seine hellen, stahlblauen Augen vermittelten ihm ein unheimliches Aussehen.

Grandma gluckste. „Wer soll es sonst sein, Liebes?"

„Hör auf, mich so anzustarren", sagte der Hund und erinnerte mich daran, dass ich – stimmt ja – mit Tieren sprechen kann.

„Wie denn?", erwiderte ich. Meine Stimme zitterte, teils vor Kälte und teils vor Nervosität.

„Du sprichst meine Sprache? Seltsam." Diese Feststellung schien ihn jedoch nicht wirklich zu beeindrucken, denn er ging sofort dazu über, meine Frage zu beantworten.

„Hör auf, mich so anzuschauen, wie es alle tun. Als ob ich dich gleich fressen würde. So wie du riechst, würdest du bestimmt eklig schmecken."

Und dann stieß er mit weit geöffnetem Maul ein lautes Lachen aus, das ziemlich selbstgefällig klang. „Hör mal, ich bin ein Arbeitshund. Das heißt, ich konzentriere mich auf die Aufgabe, die gerade erledigt werden muss, und im Moment ist es mein Job, deine Großmutter bei ihrem Training zu unterstützen."

„Na gut", antwortete ich und entzog mich seinem strengen Blick.

„Auf die Plätze, fertig, los!“, trällerte Grandma, und legte ein Tempo vor, bei dem ich ohne Zweifel nicht würde mithalten können.

„Wartet auf mich!“, rief ich ihr und dem übergroßen Husky hinterher, als sie die verschneite Vorstadtstraße hinunterpreschten. Der Tag hatte gerade erst begonnen, doch ich wünschte mir nichts mehr, als ihn schon hinter mir zu haben.

4

Ich bin mir ziemlich sicher, dass ich an diesem Morgen fast gestorben wäre. Allerdings nur fast. Irgendwie schaffte ich es, die elend lange Strecke zu bewältigen, ohne mit dem Gesicht voran in den Schnee zu fallen. Diese Befürchtung war keineswegs abwegig, denn zwischendurch rutschte ich auf unserer schnee- und eisglatten Strecke immer wieder aus.

So sehr ich auch besser in Form kommen wollte, ein Dauerlauf im Schneegestöber war sicher nicht der richtige Ansatz dafür. Cujo jedoch schien da ganz anderer Meinung zu sein. Er betrachtete sich als unseren Personal Trainer und bellte sowohl mir als auch Grandma während der gesamten halbstündigen Tortur im Offizierston Ermutigungen zu.

„Etwas mehr Tempo! Ja, so ist gut! Und weiter! Bewegt euch!“, brüllte er, während er kräftig an der Leine zog und uns dazu zwang, so schnell zu laufen, wie unsere Füße uns tragen konnten.

Als wir schließlich wieder bei ihm zu Hause ankamen, warf er mir einen langen, mitleidigen Blick zu und legte seine Ohren flach an den Kopf. „Das war ja nicht gerade eine gute Leistung von dir heute. Wir müssen härter trainieren, damit du fit wirst für die nächsten Aufgaben."

„Welche nächsten Aufgaben?", bellte ich zurück und begann bereits zu zittern, nun, da wir uns nicht mehr bewegten.

„Was auch immer als Nächstes kommt", antwortete er. Keine Ahnung, wie er das gemeint hatte oder worauf er anspielte, aber da ich mich dermaßen erschöpft fühlte, war es mir auch ziemlich egal.

„Das war doch gar nicht so schlimm, oder?", meinte Grandma, als wir uns beide wieder in ihr Auto gesetzt hatten. Mir konnte sie allerdings nichts vormachen. Selbst sie war nach diesem heftigen Training völlig außer Puste.

Ich lachte und lehnte mich zurück. Meine Muskeln brannten. Alles tat weh. Und ich ahnte schon, dass sie mich zwingen würde, das Ganze morgen zu wiederholen ... und übermorgen ... und überübermorgen.

Ich fragte mich, was schlimmer war: das Fitnesstraining mit meiner Großmutter oder ein Bootcamp? Blieb nur zu hoffen, dass Kommandant Cujo uns in Zukunft nicht mehr drillen würde. Da waren mir Paisleys ermutigende Art doch deutlich lieber – und auch ihr Tempo.

„Du hast dich ganz schön ins Zeug gelegt, Liebes. Heute kannst du dir guten Gewissens etwas Süßes genehmigen“, lobte mich Grandma, als wir wieder daheim waren. Noch immer voller Tatendrang, huschte sie in die Küche, um etwas Leckeres für uns zu backen, wie sie es vormittags häufig tat.

Es lag mir auf der Zunge, anzumerken, wie sinnlos es doch sei, Sport zu treiben, wenn wir es nur als Ausrede benutzen, um uns danach die doppelte oder dreifache Menge an Kalorien in Form von Süßkram reinzupfeifen. Allerdings hätte das dazu führen können, dass unser Training künftig noch härter ausfallen würde, und das wollte ich auf keinen Fall riskieren. Nein, vielen Dank!

Ich hatte gerade den mühsamen Aufstieg in die erste Etage begonnen, als es an der Tür klingelte. Genau genommen ertönte die Melodie von „Eye of the Tiger“, was ein für alle Mal bewies, dass Grandma die heutige Fitnesstortur lange im Voraus geplant hatte.

„Ich komme!“, rief ich und drehte mich langsam um. Autsch, autsch, autsch.

„Was ist denn mit dir passiert?“, fragte Octocat, während er mühelos die Treppe hinuntertrabte, als wolle er mich mit der Leichtigkeit seiner Bewegungen verspotten.

„Grandma ist mir passiert“, grummelte ich laut schnaufend. Er hob eine Pfote und lachte in sich hinein. „Ich kann es mir schon denken.“

Es läutete erneut. Octocat sah mich vorwurfsvoll an. „Willst du nicht aufmachen?“

„Ich komme!“, rief ich abermals und zwang mich, schneller über den Flur zu humpeln. Endlich erreichte ich die Tür, und als ich sie mit einem erleichterten Lächeln aufstieß, starrte mich ein vertrautes Gesicht an. „Herr B-B-Bürgermeister“, stotterte ich überrascht. „Was verschafft uns die Ehre?“

Octocat ließ sich gespannt neben mir nieder, trotz des eisigen Luftzugs, der sofort ins Haus wehte, aber einen Sitzplatz in der ersten Reihe wollte er sich wohl nicht entgehen lassen.

Der Bürgermeister nahm seine überdimensionierte Fellmütze ab, und ein wirrer Haarschopf kam zum Vorschein. „Darf ich bitte eintreten?“

„Angie!“, rief Grandma, die leichtfüßig auf uns zueilte. Im Gegensatz zu mir schien unser Frühsport sie nicht mitgenommen zu haben. „Ist das der Bürgermeister? Lass ihn doch nicht in der Kälte stehen!“

Sie drängte sich an mir vorbei, legte ihm mütterlich einen Arm um die breiten Schultern und führte Mr. Dennison in unser Wohnzimmer. „Lassen Sie uns einen Tee trinken, damit Ihnen wieder warm wird, und dann können Sie uns alles erzählen.“

„Grandma“, schaltete ich mich ein. „Er hat uns doch noch gar nicht gesagt, warum er überhaupt hier ist.“

„Perfekt, dann kann er uns das beim Tee erzählen. Mit einer schönen, dampfenden Tasse in der Hand lässt es sich immer am besten plaudern, finden Sie nicht auch?“ Ohne seine Antwort abzuwarten, flitzte sie zurück in die Küche und überließ es mir, peinlichen Smalltalk mit dem Bürgermeister zu betreiben, jenem Mann, den halb Glendale anscheinend am liebsten zum Mond schießen würde.

„Ganz schön viel Schnee da draußen“, murmelte ich und kam mir dabei wie ein Idiot vor. Es war Februar in Blueberry Bay, und zu dieser Jahreszeit lag hier fast immer viel Schnee . Er nickte, lächelte und blickte in Richtung Küche. Nach seinen politischen Angelegenheiten wollte ich mich nicht erkundigen, da ich bereits um die angespannte Lage wusste, und Grandma hätte es mir sicher übelgenommen, wenn ich ihn nach dem Grund seines Besuchs gefragt hätte, bevor sie mit dem Tee zurückkehrte.

Glücklicherweise kam Paisley uns zu Hilfe und hüpfte auf Dennisons Schoß. „Ich rieche einen Hund!“, trillerte sie und wedelte neugierig mit dem Schwanz.

„Sie scheint Sie zu mögen“, sagte ich lächelnd. „Sind Sie ein Hundemensch?“

Darauf ertönte ein genervtes Stöhnen von Octocat, der das Geschehen von irgendwo am anderen Ende des Raumes aus verfolgte. Die Frage mochte er eindeutig nicht, und die Antwort wollte er schon gar nicht hören.

„Ich habe – besser gesagt, hatte – einen Hund“, antwortete der Bürgermeister mit einem wehmütigen Seufzer. „Eigentlich bin ich deshalb hier. Ich …“

„Hey, wartet, ich bin sofort da!“ Grandma kam mit drei Tassen Tee und diversen Gebäckstücken auf einem Tablett zurück ins Wohnzimmer geeilt. „Ich will das auch hören.“

Unser Besucher räusperte sich und faltete die Hände im Schoß, während Grandma servierte. Als wir endlich alle versorgt waren und auch sie sich gemütlich niedergelassen hatte, sagte sie mit einer ausladenden Geste: „Jetzt dürfen Sie loslegen."

„Ich bin gekommen, weil ich gehört habe, dass Sie Privatdetektivin sind", sagte er, an Großmutter gewandt. Den Tee, den sie ihm gereicht hatte, rührte er nicht an.

„Nicht ich, sie", erwiderte sie glucksend und zeigte auf mich. Ich winkte ihm unbeholfen zu.

„Okay, wie auch immer. Ich möchte Sie engagieren, um mir zu helfen." Jetzt sah er mich direkt an.

„Wo liegt das Problem?", fragte ich und fühlte mich in diesem Moment sehr professionell. Hier saß ich nun und wurde endlich als richtige Ermittlerin wahrgenommen. Noch dazu sollte ich demjenigen Mann helfen, der das höchste politische Amt Glendales innehatte. Für eine Kleinstadt-Detektivin war das doch schon fast ein Ritterschlag, oder?

Doch dann ergriff er wieder das Wort und zerstörte meine Hoffnung auf einen bedeutungsvollen Fall. „Es geht um meinen Hund, um genau zu sein. Er ist verschwunden."

Ich verschluckte mich an meinem Getränk, was zu einem unangenehmen Hustenanfall führte. „Ihr Hund?", krächzte ich. „Wieso? Ist er weggelaufen?"

„Nein", antwortete er entschieden. „Marco ist nicht von sich aus weggelaufen. Er wurde entführt."

Grandma zog leicht die Augenbrauen hoch. „Was macht Sie da so sicher?“

„Der Entführer hat eine Nachricht hinterlassen. Ein Erpresserschreiben.“ Nachdem er uns das enthüllt hatte, nahm der Bürgermeister endlich einen Schluck von seinem Tee, sehr zu Grandmas Zufriedenheit.

Ich lehnte mich zurück und horchte in mich hinein. Mein Körper war immer noch erschöpft, aber mein Gehirn arbeitete auf Hochtouren, dass es nur so ratterte. Das könnte vielleicht doch noch ein spannender Fall werden.

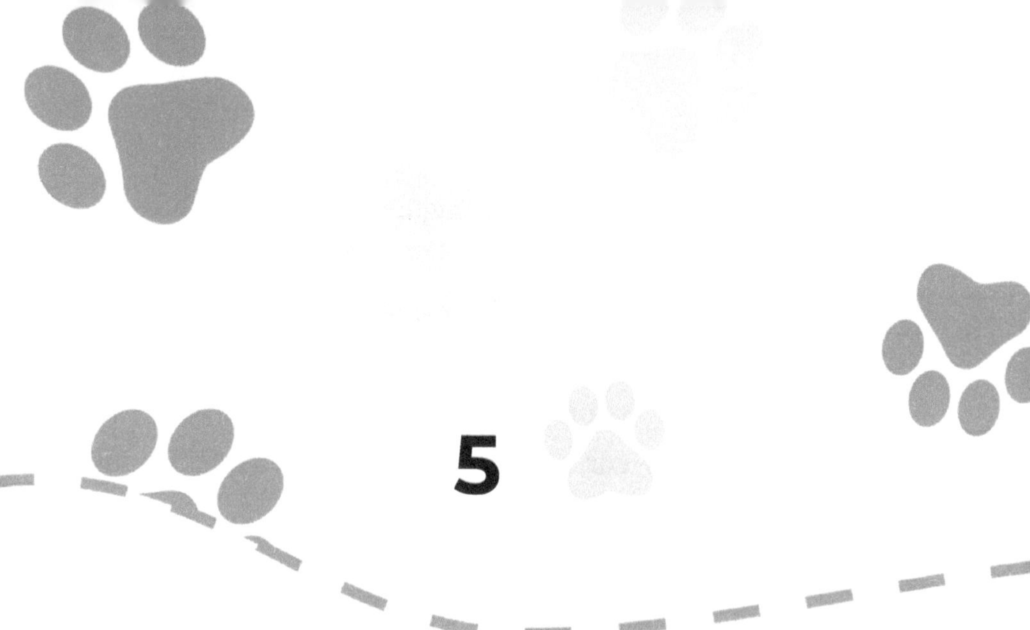

5

„Ich habe das Erpresserschreiben mitgebracht“, sagte Bürgermeister Dennison und zog einen Zettel aus seiner Brieftasche. Er reichte ihn mir, und Grandma lehnte sich zu mir herüber, um ihn besser lesen zu können, wobei sich ihre Lippen bewegten, weil sie jedes Wort lautlos aussprach.

Die Nachricht war auf ein weißes Blatt Papier gedruckt worden, in einer solch großen Schrift, dass sie fast die ganze Seite ausfüllte, obwohl sie nur wenige Worte enthielt: *Treten Sie zurück, sonst machen wir den Hund fertig.*

„Was meinen die bloß damit? Sie hätten sich schon etwas genauer ausdrücken können“, kommentierte Grandma das Schreiben leicht scherzhaft.

Ich bemerkte, dass der sonst so stoische Bürgermeister Tränen in den Augen hatte. „Glauben Sie wirklich, dass sie

Marco etwas antun würden?“, fragte er und blickte bedrückt zu Boden.

In meinem Hals hatte sich bereits ein Kloß gebildet, den ich hinunterzuschlucken versuchte. „Ich weiß es nicht“, gab ich zurück, was natürlich nicht sehr hilfreich war, aber schließlich hatten wir noch keinen einzigen Anhaltspunkt, wer diese Erpresser sein könnten.

„Bitte finden Sie heraus, wer dahintersteckt“, flehte Dennison und streckte mir seine gefalteten Hände entgegen. „Ich bezahle, was auch immer Sie verlangen. Marco ist meine Familie, die einzige, die ich habe. Wir haben schon so viel gemeinsam durchgestanden, und der Gedanke, dass ihm etwas zustoßen könnte, ist mir unerträglich.“

In dem Moment tat er mir leid, jedoch versuchte ich, mich auf die Fakten zu konzentrieren. „Wer könnte ein solch großes Interesse daran haben, Sie aus dem Amt zu drängen, dass er zu einer Hundeentführung greift?“, fragte ich ihn.

Im nächsten Augenblick mischte sich Grandma ein: „Natürlich übernehmen wir Ihren Fall. Wir werden sofort loslegen.“ Er blickte zwischen uns hin und her, offenbar unschlüssig, wem er zuerst antworten sollte.

Dann tauchte Octocat aus seinem Versteck auf und sprang auf den Couchtisch, direkt neben Grandmas sorgfältig arrangiertes Gedeck. Schwanzzuckend starrte er unseren neuen Kunden kritisch an. „Ich weiß nicht, ob ich bei der Suche nach einem verlorenen Hund helfen will“, sagte er mit einem überheblichen Lächeln. „Ich möchte nicht, dass es bei unserem ersten bezahlten Fall, der in die Geschichte eingehen wird, nur um einen dummen Köter geht. Wie sähe das denn aus?"

Paisley wimmerte und bedeckte ihre Schnauze mit den Pfoten. Octocat jedoch fuhr unbeirrt fort. „Ich meine, er ist nicht einmal tot. Wir haben in letzter Zeit eine hundertprozentige Erfolgsquote bei den Morden. Zuletzt haben wir sogar einen Doppelmord aufgeklärt. Einen Doppelmord! Du verstehst sicher, worauf ich hinauswill, nicht wahr? Eine Hundeentführung ist unter unserer Würde."

Ich warf meinem Kater einen entrüsteten Blick zu und wünschte, ich hätte ihm offen die Meinung geigen können. Leider musste ich sein arrogantes Gehabe ignorieren, denn der Bürgermeister saß da und musterte mich aufmerksam.

„Ja, wir übernehmen den Fall und werden sofort alles daransetzen, Ihren Hund zu finden", sagte ich mit einem, wie ich hoffte, beruhigenden Nicken.

„Ja", witzelte Octocat, „denn wir haben im Moment ohnehin keine anderen Fälle."

Das reichte jetzt. Ich beugte mich vor und scheuchte ihn mit der Hand vom Tisch. „Böses Kätzchen", sagte ich mit Nachdruck, obwohl mir bewusst war, dass er sich später dafür rächen würde.

„Haben Sie irgendwelche Fotos von Marco?", fragte Grandma und nahm einen großen Schluck Tee.

„Er ist ein typischer Golden Retriever und hat keine besonderen Merkmale oder Ähnliches. Auf meiner Facebook-

Seite habe ich aber alle möglichen Bilder von ihm gepostet, falls Sie welche brauchen."

„Danke. Das ist sicher hilfreich", sagte ich, um Grandma etwas zu bremsen. Schließlich war ich hier die Privatdetektivin. „Worüber wir aber wirklich reden müssen, sind Ihre Feinde."

„Meine Feinde?", fragte er verblüfft. Dann verhärteten sich seine Züge und er sah mich kühl an.

„Offensichtlich haben Sie welche, wenn jemand versucht, Sie mit Marco zu erpressen." Er wirkte auf einmal sichtlich nervös, und um die Situation aufzulockern, sagte ich: „Übrigens, Sie können mich gerne Angie nennen, wenn das für Sie in Ordnung ist."

Er nickte und entspannte sich etwas. „Ja natürlich, Angie. Ich bin Mark."

Erst jetzt fiel mir die Ähnlichkeit seines Vornamens, der mir bis gerade gar nicht so präsent war, mit dem seines Hundes auf. Er hatte seinen Vierbeiner nach sich selbst benannt und einfach eine Silbe angehängt. Mark. Marco.

„Mark", sagte ich und bemühte mich um einen ernsten Gesichtsausdruck. „Freut mich".

Dann saßen wir alle für einen Moment schweigend da.

„Ich weiß, dass es nicht leicht ist, darüber zu sprechen, aber es ist wichtig. Bei Ihrer Amtseinführung hat es ja einen ordentlichen Aufstand gegeben. Ihre Wahl schien ziemlich umstritten zu sein. Was hat es damit auf sich?"

Obwohl ich die Politik nicht besonders aufmerksam

verfolgte, hatte ich den einen oder anderen Bericht in den Nachrichten zu diesem Thema mitbekommen. Dennoch wollte ich Marks eigene Meinung dazu hören. Vielleicht würden wir dadurch zu konkreteren Erkenntnissen gelangen.

Er fuhr sich mit der Zunge über die Lippen und verschränkte die Finger. „Ach, die üblichen Geschichten. Die Tatsache, dass ich Junggeselle bin, scheint für viele ein großes Thema zu sein. Die glauben offenbar, dass ein alleinstehender Mann nicht Bürgermeister einer Stadt sein kann, in der die Familienpolitik großgeschrieben wird." Er sagte das mit einem schnippischen Unterton und hielt kurz inne, bevor er fortfuhr.

„Und wie Sie wissen, fiel das Wahlergebnis recht knapp aus. Die Anhänger meines Gegners verlangten eine Neuauszählung, aber das wurde nicht genehmigt, weil man das für eine Verschwendung von Steuergeldern hielt, und deshalb wurde ich vereidigt."

Das war mir alles nicht neu, aber wieso sollte ihn jemand deswegen erpressen und drohen, seinem geliebten Golden Retriever etwas anzutun? Das war doch kein Motiv, selbst wenn man den Hundebesitzer nicht leiden konnte. Außerdem galten Golden Retriever als *die* Familienhunde schlechthin. Bestimmt hatte es dem Bürgermeister sogar einige Pluspunkte eingebracht, dass er einen besaß. Irgendetwas passte hier nicht zusammen, und ich war mir ziemlich sicher, dass er etwas verheimlichte.

„Ist das alles?", fragte ich vorsichtig.

„Das ist alles“, versicherte mir Mark mit einem kurzen Nicken.

Octocat ließ sich auf meinen Füßen nieder, bestrafte mich jedoch vorher mit einem kräftigen Biss in den großen Zeh dafür, dass ich ihn kurz zuvor runtergeschmissen hatte. „Er lügt“, informierte er mich mit einem leisen Knurren.

Ich holte tief Luft und sah Mark aufmerksam an. „Sind Sie sicher, dass es sonst nichts gibt? Keinen anderen möglichen Grund für die Entführung?“

„Da bin ich mir sicher“, beharrte Mark und lächelte beschwichtigend in meine Richtung.

„Ich bleibe dabei, er lügt“, raunte Octocat, aber das war mir jetzt auch klar. „Und zwar wie gedruckt.“

„Oh ... okay“, sagte ich gedehnt. „Dann erzählen Sie mir doch bitte von den letzten paar Tagen. Ist da irgendetwas Ungewöhnliches passiert? Hat sich jemand in dieser Zeit besonders für Marco interessiert?“

Er berichtete mir, was bei ihm die letzten Tage alles los war. Währenddessen fragte ich mich, warum er mich beauftragte und mir dann zumindest einen Teil der Wahrheit vorenthielt. Ein Kunde, der mich nicht ehrlich über seine Situation informierte, würde die Lösung des Falls zweifellos erheblich erschweren.

Dennoch konnte ich nicht zulassen, dass Marco leiden musste, weil sein Besitzer Dreck am Stecken hatte – was auch immer es sein mochte, wir würden es hoffentlich bald herausfinden.

6

Nachdem Bürgermeister Dennison gegangen war, setzten wir uns mit den Tieren an den großen Esstisch, um die Lage zu besprechen.

„Wir haben also wieder eine Entführung", sagte Grandma nachdenklich. „Mit so etwas hatten wir ja erst kürzlich zu tun."

Das war Fakt, und darüber hatte ich auch bereits nachgedacht. Unser letzter Entführungsfall lag erst wenige Wochen zurück, und ein weiterer schon etwas länger. Beide hatten mich noch mehr Nerven gekostet als meine sämtlichen anderen Ermittlungen, vor allem, weil sie mich auf eine sehr persönliche Weise betrafen.

Zunächst war Octocat gekidnappt worden, und zwar genau zu dem Zeitpunkt, als die Familie von Ethel Fulton, seiner früheren Besitzerin, das Testament angefochten hatte, um ihn um sein Erbe zu bringen. Die Hauptverantwortliche hatte getobt, weil wir Octocat gerade noch rechtzeitig vor dem Gerichtstermin gefunden und zurückgebracht hatten. Mein kleiner Tiger hat ihr im Eifer des Gefechts tiefe Kratzer beigebracht, und die Narben werden sie hoffentlich immer an jenen Tag erinnern. Seitdem haben wir von der ganzen Bagage, die an dieser Sache beteiligt war, jedoch nichts mehr gesehen.

Die zweite Entführung geschah an Heiligabend. Da wurde meine Cousine Mags auf dem alljährlichen Christmas Festival plötzlich in einen Lieferwagen gezerrt und verschleppt. Die Täter – ein Mann und eine Frau – verbanden ihr die Augen und fuhren mit ihr davon. Aber irgendwann bekamen sie kalte Füße und ließen sie wieder laufen.

Wie sich im Nachhinein herausstellte, hatten sie eigentlich mich mitnehmen wollen, doch da mir meine Cousine wahnsinnig ähnlichsieht, kam es zu dieser Verwechslung. Mags erzählte mir, dass die beiden sie immerzu „Russo" nannten – so heiße ich mit Nachnamen – und sie warnten, sie solle ihre Nase nicht weiter in Dinge zu stecken, die sie nichts angingen, sonst würden sie ihr irgendwann etwas antun.

An Neujahr ist Mags dann wieder nach Larkhaven, ihrer Heimatstadt in Georgia, zurückgekehrt, und hat sich zum Glück rasch von diesem Riesenschrecken erholt. Seither gab es kein einziges Zeichen von ihren mysteriösen Kidnappern, und es ist mir weiterhin ein Rätsel, wer sie überhaupt waren.

Es erschien mir sehr unwahrscheinlich, dass der entführte

Retriever irgendetwas mit einem dieser vergangenen Ereignisse zu tun hatte, aber zumindest konnte es für unseren aktuellen Fall nicht schaden, sich die damaligen Ermittlungen noch einmal vor Augen zu führen. Immerhin ein Ansatz.

„Denkst du darüber nach, wie Mags und Octocat entführt wurden?“, erriet Grandma meine Gedanken, und stützte das Kinn auf ihre verschränkten Finger.

Ich nickte und stieß einen tiefen Seufzer aus. „Das war beides ziemlich krass.“

„Mark wird bestimmt verrückt vor Sorge um seinen armen Hund sein“, erwiderte sie stirnrunzelnd.

„Hm. Ich bin mir da ehrlich gesagt nicht so sicher.“ Ich warf einen Blick zu Octocat hinüber, der sich auf die gegenüberliegende Seite des Tisches gesetzt hatte und sich gerade ausgiebig den Kopf putzte. Er hielt inne und nickte zustimmend.

„Octocat ist davon überzeugt, dass uns der Bürgermeister angelogen hat oder zumindest etwas Wichtiges verheimlicht“, verriet ich ihr und ließ mir das Gespräch mit Dennison noch einmal durch den Kopf gehen.

„In Bezug worauf?“, wollte Grandma wissen, was ich nur mit einem ratlosen Kopfschütteln beantworten konnte. Wenn ich das bloß wüsste.

Sie seufzte. „Das hilft uns nicht weiter.“

„Immerhin wissen wir jetzt, dass wir seine spärlichen Ausführungen mit Vorsicht genießen sollten.“ Sie schien einen Moment darüber nachzudenken und stand dann so unvermittelt und energisch auf, dass ihr Stuhl hintenüberkippte, sodass die beiden Tiere und ich erschrocken zusammenzuckten.

„Wohin gehst du?", rief ich ihr hinterher, als sie zum Garderobenschrank im Foyer marschierte. Ohne sich umzudrehen, erklärte sie uns: „Wenn der Bürgermeister uns nicht die Wahrheit sagen will, müssen wir sie selbst herausfinden."

„Wie denn, sollen wir im Internet recherchieren?", fragte ich irritiert, während sie schon in ihre rosa Schneestiefel schlüpfte.

„Nein", sagte sie und schüttelte den Kopf, „wir schauen uns bei ihm vor Ort um."

O nein. Nicht schon wieder raus bei diesem arktischen Wetter.

„Ich komme nicht mit", verkündete Octocat von einer der unteren Stufen der Treppe aus, offensichtlich im Begriff, sich nach oben zu verziehen.

Ich war aufgestanden, um meine warmen Sachen zu holen, und hielt inne, während ich meine Fäustlinge auf rechts stülpte. „Warum nicht? Du bist doch sonst immer dabei. Und du bist schließlich mein Partner."

Er rümpfte die Nase. „Ja, aber dein Partner ist leider nicht frostfest."

„Ach was, wir haben doch nur gut zehn Grad unter null. Und das ist kein Lauftraining, um fitter zu werden, sondern Teil unserer Ermittlungen. Komm schon."

„Lass es mich anders ausdrücken", er holte tief Luft, bevor er fortfuhr, „kalt und nass ist nicht mein Ding. Von mir aus kann die ganze Welt ein eiskaltes Bad nehmen, so fühlt es sich nämlich für mich an, aber ich mag keine Bäder. Und ich mag es auch nicht, wenn mein eigener Pelzmantel nicht ausreicht, um mich warm zu halten – von daher ... ohne mich!"

„Okay, dann eben nicht. Aber wehe, du beschwerst dich nachher, wenn du was verpasst hast." Ich wandte mich von ihm ab und begann, mich für unseren spontanen Ausflug anzuziehen.

„Keine Sorge. Ich habe Besseres zu tun, als dich auf einem sinnlosen Schneespaziergang zu begleiten." Er gähnte demonstrativ.

Paisley stürmte hinauf zu Octocat und wedelte so heftig mit dem Schwanz, dass sie stolperte und eine Stufe hinunterkullerte. „Mami, ich darf doch mitkommen, oder?"

„Natürlich nehmen wir dich mit!", versicherte ich ihr.

„Moment, ich habe da etwas für uns vorbereitet", rief Grandma und griff nach einer Tüte auf der obersten Ablage des Kleiderschranks, aus der sie eine hellrosa Babybauchtrage aus Stoff hervorzog. „Es hat zwar das falsche Rosa, erfüllt aber hoffentlich seinen Zweck."

Misstrauisch beäugte ich das neue Teil. „Du willst doch nicht etwa ...?"

„Genau das! Komm her, meine Süße." Grandma schnalzte mit der Zunge und bückte sich, um sich den Chihuahua zu schnappen, der ihr direkt in die Arme lief. Dann zog sie die Riemen der Trage über ihre Arme, sodass diese an ihrem Oberkörper anlag.

In diesem Augenblick begriff Paisley, was sie vorhatte, und versuchte verzweifelt, sich aus Grandmas Griff zu befreien. „Nein, nein, nein! Ich will nicht in den Sack!“, kläffte sie.

„Halt einfach einen Moment still, Schätzchen“, befahl ihr meine Großmutter und bemühte sich, die kleine Hündin in die Trage zu bugsieren. Paisley wimmerte und zappelte jedoch weiter.

„Angie, kannst du ihr bitte sagen, dass sie mit dem Gezeter aufhören soll? Das würde die Sache deutlich vereinfachen.“

„Süße, du musst ...“, begann ich, aber Grandma unterbrach mich mit einem triumphierenden „Aha!“

Jetzt steckte die arme kleine Maus festgeschnallt in der Trage. Nur ihr Gesichtchen und ihre großen Ohren guckten oben heraus. Grandma drehte sich zu mir um und stellte sich in Pose. „Und, wie findest du es?“

Octocat lachte herzhaft. „Ha-ha, du Baby, das sieht lächerlich aus!“, krakeelte er, während Paisley jammerte.

„Sie scheint nicht wirklich begeistert zu sein“, sagte ich mitleidig.

„Bestimmt gewöhnt sie sich schnell daran. So bleibt sie zumindest warm, wenn wir unterwegs sind. Die Trage ist eigentlich speziell für Welpen gedacht. Übrigens, du musst fahren. Wir können aber mein Auto nehmen."

„Okay", erwiderte ich und folgte ihr nach draußen. Ich sparte mir die Mühe, ihre Anweisungen infrage zu stellen. Und wenigstens war diese Aktion nicht mit körperlicher Anstrengung verbunden. Hoffte ich jedenfalls ...

7

Mark Dennison wohnte in einem erstaunlich bescheidenen Haus am Rande der Stadt, sodass sich meine Hoffnung auf irgendwelche geschwätzigen Hausangestellten, die man befragen könnte, schnell in Luft auflöste. Als Bürgermeister einer Kleinstadt verdiente man sich eben keine goldene Nase.

Wir wussten, dass Dennison allein lebte, und er schien nicht zu Hause zu sein. Doch woher hatte meine Großmutter seine Adresse?

„Meinst du, wir kommen da irgendwie rein?", fragte sie jetzt und kramte in ihren Taschen nach wer weiß was. Paisley in ihrer Trage seufzte lautstark. Zugegeben, sie sah absolut niedlich in diesem Ding aus.

„Ich möchte für unsere Recherchen keinen Einbruch

begehen“, sagte ich. Mein Atem stieg in eisigen Wölkchen über uns auf.

„Meine Güte, hab dich doch nicht so“, raunte Grandma und legte sich die Hand auf die Brust, oder besser gesagt auf Paisley. „Du musst mir ja nicht helfen, aber ich schaue mich jetzt da drinnen um.“

Ich stöhnte auf. Ja klar, was sonst? Paisley fiepte und zitterte inzwischen heftig, doch meine Großmutter schien es nicht zu bemerken, was mich überraschte.

„Alles okay bei dir?“, fragte ich die Hündin.

„Mi-mi-mir ist so-so ka-ka-kalt“, stotterte sie leise.

„Grandma“, rief ich, als sie zielstrebig auf die Haustür zuging. „Grandma, wir müssen Paisley zurück in den Wagen bringen und ihr die Standheizung einschalten.“

„Nei-nei-nein“, jammerte Paisley, in deren Gesicht sich schon kleine Eiskristalle gebildet hatten. „Ich wi-wi-will he-he-helfen.“

„Ich lasse nicht zu, dass du dir den Tod holst“, erwiderte ich, ob sie es nun hören wollte oder nicht. „Komm, ich bringe dich zurück ins Auto.“

„Warte mal kurz“, murmelte Grandma. „Wir sind gleich drin …“ Sie biss sich auf die Lippe, während sie an dem Schloss herumfummelte.

„Ich hab's!“ Triumphierend stieß sie die Tür auf und gab mir ein Zeichen, ihr zu folgen.

Verdammt, das gefiel mir gar nicht. So schlimm es auch

war, sich unerlaubt Zutritt zu verschaffen ... noch schlimmer wäre es, sie da drinnen allein herumstöbern zu lassen.

„Fünf Minuten“, zischte ich, „dann sind wir hier definitiv wieder raus.“

„Manchmal bist du echt eine Spielverderberin.“

Ich ignorierte diese Bemerkung und ließ den Blick umherschweifen, auf der Suche nach hilfreichen Hinweisen. Das Haus war offen und übersichtlich gestaltet.

„Lass nach seinem Homeoffice Ausschau halten“, schlug Grandma vor, die bereits weiter hineingeschlichen war.

„Hallo?“, ertönte es plötzlich aus dem oberen Stockwerk. Die tiefe Männerstimme ließ mir das Blut in den Adern gefrieren, trotz der angenehmen Wärme im Haus.

Der Bürgermeister stand in einem schicken Markenschlafanzug am oberen Ende der Treppe und starrte uns konsterniert an. „Oh, Mark, hi“, stotterte ich, wobei ich meinen erschrockenen Blick nicht von ihm abwenden konnte. Mist, wie sollten wir das jetzt bloß erklären?

Es hatte mir die Sprache verschlagen. Zum Glück war Grandma wie immer auf Zack und flötete: „Haben Sie uns denn nicht klopfen hören?“ Sie stemmte die Hände in die Hüften. Der Bürgermeister wandte sich ihr zu. „Nein, ich war ...“

„Dann sollten Sie wenigstens Ihre Haustür abschließen. Also wirklich, hier kann ja jeder hereinspazieren.“

Er fuhr sich mit der Hand durch die Haare und schüttelte

dann seufzend den Kopf. „Oh, Sie haben recht, das habe ich wohl vergessen."

Für einen Moment standen wir alle peinlich berührt da und sahen uns schweigend an. Schließlich ergriff Mark das Wort: „Kann ich Ihnen, äh, irgendwie behilflich sein?"

„Wir würden gerne, wir würden gerne noch ein wenig mit Ihnen über ... über den Fall sprechen", erklärte ich ihm holprig. „Wir haben noch nicht viele Informationen und dachten uns ..."

„Ich habe Ihnen bereits alles gesagt, was ich weiß", unterbrach mich Dennison mit finsterem Blick. „Mehr Hinweise kann ich Ihnen nicht geben. Deshalb habe ich Sie ja beauftragt, eben damit Sie alles herausfinden. Wollen Sie etwa andeuten, dass Sie dieser Aufgabe nicht gewachsen sind?"

Da lachte Grandma auf. „Keine Sorge, das kriegen wir schon hin. Mit Pet Whisperer P.I. ist Ihr Fall so gut wie gelöst."

Pet Whisperer P.I. – die Tierflüsterer-Privatdetektivin. Eigentlich mochte ich diesen Namen nicht, den mir ursprünglich meine Mutter verpasst hatte, doch nun hatten sie und Grandma dafür gesorgt, dass ich ihn nie wieder loswerde.

Er richtete sich kerzengerade auf und kam jetzt endlich die Treppe zu uns herunter. „Genau das wollte ich hören."

„Da wir schon mal hier sind", schaltete ich mich ein, bevor der Bürgermeister uns aus der Tür schieben konnte. „Würden Sie uns kurz herumführen, damit wir uns ein besseres Bild von Marco und seinem Umfeld machen können? Es ist immer hilfreich, sich in das Opfer so gut wie möglich hineinzuversetzen zu können."

„Ja, das würde uns wirklich sehr helfen", pflichtete Grandma mir energisch nickend bei.

Paisley stimmte mir mit einem Bellen zu. Dabei vibrierte ihre Trage, weil sie vermutlich mit dem Schwanz zu wedeln versuchte.

„Ja gut, okay." Mark schüttelte den Kopf, fuhr sich noch einmal mit der Hand durch die Haare und bedeutete uns dann mit einem Wink, ihm zu folgen. Sodann beschrieb er uns ausführlich, wie der Tagesablauf des vermissten Golden Retrievers aussah, was er wann fraß, wo er gerne schlief, wo er am liebsten in den Garten pinkelte und noch so manch andere Details.

„Wie Sie sehen", sagte er am Ende unserer Führung durchs Haus, „ist Marco hier gut versorgt, trotz meines vollen Terminkalenders. Er ist mein Ein und Alles, also bitte finden Sie ihn und bringen Sie ihn mir heil zurück – so schnell es geht."

„Das werden wir", versicherte Grandma ihm.

Ich persönlich wollte ihm lieber nicht zu viel versprechen. „Wir werden unser Möglichstes tun", sagte ich, als wir uns zum Abschied die Hand gaben.

Für Paisley standen andere Dinge im Vordergrund. „Marco hat einen guten Riecher", flüsterte sie anerkennend auf dem Weg nach draußen. „Wenn ich hier wohnen würde, würde ich auch immer da vorne pinkeln gehen."

Ich warf einen Blick auf den Bereich an der Seite des Hauses, auf den der Bürgermeister während unseres Rundgangs hingewiesen hatte. Der Schnee war jedoch zu frisch und zu tief, um irgendwelche Spuren preiszugeben.

Aber wenigstens hatte unser verschleppter Hund einen guten Geschmack, was die Auswahl seiner Pinkelstellen betraf. Was unseren Fall betraf, so hatten wir jedoch immer noch keinen vernünftigen Anhaltspunkt. Leider.

8

„Wow, dieser Mensch liebt seinen Hund wirklich“, stellte Paisley auf der Heimfahrt fest. Ich hatte sie sofort aus der Trage geholt, als Grandma mir diese gereicht und sich hinter das Steuer gesetzt hatte. Erleichtert über ihre Befreiung, hatte mir die Kleine daraufhin mehrere Dutzend Hundeküsse gegeben.

Nachdem sie ihren Dank zum Ausdruck gebracht hatte, widmete sich Paisley wieder unseren Ermittlungen. „Ich bin so traurig, dass die beiden getrennt worden sind. Wir werden ihm Marco bald zurückbringen. Nicht wahr, Mami?“

Ich küsste den kleinen weißen Fleck auf ihrer Stirn. „Ja, das werden wir.“ Sie wedelte mit dem Schwanz und öffnete ihr Maul zu einem hechelnden Grinsen.

Als wir in unsere Ausfahrt einbogen, seufzte Grandma. „Also, das hat ja wirklich rein gar nichts gebracht.“

„Was hattest du denn erwartet? Immerhin ist er unser Klient, nicht unser Verdächtiger. Dennoch stimme ich Octocat zu, dass er offenbar etwas verheimlicht. Und ich denke, Paisley hat auch recht damit, dass er diesen Hund sehr liebt."

„So sehr, dass er uns nicht alle Informationen geben will, die wir brauchen, um Marco zurückzubekommen?", entgegnete Grandma kopfschüttelnd. „Das glaube ich nicht."

„Was auch immer er verschweigt, wir wissen ja nicht, ob es etwas mit der Entführung zu tun hat", sagte ich, während das Auto über die vereiste Auffahrt holperte.

Nachdem Grandma geparkt hatte, flitzten wir so schnell wir konnten ins Haus. Octocat thronte mitten auf dem Couchtisch. Er schien uns bereits zu erwarten.

„Und?", fragte er mit einer hochgezogenen Augenbraue. „Seid ihr erfolgreich in sein Haus eingebrochen?"

Ich starrte ihn ungläubig an. „Wer sagt, dass wir eingebrochen sind?"

„Angela, ich bitte dich. Ich kenne doch Grandma. Und dir blieb dann nichts anderes übrig, als mitzumachen." Er lachte vergnügt in sich hinein.

Treffer, versenkt.

„Also?" Er hob die andere Augenbraue. „Wie ist es gelaufen?"

„Oh, da gibt es nicht viel zu erzählen. Dennison war leider zu Hause, und dann hat er uns ewig herumgeführt und uns

Marcos normalen Tagesablauf geschildert – in allen Einzelheiten."

„Ach du Schreck. Bin ich froh, dass ich das verpasst habe." Mein Kater zuckte am ganzen Körper und schüttelte dabei einige lose Haare ab. Fasziniert sah ich zu, wie sie in einem Sonnenstrahl tanzten, der durchs Fenster fiel.

„Wir stehen immer noch am Anfang", murmelte Grandma, „aber das wird sich jetzt ändern."

Sie schälte sich aus ihren Winterklamotten und wühlte dann erneut im Schrank. Manchmal kam mir unser Garderobenschrank wie die wundersame Tasche von Mary Poppins vor. Unglaublich, wie viele Dinge sie daraus hervorzog, noch dazu schien es immer genau das zu sein, was sie gerade brauchte. Diesmal waren es ein Block mit Flipchartpapier, Filzstifte, Haftnotizzettel und ein Päckchen mit kleinen Aufklebern in Form einer Lupe.

Sie lud alles auf dem Wohnzimmertisch ab, und Octocat musste hastig beiseitespringen, um nicht unter den herabfallenden Schreibutensilien begraben zu werden. „Ey, pass gefälligst auf, Omi!"

Ich warf ihm einen vernichtenden Blick zu und konzentrierte mich dann wieder auf Großmutter. Im Gegensatz zu meinem mürrischen Kater hatte sie wenigstens einen Plan – und keinen schlechten wohlgemerkt.

Sie legte sich ihr gesamtes Material ordentlich zurecht und machte sich an die Arbeit. Mit einem dunkelgrünen Stift unterteilte sie einen großen Papierbogen in drei gleichmäßige Spalten und ergänzte deren Überschriften in Schwarz: Menschen, Orte und Ereignisse. Dann nahm sie die Lupenaufkleber, mit denen sie Aufzählungspunkte erstellte, drei in jeder Spalte.

„Wir beginnen mit jeweils drei Punkten, aber ich habe natürlich genug Aufkleber, um so viele Ideen wie möglich zu sammeln. Also, womit fangen wir an? Mit einer Person vielleicht?“ Grandma schaute mich erwartungsvoll an und zückte einen blauen Filzmarker.

Als Octocat damals verschwunden war, hatte sie ein ähnliches Brainstorming mit uns veranstaltet, insofern wusste ich genau, worauf es ihr ankam.

„Fangen wir doch mal mit seinem ärgsten Kontrahenten an“, schlug ich vor. „Der, den er bei der Wahl ganz knapp geschlagen hat. Der ist bestimmt nicht gut auf ihn zu sprechen.“

Grandma nickte und schrieb dessen Namen auf. „Mir fällt als Nächstes Brenda Eaves ein. Sie war bei der Demonstration zu Dennisons Amtseinführung ganz vorne mit dabei. Und wenn wir es geschickt anstellen, kann sie uns bestimmt auch die Namen der anderen Protestler nennen.“

Octocat sah schweigend zu, während Paisley auf meinem Schoß schlummerte und im Traum offenbar schon das nächste Abenteuer erlebte, denn sie gab leise Wuff- und Bellgeräusche von sich.

„Wie wäre es mit …?“ Ich wollte gerade eine weitere Person vorschlagen, die wir unter die Lupe nehmen sollten, als ein lautes, anhaltendes Klopfen meine Aufmerksamkeit auf das Fenster lenkte.

Octocat erkannte den Störenfried als Erster und jagte mir einen Schrecken ein, weil er auf einmal einen Buckel machte und fauchte. Knurren und fauchen gehörte bei ihm zwar zum Standardprogramm, aber selten ging er dabei in den vollen Verteidigungsmodus, mit dem er an Halloween sicher Eindruck schinden könnte.

Ich folgte seinem Blick und entdeckte unseren Hinterhofmitbewohner, der mich schelmisch angrinste. „Pringle! Was machst du denn hier?“

Der Waschbär legte eine seiner handähnlichen Vorderpfoten trichterförmig an sein Ohr und schüttelte den Kopf. Seine Mimik wirkte manchmal so was von menschlich, und das wurde immer auffälliger, je mehr er sich seiner Sucht nach Reality-Shows im Fernsehen hingab.

„Ich weiß, dass du mich hören kannst!“, rief ich noch lauter.

Er schüttelte vehement den Kopf.

„Na schön!“ Mit erhobenen Händen gab ich mich geschlagen und öffnete ihm die Tür. In dem Moment, als ich sie aufstieß, sauste das dicke, graue Fellbündel auch schon hinein.

Unsere wichtigste Regel in Bezug auf Pringle war, dass er

nicht ins Haus durfte, denn er hatte in der Vergangenheit einfach zu viel kaputtgemacht und mitgehen lassen.

„Du hast mich hereingebeten!“, rief er mir mit einem kurzen Blick über die Schulter zu. „Das kannst du jetzt nicht mehr zurücknehmen!“

„Nein!“, schrie Octocat aufgebracht, „er frisst mir meine köstlichen Crunchies weg!“

Ich sprintete in die Küche, aber der Waschbär hatte bereits die ganze Schale Gourmet-Häppchen verschlungen. Normalerweise mochte Octocat kein Trockenfutter, doch als seine geliebte Katzenfreundin Grizabella kürzlich zum Werbemodell für ‚Delicious Delights‘ avanciert war, hatte er die schwierige Entscheidung getroffen, seine Loyalität gegenüber dem Nassfutter von ‚Fancy Feast‘ zugunsten der neuen Marke aufzugeben.

Er taumelte in die Küche, täuschte eine Ohnmacht vor und ließ sich dramatisch auf die Seite fallen. Da sein Schwanz noch immer irritiert zuckte, zweifelte ich jedoch nicht daran, dass er weiter bei Bewusstsein war.

Dennoch musste ich ihm recht geben: Was Pringle hier gerade abzog, war schlichtweg dreist.

„Ich habe dich nicht hereingebeten“, zischte ich in Richtung des frechen Viechs.

„Du hast die Tür geöffnet. Ist doch das Gleiche, oder?“ Er sprang auf den Küchentresen und bediente sich an den frisch gebackenen Muffins, dann stellte er sich auf die Hinterbeine und grinste mich schamlos an.

„Was habe ich verpasst?“, fragte er, nahm einen großen Bissen und kaute mit offenem Mund. „Haben wir einen neuen Fall?“

„Das ist nicht dein Fall!“, kläffte Paisley, die auf uns zu gerast kam, wobei sie auf den Fliesen ins Rutschen geriet. Dann sprang sie am Tresen hoch und versuchte verzweifelt, zu dem Waschbären zu gelangen, was ihr natürlich nicht gelang, aber den Mut der winzigen Hündin fand ich bewundernswert.

Ratlos stand ich da und sah zu, wie die Tiere den Aufstand probten. Paisley bellte wie verrückt. Octocat täuschte erneut eine Ohnmacht vor und sackte dramatisch in sich zusammen. Pringle beobachtete die beiden und lachte höhnisch, während er einen weiteren Muffin in sich hineinstopfte.

„Hört auf mit dem Zirkus und kommt wieder rein!“, rief Grandma zu uns herüber.

Rasch nahm ich eine Schmerztablette gegen die dröhnenden Kopfschmerzen, die eben bei mir eingesetzt hatten, und begab mich zurück in unsere Schaltzentrale, die gerade so gar nicht an unser gemütliches Wohnzimmer erinnerte. Die Tiere folgten mir sogar alle, und Grandma verlor keine Zeit, mit dem Brainstorming fortzufahren.

„Jetzt müssen wir natürlich so bald wie möglich noch einmal zum Haus des Bürgermeisters zurück.“ Sie hielt inne und schrieb sich das auf. „Welche anderen Orte sollten wir unbedingt überprüfen?“

„Oh, das kann ich euch sagen!“ Pringles Hand schoss

hoch in die Luft, als würde er sich in der Schule melden. „Bitte! Darf ich? Ich weiß es!“

Ich konnte ein genervtes Stöhnen kaum unterdrücken, und mich beschlich eine böse Vorahnung, dass dies ein sehr langer und anstrengender Nachmittag werden würde.

9

Als Pringle durch den Raum schritt und Grandma den Stift aus der Hand nahm, musste ich mich echt am Riemen reißen, um nicht laut aufzulachen, auch wenn mir seine Sperenzchen auf die Nerven gingen.

„Ich übernehme jetzt", sagte er und begann, die letzte Spalte von Grandmas perfekter Mindmap zu bekritzeln und damit komplett zu ruinieren. Fast eine Minute lang krakelte er hastig vor sich hin, dann entfernte er sich von dem Flipchart und steckte mit einem selbstzufriedenen Grinsen die Kappe wieder auf den Stift. „So. Das hätten wir."

Ich studierte seine Notizen genau, aber es gelang mir nicht, irgendetwas davon zu entziffern. Wir hatten vor einiger Zeit erfahren, dass Pringle lesen konnte, nachdem er einen wichtigen Brief gestohlen hatte, der ein lang gehütetes Familiengeheimnis enthüllte und unsere Welt auf den Kopf stellte. Mit seinen Schreibkenntnissen war es jedoch anscheinend nicht weit her. Seine Handschrift wirkte mehr wie Hieroglyphen und nicht wie Buchstaben des Alphabets.

„Ähm, was soll das denn heißen?“, fragte ich ihn schließlich.

Er schnaubte, dann strich er das Ganze durch. „Wenn du schon so anfängst, brauchst du meine Hilfe wohl nicht.“

Octocat knurrte und stürzte sich auf den unhöflichen Waschbären. „Niemand redet so mit meinem Menschen – niemand außer mir!“

„Ich schon, Kleiner, denn du bist jetzt abgemeldet. Finde dich damit ab“, geiferte Pringle zurück, stemmte seine Pfoten in die Hüften und lachte hämisch über den wütenden Kater.

Paisley bellte und lief in großen Kreisen um die Kampfhähne herum, die vermutlich gleich aufeinander losgehen würden.

„Stopp! Hört auf damit!“, brüllte ich, aber sie ignorierten mich. Mein Kater ließ seine Krallen aufblitzen und legte die Ohren flach an den Kopf. Der Waschbär pirschte sich auf allen Vieren langsam an ihn heran, bis er nur noch wenige Zentimeter von ihm entfernt war, dann richtete er sich ebenfalls auf.

Ich hielt den Atem an, und alles schien wie in Zeitlupe abzulaufen. Die beiden starrten einander regungslos an und warteten anscheinend beide darauf, dass der andere zuerst angriff. Octocat hob ganz langsam eine Pfote ... und dann schlug er Pringle blitzschnell mitten ins Gesicht.

„Du Mistkerl!“, rief der Waschbär und donnerte Octocat beide Fäuste gleichzeitig gegen die Brust. Das ließ dieser sich nicht gefallen und versetzte seinem Gegner abermals einen kräftigen Pfotenhieb, woraufhin Pringle in rasanter Geschwindigkeit versuchte, weitere kleine Treffer zu landen.

Ich wusste nicht, was ich tun sollte. Einerseits hätte ich mir gerne mein Handy geschnappt und das tierische Gefecht auf Video aufgenommen – das wäre auf YouTube und Co. bestimmt viral gegangen – andererseits hatte ich Angst, dass Octocat den Kürzeren ziehen und sich eine ordentliche Packung einhandeln könnte. Das durfte ich nicht zulassen, zumal der Streit zwischen den beiden damit begonnen hatte, dass er mich verteidigen wollte.

Und dann schlug Paisley plötzlich einen Haken, verließ ihre Kreisbahn und schoss mit Anlauf direkt auf die Raufbolde zu.

„Mami hat gesagt, ihr sollt aufhören!“, bellte sie.

„Ach, ja? Du hast doch nicht wirklich das Hündchen vorgeschickt?“ Pringle warf mir einen erbosten Blick zu. „Ich bin in meinem ganzen Leben noch nie so gekränkt worden. Ich haue ab.“

Er stolzierte hinaus ins Foyer und trug die Nase dabei so hoch erhoben, dass er mangels Sicht fast gegen die Wand geprallt wäre. Der Schock darüber ließ ihn innehalten.

Ich sah verblüfft zu, wie Pringle ein paar Mal tief Luft holte und auf allen Vieren ins Wohnzimmer zurückgeprescht kam. „Die hier nehme ich mit“, verkündete er, bevor er kurzerhand eine Handvoll Stifte und den Flipchartbogen mit der Übersicht zusammenraffte und beleidigt hinausstürmte. Sein Abgang war jedoch weniger dramatisch, da er mit den Sachen im Arm kaum mehr durch die Katzenklappe passte. Erst nach einigen ungelenken Manövern gelang es ihm, sich durch die kleine Öffnung zu quetschen.

„Na toll. Das ist ja großartig“, schimpfte Grandma. „Jetzt müssen wir wieder von vorne anfangen.“

„Lass uns erst einmal ein Päuschen einlegen und einen Happen essen“, schlug ich vor. Ich konnte immer noch nicht glauben, dass unser Brainstorming so krass aus dem Ruder gelaufen war.

„Mir geht es übrigens gut“, informierte Octocat mich mit einem Schniefen. „Du könntest wenigstens ein bisschen Anteil nehmen, wenn ich schon für dich den Rächer der Erbsen spiele.“

Ich schüttelte fragend den Kopf. „Den was?“

Der Kater seufzte und warf mir einen missbilligenden Blick zu. „Den Rächer. Du weißt schon, deinen Helden, deinen Retter?“

„Den Rächer der Enterbten, meinst du?“

„Meinetwegen. Ihr Menschen drückt euch manchmal sehr merkwürdig aus.“

Puh, auf diese Diskussion hatte ich jetzt wirklich keine

Lust, deshalb wechselte ich schnell das Thema: „Ich mache Sandwiches“, verkündete ich und huschte in die Küche.

„Für mich mit Putenbrust, bitte“, rief Grandma mir hinterher.

„Zweimal!“, fügte Octocat hinzu und folgte mir in die Küche.

„Dreimal!“, krähte Paisley, die aber bei Grandma sitzen blieb.

Als ich mit dem Sandwich-Tablett zurückkam, starrten die beiden gebannt auf den Fernseher, wo gerade ein Bericht des lokalen Nachrichtensenders lief. Meine Mutter, die seit vielen Jahren als Moderatorin dort arbeitete, kam ins Bild. Sie sah reizend aus in ihrer lavendelfarbenen Bluse und dem dunklen Bleistiftrock. Bürgermeister Mark Dennison saß ihr im Interviewraum des Studios gegenüber. Der Ticker am unteren Bildrand verriet: Entführt! Der Golden Retriever des neuen Bürgermeisters ist in Gefahr!

„Ich kann einfach nicht glauben, dass jemand seine politische Frustration an meinem Marco auslässt. Er ist so ein toller Hund, und das hat er einfach nicht verdient.“ Dann schaute er direkt in die Kamera, mit Tränen in den Augen. „Bitte, wenn Sie meinen Marco entführt haben, bringen Sie ihn mir bitte zurück. Ich werde alles tun, was sie wollen.“

„Ja, nur nicht zurücktreten“, frotzelte Grandma.

Da war etwas dran, und mir wurde in diesem Moment noch mehr bewusst, dass ich unseren Klienten nicht besonders mochte. Das war aber auch so ziemlich das Einzige, was ich in Bezug auf unseren Fall bisher mit Sicherheit wusste.

Warum gab er ausgerechnet jetzt ein öffentliches Interview? Glaubte er wirklich, die Entführer auf diese Weise erreichen zu können? Aus irgendeinem Grund hatte ich plötzlich ein mulmiges Gefühl.

10

Nach dem Interview schaltete Grandma den Fernseher aus und schlenderte in Richtung Garderobenschrank. Offenbar plante sie eine weitere Polarexpedition. Das wäre dann die dritte heute. Grundsätzlich bin ich ja für vieles zu haben, aber nicht bei Temperaturen unter minus fünfzehn Grad. Brrr.

Paisley tänzelte hinter mir her, als ich meiner Großmutter ins Foyer folgte. „Wohin jetzt?", stöhnte ich.

„In die Bibliothek!", verkündete sie mit erhobenem Zeigefinger und deutete dramatisch zur Decke. Neugierig richtete ich den Blick nach oben.

„Nein, nicht in unsere. In die Stadtbibliothek." Sie schlang sich einen bunten, selbstgestrickten Schal um den Hals und knöpfte ihren Mantel zu.

„Tut mir leid, Süße", sagte ich zu der übereifrigen Chihuahua-Hündin zu meinen Füßen. „Diesmal musst du hierbleiben."

„Was? Warum?", jammerte sie und zog ihren Schwanz ein. „Ich will aber mitkommen, Mami."

„In der Bibliothek sind Tiere nicht erlaubt", erklärte ich ihr und zuckte entschuldigend mit den Achseln. „Außerdem würdest du dich dort bestimmt langweilen."

„Ach, Quatsch", murmelte Grandma, aber zum Glück hatte Paisley es nicht mitgekriegt.

„Ich bleibe hier", verkündete Octocat einen Moment später.

„Gut, du hast nämlich auch keinen Zutritt."

„Was? Nein, ich komme mit", protestierte er.

Hm. Kein schlechter Trick, den Spieß einfach umzudrehen. Ich würde das demnächst mal bei ihm ausprobieren. Aber bei diesem Vorhaben konnte er uns wirklich nicht begleiten.

„Tut mir leid", sagte ich, obwohl sich mein Mitleid in Grenzen hielt. „So sind halt die Regeln dort."

„Komm, lass uns los", sagte ich zu Grandma, und wir flitzten hinaus zum Auto, bevor unsere beiden Vierbeiner quengelnd hinter uns herrennen konnten.

„Was hoffst du, dort zu finden?" Ich war schon immer ein großer Fan der Stadtbibliothek von Glendale gewesen, weshalb ich mich auf diesen Trip jetzt doch ein wenig freute.

Grandma schüttelte den Kopf. „Nicht ich, du."

„Okay“, erwiderte ich gedehnt und sah sie erwartungsvoll an. „Was hoffst du, das ich dort finde?“

„Du wirst die alten Ausgaben aller Zeitungen der Gegend durchforsten, um etwas über die Vergangenheit des Bürgermeisters in Erfahrung zu bringen.“ Sie warf einen Blick in den Rückspiegel, überprüfte ihre Frisur und trug einen hellrosa Lippenstift auf.

Ich widerstand dem Drang, es ihr gleich zu tun. Das war jetzt wirklich nicht so wichtig. „Und was wirst du in der Zeit machen?“

„Ich werde in den sozialen Medien herumstöbern. Mal schauen, was ich über sein Privatleben in den letzten Jahren herausfinden kann“, erklärte meine Großmutter grinsend. Natürlich hatte sie sich die interessantere Aufgabe vorbehalten.

„Denk an unsere Hauptpunkte“, sagte sie, nachdem sie vor dem großen Backsteingebäude geparkt hatte. Nur eine Handvoll anderer Autos stand dort – kein Wunder, bei dem Wetter. Eines davon, ein alter Lieferwagen, kam mir bekannt vor, aber ich konnte ihn nicht genau zuordnen.

„Hm?“ Grübelnd wandte ich mich wieder meiner Großmutter zu.

„Denk an unsere Hauptpunkte“, wiederholte sie seufzend, „Menschen, Orte, Ereignisse. Notier dir alles, was dir auffällt, und wenn wir nachher wieder zu Hause sind, wiederholen wir unser Brainstorming und tragen es in die Übersicht ein.“

„Alles klar“, sagte ich und nickte kurz.

Keiner unserer bisherigen Fälle hatte uns jemals zuvor hierhergeführt, aber auch bei keinem hatten wir es mit jemandem zu tun, der so in der Öffentlichkeit stand wie Bürgermeister Mark Dennison.

Wir hatten zwar einmal einen Mord an einer Senatorin aufgeklärt, jedoch waren die Umstände bei diesem Verbrechen völlig anders gewesen. Damals hatten sich die Hinweise im Laufe unserer Ermittlungen fast wie von selbst ergeben, sodass es gar nicht erst nötig war, die Hintergründe genau zu recherchieren.

Nachdem wir die Glastüren am Eingang zur Bibliothek passiert hatten, steuerte Grandma sofort den Bereich mit den Computerarbeitsplätzen an. Da ich nicht recht wusste, wo ich mit meiner Aufgabe beginnen sollte, wandte ich mich an die Bibliothekarin, die am Hauptschalter Bücher einscannte. Sie war noch jung, wahrscheinlich eine neue Mitarbeiterin, da ich sie noch nie zuvor gesehen hatte, weder hier noch sonst wo.

„Hallo. Kann ich Ihnen helfen?", fragte sie mit einem kurzen Nicken.

„Ich möchte etwas im Archiv recherchieren, in älteren Zeitungsausgaben hier aus Region. Haben Sie die, ähm, auf Mikrofiche oder wie geht das?"

Ihre Augen weiteten sich, und sie musterte mich skeptisch. „Von wann sollen diese Zeitungen denn sein?" Gute Frage. Wie weit sollte ich zurückgehen, um aufzudecken, welche Leichen der Bürgermeister im Keller hatte? In Anbetracht der Tatsache, dass er noch recht jung war, würden möglicherweise ein paar Jahre genügen.

„Die letzten fünf Jahre vielleicht?“, antwortete ich schließlich.

Die Dame kicherte, stand auf und gab mir ein Zeichen, ihr zu folgen. „Dafür brauchen Sie keinen Mikrofiche. Heutzutage ist alles digitalisiert. Kommen Sie, ich zeige Ihnen das Archiv.“

Sie führte mich in denselben Computerbereich, wo Grandma bereits in ihre Nachforschungen vertieft war, und klickte auf ein Symbol am unteren Bildschirmrand, das mir bisher nie aufgefallen war.

„Hier können Sie die digitalen Sammlungen öffnen“, erklärte sie. „Das ist die Startseite für unser Archiv. Im Vergleich zu den schicken Großstadtbibliotheken, wie etwa in Portland, ist es recht überschaubar, aber für eine kleine Stadt wie Glendale doch ziemlich beeindruckend.“

„Vielen Dank.“ Ich überflog die Liste der Zeitungen, während sie mir über die Schulter schaute. In Archiven hatte ich schon in meiner Studienzeit öfter recherchiert, aber zu deutlich allgemeineren Themen, nicht zu etwas so Speziellem. Ich wusste ja noch nicht einmal, wonach ich überhaupt suchte.

Die junge Mitarbeiterin tätschelte mir die Schulter und lächelte. „Ich bin jetzt wieder vorne an meinem Platz. Wenn Sie Hilfe brauchen, melden Sie sich.“ Mit diesen Worten entfernte sie sich, und ich könnte schwören, dass sie dabei leise in sich hinein kicherte.

Ich überflog die Schlagzeilen, beginnend mit denen von dieser Woche, und arbeitete mich dann chronologisch rückwärts durch die Artikel. Es bestätigte sich, was der Bürgermeister uns erzählt hatte: Seine Gegner kritisierten vor allem, dass er relativ wenig Erfahrung mitbrachte, Junggeselle war und die Wahl nur sehr knapp gewonnen hatte.

Ich fand mehrere Leserbriefe, in denen genau diese Dinge an den Pranger gestellt wurden. Ich notierte mir die Namen der Verfasser, sofern vorhanden, und das Datum, an dem die Kommentare veröffentlicht wurden, sodass ich rasch eine umfangreiche Liste zusammen hatte, die ich bei unserem Team-Brainstorming durchgehen wollte.

„Irgendetwas Delikates gefunden?", flüsterte Grandma. Sie stand mir gegenüber auf der anderen Seite der Tischreihe und beobachtete mich zwischen zwei Monitoren hindurch.

„Nicht viel", gab ich zu.

„Dann komm mal flugs hier rüber. Du wirst nicht glauben, was ich gerade entdeckt habe."

11

Ich schaltete den Bildschirm meines Computers aus und umrundete die lange Reihe von Tischen, um Grandma über die Schulter zu schauen. Sie hatte verschiedene Browserfenster geöffnet, zuvorderst das persönliche Facebook-Profil von Mark Dennison.

„Seit wann bist du denn mit ihm befreundet?", fragte ich erstaunt.

„Seit etwa zwanzig Minuten", antwortete sie mit einem verschmitzten Lächeln und deutete auf die Statusanzeige am unteren Ende des Feeds.

Sie hatte wirklich schnell und effektiv gearbeitet, das musste ich ihr lassen.

„Sie mal hier", fuhr sie fort. „Dieser Beitrag ist schon ein paar Jahre alt. Der gute Mark hat ihn verfasst, etwa sechs Monate, bevor er Marco adoptierte."

Ich beugte mich noch weiter vor und las:

Sollten wir diesen Kandidaten wirklich wählen, nur weil seine Frau an Krebs erkrankt ist? Natürlich ist das tragisch, aber das ändert nichts an seiner Politik. Wählen Sie mit Logik. Nicht aus Mitleid.

„Na, das ist ja eine reizende Einstellung“, merkte ich an.

„Du sagst es.“ Grandma scrollte zurück an den Anfang der Seite. „Es gibt noch ein paar andere Posts, in denen er das aktuelle politische Geschehen in ähnlicher Weise kommentiert, und dann – bumm! – taucht Welpe Marco auf, und ab dann hat er kein anderes Thema mehr in seinem Feed.“

Ich kniff die Augen zusammen. „Und was bedeutet das deiner Meinung nach für unseren Fall?“, fragte ich sie. Der Zusammenhang war mir noch nicht ganz klar, auch wenn ich ein gewisses Bauchgefühl hatte.

„Wenn du wirklich unbeliebt wärst, was würdest du tun, um andere für dich zu gewinnen?“, fragte Grandma und kicherte leise. „Diese Frage kann ich persönlich natürlich nicht beantworten, da mich schon immer alle gemocht haben.“

Ich verdrehte die Augen. Manchmal klang sie für meinen Geschmack zu sehr nach Octocat. „Okay, also was denkst du über Dennison?“

„Ich finde, es ist offensichtlich, dass eine Taktik dahintersteckt, die er ganz bewusst anwendet. Sieh mal hier, er bezeichnet das neue Hündchen wieder und wieder als seine Familie. Und war das nicht gerade immer einer der Hauptkritikpunkte an ihm, seitdem er sich für ein öffentliches Amt beworben hat? Zuerst war er meines Wissens bei der lokalen Schulbehörde. Da kommt man relativ leicht rein, weil es eine ganze Reihe Stellen gibt."

Also, wenn das stimmte ... Ich hasste die Vorstellung, dass dieser arme Hund anscheinend nie mehr als ein Mittel zum Zweck gewesen war, ein hinterlistiger Trick, um Wähler von sich zu überzeugen.

„Du glaubst also, dass Dennison Marco in Wirklichkeit gar nicht liebt, dass er für ihn nur eine Strategie ist?"

„Es erscheint mir schon ziemlich verdächtig, dass er sich den Hund ausgerechnet zu jenem Zeitpunkt angeschafft hat."

„Ja, das ist wohl wahr", seufzte ich. „Alles an dieser Sache ist verdächtig. Vielleicht hat Octocat recht. Morde sind einfacher aufzuklären als Entführungen."

„Dafür, dass du ihn nicht mitnehmen wolltest, sprichst du ganz schön viel über diesen Kater." Grandma schmunzelte. „Und nun erzähl mal, was du in den Zeitungen gefunden hast."

Jetzt hatte ich einen Kloß im Hals und schluckte schwer. „Nichts. Wir sind doch noch gar nicht lange hier."

„Trotzdem bin ich in der Kürze der Zeit auf eine heiße Spur gestoßen."

„So heiß ist sie ja auch wieder nicht", entgegnete ich.

„Hey, das ist doch ein richtiger Goldnugget. Ein Golden-Retriever-Goldnugget."

Ich weigerte mich, über so ein so blödes Wortspiel zu lachen. „Heißt das, wir sind hier fertig?“

„Nicht ganz.“ Sie schloss alle Browserfenster und rief die interne Suchmaschine der Bibliothek auf. „Wo wir schon mal hier sind, schaue ich mir rasch ein paar Bücher mit Strickmustern an.“

Grandma schaffte es doch immer wieder, mich zu überraschen. „Stricken? Ich dachte, das hättest du aufgegeben. Du hast doch gesagt, das sei etwas für alte Damen, weißt du noch?“

„Ja, stimmt, aber als ich das sagte, war es auch nicht so klirrend kalt wie jetzt. Und ich dachte, Nini könnte ein Pullöverchen gebrauchen, das sie schön warm hält.“

Ah, Nini, das Haustier ihres neuen Freunds. Das nervöse Kaninchen hatte uns bei unserem letzten Fall geholfen – zwei Morde und eine Entführung, die wir in Rekordzeit aufgeklärt hatten.

Irgendwie konnte ich mir nicht vorstellen, dass Nini sich das Strickteil gerne anziehen lassen würde, bestimmt würde sie es eher als Zwangsjacke empfinden, aber zumindest hatte Grandma eine Aufgabe, die sie glücklich machte.

„Okay. Dann wühle ich mich derweil noch mal durch die Zeitungen. Da muss es doch etwas Aufschlussreiches geben.“

Grandma schaltete ihren Computer aus und spazierte in den hinteren Teil der Bibliothek. Ich schloss die Augen und hoffte, dass gleich endlich eine spannende Schlagzeile auf meinem Bildschirm auftauchen würde. Obwohl ich ihre

Theorie durchaus plausibel fand, wollte ich einfach nicht glauben, dass sich jemand aus einem so oberflächlichen Grund wie ein paar zusätzlichen Wählerstimmen ein Haustier zulegte.

Ich rief mir unsere heutigen Gespräche mit dem Bürgermeister in Erinnerung. Was auch immer seine ursprünglichen Beweggründe gewesen sein mochten, jetzt schien Mark Dennison seinen Hund zu lieben und sich nichts sehnlicher zu wünschen, als ihn unbeschadet wiederzubekommen. Oder irrte ich mich etwa?

Ich blätterte noch etwa eine halbe Stunde in den digitalen Archiven. Das einzig Interessante, was ich dabei entdeckte, war ein alter Leitartikel, in dem es um Junggesellen in der Politik ging und darum, dass sie für solche Aufgaben nicht wirklich geeignet seien.

Armer Mark. Die ganze Welt schien gegen ihn zu sein, und ich bekam ein leicht schlechtes Gewissen, weil ich seine Ehrlichkeit angezweifelt hatte. Für einen Politiker gehörte es wahrscheinlich zum Alltag, nicht immer die ganze Wahrheit preiszugeben. Und natürlich gab es auch immer Leute, die versuchten, andere öffentlich in die Pfanne zu hauen, wenn ihnen deren Gesinnung nicht passte.

Ich beendete meine fruchtlose Recherche und fand Grandma kurz darauf in der Abteilung für junge Erwachsene. Sie unterhielt sich mit einem rothaarigen Mädchen, das geflochtene Zöpfe trug und eine frappierende Ähnlichkeit mit Pippi Langstrumpf aufwies. Es fehlte nur noch das Äffchen auf ihrer Schulter. Ihr Gesicht war mit Sommersprossen übersät, und ich schätzte sie auf etwa neun. Sie erschien mir noch zu jung für die Bücher in den Regalen hier, während meine Großmutter aus dem Alter der Jugendliteratur wohl eher raus war.

„Wie sieht's aus, können wir los?“, fragte ich Grandma und fühlte mich in dem Moment irgendwie wie ihre Mutter.

„Ja, gleich“, antwortete sie mit höherer Stimme als sonst. „Betsy und ich haben uns gerade über die Umstände von Lord Voldemorts Machtergreifung unterhalten. Betsy, du hast gesagt, dass Nagini mehr als nur eine Schlange war. Könntest du das näher erläutern?“

Ich stöhnte und wandte mich ab. So sehr ich Harry Potter auch liebte, genügte es mir im Moment vollkommen, mich mit Bürgermeister Dennisons Geschichte auseinanderzusetzen. Auf eine tiefgründige Diskussion über den Dunklen Lord hatte ich jetzt so gar keine Lust.

Aber, hey, immerhin befand ich mich gerade an einem meiner Lieblingsorte. Vielleicht sollte ich mich einfach ein bisschen umschauen und mir ein schönes Buch aussuchen, mit dem ich mich belohnen könnte, wenn wir den Fall abgeschlossen hatten.

Obwohl ich normalerweise Romane bevorzugte, schlenderte ich in die Tierbuchabteilung. Vielleicht gab es ja ein Nachschlagwerk über exotische Haustiere. Bisher hatte ich fast immer Glück gehabt mit den Tieren, die mich bei meiner Detektivarbeit unterstützten, doch was, wenn ich irgendwann ein Chinchilla, ein Frettchen oder sogar eine Schlange befragen musste, um ein Verbrechen zu lösen? Es könnte sicher nicht schaden, auf alles vorbereitet zu sein.

Kurze Zeit später bog Grandma um die Ecke. „Da bist du ja. Ich habe mindestens eine halbe Stunde nach dir gesucht."

Komisch, denn ich hatte sie erst vor etwa zehn Minuten verlassen. Ich stellte das Buch, in dem ich geblättert hatte, ins Regal zurück und schloss den Reißverschluss meines Mantels. „Dann lass uns nach Hause fahren."

Auf der Rückfahrt sagte ich nicht viel, während Grandma immer wieder mit ihrer fachlichen Diskussion über Voldemort anfing. Sie stellte sogar einen Vergleich mit Bürgermeister Dennison an, was ich ziemlich seltsam fand, wenn man bedenkt, wie überzeugt sie für ihn Partei ergriffen und ihn bei seiner Amtseinführung gegen die Demonstranten verteidigt hatte.

Zu Hause fanden wir Octocat auf einem sonnigen Flecken am Boden dösend vor, wie er es häufig tat, während Paisley sich an seine Seite schmiegte und ihm das Fell am Hals leckte. Er schnurrte laut und blinzelte genüsslich. Als er bemerkte, dass wir dastanden und sie beobachteten, sprang er entsetzt auf und machte das gleiche angewiderte Gesicht, wie wenn er zufällig eine Gurke in seiner Nähe erblickte.

Ich konnte es mir einfach nicht verkneifen, ihn ein wenig aufzuziehen: „Also, du und Paisley, ja?" fragte ich, verzog die Lippen zu einem Kussmund und riss die Augen auf.

„Es ist nicht so, wie es aussieht, Angela, und das weißt du.

Sie ist einfach eine kleine … Oh, warum mache ich mir überhaupt die Mühe, dir das zu erklären? Ihr ignoranten Menschen versteht das doch sowieso nicht. Verschwinde hier, Hund!“ Nach dieser Abfuhr huschte Paisley wimmernd davon.

„Willst du hören, was wir in der Bibliothek herausgefunden haben?“, fragte ich und neigte den Kopf zur Seite.

Er streckte zunächst der Reihe nach seine Beine, erst die vorderen, dann die hinteren, bevor er sich gemächlich zu mir umdrehte. „Wenn es sein muss.“

Kurz berichtete ich ihm, dass wir nicht viel in Erfahrung gebracht und weiterhin keinen konkreten Plan hatten, jedoch hatte ich nicht erwartet, dass er mich daraufhin auslachen würde.

„Oh, ihr Menschen seid schon komische Geschöpfe. Immer so hilfsbedürftig. Wir Katzen brauchen niemanden, der uns sagt, was wir tun sollen. Wir haben immer einen Plan. Mein Cousin dreiundzwanzigsten Grades, Stubbs, hat sogar über Menschen geherrscht. Sie haben ihn zum Bürgermeister ihrer Stadt gewählt, und zwar über zwanzig Jahre lang! Als er seine erste Amtszeit antrat, war er noch ein kleines Katerchen. Und er hat seine Sache großartig gemacht. Wenn du mich fragst, sollten mehr Katzen Bürgermeister werden. Ich meine, du siehst doch, wie viel besser dein Leben ist, seit ich da bin und dir zeige, wie man es richtig lebt.“

„Ich gehe nach oben“, erwiderte ich bloß und drehte mich auf dem Absatz um, bevor Octocat seinen langweiligen

Monolog über seine seltsamen Verwandtschaft fortsetzen konnte. Und genauso wenig wollte ich mich jetzt mit Grandmas abstrusen Verschwörungstheorien befassen.

„In einer Stunde ist das Abendessen fertig“, rief sie mir nach. „Irgendwie habe ich Lust auf eine schöne Quiche. Ich fange gleich an!“ Mit diesen Worten verschwand sie in der Küche, und ich stapfte die Treppe hinauf. Erst als ich mein Turmzimmer erreicht hatte, bemerkte ich, dass Paisley mir gefolgt war.

„Mami“, sagte sie mit ihrem niedlichen Stimmchen, wedelte mit dem Schwanz und blinzelte mich an. Es sah immer so aus, als würde sie gleich weinen, selbst wenn sie glücklich war. „Ich habe dich vorhin vermisst, Mami.“

„Ich dich auch, Süße. Aber es war sehr schön, nach Hause zu kommen und zu sehen, dass du und Octocat so gut miteinander auskommt.“

„Ja, aber dann hat er meine Gefühle verletzt“, jammerte sie. „Warum tut er das?“

„Oh, Schätzchen.“ Wenn ich nur die Antwort auf diese Frage wüsste, könnte ich mir ein zweites Standbein als Katzentherapeut aufbauen und Millionen verdienen.

12

In der Nacht wälzte ich mich stundenlang schlaflos hin und her. In meinem Kopf kreisten die Gespräche mit dem Bürgermeister und Grandmas Verdacht bezüglich seiner Motive, warum er sich den Hund angeschafft hatte. Irgendetwas Entscheidendes musste ich wohl übersehen haben … Aber was? Diese Frage ließen mir keine Ruhe, obwohl ich todmüde war.

Schon nach kurzer Zeit verließ Octocat genervt das Bett, um sich woanders ein ruhigeres Plätzchen zu suchen. Ich vermisste zwar seine Wärme, aber auf seine missbilligenden Bemerkungen, wie sinnlos mein Gedankenkarussell doch sei, konnte ich gut verzichten.

Ich hatte gehofft, am nächsten Morgen ein wenig ausschlafen zu können, aber Grandma machte mir einen Strich durch die Rechnung. Sobald die ersten Sonnenstrahlen durch die Vorhänge drangen, stürmte sie herein, mit der kläffenden Paisley auf den Fersen. „Guten Morgen! Es ist ein perfekter Tag zum Laufen! Unser zweites Training! Das wird wahrscheinlich nicht so leicht für dich“, sagte sie mit einem kecken Grinsen, „aber wir dürfen jetzt nicht nachlassen. Danach wirst du dich großartig fühlen. Raus aus den Federn, nicht trödeln, husch, husch!“

Ich zog mir das Kissen über den Kopf, sodass ich kaum Luft bekam, aber das störte mich im Moment nicht, Hauptsache Grandma ließ mich in Ruhe. Gab es etwas Schlimmeres, als mit ihr laufen zu gehen, wenn man fast nicht geschlafen hatte?

Dann tauchte auch noch Octocat mit einer toten Ratte im Maul auf und ließ sie direkt auf mich fallen, was mir bewies, dass es tatsächlich noch schlimmer kommen konnte.

Ich schrie auf und warf die Bettdecke samt der Ratte zu Boden. Paisley kam herangeflitzt und schnappte sich das tote Nagetier.

„Boah, die sieht ja lecker aus! So ein dicker Brocken“, nuschelte sie mit dem fetten Vieh im Maul.

„Sag mal, geht's noch? Warum tust du mir das an, und das auch noch so früh Morgen?“, schimpfte ich mit ihm, wobei ich immer noch einen Brechreiz verspürte.

„Betrachte es als Bezahlung. Nicht als Geschenk. Ich brauche nämlich etwas.“

„Ich will dieses eklige Ding weder als Geschenk noch als Bezahlung! Alles, was ich will, ist, dass du es aus dem Haus schaffst!“ Wieder schauderte ich. Wie ich solche Aktionen hasste. Die Sache war umso gemeiner, weil ich mit Ratten ebenfalls sprechen konnte.

Octocat hingegen schien kein Problem damit zu haben, mich auf die Palme zu bringen. Ihn interessierten allein seine eigenen Bedürfnisse.

„Ich hatte eine sehr unruhige Nacht wegen dir, Angela“, begann er seufzend. Was habe ich gesagt? Es ging immer nur um ihn. „Du hast dich permanent herumgewälzt und ständig vor dich hin gemurmelt, sodass ich kein Auge zugetan habe. Das geht einfach nicht. Ich brauche mein eigenes Schlafzimmer. Mein eigenes Bett.“

„Das soll wohl ein Scherz sein. Sorry, ich kann mich gerade nicht damit auseinandersetzen. Grandma, mir ist echt nicht gut, ich gehe nicht joggen. Ich muss mir die Energie für unseren Fall aufsparen.“

Sie winkte ab. „Es gibt nichts Besseres, als morgens an erster Stelle das Blut in Wallung zu bringen. Danach ist auch dein müdes Gehirn wieder topfit.“

Ich stöhnte auf. Warum konnten sie mich nicht einmal für fünf Minuten in Frieden lassen? War das wirklich zu viel verlangt? Nur fünf Minuten würden mir schon helfen.

„Ich nehme an, ich habe keine andere Wahl?“

„Nein“, antwortete sie energisch und warf mir eine Trinkflasche zu, die ich nicht auffing und daher auf den Boden knallte.

Paisley hatte sich bereits mit der Ratte davongestohlen,

und ich hoffte inständig, das tote Tier nicht noch einmal sehen zu müssen. Und garantiert würde ich mich nicht von der Chihuahua-Hündin ablecken lassen, bevor ich ihr nicht gründlich die Zähne geputzt hatte.

„Lass uns gehen. Beeil dich!“, rief Grandma ungeduldig. Puh, sie nahm ihre Rolle als meine persönliche Trainerin eindeutig zu ernst.

Octocat sprang aufs Bett und fixierte mich mit seinen bernsteinfarbenen Augen. „Da du meine Bezahlung akzeptiert hast, erwarte ich, dass du die mir zugesagte Leistung bis zum Einbruch der Nacht erbringst. Wehe, du vergisst das. Wenn du zurück bist, bekomme ich mein eigenes Schlafzimmer, und wehe, es ist kein schönes. Das ist immerhin mein Haus.“

Ich ignorierte ihn, während ich versuchte, mich auf die Fitnesseinheit vorzubereiten, die mir bevorstand. Es würde ein furchtbar anstrengender Tag werden, so viel war sicher.

Paisley war immer noch irgendwo mit dem Nagetier beschäftigt, sodass es ausnahmsweise kein Problem darstellte, sich ohne sie davonzuschleichen. Die Schneemassen und die Kälte da draußen waren einfach zu gefährlich für die Kleine. Hoffentlich würden wir bald milderes Wetter bekommen, allerdings konnte man das in Blueberry Bay Anfang Februar nicht erwarten.

Grandma fuhr uns zu Cujos Haus, schnappte ihn sich aus dem Vorgarten und legte ihm die Leine an.

„Ich erwarte, dass du dich heute besser anstellst“,

brummte der Husky-Mischling und verengte kritisch die Augen, was ihn noch unheimlicher erscheinen ließ. „Deine gestrige Leistung war nicht akzeptabel, aber ich bin froh, dass du es heute erneut versuchen willst. Wir werden schon noch eine Marathonläuferin aus dir machen.“

„Ich weiß überhaupt nicht, warum dir das so wichtig ist“, murmelte ich. „Du kennst mich doch gar nicht.“

„Oh, aber ich renne gerne, damit kenne ich mich aus“, antwortete Cujo mit einem höhnischen Grinsen und stürmte los. Und schon waren wir unterwegs.

„Also“, sagte Grandma, als wir um die nächste Ecke bogen, „ich glaube immer noch, dass an der Sache mit dem vermissten Golden Retriever etwas faul ist.“

Nicht einmal beim Laufen konnte man mal in Ruhe nachdenken. So ein Pech. Momentan war wirklich der Wurm drin.

„Was höre ich da? Ein vermisster Retriever?“, fragte Cujo, der immer noch in halsbrecherischem Tempo vor uns her preschte.

Ich hatte das Gefühl, er würde mir gleich die Schulter auskugeln, weil er so stark an der Leine zog und ich kaum mit ihm und Grandma Schritt halten konnte.

„Ja“, antwortete ich, bereits völlig außer Atem. „Unser neuester Fall.“

„Was für ein Fall?“, fragte er mit gespitzten Ohren.

„Ich bin ... Privatdetektivin“, keuchte ich. „Ich und ... mein Kater.“

Er schnaubte. „Mit Katzen kann man doch nicht zusammenarbeiten. Es kümmert sie nicht, ob ein Job erledigt wird oder nicht. Du brauchst einen Hund. Aber du hast Glück, denn ich arbeite freiwillig. Gib mir einfach eine Aufgabe, und ich erledige sie. Das ist es, was wir Arbeitshunde am besten können. Und jetzt schieß los, wie kann ich dir helfen, diesen vermissten Retriever zu finden?“

„Was hat er gesagt?“, wollte Grandma wissen. Manchmal vergaß ich, dass sie zwar die Laute hören konnte, die die Tiere von sich gaben, während ich mich mit ihnen unterhielt, wie jetzt Cujos Bellen und Brummen, jedoch nicht verstand, worüber wir sprachen.

„Er will helfen, Marco zu finden“, erklärte ich ihr heftig japsend und kurz davor, tot umzufallen.

„Perfekt!“, rief sie, dynamisch wie immer und kein bisschen außer Puste. Sie schien nicht einmal ins Schwitzen gekommen zu sein.

„Wir fahren direkt zum Haus des Bürgermeisters, sobald wir unsere Runde beendet haben“, beschloss sie laut.

„Nein. Bitte nicht. Ich brauche eine Pause“, flehte ich. „Ich schaffe das nicht.“

„Also ehrlich, du enttäuschst mich schon wieder“, bemerkte Cujo mit einem leisen Knurren. „Sieh doch endlich ein, dass du mich unbedingt für diesen Fall brauchst. In mir stecken nicht nur Husky-Gene, ich bin auch teils Akita und teils Pyrenäenberghund, die größten und stärksten Rassen. Deswegen bin ich auch der Größte überhaupt.“

Wow, an Ego mangelte es diesem Hund offensichtlich

nicht. So sehr er Katzen verachten mochte, erinnerte er mich gerade trotzdem an einen bestimmten Kater.

„Okay, aber ich habe nicht gesagt, dass du den Job hast“, erwiderte ich zögerlich, weil ich befürchtete, es würde unsere Ermittlungen nur weiter erschweren, wenn ich mich auch noch um Cujo kümmern müsste.

„Natürlich hat er den Job!“, rief Grandma vergnügt. „Guter Junge. Sag uns einfach, wie du belohnt werden willst, und wir werden dafür sorgen, dass du es bekommst. Magst du Kauknochen oder Ochsenziemer?“

Ich übersetzte das für Cujo, der seufzte und sagte: „Wenn ich meine Aufgabe erfolgreich erledigt habe, ist das für mich die schönste Belohnung, aber ich freue mich natürlich auch über eine Wertschätzung.“

Er warf mir einen missbilligenden Blick über die Schulter zu und meinte dann: „Klär mich über den Fall auf, damit ich loslegen kann. Ich werde die Sache in Rekordzeit lösen, wirst schon sehen.“

Nur mit Mühe gelang es mir, ihm die Fakten zu schildern, während wir die Lauftortur fortsetzten, aber irgendwie schaffte ich es doch. Als wir unsere Runde nach vierzig statt der gestrigen dreißig Minuten beendet hatten, sackte ich völlig abgekämpft in den Schnee. In diesem Augenblick war mir alles egal, ich wollte mich nur noch ausruhen.

„Was machst du da?“, fragte Grandma lachend.

Cujo war weit weniger amüsiert. „Steh auf! Wir haben

jetzt keine Zeit, faul herumzuliegen, nicht bevor der Job nicht erledigt ist."

Ich machte einen Schneeengel und ignorierte die beiden geflissentlich, bis sich mein Puls endlich wieder etwas normalisiert hatte. Nicht erholt, aber leicht erfrischt stand ich auf und schlurfte zum Auto.

„Das war doch gar nicht so schlimm, oder?", fragte Grandma und bedeutete Cujo, sich auf die enge Rückbank ihres Sportwagens zu setzen, die der riesige Rüde mit seinen mindestens fünfzig Kilo fast komplett ausfüllte.

Ich lachte resigniert, schloss die Augen und lehnte mich gegen die Kopfstütze. Je schneller wir diesen Fall lösten, desto eher würde ich wieder Schlaf finden. Hoffentlich hatte Octocat mittlerweile seine Forderung nach einem eigenen Schlafzimmer vergessen. Andererseits, wann hatte er jemals etwas vergessen? Oder zumindest etwas, das ihn betraf?

13

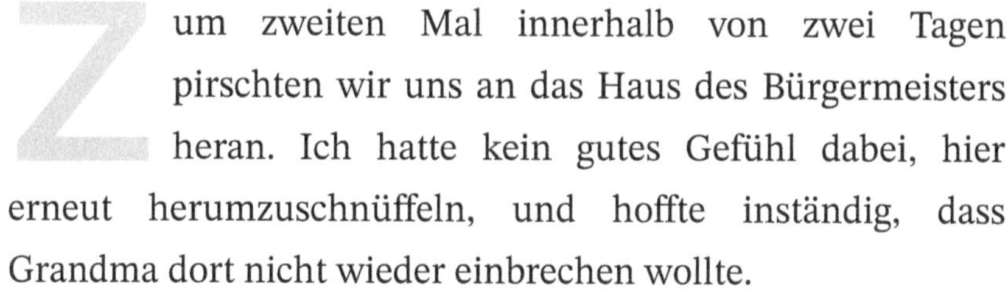

Zum zweiten Mal innerhalb von zwei Tagen pirschten wir uns an das Haus des Bürgermeisters heran. Ich hatte kein gutes Gefühl dabei, hier erneut herumzuschnüffeln, und hoffte inständig, dass Grandma dort nicht wieder einbrechen wollte.

Gestern hatten wir ja gerade noch so die Kurve gekriegt und unser plötzliches Auftauchen erklären können, aber wenn Mark uns heute erneut erwischte, würde er sicher Verdacht schöpfen, dass wir nicht nur das Verschwinden seines Hundes untersuchten, sondern auch seine Person genauer unter die Lupe nahmen.

„Ist das Mark?", keuchte Cujo mir ins Gesicht. Er hing mit seinem riesigen Kopf zwischen den beiden Vordersitzen. Komisch, dass er während unseres Trainings überhaupt nicht angestrengt gewirkt hatte, jetzt aber vor lauter

Aufregung über das bevorstehende Abenteuer heftig hechelte und dabei seine lange Zunge sabbernd heraushängen ließ.

Gerade noch rechtzeitig erspähte ich am Ende der Straße den schicken Wagen des Bürgermeisters, bevor er in eine andere Richtung abbog.

„Ich werde ihn beschatten“, sagte Grandma und stieß mich sanft in die Rippen. „Spring raus! In der Zeit kannst du dich hier umsehen.“

Ich wusste, dass eine Diskussion mit ihr keinen Zweck hatte, auch wenn ich zum Umfallen müde war. Wenigstens würde ich mich jetzt in meinem eigenen Tempo bewegen können.

Aber das war leider ein Irrtum. Einen Moment später stand ich mit Cujo an meiner Seite im Neuschnee von heute Morgen. „Warum bist du nicht bei Grandma geblieben?“, fragte ich ihn, und er merkte mir sicher an, dass ich nicht begeistert über seine Anwesenheit war.

„Und die ganze Action verpassen? Auf keinen Fall. Ich hasse diese Blechbüchsen sowieso. Ich bin dafür gemacht, einen Schlitten zu ziehen, und nicht in einem zu sitzen.“ Er schnaufte und scharrte ungeduldig mit den Pranken.

„Na dann komm“, sagte ich und stapfte die verschneite Einfahrt hinauf. Ich hätte gedacht, dass beim Bürgermeister alles vorbildlich vom Schnee befreit wäre. Er könnte doch sogar die Jungs mit den Räumfahrzeugen zu sich bestellen, aber wahrscheinlich kamen die angesichts der rekordverdächtigen Schneefälle der vergangenen Woche überhaupt nicht mehr hinterher.

„Wonach suchen wir?“, erkundigte sich Cujo. „Ich mag es nicht, hier herumzustehen und Zeit zu verschwenden. Nicht, wenn wir eine Aufgabe zu erledigen haben.“

Ich hatte nur ein paar Sekunden innegehalten, aber anscheinend war das für den hyperaktiven Arbeitshund schon zu lange. „Ich bin mir nicht sicher“, antwortete ich und machte mich auf einen weiteren kritischen Kommentar von ihm gefasst, den er sicher schon auf den Lippen hatte. Doch just in dem Moment blies uns ein eisiger Windstoß ins Gesicht, und Cujo reckte die Nase.

„Ah, das fühlt sich gut an“, seufzte er zufrieden. Dann nahm er einen übertrieben langen und geräuschvollen Atemzug und sein ganzer Körper erstarrte.

„Ich rieche etwas“, teilte er mir mit.

„Tatsächlich? Was denn?“

„Pipi.“

Oh, super. „Ja, ähm, als der Bürgermeister uns gestern hier alles gezeigt hat, meinte er, dass Marco immer auf dieser Seite des Hauses pinkeln geht.“

„Nein, offenbar nicht immer“, bellte Cujo und drehte seinen Kopf in die entgegengesetzte Richtung. „Es kommt von da drüben!“ Er hob eine Pfote und zeigte auf den Wald.

„Bist du sicher? Aber da ist doch nichts“, erwiderte ich.

„Vielen Dank für das Vertrauen. Ihr Menschen glaubt nur, was ihr seht, ja? Gut, ich schätze, eine Privatdetektivin braucht ein gesundes Maß an Skepsis, so wie ein Schlittenführer seinen Schneeanker, aber vertrau mir. Auf meine Nase kannst du dich verlassen."

„Oh ... okay", sagte ich langsam, weil ich keine Lust hatte, das mit ihm auszudiskutieren, und von Hundeschlitten hatte ich überhaupt keine Ahnung.

Cujo zog an der Leine. „Wir sollten dahin gehen, wo der Pipiduft herkommt, er wird uns alles verraten, was wir wissen müssen."

Na toll. Aber immerhin eine Spur. Wir folgten dieser bis tief in den Wald, kamen jedoch längst nicht so schnell voran, wie er sich das vorstellte. Es war recht schattig unter den hohen, alten Bäumen, obwohl die Sonne schien.

„Das ist mir hier nicht ganz geheuer", sagte ich, holte mein Handy heraus und stellte fest, dass ich nur sehr schwachen Empfang hatte. „Niemand weiß, dass wir hier hinten sind. Was, wenn ...?"

Cujo unterbrach mich mit einem leisen Knurren. „Wir haben keine Zeit für Was-wäre- wenn-Szenarien. Wir müssen einen Fall lösen, schon vergessen?"

Es gab zwei Möglichkeiten: zurückgehen und den monströsen, grimmig dreinblickenden Hund neben mir enttäuschen oder das klitzekleine Risiko eingehen, noch tiefer in den Wald vorzudringen. Dieses Mal entschied ich mich, meine Skepsis beiseitezuschieben und dem unermüdlichen Husky-Mix durch die Bäume zu folgen.

Als wir eine Lichtung erreichten, wurde mir klar, dass

Cujos scharfer Geruchssinn uns tatsächlich an einen interessanten Ort geführt hatte. Zwischen den Bäumen am Waldrand stand eine kleine Blockhütte, die ohne die strahlend weiße Schneedecke auf dem Dach wahrscheinlich kaum zu sehen gewesen wäre. Aus dem Schornstein stieg Rauch auf, und eine verblasste Spur von Fußabdrücken führte direkt zur Eingangstür. Es sah aus wie der perfekte Ort, um der Kälte zu entfliehen und sich einen Moment auszuruhen. Oh, wie sehr ich mich nach einem solchen Moment sehnte.

„Da wären wir", teilte mir Cujo mit, der in Richtung Hütte sprang, ein Bein hob und sich höchst zufrieden erleichterte. „So. Jetzt riecht es nicht mehr nach fremdem Pipi."

„Glaubst du, es ist Marcos?", fragte ich. Die Pinkelrituale von Hunden waren zweifelsohne eine Wissenschaft für sich, mit der ich mich offen gestanden nicht gut auskannte.

„Ich bin ihm nie begegnet, also kann ich das nicht mit Sicherheit sagen." Cujo kniff die Augen zusammen und blinzelte in die Sonne. „Aber lass mich mal schnuppern ..."

Dann steckte er seine Schnauze in den Schnee. „Dieser Hund ist männlich, etwa fünf oder sechs Jahre alt, leicht übergewichtig und scheint vegetarische Leckerlis zu mögen. Nicht gerade mein Lieblingssnack, aber ..."

„Interessant!", unterbrach ich ihn, weil mir das Gespräch mit Dennison einfiel, als er uns durch sein Haus geführt und Marcos Tagesablauf erklärt hatte. „Der Bürgermeister erwähnte, dass er für Marco Veggie-Snacks verwendet, um sein Gewicht zu reduzieren, da die Fleischsorten ihn zu dick machen."

„Tja, dann haben wir den vermissten Kollegen wohl gefunden", antwortete Cujo mit einem breiten Grinsen. „Ich sagte doch, es ist einfach, wenn man sich auf die Aufgabe konzentriert."

Er hatte recht. Ohne ihn hätte ich diesen Ort niemals entdeckt, aber trotzdem waren wir noch nicht fertig hier – wir wussten ja noch gar nicht, was uns in der Hütte erwartete.

Ich drückte mich flach an die hölzerne Außenwand und schlich mich langsam zum Fenster. Ein kurzer Blick hinein bestätigte unsere Vermutung: Ein stattlicher Golden Retriever saß vor einem lodernden Kaminfeuer und knabberte an einem Rinderhautknochen.

„Das muss er sein!", rief ich aufgeregt aus und hielt mir im nächsten Augenblick die Hand vor den Mund, da mir bewusst wurde, wie laut ich gesprochen hatte. Hoffentlich würden wir nicht auffliegen. Der Retriever spitzte die Ohren, wandte aber seinen Blick nicht von dem Knochen ab. Es kam auch niemand heraus, um nachzusehen, also war Marco vermutlich allein dort eingesperrt.

„Was sollen wir tun?", fragte ich Cujo.

„Geh rein und rette ihn, was sonst!", gab er schmunzelnd zurück. „Das ist der letzte Teil unserer Mission. Du darfst jetzt nicht kneifen."

Ich versuchte, die Tür zu öffnen, aber sie war verschlossen. „Und jetzt?"

„Weg hier!“ Der Husky-Mischling sprang zur Seite und zerrte mich mit sich. Nicht ohne Grund, denn nun erblickte auch ich in der Ferne eine Gestalt, die eine riesige Pelzmütze und dicke Winterhandschuhe trug.

Cujo und ich kauerten uns hinter die Hütte, und ich beobachtete entsetzt, wie Bürgermeister Mark Dennison höchstpersönlich durch den Schnee gestapft kam und kurz darauf im Inneren der Hütte verschwand. Das konnte ja wohl nicht wahr sein!

Vorsichtig und in einer schmerzhaften geduckten Haltung pirschte ich mich an das Fenster heran und spähte über den Sims. Der Bürgermeister hatte sich neben seinem Hund niedergelassen und schien mit ihm den Fall zu besprechen, mit dessen Lösung er uns beauftragt hatte. Seine Worte drangen als leises Gemurmel zu mir durch.

„Also, mein Guter“, sagte er lachend, „die ersten Interviews sind großartig gelaufen. Ich denke, das dürfte meine Beliebtheit in der Öffentlichkeit sicher enorm ankurbeln. Jeder wird sich ab sofort daran erinnern, dass ich einen tollen Hund habe.“

Er hielt inne und kraulte Marco zwischen den Ohren. „Und sie haben auch echtes Mitleid mit mir. Es ist eine Sache, mit meiner Politik nicht einverstanden zu sein, aber wenn jemandem ein so netter Hund einfach entführt wird, steht das auf einem anderen Blatt … Wer macht denn schon so etwas?“

Marco neigte den Kopf zur Seite, und Mark brach in ein

teuflisches Gelächter aus, das mich zurückschrecken ließ. „Ja, so etwas macht wirklich nur jemand ohne jegliche Moral."

Des Rätsels Lösung lag nun klar auf der Hand. Niemand hatte den Bürgermeister jemals erpresst, und niemand hatte seinen Hund geraubt. Er selbst hatte Marco hierhergebracht und hielt ihn hier versteckt, so lange, bis er sich der Sympathien der Bürger unserer Stadt sicher sein konnte.

Was sollte ich jetzt tun? Reinplatzen und ihm sagen, dass das Spiel aus sei? Er war schließlich mein Kunde und derjenige, der uns nach Auftragsabschluss bezahlen musste.

Hm. Hatte seine selbst erkaufte Publicity wirklich jemandem geschadet? Dem Hund ging es offensichtlich gut, und er sah nicht unglücklich aus. Ich versuchte abzuwägen, ob ich mich besser verdrücken oder eine Konfrontation erzwingen sollte. Doch noch bevor ich mich entschieden hatte, kam Mark heraus und eilte davon. Ich hielt den Atem an und betete inständig, dass er sich nicht umdrehen und mich entdecken würde.

14

Ich kauerte mich mindestens zehn Minuten lang im Schnee an der Seite der Hütte zusammen, um sicherzugehen, dass Dennison wirklich weg war, bevor ich mit Cujo zurück in den Wald ging.

„Was machen wir jetzt? Was machen wir jetzt? Ich bin bereit für den nächsten Teil der Aufgabe", stieß er ungeduldig hervor. Er sah stolz und zufrieden aus, während er mich so durch die eisige Februarlandschaft zerrte. Ich musste zugeben, dass er mich als Co-Ermittler weitaus mehr motivierte als der mürrische Kater, mit dem ich normalerweise zusammenarbeitete.

„Gute Frage", erwiderte ich. „Ich bin noch unschlüssig. Was würdest du tun?"

Ehrlich gesagt war ich hin- und hergerissen. Sollten wir den Bürgermeister damit konfrontieren, dass wir die Wahrheit herausgefunden hatten? Oder sollte ich besser meine Mutter anrufen, damit sie über diesen Skandal in ihren Lokalnachrichten berichtete? Sie würde sich bestimmt freuen, eine solch pikante Story serviert zu bekommen, und ihr Sender ebenfalls. Womöglich würde sie sogar große Wellen schlagen und dann auch auf anderen Kanälen laufen.

Cujo blieb stehen und starrte mich mit seinen hellblauen Augen an. „Mir egal, das ist nicht mehr mein Job. Wir haben den Übeltäter gefunden. Punkt. Jetzt liegt es an dir, das Ganze in die richtige Richtung zu lenken."

„Ähm ... ja klar, okay", sagte ich resigniert. „Danke für die Hilfe."

„Keine Ursache", dröhnte er.

Wir liefen eine Weile schweigend nebeneinanderher. Als wir den Rand des Waldes auf der anderen Seite beinahe erreicht hatten, gab mein Telefon eine Reihe von Pieptönen von sich.

„Was war das?", fragte Cujo nervös. „Bestimmt ein Alarmsignal!"

„Keine Panik, nur mein Handy." Ich zog es aus meiner Hosentasche und sah eine verpasste Textnachricht und zwei verpasste Sprachnachrichten von Grandma.

Ich hörte mir die erste Voicemail an. „Ich weiß nicht, wo du bist, Angie, aber geh in Deckung. Mark ist auf dem Weg in deine Richtung." Die zweite lautete ganz ähnlich. Obwohl eine Vorwarnung definitiv nicht schlecht gewesen wäre, war es wahrscheinlich gut, dass mein Telefon nicht geklingelt hatte. Es hätte mich sonst verraten, während wir dort herumspionierten und ich durch das Fenster spähte.

Ich versuchte, Grandma zurückzurufen, um ihr zu sagen, dass bei mir alles okay sei, aber sie ging nicht ran, nicht einmal die Mailbox. Währenddessen schlichen Cujo und ich näher an den Waldrand. Ich wünschte mir nichts sehnlicher, als so schnell wie möglich in ihr warmes Auto zu steigen, und hoffte, dass sie in der Nähe auf uns wartete.

„Was war das?", hörte ich Cujo erneut sagen. Als ich mich umdrehte, sah ich nur noch eine Faust in einem dicken Handschuh auf mein Gesicht zufliegen. Sie traf mich voller Wucht auf die Nase, was höllisch wehtat und mich Sternchen sehen ließ. Im nächsten Augenblick wurde ich in den Schnee gestoßen. Cujo gab ein bedrohliches Knurren von sich und machte seinem Stephen-King-Namensvetter alle Ehre.

„Wer sind Sie?", rief ich benommen. Für diese Frage kassierte ich einen harten Tritt in die Seite. Die Schmerzen waren so heftig, dass ich an nichts anderes mehr denken konnte.

Mein vierbeiniger Begleiter knurrte noch lauter, und dann schrie mein Angreifer auf – offenbar hatte der Rüde zugebissen, und ganz ehrlich, mit Cujos riesigen Reißzähnen will man keine Bekanntschaft machen.

Ein dumpfer Schlag ertönte irgendwo neben mir, und der Husky-Mix jaulte auf. „Verschwinde, du blöder Hund!", hörte ich jemanden brüllen, aber ich war noch zu benommen vom Schmerz, um zu erkennen, ob es sich um eine weibliche oder eine männliche Stimme handelte. Und dann verstummte Cujos vertrautes Hecheln. Mir blieb also nichts anderes übrig, als zu versuchen, mich allein gegen den fremden Angreifer zu wehren.

„Steh auf, Russo", befahl er und zerrte mich an den Haaren hoch. Ein Mann. Eindeutig ein Mann, und ein starker noch dazu.

Mit tat alles weh, und ich musste meinen Schmerz herausschreien: „Was wollen Sie? Lassen Sie mich in Ruhe!"

„Wir haben dir doch schon gesagt, was wir wollen, doch du musstest deine Nase ja weiterhin in unsere Angelegenheiten stecken", antwortete er, aber ich konnte mir keinen Reim darauf machen.

„Schon wieder konntest du es nicht lassen", fügte eine andere Stimme hinzu, die einer Frau zu gehören schien.

„Du kommst mit uns", teilte mir der Mann mit und packte mich noch fester.

Es gelang mir leider nicht, die Gesichter der beiden zu erkennen, weil ich nach wie vor alles nur verschwommen wahrnahm. Dann wurde mir eine Stoffhaube über Kopf und Augen gezogen.

„Wenn du Faxen machst, bist du tot", sagte die Frau, und ich wusste, dass ich das lieber nicht austesten würde.

„Geh los", befahl mir der Mann und stieß mir in den Rücken. Die Frau schien direkt vor mir zu sein. Er schob mich vor sich her, und so ging es durch den Wald. Ich war mir ziemlich sicher, dass wir uns auf die einsame Hütte zubewegten. Würde ich dort sterben?

Es war wirklich kein Vergnügen, mit verbundenen Augen durch die Kälte zu marschieren, angetrieben von zwei Unbekannten, die mich in ihrer Gewalt hatten und mich anscheinend so sehr hassten, dass sie mich nun schon zum zweiten Mal entführten.

Ich hatte keinen Zweifel daran, dass es sich um dasselbe Duo handelte, das Mags einen Monat zuvor auf dem Christmas Festival in der Innenstadt verschleppt hatte. Meine Cousine hatte mir berichtet, dass ihre Kidnapper sie immerzu „Russo" nannten und sie warnten, sie solle sich aus ihren Angelegenheiten heraushalten, genau wie diese beiden jetzt bei mir.

Aber was hatten sie mit dem Bürgermeister und seinem Golden Retriever zu tun? Ich hatte doch vorhin mit eigenen Augen gesehen, dass er den Hund selbst versteckt hatte, um eine Erpressung vorzutäuschen. Marco war nie in Gefahr gewesen.

Und doch wurde ich gerade von zwei gewalttätigen Spinnern durch den Wald geschubst, ohne die leiseste Ahnung, was sie mit mir vorhatten. Mein Herz hämmerte gegen meinen Brustkorb, und ich zitterte am ganzen Körper. Es war so eisig, dass selbst das Adrenalin nicht gegen die Kälte half. Schade eigentlich.

Wenn ich wegrennen würde, käme ich vermutlich nicht

weit – nicht mit diesen beiden Psychopathen auf den Fersen, und wahrscheinlich würde ich auch ohne die Augenbinde noch nicht wieder klar sehen können. Außerdem, wie würden sie reagieren, wenn ich einen Fluchtversuch startete? Würden sie mich bestrafen? Mir blieb wohl keine andere Wahl, als mich zu fügen.

Einige Zeit später erreichten wir die Hütte, und sie schlugen ein Fenster ein. Irgendwie schafften sie es, die Tür zu öffnen, und dann schoben sie mich hinein. Die wohlige Wärme des Kaminfeuers beruhigte mich sofort, trotz der drohenden Gefahr.

Meine Entführer flüsterten sich eilig ein paar Worte zu, bevor sie mir endlich die dunkle Haube vom Kopf nahmen.

Marco, der Golden Retriever, stand nicht weit von uns entfernt und klemmte besorgt den Schwanz ein. „Wer bist du?“, fragte er mich mit freundlicher und doch ängstlicher Stimme. „Was machst du in meinem Spielhaus?“

Ich wünschte, ich hätte ihm diese Frage beantworten können, aber ich hatte ja selbst keinen Schimmer, wer meine Angreifer waren oder was sie von mir wollten. Ich musste auf Nummer sicher gehen. Also wandte ich mich stattdessen an sie und hoffte, dass Marco sie verstehen würde.

„Wer sind Sie? Warum bin ich hier? Was haben Sie mit mir vor?“, brach es hastig aus mir hervor. Mein ganzes Gesicht schmerzte von dem harten Schlag, den er mir verpasst hatte, und ich spürte, dass mir immer noch Blut von oben in den Rachen floss – wahrscheinlich war die Nase gebrochen. Vielleicht könnte Mags mir später ein paar

Schminktricks zeigen, falls ich hier überhaupt lebend wieder herauskommen sollte.

Zumindest konnte ich meine Entführer jetzt sehen. Die Frau war etwa Mitte fünfzig. Sie trug eine elegante Frisur und eine Jacke, die sicher viel Geld gekostet hatte. Sie kam mir irgendwie bekannt vor, aber ich konnte sie nicht genau einordnen.

Der Mann stand weiterhin mit dem Rücken zu mir vor dem Kaminfeuer und schwieg, während sie auf meine Fragen einging: „Du weißt doch, wer wir sind. Und warum du hier bist, kannst du dir sicher auch selbst beantworten. Was wir mit dir vorhaben? Das wird sich zeigen …“ Sie lachte zynisch – auf eine klare Antwort brauchte ich wohl nicht mehr zu hoffen.

Ich schluckte nervös, doch der dicke Kloß in meinem Hals wurde nur noch größer. Waren die wirklich so irre, mich abzumurksen? Aus welchem Grund denn? Sicher, ich hatte durch meine Arbeit als Privatdetektivin schon ein paar Bösewichte hinter Gitter gebracht, aber …

„Was denkst du, Russo?“, fragte der Mann unvermittelt und drehte sich zu mir um.

Oh. Dieses Gesicht kannte ich nur allzu gut, auch wenn er sich offensichtlich die Falten hatte straffen lassen. Das weiße Haar und der breite Kiefer sahen jedoch noch genauso aus wie früher.

„Mr. Thompson?“ Plötzlich begannen sich die Puzzleteile in meinem Kopf zusammenzufügen. Stand hier wirklich mein ehemaliger Chef vor mir, der frühere Partner der Anwaltskanzlei, die jetzt von meinem Freund Charles Longfellow geleitet wurde?

„Höchstpersönlich", sagte er mit einem fiesen Grinsen.

„Warum haben Sie mich entführt?" Ich kniff die Augen zusammen und versuchte, das Horrorszenario zu verdrängen, das sich in meinem Kopf abspielte. „Und sollten Sie nicht im Gefängnis sein?"

Er lachte verbittert. „Du solltest deine Fälle besser verfolgen, Angie. Glaubst du im Ernst, das Gericht hätte geglaubt, dass ich zwei Katzen dazu gebracht habe, ihr Frauchen in den Tod zu stürzen? Nein. Mein Anwalt hat mich da rausgeboxt, und das Ganze wurde als Unfall gewertet. Ich musste nur für kurze Zeit in den Knast, wegen fahrlässiger Tötung, und jetzt bin ich ein für alle Mal zurück."

Es ergab noch immer keinen Sinn. „Aber was wollen Sie denn? Warum sind Sie hierhergekommen? Warum verfolgen Sie mich?"

„Glaubst du etwa, wir würden dich verfolgen?", fragte die Frau und schüttelte den Kopf. „Da irrst du dich aber. Du bist uns nur zufällig in die Quere gekommen."

„Das verstehe ich nicht."

„Was ja nichts Neues ist", spottete Thompson. „Du warst eine lausige Anwaltsgehilfin, und es wundert mich nicht, dass du jetzt eine ebenso lausige Privatdetektivin bist."

Das musste ich mir nicht gefallen lassen, weder seine Beleidigungen und den Rest schon gar nicht. Ich würde ihn wegen körperlicher Gewalt und Freiheitsberaubung verklagen. Als seine Angestellte hatte ich so einige gemeine Sprüche von Thompson einstecken müssen, aber das Thema hatte sich ja längst erledigt. Jetzt war ich mein eigener Chef.

Von mir aus konnte er den Rest seines Lebens hinter Gittern verbringen. Verdient hätte er es – und ich würde dafür sorgen. Mir fehlte nur noch eine zündende Idee, um aus dieser Nummer wieder herauszukommen.

15

Thompson befahl mir, mich auf den Schreibtischstuhl zu setzen, so ein Drehdings mit Rollen. Dann fesselte er mir die Hände mit einem dicken Seil hinter dem Rücken.

„Aua, das tut weh“, beschwerte ich mich, woraufhin Thompson das Seil noch fester zuzog. Als er damit fertig war, schaute er mich zufrieden grinsend an. „Endlich bekommst du deine gerechte Strafe“, raunte er mir zu.

„Ich weiß nicht, was das soll“, murmelte ich und versuchte, nicht so verzweifelt zu klingen, wie ich mich fühlte. „Ich kann zwar nachvollziehen, dass Sie mich nicht mögen, aber was hat das mit dem Bürgermeister und seinem Hund zu tun?“

Thompson lachte erneut auf und schüttelte den Kopf. „Denise“, wandte er sich an seine Komplizin, die anscheinend seine Ehefrau war. „Geh und hol die Kamera aus dem Rucksack. Ich hatte sie nur für alle Fälle eingepackt, aber jetzt sieht es so aus, als könnten wir sie tatsächlich gebrauchen."

„Schon dabei", antwortete sie und durchquerte die Hütte, vorbei an dem Golden Retriever.

Marco blickte kurz zu ihr auf und wandte sich dann sofort wieder seinem Kauknochen zu. Der würde mir keine große Hilfe sein!

„Wir hatten keine Ahnung, dass du uns über den Weg laufen würdest, als wir hierherkamen", sagte mein ehemaliger Chef. „Das war wirklich ein glücklicher Zufall. Was den Bürgermeister angeht, so haben wir seinen dummen Hund nicht entführt. Aber nach den Interviews mit ihm in den Lokalnachrichten brauchte man ja nur eins und eins zusammenzählen. Es war ziemlich offensichtlich, dass er die ganze Sache selbst inszeniert hat."

Ich atmete scharf ein. Wie hatte Thompson das vor mir herausfinden können? Und warum spielte es für ihn überhaupt eine Rolle?

Sein Blick schien mich zu durchbohren. „Du hast dein Herz immer auf der Zunge getragen, Angie. Und ich kann sehen, wie dir der Kopf raucht. Aber ich glaube, dass jeder, der nur halbwegs bei Verstand ist, hätte merken müssen, was Mark im Schilde führt. Er war noch nie gut darin, seine ... nennen wir es mal ... lockere Moral zu verbergen."

Es war mir nach wie vor schleierhaft, worauf er hinauswollte. „Aber was hat das mit Ihnen zu tun? Warum mischen Sie sich da überhaupt ein?“

„Schlicht und ergreifend, weil Mark Dennison ein furchtbarer Bürgermeister ist“, schaltete sich Denise ein, die gerade mit einer alten Polaroidkamera in Händen zurückkehrte. „Er hätte nie gewählt werden dürfen.“

„Lassen Sie mich raten, Sie wollen den Job übernehmen“, fauchte ich Thompson an.

Er seufzte. „Nein. Aufgrund meiner kleinen Vorstrafe darf ich leider nicht mehr für ein öffentliches Amt kandidieren. Meine Frau hingegen …“ Beide lächelten sich siegessicher an, sie trat auf ihn zu, und sie küssten sich innig. Ich hätte kotzen können.

„Ich werde das allen erzählen, wenn ich hier rauskomme“, rief ich empört. Am liebsten hätte ich den Zeigefinger erhoben, um meine Drohung zu betonen, aber wegen dieser blöden Fesseln konnte ich mich ja nicht rühren.

„Da irrst du dich“, informierte mich Thompson. Dann hielt er die Kamera hoch und drückte auf den Auslöser. Der Blitz blendete mich, und eine Sekunde später wurde das Bild ausgeworfen.

Kurz darauf zeichneten sich Schemen auf dem milchigen Film ab, und wie vermutet sah meine Nase definitiv gebrochen aus. Blut klebte an meinem Kinn, und alles in allem bot ich einen jämmerlichen Eindruck, als hätte ich bereits aufgegeben, aber das stimmte natürlich nicht. Ich würde kämpfen und irgendwie aus der Sache herauskommen. Ich musste das einfach schaffen. Schließlich gewinnen am Ende doch immer die Guten, oder etwa nicht?

„Nettes Foto." Ich zwang mich zu einem Lächeln und hoffte, unerschrocken zu wirken. „Das würde ich mir glatt einrahmen."

„Halt die Klappe", rief Denise und gab mir einen Klaps auf den Hinterkopf. „Wir geben hier den Ton an, nicht du." Als ob ich das vergessen hätte.

Ich drehte den Kopf zur Seite, weil ich Thompson nicht mehr sehen konnte. Er stand an der Tür und zog sich die Jacke an. Wohin auch immer er ging, ich war froh darüber, denn so müsste ich nur noch mit Denise fertigwerden.

Wir schwiegen alle, und dann verschwand er mit dem Foto in der Hand nach draußen. Denise setzte sich neben mich auf den Schreibtisch, schlug die Beine übereinander und beobachtete mich argwöhnisch.

„Ich wette, du fragst dich, wo er hin ist." Sie grinste mich an und ließ sich Zeit, bevor sie weitersprach. „Jetzt wird es richtig spannend, meine Liebe. Wenn wir jetzt nur den Hund hätten, würde das vielleicht nicht reichen, um Dennison zum Rücktritt zu bewegen, aber du bist unser Joker. Es wird ihm gar nichts anderes übrigbleiben, als sein Amt niederzulegen. Also danke, dass du uns so perfekt in die Karten gespielt hast."

„Was haben Sie vor?", presste ich zwischen zusammengebissenen Zähnen hervor. „Wollen Sie ihn damit erpressen, mich umzubringen, wenn er nicht zurücktritt?"

„O nein, das könnte uns zu sehr in die Bredouille bringen.“ Denise holte tief Luft, dann senkte sie den Blick und sah mir direkt in die Augen. „Wir werden damit drohen, dich zu töten, falls er nicht seinen Hut nimmt, und wenn er es dann getan hat, werden wir uns deiner trotzdem entledigen.“

Sie hielt inne, und mir lief ein Schauer über den Rücken. Sie meinte es ernst, das konnte ich ihr ansehen. „Also komme ich so oder so nicht lebend aus dieser Sache raus“, fasste ich zusammen, was sie mir gerade eröffnet hatte.

„So sieht's aus“, antwortete sie kalt. Dann stand sie auf und zuckte vor Schmerz zusammen. Meine Augen wanderten nach unten, und mir fiel auf, dass ihre Hose an einer Stelle zerrissen war und blutige Flecken aufwies.

Sie bemerkte meinen Blick und hob das Hosenbein hoch, um mir eine hässliche Wunde auf ihrer bleichen Haut zu zeigen. „Dein dummer Hund hat mich echt übel erwischt, das blöde Vieh.“

Insgeheim freute ich mich, dass er Denise gebissen hatte, und beobachtete, wie sie durch die Hütte humpelte. Vielleicht hätte ich dadurch eher eine Chance gegen sie, wenn ich nur diese Fesseln loskriegen könnte, bevor Mr. Thompson zurückkehrte.

„Ah, das sollte helfen“, sagte Denise erfreut. Ich musste mich ein wenig auf dem Drehstuhl verrenken, um zu sehen, wie sie eine Flasche Glenlivet aus einer Vitrine nahm. „Der ist in der Tat perfekt.“ Mit der Flasche in der einen und einem großen Whiskyglas in der anderen Hand ließ sie sich auf dem Sessel am Feuer nieder.

„Willst du auch einen?“, fragte sie mit einem verächtlichen Lachen, während sie ihr Glas füllte und den ersten Schluck trank. „Das ist mal ein Schmerzmittel nach meinem Geschmack“, sagte sie mit einem zufriedenen Seufzer.

Ich könnte auch ein Schmerzmittel gebrauchen, aber was ich noch dringender brauchte, war eine Möglichkeit, Denise auszutricksen. Wenn sie genug von ihrer selbstverordneten Medizin trank, würde ihr Reaktionsvermögen nachlassen, aber ich musste unbedingt einen klaren Kopf bewahren, um mein Leben zu retten.

Sie schenkte sich einen weiteren Whisky ein und genoss ihn in kleinen, bedächtigen Schlucken. „Du bist wirklich eine Plage, Russo, ich habe dich noch nie so gehasst wie jetzt“, eröffnete sie mir. „Mein Mann war immer überzeugt, du wärst zu nichts zu gebrauchen, schon bevor die Senatorin auf so tragische Weise starb. Und auch ich habe gleich gewusst, dass du einfach ein kleines, dummes Ding bist.“ Sie zuckte mit den Schultern und leerte ihr Glas in einem Zug.

Ich ließ das an mir abprallen und überlegte stattdessen, was ich tun sollte. Wenn ich sie dazu bewegen konnte, weiterzuerzählen, würde sie womöglich auch weiter trinken. Und der sicherste Weg, ein Gespräch in Gang zu halten, war natürlich, die andere Person dazu zu bringen, über sich selbst zu sprechen.

„Es muss hart sein, wenn der eigene Mann verurteilt wird und ins Gefängnis wandert."

Wieder zuckte sie mit den Schultern. „Er hat keine große Strafe bekommen. Aber ja, es war nicht leicht, sich der Öffentlichkeit zu stellen. Der Prozess hat viel Aufmerksamkeit erregt."

„Und deshalb müssen Sie jetzt dafür sorgen, dass Sie nicht wieder in eine solche Bredouille geraten. Damit es keinen Grund gibt, Sie infrage zu stellen. Das wäre ja sehr unangenehm, zumal Sie demnächst selbst zur Wahl antreten wollen."

Sie zeigte auf mich und schnalzte mit der Zunge. „Du bist definitiv schlauer, als ich dachte, das muss ich dir lassen."

Ich sah zu, wie sie sich zum dritten Mal einschenkte, und lächelte in mich hinein, ohne etwas darauf zu erwidern. Ja, ich war definitiv schlauer, als sie dachte. Aber war ich auch clever genug, um aus dieser heiklen Situation lebend herauszukommen?

16

Denise trank noch einen Schluck und betrachtete dann stirnrunzelnd die Flasche Scotch. „Nicht mehr viel übrig. Ich hätte mir wohl etwas mehr Zeit lassen sollen", meinte sie seufzend.

„Was machen Ihre Schmerzen?", erkundigte ich mich gespielt freundlich und hoffte, sie würde mir nichts anmerken.

Meine beschwipste Entführerin zog ihr Hosenbein hoch und bewegte ihren Knöchel hin und her. „Jetzt spüre ich das gar nicht mehr", sagte sie heiter. „Ein guter Whisky ist besser als jede Tablette, ich sag's dir."

Ich beschloss, ein riskantes Manöver zu versuchen, obwohl die Wahrscheinlichkeit, dass sie sich darauf einließ, wohl eher gering war. Aber wenn doch …

„Jetzt, wo es Ihnen etwas besser geht, würden Sie mich

denn vielleicht losbinden?“, fragte ich mit einem unschuldigen Lächeln.

Denise schüttelte den Kopf und knallte ihr Trinkglas auf den Beistelltisch „Dich losbinden? Für wie blöd hältst du mich? Er hat gesagt, ich soll dich so da sitzen lassen, bis er wiederkommt.“

„Aber wer hat hier denn das Sagen?“, entgegnete ich. „Ich kann ihn nirgends sehen. Sie etwa?“

Sie sog scharf die Luft durch die Zähne ein. „Nein, das geht nicht, und hör auf, mich auszutricksen. Du denkst, nur weil ich ein paar Drinks intus habe, könnte ich nicht mehr ...“ Sie verstummte, weil plötzlich ein lautes Geräusch an der Tür ihre Aufmerksamkeit erregte.

Marco stand da, jaulte und kratzte ungeduldig am Türrahmen.

„Was ist los, Junge?“, fragte ich, und ein Funken Hoffnung keimte in mir auf. „Du musst mal dringend, nicht wahr?“

Ich wandte mich wieder an Denise und sagte: „Wenn du mich losbindest, kann ich mit ihm ...“

„Auf keinen Fall!“, rief sie. „Ich mache das, ich gehe mit ihm raus.“

Sie drehte sich um und blickte suchend umher. „Hier muss doch irgendwo eine Leine sein, oder? Hast du sie gesehen?“

Ich schüttelte den Kopf und beobachtete, wie Denise immer frustrierter wurde, da ihre Suche erfolglos blieb. Daher probierte ich erneut, sie zu überlisten: „Ich glaube, das Seil an meinen Händen würde sich gut als Leine eignen. Wenn Sie mich losmachen, könnten Sie das nehmen …"

„Nein." Sie trat gegen meinen Stuhl. „Hör auf, darum zu bitten, losgebunden zu werden. Das kannst du vergessen."

„Und was, wenn ich selbst auf die Toilette muss?", fragte ich in einem letzten verzweifelten Versuch, von meinen Fesseln befreit zu werden.

„Wenn du auf die Toilette musst", sagte Denise mit einem gehässigen Kichern, „musst du dir wohl in die Hose machen."

„Igitt", murmelte ich. Dank Cujo und seiner speziellen Methode, Marco aufzuspüren, hatte ich heute schon genug über Pipi gehört. Und in einer von mir selbst verursachten Pfütze zu sitzen, während ich auf den Tod wartete, war wirklich das Letzte, was ich wollte.

Marco jammerte erneut, wirbelte wie wild im Kreis herum und bettelte darum, nach draußen gelassen zu werden. „Ich muss raus! Ich muss groß!", bellte er. „Ich kann es nicht mehr lange halten, und wenn ich hier auf den Teppich mache, bekomme ich großen Ärger. Bitte! Ihr müsst mich rauslassen!"

Ich blickte zu Denise und wusste, dass sie Marcos Verzweiflung erkannt hatte, auch ohne seine genauen Worte zu verstehen.

„Also schön, du blöder Köter", sagte sie, packte ihn am Halsband und führte ihn ohne Leine hinaus.

Ich beobachtete durch das zerbrochene Fenster, wie Marco draußen herumschnüffelte, Denise dicht an seiner

Seite. Es dauerte nicht lange, bis er einen Platz gefunden hatte und sich halb hockend hinstellte, wobei er den Rücken unförmig aufwölbte.

Denise ließ ihn los und trat angewidert einen großen Schritt zurück. Das war meine Chance.

„Marco!", schrie ich. „Lauf los und hol Hilfe!"

Denise schien meine Absichten sofort zu checken, auch wenn sie nicht wusste, dass ich mit Tieren sprechen konnte, und blickte erbost zu mir herüber.

Auch der Golden Retriever starrte mich an, während er sein Geschäft verrichtete. Erst als er fertig war, antwortete er endlich: „Warum das denn? Wir haben doch alles, was wir brauchen, in der Hütte. Es ist ein schöner Ort für eine kleine Auszeit."

Denise packte ihn wieder am Halsband und zog ihn durch die Tür zurück in die Hütte.

„Das war wirklich dumm von dir", zischte sie mir zu. „Mach so was noch einmal, dann werden wir dein letztes Stündlein vorzeitig einläuten."

„Was? Du willst mich jetzt schon töten?", erwiderte ich spöttisch.

„Du hast es erfasst", geiferte sie. „Wie dem auch sei, dieser dumme Hund wird dir nicht helfen, darauf kannst du lange warten."

„Was macht Sie da so sicher?", sagte ich herausfordernd und hob eine Augenbraue.

Denise nahm eine Tüte Beef Snacks vom Kaminsims. Ich

erinnerte mich deutlich daran, dass der Bürgermeister gesagt hatte, Marco bekäme nur eine bestimmte Sorte vegetarischer Leckerlis, also mussten die Thompsons sie mitgebracht haben.

Marco stand sofort stramm und klopfte erwartungsvoll mit dem Schwanz auf den Boden. „Ohhh! Leckerlis! Mit Fleisch! Ich liebe Fleisch-Snacks! Ich habe schon seit Jahren keine mehr bekommen, gefühlt seit mindestens hundert Jahren. Kann ich was davon haben? Oh, bitte, bitte, bitte."

Er leckte sich die Schnauze, als Denise einen Brocken aus der Tüte zog.

„Mach mal was, sitz oder so", wies sie ihn an. Offensichtlich hatte sie nicht viel Erfahrung mit Hunden. Der Retriever bellte, drehte sich im Kreis, gab Pfötchen, setzte sich, legte sich hin, krabbelte über den Boden und vollführte eine Rolle. Denise lachte und warf ihm ein Leckerli zu. Er fing es mit Leichtigkeit auf und schluckte es sofort hinunter.

„Kann ich noch eins?", fragte er und spulte die Tricks, die er konnte, ein zweites Mal ab. Denise gab ihm einen weiteren Snack und stellte die Tüte zurück auf den Kaminsims.

„Siehst du?", meinte sie dann an mich gewandt und grinste mich selbstgefällig an. „Wer die Leckerlis hat, auf den hört auch der Hund, besonders ein so dicker, verfressener."

Ich war froh, dass Marco ihre Beleidigungen nicht verstehen konnte. Es war ohnehin schon alles schlimm genug.

Denise kehrte zu dem bequemen Sessel am Kamin

zurück, und Marco folgte ihr dicht auf den Fersen. Er hechelte und starrte sie liebevoll an, während sie sich noch einen Scotch einschenkte und die Flasche damit vollständig leerte. „Schade“, bemerkte sie und schwenkte den letzten Rest des Whiskys bedächtig in ihrem Glas.

Der Retriever gab das Warten auf und ließ sich mit einem Seufzer zu ihren Füßen nieder. Mir gingen langsam die Ideen aus, was ich noch versuchen könnte. Viel Zeit blieb mir nicht mehr, denn bald würde die Wirkung des Alkohols wieder nachlassen, was jegliche Fluchtversuche erheblich erschweren würde.

In diesem Moment fragte ich mich, was Octocat wohl an meiner Stelle tun würde. Im Angesicht des Todes berief ich mich auf die Weisheit meines sprechenden Katers und Detektivpartners. Er würde eine derartige Peinigung und Demütigung nicht einfach so hinnehmen, da war ich mir sicher. Nicht sicher war ich mir jedoch, wie er mit der Situation umgehen würde, wenn er jetzt hier säße. Ach, wäre er doch bloß hier. Meine Überlebenschancen ständen wahrscheinlich um einiges besser, wenn er mich heute begleitet hätte und nicht Cujo.

Wo war der Husky-Mischling überhaupt? Wohin war er nach dem Angriff verschwunden? Und vor allem: Wo war Grandma? Wusste sie, dass ich mich in Gefahr befand und wie sie mich finden konnte?

Cujo war der Einzige, der mitbekommen hatte, dass ich entführt worden war. Würde er zurückkommen, um mich zu retten? Oder ging er lieber anderen Aufgaben nach, die mehr mit Laufen zu tun hatten? Was könnte ich denn noch versuchen, um mich selbst zu befreien? Es sah nicht gut für mich aus.

Nach einer Weile schreckte mich ein grunzendes Schnarchen von Denise aus meinem verzweifelten inneren Monolog auf. Na großartig. Während ich buchstäblich über meinen Tod nachdachte, schlummerte sie wie ein zufriedenes Baby. Ob sie im Schlaf immer wie eine Dampflok klang, oder lag das an ihrem betrunkenen Zustand?

Ich beobachtete sie ein paar Minuten lang, um mich zu vergewissern, dass sie tatsächlich tief und fest eingeschlafen war, dann begann ich, an dem Seil herumzufummeln. Es saß verdammt eng, und selbst die kleinste Drehung des Handgelenks verursachte enorme Schmerzen.

Doch wenn das die einzige Möglichkeit war, zu entkommen, musste ich tapfer sein und diese aushalten. Ich drehte und wendete mich weiter und biss mir dabei auf die Lippe, um nicht aufzuschreien. Es könnte klappen. Es musste klappen.

Beinahe hatte ich es geschafft, als plötzlich mein Telefon klingelte und mich erstarren ließ. Ich war die ganze Zeit davon ausgegangen, dass ich hier im Wald kein Netz hätte – es geschahen also doch noch Zeichen und Wunder! Wer könnte der Anrufer sein, und würde der- oder diejenige mir helfen können?

17

Leider schien ich mit meiner Annahme, keinen Funkempfang zu haben, doch richtigzuliegen, denn nicht mein Handy hatte geklingelt, sondern das von Denise. Wenn ich das hier lebend überstehen sollte, würde ich definitiv den Telefonanbieter wechseln.

Sie fuhr hoch und griff hektisch nach ihrem Telefon. „Hallo?“ Sie lauschte einen Moment und sagte dann: „Warte mal, ich kann dich kaum verstehen. Ich stelle dich auf laut.“

Ganz schön blöd, dachte ich bei mir und dankte dem Universum für diese kleine glückliche Fügung.

„Kannst du mich jetzt hören?“, ertönte Mr. Thompsons Stimme klar und deutlich.

„Ja, das ist besser“, antwortete Denise mit einem erleichterten Seufzer. „Was hast du eben gesagt?“

Ich tat so, als ob ich nicht zuhören würde und schaute aus dem Fenster, doch in Wirklichkeit lauschte ich auf jedes Wort.

„Wir hatten wirklich Schwein, dass uns Russo in die Arme gelaufen ist“, meinte Thompson am anderen Ende der Leitung. „Dennison hat bereits zugestimmt, zurückzutreten, wenn wir die Kleine gehen lassen.“

„Das ist der Deal?“, fragte Denise, die immer noch ein wenig lallte.

„Nein, das habe ich bewusst nicht so konkret formuliert“, fügte Thompson hinzu und lachte barbarisch. Denise stimmte mit ein, aber ihr Lachen wirkte aufgesetzt. Deutete das möglicherweise auf einen Sinneswandel bei ihr hin? Ich konnte es nur hoffen.

Thompson fuhr fort: „Er wird in den Fünf-Uhr-Nachrichten live seinen Rücktritt erklären. Eine letzte kurze Show, und dann kommt der große Knall“, grölte er und legte eine unheimliche Betonung auf das letzte Wort. Denise wirkte auf einmal zappelig und angespannt.

„Du hast die Knarre, ja?“, fragte er nach einer kurzen Pause.

„Ja“, bestätige sie und stand leise auf. „Ich trage sie die ganze Zeit bei mir.“ Sie begann, in der Hütte nach etwas zu suchen, vermutlich nach der erwähnten Waffe.

„Gut. Behalte sie bei dir, falls das Mädel aufmüpfig wird. Bei der kann man nie wissen.“ Thompson hielt inne, doch seine Frau erwiderte nichts, sondern setzte ihre fieberhafte Suche fort.

„Ich werde in der Nähe bleiben und Wache halten", informierte er seine Komplizin. „Nur für den Fall, dass dieser Dummkopf Dennison versucht, jemanden um Hilfe zu bitten. Ich habe ihm bereits damit gedroht, die vorgetäuschte Entführung seines Hundes publik zu machen, aber ich würde es ihm zutrauen, dass er uns hintergeht, der Narr. Apropos, behalte die Tür gut im Auge. Er könnte versuchen, sich in die Hütte zurückzuschleichen, um den Hund zu holen, und wenn er das tut ..."

Denise beendete seinen Satz: „Werde ich ihm die Knarre unter die Nase halten."

„Braves Mädchen", sagte Thompson, was mich ziemlich irritierte. Was war das denn für eine Art, mit seiner Frau zu sprechen? Sie tauschten ein kurzes „Liebe dich" aus, bevor sie sich verabschiedeten.

Kurz darauf fand Denise schließlich die versteckte Waffe und zog sie hervor. Sie hob die Pistole, eine Halbautomatik, hoch und betrachtete sie. „Ich hatte gehofft, dass wir keine Gewalt anwenden müssten", sagte sie.

Ha-ha, wie witzig. Offenbar war sie sich nicht bewusst, wie ironisch das klang. Nicht nur hatten sie mich körperlich angegriffen und hierher verschleppt, sondern sie wollten mich auch noch heute vor Tagesende ins Jenseits befördern. In der Tat, kein bisschen gewalttätig.

„Sie müssen nicht tun, was er fordert, das wissen Sie doch, oder?", flüsterte ich ihr zu, in der Hoffnung, mich irgendwie mit ihr verbünden zu können. „Nur weil er der Mann ist, hat er noch lange nicht das Sagen."

„Natürlich hat er das Sagen", antwortete Denise und schüttelte entschieden den Kopf. „Das war schon immer so, aber es macht mir nichts aus."

„Ach so, ja dann", pflichtete ich ihr bei.

Kurze Zeit später versuchte ich eine andere Taktik. „Erzählen Sie mir von Ihren Kindern", schlug ich vor. Die Söhne der Thompsons mussten ungefähr in meinem Alter sein. Wenn ich sie dazu bringen könnte, das zu erkennen, würde sie vielleicht Mitleid mit mir bekommen. Das könnte meine Rettung sein.

An Mr. Thompsons Sinn für Menschlichkeit zu appellieren, hatte keinen Zweck, das brauchte ich nicht mehr zu versuchen. Er hatte mir bereits klargemacht, dass mein letztes Stündlein schlagen würde, wenn er zurückkäme. Aber Denise ... Bei ihr hatte ich noch Hoffnung.

„Die Jungs sind beide Anwälte, wie ihr Vater, nur schade, dass sie nach dem College aus Maine weggezogen sind." Dann schwärmte von ihren Sprösslingen und berichtete mir von deren zahlreichen beeindruckenden Erfolgen. Währenddessen schienen ihre Augenlider immer schwerer zu werden.

Ja, gut so. Wenn es mir gelang, sie noch ein bisschen schläfriger zu machen, könnte ich eine Chance haben. „Jetzt, da Sie mir von Ihren tollen Söhnen erzählt haben", sagte ich, wobei ich versuchte, mit einer möglichst sonoren, monotonen Stimme zu sprechen, „möchte ich Ihnen auch ein wenig über meine Familie berichten. Also, zuerst wäre da meine liebe Grandma ..." Ich beschrieb ihr meiner Großmutter mit allen Facetten und zählte jedes einzelne Hobby auf, für das sie sich jemals auch nur ansatzweise interessiert hatte. Dann kramte ich meine Kindheitserinnerungen an sie hervor und war noch nicht einmal in meiner Highschool-Zeit angelangt, als Denise schon wieder eingenickt war.

Hab tausend Dank, Grandma. In diesem Moment fühlte ich mich ihr sehr nahe, auch wenn sie körperlich nicht anwesend war.

Denise schnarchte schon wieder, also zupfte und zerrte ich erneut an meinen Fesseln, und ein Teil von mir wünschte sich, sie hätte mir ein bisschen von ihrem „Schmerzmittel" dagelassen.

Währenddessen betrachtete ich meine Umgebung: Marco döste friedlich am Feuer. Würde Denise aufwachen, wenn ich versuchte, ihn zu wecken? Würde ich ihn überzeugen können, mir zu helfen? Und selbst wenn, hatte ich trotzdem keine Ahnung, ob ich ihm vertrauen und mich auf ihn verlassen könnte, ganz im Gegensatz zu meinen eigenen Tieren.

Ich wusste einfach nicht, was man von diesem futtergesteuerten Wauwau erwarten konnte, zumal er von einem Besitzer mit äußerst fragwürdigen Moralvorstellungen aufgezogen worden war. Ergo war ich wohl auf mich allein gestellt.

Allein gegen Denise, die eine Pistole besaß. Ich könnte vielleicht die leere Flasche zerschlagen und als Waffe benutzen. Und die Hundeleckerlis auf dem Kamin könnten mir helfen, den Golden Retriever auf meine Seite zu ziehen.

Und dann fiel mein Blick auf die Scherben des Fensters, die nach wie vor auf dem Boden verstreut lagen. Könnte ich es schaffen, mich in meinem Stuhl weit genug zurückzulehnen, eine zu ergreifen und damit meine Fesseln durchzuschneiden, ohne dass ich umkippte? Ja, das war meine einzige und letzte Chance. Ich musste es nur ganz langsam angehen und auf ein bisschen Glück hoffen.

Mit den Spitzen meiner Stiefel schob ich mich auf dem Drehstuhl zurück, wobei besonders der Teppich eine echte Herausforderung darstellte. Schließlich war ich nahe genug an die Wand herangerückt, um mich daran abzustützen, und betete, dass es reichen würde. Wenn ich das Gleichgewicht verlor und mit dem Stuhl zu Boden stürzte, würde Denise mit Sicherheit aufwachen – und wenn sie erkannte, was ich vorhatte, wäre ich erledigt.

Vielleicht würde sie sogar Thompson anrufen, damit der die mörderischen Pläne der beiden sofort in die Tat umsetzte. Scheiße, es sah wirklich nicht gut für mich aus.

Ich drückte mich mit den Zehen ab, lehnte mich so weit wie möglich zurück und versuchte, mit den Fingern den Boden zu berühren. Es klappte nicht. Ich kriegte keine der Glasscherben zu fassen. Ich musste noch weiter runter, also testete vorsichtig, wie ich es am besten anstellen könnte. Oh, hoffentlich, hoffentlich.

Nach einer gefühlten Ewigkeit, in der ich hin und her

manövrierte, um den idealen Move zu finden, beschloss ich, es zu wagen. Ich atmete mehrmals tief durch und zwang mich, meine volle Konzentration auf mein Vorhaben zu richten. Schließlich ging um Leben und Tod – und ich brauchte nicht zu überlegen, was ich bevorzugte.

Ich schloss die Augen, lehnte mich zurück und öffnete sie erst wieder, als ich spürte, wie meine Fingerspitzen die Holzdielen berührten. In diesem Moment krachte eine massige Gestalt durchs Fenster, landete direkt auf meiner Brust und drückte mich zu Boden, mitten in die Glasscherben, die mir in die Hände schnitten. Das laute Geräusch ließ Denise aufspringen.

Was hatte mich da gerade angegriffen? War Thompson schon zurück? Würde ich jetzt sterben? O Gott, was würde jetzt geschehen?

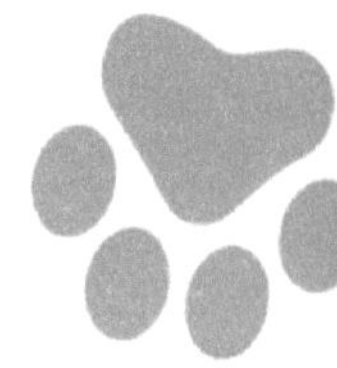

18

Denise schrie und wurde kreideweiß vor Angst. „Raus! Raus hier!", kreischte sie, rannte in die hinterste Ecke der Hütte und drückte sich flach an die Wand.

„Ach du Schreck, was ist los mit ihr?", rief eine mir sehr bekannte Stimme. Pringle! Er hüpfte von meiner Brust auf den Boden. Oh, ich war noch nie in meinem Leben so froh gewesen, diesen verrückten Waschbären zu sehen.

„Was machst du hier?", schluchzte ich. Tränen der Erleichterung liefen mir über die Wangen. „Woher wusstest du, wo ich bin, wie hast du mich gefunden?"

„Genug der Fragen", sagte der Waschbär mit grüblerischem Gesichtsausdruck und tippte sich mit dem Zeigefinger ans Kinn. Daraufhin wartete ich still ab, dass er mir gleich seinen Masterplan enthüllen würde, also nein, ich betete verzweifelt, dass er überhaupt einen hatte.

Denise zitterte und heulte weiterhin in ihrer Ecke, und deshalb merkte sie erst zu spät, dass sie bei ihrer jähen Flucht vor dem Waschbären die Pistole zurückgelassen hatte. Wir blickten beide auf die Waffe hinunter, dann trafen sich unsere Blicke.

Pringle schob gemächlich die Glasscherben mit seinen Füßen beiseite, um sich einen Weg freizuschaufeln. Er schien es nicht besonders eilig zu haben.

„Ich will dich ja wirklich nicht hetzen“, flüsterte ich ihm zu, „aber ich wüsste schon gern, was ich jetzt machen soll. Was hast du vor?“

In dem Moment war es mir egal, dass ich direkt vor Denise’ Augen mit ihm sprach, obwohl ich sonst immer sehr darauf bedacht war, dass niemand von meinem seltsamen Geheimnis erfuhr. Aber lieber enthüllte ich es, als qualvoll zu sterben. Sollte sie mich doch für einen Freak halten.

„Warum sprichst du mit diesem Viech?“, kreischte meine Entführerin und stieß einen schrillen Schrei aus. „Es muss hier raus!“

Pringle holte tief Luft, sein pelziger Körper zitterte, und ich sah ihm an, wie schwer es ihm fiel, ruhig zu bleiben. „Bitte sag der Dame, dass sie mich nicht als ‚es‘ bezeichnen soll“, schnaubte er empört. „Ich bin doch kein Horrorclown.“

Ich hätte gelacht, wäre ich nicht so in Panik gewesen, und so übermittelte ich Denise seine Worte mit ausdrucksloser

Miene: „Er mag es nicht, wenn Sie ihn so nennen. Sein Name ist Pringle, und er ist ein Junge."

Er brummte verärgert, dann korrigierte er mich. „Ich bin ein Mann, kein Junge, ja!"

„Er ist ein Mann", übersetzte ich tonlos. Denise starrte uns beide mit großen Augen ungläubig an. Es sah so aus, als wollte sie etwas sagen, aber sie brachte nur ein kurzes Krächzen hervor.

„Wie auch immer", fuhr der kleine Schlawiner fort. „Ein riesiger Hund ist vor dem Haus aufgetaucht. Er hechelte aufgeregt und sagte, du wärst entführt worden. Da wusste ich sofort, dass nur ich dich retten könnte."

Ich nickte anerkennend, und wenn ich nicht noch an den Stuhl gefesselt gewesen wäre, hätte ich ihn umarmt.

„Er hat mich durch die Wälder hergeführt, und jetzt bin ich hier. Du hast mich sicher schon vermisst, oder?" Er lächelte und entblößte dabei seine spitzen Eckzähne.

„Und wie, du glaubst nicht, wie sehr", sagte ich, auch wenn ich mich nicht direkt nach ihm gesehnt hatte, aber das spielte jetzt keine Rolle. Ich würde Pringle nie wieder dafür bestrafen, wenn er ins Haus kam. Und nicht nur das, ich würde ihn mit Futter zuschütten – Fancy Feast, Delicious Delights oder was auch immer. Außerdem würde er eine dicke Belohnung bekommen, ganz gleich, was er forderte.

„Ich bin so froh, dass du gekommen bist", raunte ich ihm zu. „Sie haben vor, mich zu töten."

„Oha, das ist aber schon etwas extrem", merkte der

Waschbär an, wandte sich Denise zu und ging flott einige Schritte auf sie zu.

Sie drückte sich gegen die Wand, immer noch wie gelähmt vor Angst.

„Willst du wirklich meine Nachbarin umbringen?“, fragte er, kniff die Augen zusammen und musterte sie. „Das ist aber nicht sehr nett!“

Nicht sehr nett? Seit wann drückte sich Pringle wie die kleine Paisley aus? Ich persönlich hätte deutlich härtere Worte verwendet, um die abscheulichen Pläne der Thompsons zu beschreiben, aber jetzt musste ich ihnen erst einmal entkommen.

„Könntest du mich vielleicht losbinden, Pringle?“ Ich durfte nicht riskieren, dass Denise sich gleich die Waffe schnappte, wenn sie sich wieder eingekriegt hatte. Nein, ich musste in der Lage zu sein, um mein Leben zu kämpfen, wenn es hart auf hart kam. Und dieser Augenblick würde kommen, das wusste ich.

„Du bist ganz schön ungeduldig, weißt du das?“, gab er mit seiner typischen nasalen Stimme zurück. Dann hoppelte er zu mir herüber, nahm eine größere Glasscherbe und begann, an meinen Fesseln zu sägen.

„Ich könnte jetzt wirklich eine kleine Verschnaufpause gebrauchen. Weißt du, wie weit ich laufen musste, um hierherzukommen? Undankbare Menschen …“ Er stieß ein Schnaufen aus, und während er an dem Seil herumwerkelte, plapperte er vor sich hin, ob zu sich selbst oder zu mir, war mir nicht klar.

„Jedenfalls bin ich gerannt ohne Ende. Weißt du, wie tief der Schnee da draußen ist? Und der Hund hat ständig etwas von Pipi gefaselt. Hunde, sag ich dir. Was für seltsame Kreaturen."

In diesem Moment wachte Marco auf und erhob sich von seinem Platz neben dem Sessel. Komisch, dass ihn der Tumult nicht schon früher geweckt hatte.

„Na super. Da ist ja noch einer von der Sorte", stöhnte Pringle. „Hat man vor denen denn nirgends seine Ruhe?"

„Apropos, wo ist Cujo?", fragte ich und spürte, wie sich die Seile an meinen Handgelenken allmählich lösten.

„Keine Ahnung", antwortete er und hantierte weiter. „Er hat mich in die Nähe der Hütte gebracht, bis ich dich selbst riechen konnte. Dann trennten sich unsere Wege. Er meinte, er würde jetzt gehen, sein Job sei erledigt, und er sei ein guter Junge. Da stand ich also allein und dachte mir, wo ich schon mal da bin, kann ich mir das auch genauer ansehen. Also, was ist hier eigentlich los?"

Ich schluckte einen Seufzer hinunter. Ich durfte nicht undankbar erscheinen. Nicht jetzt.

„Sie haben mich entführt und erpressen den Bürgermeister, damit er sein Amt niederlegt. Danach wollen sie mich ermorden", fasste ich zusammen und erschrak innerlich darüber, wie furchtbar das klang und vor allem, dass es Tatsache war.

„Wenn der Bürgermeister nicht zurücktritt, werden sie dich also töten?“, fragte Pringle, zerrte an dem Seil und bemühte sich weiter, es zu zerschneiden.

„Eigentlich haben sie das so oder so vor.“

„Wow. Ich kann diese Frau wirklich nicht leiden. Ist es okay, wenn ich sie beiße? Ihr vielleicht eine kleine Tollwut verpasse?“

„Pringle, du hast doch gar keine Tollwut“, schimpfte ich kichernd. So viel zum Thema Klischees. „Aber ja, von mir aus kannst du sie beißen.“

„Wunderbar“, sagte er und sägte ein letztes Mal an den Seilen, die sich daraufhin lösten. Ich streckte die Hände nach vorne und rieb mir die wunden Handgelenke. Frei! Das fühlte sich so gut an.

Jetzt musste ich nur noch ... O nein. Denise hatte offenbar ihre Starre überwunden und eilte auf die Waffe zu. Ich hechtete durch den Raum, wusste aber bereits, dass ich verloren hatte.

19

Ich erreichte die Waffe nicht als Erste, Denise aber ebenso wenig. Pringle stand auf dem Beistelltisch und drückte die Pistole an seine Brust, als wäre sie ein hilfloses Baby. Bei seiner Größe sah das Ding allerdings eher wie ein mächtiges Gewehr aus.

„Wow, schaut her! Ich bin der Terminator!" Er wirbelte mit der Handfeuerwaffe herum und richtete sie auf den Kamin. „Ich komme wieder, Baby! Hasta la pasta!"

Mein Herz pochte wie wild. Es war zwar gut, dass Denise die Pistole nicht erwischt hatte, aber in Pringles Pfoten war sie genauso gefährlich. „Leg die Waffe weg", flehte ich ihn an, wagte es jedoch nicht, ihn zu bitten, sie mir direkt zu geben.

„Wieso sollte ich sie weglegen? Ich habe sie doch gerade erst ergattert! Das ist der absolute Wahnsinn! Mal im Ernst, sehe ich nicht voll cool damit aus?" Er kniff ein Auge zu, und seine pelzigen Finger betätigten den Abzug. Im selben Augenblick schrie ich „Runter!“ und warf mich auf den Boden. Er hatte auf den steinernen Kamin gezielt, wo die Kugel abprallte und als Querschläger ein weiteres Fenster zerschmetterte.

Denise bekam Schnappatmung, und wenn ich mir nicht sicher gewesen wäre, dass das Geschoss irgendwo draußen im Schnee gelandet sein musste, hätte ich befürchtet, dass sie getroffen worden war. Aber sie hatte wohl lediglich eine Panikattacke.

Im Gegensatz zu meiner Entführerin war ich schon oft in gefährliche Situationen geraten – zwar noch nie mit einem bewaffneten Waschbären, aber immerhin.

Ich stemmte mich hoch und stand auf, was ziemlich wehtat, besonders an den Handgelenken, aber ich ignorierte den Schmerz.

Pringle starrte fasziniert in den Pistolenlauf, als ob er herausfinden wollte, wie sich der Schuss gerade gelöst hatte. Wenn ich jetzt versuchte, ihm die Knarre wegzunehmen, würde sie wahrscheinlich wieder losgehen. Ich musste ihm das ausreden, aber vorher würde ich noch etwas anderes tun.

Als Denise nach vorn gestürzt war, um die Waffe an sich zu nehmen, hatte sie ihr anderes wertvolles Hilfsmittel vergessen – ihr Mobiltelefon, von dem ich wusste, dass es hier draußen funktionierte. Ich schnappte es mir vom Tisch und wählte den Notruf.

„Was machst du da?“, kreischte Denise. „Nein!“

„Notfallzentrale“, meldete sich eine weibliche Stimme am anderen Ende der Leitung, „wie kann ich helfen?“ Aber bevor ich antworten konnte, fiel ein weiterer Schuss. Denise schrie auf, und ich wirbelte herum, damit rechnend, dort entweder eine tote Frau oder einen toten Waschbären zu erblicken.

Verblüfft stellte ich jedoch fest, dass beides nicht der Fall war. Stattdessen hatte der Golden Retriever sich auf Pringle gestürzt und dem Waschbären die Pistole aus den Pfoten gerissen. „Waffen gehören nur in die Hände von Jägern“, grollte er und fletschte die Zähne.

Ich hatte noch nie einen Retriever gesehen, der so bedrohlich aussah. Offenbar brauchte es mindestens einen leicht durchgeknallten Waschbären mit einer Waffe, um ihn in einen Angriffsmodus zu versetzen.

Marco knurrte, wobei sich die langen, sandfarbenen Haare auf seinem Rücken aufstellten. Denise hyperventilierte immer noch und schluchzte vor sich hin. Pringle starrte den viel größeren Hund, der ihn mit den Pfoten zu Boden drückte, entsetzt an. „Du wirst mich doch nicht töten, oder? Hör mal, ich bin einer von den Guten, das kannst du mir glauben“, flehte er den Retriever an und zeigte ihm sein schönstes Zahnfleischlächeln, was der Hund jedoch als Drohung auffasste. Er bäumte sich auf und stürzte sich auf Pringles Kehle. *Nein!*

Was dann folgte, war ein fulminantes Krachen, und eine weitere pelzige Gestalt kam durchs Fenster gedonnert. Diesmal war es Cujo, und er sah wütend aus.

„Es war also dein Pipi, das ich gerochen habe“, sagte er zu dem Retriever. „Ich hätte wissen müssen, dass du ein Nichtsnutz bist …“

„Schnauze!“, grollte Marco. „Ich bin der Hund des Bürgermeisters von Glendale, und so lasse ich nicht mit mir reden!“

„Lass den Waschbären los. Er ist kein Bösewicht, sondern ein Held!“

„Warum hat er dann eine Waffe?“

„Das stimmt, Marco, er hat mich gerettet! Sie ist diejenige, die mich töten wollte!“ Ich zeigte auf Denise, die sich in der Ecke zitternd hin und her wiegte und völlig ungefährlich aussah.

„Sie?“, erwiderte Marco verwirrt. „Aber sie hat mir Leckerlis gegeben. Zwei Stück! Wie kann sie böse sein?“

„Oh, mein Freund, du musst noch viel über die Menschen und ihre Motive lernen“, sagte Cujo kopfschüttelnd. „Komm. Lass uns draußen gemeinsam pinkeln gehen, dann erkläre ich es dir.“

Während die Hunde sich umdrehten und zur Tür marschierten, ergriff ich die Gelegenheit und nahm die Waffe an mich. Ja, dieses Mal erreichte ich sie zuerst. Was primär daran lag, dass niemand sonst versuchte, sich ihrer zu bemächtigen.

Pringle lag nach wie vor am Boden, zu geschockt, um sich zu rühren. Soweit ich das beurteilen konnte, hatte Marco ihn nicht verletzt. Doch wahrscheinlich war er noch nie im Leben von einem Hund in den Schwitzkasten genommen worden – sein Stolz war sicherlich verletzt.

Ich leerte das Magazin, damit niemand mehr Unheil damit anrichten konnte.

„Kann ich die wiederhaben?“, fragte Pringle und richtete sich langsam auf.

„Ich kaufe dir eine Nerf-Gun, wenn wir zu Hause sind, okay? Die ist viel sicherer, weil da nur weiche Munition reinkommt. Dann kannst du Zielübungen mit Octocat machen.“ Mein Kater würde mich umbringen, aber wenigstens hatten die Thompsons es noch nicht geschafft.

Dann ging ich zur Tür, um die Hunde rauszulassen, und öffnete sie sperrangelweit. Obwohl ich mich noch am Morgen dieses Tages über die bittere Kälte beschwert hatte, sog ich jetzt mit einem zufriedenen Seufzer die frische Luft ein. Es war ein gutes Gefühl, am Leben zu sein.

Aber die Gefahr war noch nicht gebannt. Mr. Thompson konnte immer noch jederzeit aus dem Wald auftauchen und mich angreifen …

Apropos Wald: In dem Augenblick kamen drei Leute, darunter Grandma, über die verschneite Lichtung gerannt. Ich lief ihnen entgegen und weinte vor Erleichterung.

Als ich die Arme um meine Großmutter schlang, rief Paisley: „Mami! Ich bin auch hier!“ Sie hockte in der Babytrage vor Grandmas Brust, und ich wuschelte ihr liebevoll über den Kopf.

Die beiden anderen Personen waren Officer Bouchard und

ein Polizist, den ich nicht kannte. Bouchard kam herüber und legte mir seine große Hand auf die Schulter. „Wir haben Schüsse gehört. Geht es dir gut?“

Ich nickte so heftig, dass mir die Haare ins Gesicht fielen. „Ja. Ja, es geht mir gut. Aber …“ Mir blieben die Worte im Hals stecken, als ich auf die Hütte deutete.

Beide Polizisten zogen ihre Dienstwaffen und gingen hinein. Grandma griff nach meiner Hand und zerrte mich eilig hinterher. Da ich überall Schmerzen hatte, fiel es mir schwer, Schritt zu halten, doch kurz darauf erreichten auch wir die Hütte. Die beiden Polizisten hatten Denise Thompson bereits Handschellen angelegt und zogen sie auf die Beine.

„Sind Sie diejenige, die meine Enkelin entführt hat?“, fragte meine Großmutter und stampfte direkt auf sie zu.

„Ja, aber ich …“

Sie baute sich dicht vor ihr auf und holte zu einer vermutlich gesalzenen Ohrfeige aus, doch bevor sie diese ausführen konnte, schrie Denise vor Schmerz auf.

„Aua! Aua, verdammt, das tut weh!“

Grandma drehte sich verwirrt zu mir um, und da bemerkte ich, dass an Paisleys Schnauze ein wenig Blut klebte.

„Die kleine Ratte hat mich in den Busen gebissen!“, schrie Denise und deutete mit ihrem Kinn auf Paisley.

Wir blickten uns an und brachen in Gelächter aus. „Guter Hund!“, riefen wir beide unisono.

„Yay, ich habe geholfen!“, jubelte Paisley, während die Beamten Denise Thompson vom Tatort wegbrachten.

20

Es klingelte an der Tür, und ich beeilte mich, sie zu öffnen, denn ich wartete bereits sehnsüchtig auf meinen Freund Charles.

„Ich habe dir doch schon so oft gesagt, komm einfach rein, wozu hast du denn einen Schlüssel?“, neckte ich ihn und schlang meine Arme um seinen Hals, und er gab mir einen Kuss.

„Jetzt hör mir mal gut zu, Miss Doolittle: Wehe, du lässt dich noch einmal von einem ehemaligen Partner meiner Kanzlei beinahe abmurksen“, flachste er.

Ich streckte ihm grinsend die Zunge heraus. „Gut, dann halte ich mich zukünftig von meinen Ex-Chefs fern und bleibe beim Juniorchef.“

„Wie witzig.“

Nicht? Fand ich schon.

Kaum zu glauben, dass die große Bürgermeisteraffäre erst zwei Tagen her war. Die beiden Thompsons saßen inzwischen im Gefängnis und warteten auf ihre Anhörung, und Mark Dennison würde sicher auch nicht ungestraft davonkommen. Seine Publicity-Pläne waren natürlich geplatzt, und er hatte sein Amt niederlegen müssen.

Und ich? Ich konnte endlich meiner Müdigkeit nachgeben und hatte ganze vierundzwanzig Stunden durchgeschlafen, obwohl Octocat ständig vor meiner Tür herumjammerte. Dieser Kerl kann so was von ungeduldig sein. Ich wäre um ein Haar bei dieser Geschichte gestorben, aber das reichte ihm nicht als Entschuldigung.

Und damit wären wir beim heutigen Tag. Grandma und ich hatten Charles und meine Eltern zu einem besonderen Festessen eingeladen, denn Anlässe zu feiern hatten wir jede Menge: Nicht nur hatte ich einen Fall gelöst, der mein erster bezahlter Auftrag gewesen wäre, wenn mein Klient nicht aufgrund meiner Ermittlungen hinter Gittern gelandet wäre, es sollte auch eine Einweihungsparty für Octocats neues Zimmer werden. Und der Ehrengast an diesem Abend war natürlich Pringle – mein Retter und Held des Tages.

Der Kater hatte das Zimmer neben meiner Bibliothek für sich beansprucht. Während ich mich den ganzen Tag im Wald „herumtrieb", wie er meine Nahtoderfahrung zu nennen pflegte, hatte er die Zeit genutzt, um sich über die Einrichtung und Dekoration seines persönlichen Reichs Gedanken zu machen. Als Inspiration dienten ihm dabei einige alte

Sitcoms und ein iPad-Spiel namens Matchington Mansion, bei dem es um die perfekte Raumgestaltung ging.

„Die Sofakissen müssen alle unterschiedlich sein, sonst verschwinden sie, und das wollen wir ja nicht“, hatte er mich allen Ernstes gewarnt.

Insgeheim fragte ich mich, ob er noch ganz bei Verstand sei, denn er hatte darüber hinaus ein Meerwasseraquarium voller bunter tropischer Fische geplant, das mindestens fünfhundert Liter fassen sollte, und anscheinend auch schon viele Stunden damit zugebracht, sich vorzustellen, wie er seine schuppigen neuen Haustiere verschlingen würde. Er konnte von Glück reden, dass ich mit meinen Tieren besser umging.

„Sind alle da?“, zwitscherte Grandma, die in ihrer Lieblingsschürze aus der Küche kam. Es klingelte wieder an der Tür, und meine Eltern kamen eilig herein. Mom stürzte auf mich zu, nahm meinen Kopf in die Hände und drückte mir gefühlt hundert Küsse auf die Wangen.

„Oh, mein Baby!“, rief sie aus.

„Ich bin kein Baby“, brummte ich und versuchte, mich aus ihrer Umarmung zu befreien.

„Ach Angie, du wirst immer unser Baby bleiben!“, rief mein Dad lachend.

Charles legte mir schützend den Arm um die Schulter, denn er wusste, dass ich gleich ausflippen würde, wenn meine Eltern nicht aufhörten, mich derart zu erdrücken.

„Zu Tisch alle miteinander!“, rief meine Großmutter. Sie hatte bereits unser bestes Porzellan eingedeckt und dabei jede

Hilfe von mir abgelehnt. Ich solle mich lieber ausruhen, hatte sie gesagt.

Jetzt flitzte sie in die Küche, um die Fleischpasteten zu holen. Kurz darauf kehrte sie mit einem großen Tablett zurück, auf dem zahlreiche Küchlein in verschiedenen Größen thronten. Mir lief das Wasser im Mund zusammen.

„Niemand nimmt einen Bissen, bevor nicht unser Ehrengast da ist“, warnte sie und zeigte mit dem Finger auf meinen Vater.

„Alles gut, ich bin schon da!“, kam es von Octocat, der neben mir auf den Tisch hüpfte.

„Sie meint Pringle“, flüsterte ich ihm zu. Jeder in diesem Raum kannte mein kleines, kostbares Geheimnis, aber es fühlte sich trotzdem immer noch ein wenig seltsam an, so offen mit den Tieren zu sprechen.

„Pringle? Was ist so besonders an diesem Kerl?“

„Er hat mir das Leben gerettet“, antwortete ich und zuckte die Achseln.

Mein Tiger schnaubte und leckte an der Teigtasche auf meinem Teller.

„Bah, du bist eklig!“, rief ich.

„Keine Sorge“, schaltete sich Grandma ein, „ich habe auch für ihn und Paisley welche gebacken. Wir tauschen einfach eure Teller aus. Aber dann kriegt er das mit Hühnchen und du das mit Krabben.“

„Ha!“, rief ich. Ich persönlich hätte wahrscheinlich lieber die Hühnchenpastete gegessen, aber zu wissen, dass Octocats schlechtes Benehmen ihn um sein Lieblingsessen gebracht hatte, löste doch eine gewisse Schadenfreude in mir aus.

Nebenan surrte die elektronische Haustierklappe, und Pringle kam mit seinem neuen gechipten Halsband hereinstolziert. Jetzt konnte er kommen und gehen, wann immer er wollte. Mir war klar, dass ich das früher oder später bereuen würde, aber immerhin verdankte ich ihm mein Leben.

Alle jubelten und klatschten, und der Waschbär genoss die Aufmerksamkeit sichtlich.

„Sehr schön, wirklich sehr schön", rief er mir zu. „Könntet ihr vielleicht auch noch ein Lied für mich singen?"

„Wie wäre es mit ‚For He's a Jolly Good Fellow'?", schlug ich vor.

Er überlegte kurz. „Ja, das tut's für den Moment, aber fürs nächste Mal solltet ihr euch etwas Heldenhafteres überlegen."

Wir sangen alle für ihn im Chor und verputzten dann Grandmas köstliches Essen. Als wir fertig waren, huschte ich zum Garderobenschrank und holte ein Geschenk heraus, das ich sorgfältig in Papier mit dem Logo der Pringles-Chips eingepackt hatte.

„Oh, das wäre doch nicht nötig gewesen!", rief unser Ehrengast aus. „Hm, oder vielleicht doch …"

Ratzfatz zerriss er das Geschenkpapier und biss vor Freude in die Schachtel.

„Yay, meine eigene Pistole!", jubelte er.

„Nicht so schnell", ermahnte ich ihn. „Weißt du noch, worüber wir gesprochen haben?"

Er senkte beschämt den Blick. „Waffen sind gefährlich, und ich bin nicht der Terminator."

„Ja, und?"

„Und?"

„Lies das Etikett auf der Schachtel. Das ist eine Nerf-Gun. Weißt du noch, was ich dir dazu gesagt habe?"

Seine dunklen Augen leuchteten und er grinste verschmitzt, als er verstand, worauf ich hinauswollte. „Klaro", sagte er und lud einen Schaumstoffpfeil in die Pistole, und das mit weitaus mehr Geschick, als er mit der Waffe in der Hütte hantiert hatte.

Er biss sich auf die Lippe, kniff ein Auge zu, zielte und …

„Ahh! Ich bin verwundet!", schrie Octocat auf und ließ sich theatralisch auf die Seite fallen.

Ich gab Pringle ein High Five und konnte es kaum erwarten, Cujo bei unserem nächsten Training davon zu erzählen.

Nie und nimmer hätte ich mit alledem gerechnet. Unser erster beinahe bezahlter Fall hätte echt übel für mich ausgehen können, und ich würde ihn garantiert nicht vergessen. Nicht in einer Million Jahren.

KÄTZCHEN-KONFUSIONEN

Ist Octocat tatsächlich Papa geworden? Da stimmt doch was nicht!

Eines Morgens steht vor Angies und Octocats Haustür plötzlich eine Kiste mit einem Wurf kleiner Kätzchen darin. Die hungrigen Babys sind zwar absolut niedlich, jedoch bergen sie ein gruseliges Geheimnis, denn in ihrem Fell klebt jede Menge Blut …

Eigentlich hatte Charles für Angie eine große Überraschung zum bevorstehenden Valentinstag geplant, doch nun bringen die Katzenkinder alles durcheinander. Kurzerhand hilft er ihr aufzudecken, wer die kleinen Quirle dort ausgesetzt hat und warum ihre Pfoten blutverschmiert sind. In der Zwischenzeit muss Octocat den Babysitter spielen, und darüber ist der nicht gerade begeistert.

Werden sie es gemeinsam schaffen, die Kätzchen zu versorgen, ein neues Zuhause für sie zu finden und obendrein ihr Geheimnis zu lüften, damit der Valentinstag doch nicht komplett ins Wasser fällt? Es klingt fast unmöglich, aber auch nur fast ...

1

Hallo, mein Name ist Angie Russo. Ich war früher Anwaltsgehilfin, aber jetzt bin ich Vollzeit-Privatdetektivin – zumindest theoretisch.

Bislang hatten wir nur etwa einen Fall pro Monat, und keiner davon war wirklich ordentlich bezahlt. Zum Glück verfügt mein Kater über einen sehr großzügigen Treuhandfonds, den er von seiner früheren Besitzerin geerbt hat, was die Sache im Moment enorm erleichtert.

Oh, und meine Fellnase kann sprechen. Aber nicht mit jedem, nur mit mir. In Anbetracht der Tatsache, dass er mich ständig nur kritisiert und mir ungebetene Ratschläge erteilt, hätte er sicher auch gar keine Zeit, sich mit jemand anderem zu unterhalten, selbst wenn er es könnte.

Habe ich schon erwähnt, dass „Octocat“, so heißt er, noch

dazu mein Geschäftspartner ist? Ja echt, wir ermitteln stets im Team.

Mein Lebenspartner ist ein attraktiver, kluger und stets hilfsbereiter Anwalt namens Charles Longfellow, ein wirklich lieber Kerl. Er ist mein „Süßer“, Octocat hingegen bezeichnet ihn gerne als „Kotzbrocken“.

Wahrscheinlich muss ich mir bald einen Deal überlegen, damit mein Herr Kater mit diesem Unsinn aufhört. Der Valentinstag steht vor der Tür, und ich möchte nicht, dass er uns dazwischenfunkt und uns womöglich den Tag ruiniert.

Möglicherweise ist Octocat an diesem besonderen Tag jedoch mit seinem eigenen Date beschäftigt. Er führt nämlich eine Fernbeziehung mit einem ehemaligen Katzenshow-Model, Grizabella. Ich glaube, verliebter könnten zwei Katzen nicht sein. Zu allem Überfluss reibt er mir immer wieder unter die Nase, wie viel besser seine Beziehung ist als meine.

Ein verrückter Kerl, oder?

Und ich habe auch noch einen Hund – einen kleinen Chihuahua aus dem Tierheim namens Paisley. Sie gehört eigentlich meiner Großmutter, aber wir leben ja alle zusammen.

Paisley ist so süß wie eine doppelte Portion Karamelleis mit Streuseln und Schokoladensauce. Manchmal ist sie zu gutgläubig, was die Absichten der Menschen angeht, weshalb sie nicht immer die beste Spürnase abgibt, wenn wir gemeinsam Verbrechen aufklären.

Grandma hingegen kann bei unseren Fällen auf ihren riesigen Schatz an Lebenserfahrung zurückgreifen und hat meistens eine ungewöhnliche Lösung parat. Als ehemalige Broadway-Schauspielerin besitzt sie für jeden Anlass das passende Kostüm und kommt stets ein wenig extravagant daher. Das liebe ich an ihr.

Eine Art Hassliebe verbindet mich dagegen mit dem dreisten Waschbären, der in meinem Garten wohnt. Sein Name ist Pringle, und vor einiger Zeit hat er heimlich auf unserem Dachboden herumspioniert und dabei ein lange gehütetes Familiengeheimnis zu Tage gefördert, dass wir bis jetzt noch nicht völlig aufgeklärt haben. Die Schnüffelei hat er allerdings wieder gutgemacht, indem er mir vor ein paar Wochen tatsächlich das Leben gerettet hat.

Als Dankeschön erlaube ich ihm neuerdings, ins Haus zu kommen, wann immer er will, und das ist ziemlich oft. Seitdem ist unsere Lebensmittelrechnung in die Höhe geschnellt und Pringle inzwischen kugelrund – kein Wunder, bei all dem Junkfood, das er täglich in sich hineinstopft.

Manchmal wünschte ich, ich hätte nie diese Nahtoderfahrung gemacht, die mir die Fähigkeit verlieh, mit Tieren zu sprechen, aber dann rufe ich mir all die erstaunlichen Dinge ins Gedächtnis, die mein Leben seither bereichern. Das Beste davon ist sicher meine Freundschaft mit Octocat, aber das behalte ich lieber für mich, denn er zeigt mir auch nur selten, dass er mich verdammt gut leiden kann. Doch wenn er es mal tut, strahle ich den ganzen Tag wie ein Honigkuchenpferd.

Und das bringt mich zum heutigen Tag: Es ist schon wieder eine Weile her, dass mein Kater sich dazu herabließ, sich von mir streicheln zu lassen. Meine Eltern sind seit drei Tagen auf einer luxuriösen Alaska-Kreuzfahrt, und ich hatte keinen neuen Ermittlungsauftrag mehr, seitdem der Bürgermeister mich letzten Monat engagierte, um seinen vermissten Golden Retriever aufzuspüren.

Ob ich mir ein neues Hobby zulegen sollte? Das habe ich mich schon öfters gefragt, während ich so auf unseren nächsten großen Fall warte, der sich hoffentlich bald auftun wird. Mit Werbung habe ich es schon versucht, aber das war ein ziemlicher Reinfall. Was könnte ich denn noch anstellen?

Mist.

Vielleicht sollte ich wieder zur Uni gehen und einen Bachelor in Kriminalistik oder so machen. Ich habe sieben Associate Degrees, also quasi halbe Bachelor-Abschlüsse, weil mich schon immer so viele verschiedene Sachen interessiert haben, zu viele, um mich mehrere Jahre lang auf ein bestimmtes Gebiet zu konzentrieren. Aber jetzt, wo ich Privatdetektivin bin, kann ich mir kein anderes Leben mehr vorstellen. Würde ein entsprechender Abschluss dazu beitragen, das Vertrauen potenzieller Kunden zu stärken?

Oder vielleicht könnte ich eines Tages damit sogar bei der Polizei als angestellte Ermittlerin anfangen? Ob sie mich dort statt mit einem menschlichen Kollegen mit meinem Kater zusammenarbeiten lassen würden? Wenn nicht, wäre das definitiv ein Hinderungsgrund.

Puh, so viele Optionen, aber keine davon scheint mir die richtige zu sein.

Dabei hat mir mein Bauchgefühl im Grunde schon zugeflüstert, was ich tun sollte, bloß ist das genau die Option, die ich eigentlich partout vermeiden möchte.

Mein Freund Charles hat mir mehr als einmal angeboten, dass er mich in seiner Kanzlei einstellen könnte, um an seinen Fällen mitzuarbeiten. Aber wäre das eine gute Idee? Sicher, Charles war ein guter Chef, als ich noch Assistentin dort war – so haben wir uns anfänglich auch kennen und lieben gelernt.

Jedoch hat sich unsere Beziehung seitdem so viel weiterentwickelt, und ich habe ehrlich gesagt Bedenken, dass unsere wunderbare Verbindung darunter leiden könnte. Außerdem fühlt es sich wie ein gewaltiger Rückschritt an, in die Anwaltskanzlei zurückzukehren, auch wenn ich dann eine andere Position innehätte.

Ich glaube, ich bin im Moment etwas verwirrt und weiß einfach nicht genau, was ich tun soll. Vielleicht sollte ich meinen Kater bitten, für mich zu entscheiden.

Octocat musterte mich mitleidig von seinem Platz auf meinem Nachttisch aus. Er zuckte unruhig mit dem Schwanz und stieß dabei ein Döschen mit Kopfschmerztabletten um, das scheppernd zu Boden fiel. „Ich sehe, du brauchst schon wieder meinen Rat."

Eigentlich hatte ich vor dem Schlafen noch ein paar Seiten lesen wollen, dann jedoch mein Problem angesprochen, und wie erwartet hatte er eine ganze Menge zu sagen.

„Also, jetzt mal Butter bei die Fische", fuhr er fort, während seine Schwanzspitze wie ein Metronom hin und her pendelte. „Alles, was du hast, verdankst du im Grunde mir. Das Haus. Den Job. Den Freund. Muss ich noch mehr anführen?"

Schon wollte ich ihm widersprechen, doch ich schluckte es hinunter, denn traurig, aber wahr: Er hatte recht. Und ich hasste es, dass er recht hatte.

„Was soll ich also deiner Meinung nach tun?", fragte ich mit skeptischer Miene.

„Ist das nicht offensichtlich?" Er kniff die Augen zusammen und seufzte dann: „Oh, richtig, ich vergaß, du meintest ja, das sei unter deiner Würde."

Ich widerstand dem Drang, ihn rauszuschmeißen, um endlich Ruhe zu haben, sodass er unbeirrt mit seinem Vortrag fortfuhr. Dass mich seine Worte verletzten, schien er überhaupt nicht zu bemerken. „Der Kotzbrocken hat dir doch ein Angebot gemacht, und ich denke, du solltest es annehmen."

„Nenn ihn nicht so", grummelte ich.

Er verdrehte seine großen, bernsteinfarbenen Augen. „Du brauchst mehr Erfahrung und Referenzen, und er bietet dir an, dir dabei zu helfen. Und es geht hier schließlich nicht nur um *dich*.“

Ich biss mir auf den Daumennagel und seufzte resigniert. „Okay, ich werde gleich morgen mit ihm reden.“

Mit diesem Ergebnis schien mein Haustiger zufrieden zu sein. „Gibt es noch andere Bereiche in deinem Leben, die ich heute Abend für dich in Ordnung bringen soll, oder kann ich mich jetzt meinen nächtlichen Pflichten widmen?“

„Welche nächtlichen Pflichten?“ Davon hörte ich zum ersten Mal. Zwar unterstützte er mich mitunter bei der Lösung von Fällen, doch ansonsten machte er tagsüber nie viel. Sollte er nachts tatsächlich deutlich aktiver sein?

„Ach, weißt du ... Meinen Lieblingsplatz auf der Couch warmhalten. Alle Theken und Tische inspizieren, um sicherzustellen, dass sie noch stabil sind. Das Haus vor Geistern beschützen. Aufpassen, dass die ...“

„Moment, was war das gerade? Das Haus vor Geistern beschützen?“

Er starrte mich fassungslos an, als wäre meine Frage völlig abwegig gewesen. „Ja. Wusstest du das nicht? Nur Katzen können sie sehen.“

Ich musterte ihn eine Sekunde lang, um festzustellen, ob er es ernst meinte, aber sein Blick blieb ausdruckslos.

„Gibt es wirklich Geister?“, fragte ich ungläubig. Obwohl ich selbst so etwas wie eine magische Fähigkeit besaß, fiel es mir schwer zu glauben, dass übernatürliche Wesen unter uns wandelten wie in einem Märchen.

Mein Kater gähnte, und sein ekliger Thunfischatem schlug mir ins Gesicht. „Du wirst sie wohl niemals zu Gesicht bekommen“, erwiderte er schnippisch, bevor er vom Nachttisch hüpfte und aus dem Zimmer trottete.

Geister, ja? *Hm.* Irgendetwas sagte mir, dass ich in dieser Nacht nicht so gut schlafen würde.

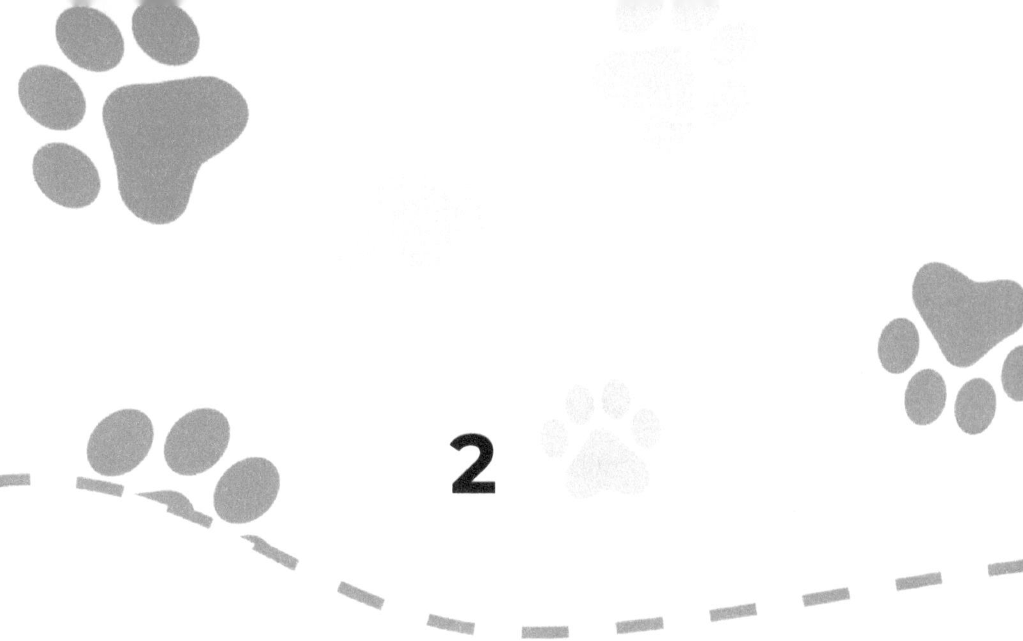

2

Es war Samstag, und ich hatte mich darauf gefreut, auszuschlafen und entspannt ins Wochenende zu starten. Grandma jedoch hatte andere Pläne. Sie kam in aller Herrgottsfrühe in mein Zimmer und postierte sich vor meinem Bett, einen Kaffeebecher in der Hand. „Raus aus den Federn!“, trällerte sie und strahlte mich an.

Ich wischte mir den Schlaf aus den Augen und hievte mich in eine sitzende Position, was jedoch sehr unbequem war, da das Kopfteil meines altmodischen Betts aus hölzernen Gitterstäben bestand – ein unsanftes Erwachen.

Grandma drückte mir den Becher in die Hand, der so voll war, dass ich mich fragte, wie sie es geschafft hatte, ihn heraufzutragen, ohne etwas zu verschütten. Als ich ihn entgegennahm, schwappte ein Teil des heißen Getränks über den Rand und auf meine Bettdecke.

In diesem Moment sauste Paisley herein. „Guten Morgen, Mami!“, bellte sie, bevor sie ein fröhliches Kinderlied über ein schlaues Hündchen anstimmte.

Das war mir alles viel zu viel Lärm am frühen Morgen, zumal ich noch nie ein Morgenmensch gewesen bin.

„Was wollt ihr denn?“, murrte ich, vielleicht ein bisschen zu genervt.

Grandma kniff die Augen zusammen. „Werd nicht frech, Liebes. Ich gehe jetzt gleich zu meinem neuen Bootcamp-Kurs.“

„Danke der Nachfrage, aber ich habe kein Interesse“, stöhnte ich und versuchte, einen Schluck Kaffee zu nehmen, verschüttete aber nur noch mehr.

Meine Großmutter schüttelte den Kopf. „Gut. Du könntest auch nicht mitkommen. Ich hatte ja schon Glück, dass ich noch einen freien Platz ergattert habe. Normalerweise gibt es für diesen Kurs eine sechsmonatige Warteliste, aber irgendwie konnten sie mich ich in letzter Minute noch einschieben.“

„Was willst du denn dann?“, stieß ich matt hervor, während ich auf das dampfende Getränk pustete.

Daraufhin hob sie beide Arme und antwortete mit einer ausladenden Geste in meine Richtung: „Ich wollte dir nur deinen Kaffee bringen.“

Ich betrachtete den Becher in meiner Hand und nickte dankend. Grandma brühte ihn immer für mich auf, denn ich hatte ja bekanntlich Angst vor Kaffeemaschinen. Es mag albern klingen, aber nach meinem Nahtoderlebnis im letzten Jahr, das ich einem solchen Gerät zu verdanken hatte, konnte ich mich diesen Dingern einfach nicht mehr nähern. Natürlich hatte ich danach auch andere Getränke ausprobiert, um meine Koffeinsucht zu stillen, aber keines davon kam an eine gute alte Tasse Kaffee heran.

„Viel Spaß bei deinem Kurs", wünschte ich ihr betont freundlich, denn ich hatte bereits ein schlechtes Gewissen, weil ich sie gerade so angeblafft hatte.

Blitzschnell streckte Grandma die Arme in Schulterhöhe nach vorn und vollführte eine Kniebeuge. „Werde ich haben", antwortete sie grinsend. „Du weißt ja, wer schön sein will, muss leiden."

„Du bist doch schön genug, Grandma", murmelte ich. Obwohl ich vor einiger Zeit begonnen hatte, ein paar Mal die Woche mit ihr joggen zu gehen, war sie immer noch viel besser in Form als ich, und man sah das ihrem Körper auch an, Falten hin oder her.

Sie drehte sich um und wackelte mit dem Po, der in einer rosa Velours-Jogginghose steckte. „Ich will straffer werden. Wenn Grant mich endlich um ein offizielles Date bittet, möchte ich bereit sein."

Mir schauderte bei dem Gedanken. Ich war zwar froh, dass meine Großmutter in Mr. Gable einen guten Freund gefunden hatte, aber ich wollte auf keinen Fall darüber nachdenken, warum sie für diese Freundschaft einen straffen und durchtrainierten Po brauchte.

„So, ich bin dann mal weg!“, zwitscherte sie, und schon entschwand sie nach unten, mit Paisley dicht auf den Fersen.

Ich nippte an meinem Kaffee und überlegte, was ich mit dem Tag anfangen wollte. Früher hatte ich die Samstage immer am liebsten gemocht, aber jetzt, da ich selbständig war, fühlte sich auf einmal jeder Tag wie Arbeit und Urlaub zugleich an – jedoch eher wie ein Zwangsurlaub, weil ich nicht genug zu tun hatte.

Seufz.

„Morgen, Shrimpy.“ Octocat erschien mit einem selbstzufriedenen Ausdruck in der Tür.

Ich hob fragend eine Augenbraue. „Warum Shrimpy?“

„Warum nicht? Ihr Menschen nennt euch doch auch gegenseitig *Honey*, *Süßer*, *Zuckerschnecke* und so, also dachte ich mir, ich nenne dich nach einem Essen, das *ich* mag.“

Da mein Kater Shrimps über alles liebte, war ich sehr gerührt – und auch froh, dass niemand außer mir seinen seltsamen neuen Spitznamen für mich gehört hatte.

Er lächelte so vergnügt, dass seine Schnurrhaare zuckten, und begann daraufhin, sich genüsslich in einem breiten Sonnenstrahl auf dem Fußboden zu räkeln. Er sah wirklich happy aus – zu happy.

„Kann ich dir irgendwie helfen?“, fragte ich, weil mich plötzlich ein ungutes Gefühl beschlich.

Er nahm eine verrückte Pose ein, die an eine Yogaübung erinnerte, und sprang dann neben mich aufs Bett. „Ich dachte schon, du würdest nie fragen.“

Oh-oh.

„Da wir im Moment keine Fälle zur Aufklärung haben, dachte ich mir, dass es doch ein günstiger Zeitpunkt wäre, Grizabella zu besuchen."

Ich verschluckte mich fast vor Schreck. „Aber sie lebt in Colorado. Mit dem Auto braucht man ewig bis dahin. Und außerdem, wie sollte ich das denn ihrer Besitzerin erklären?"

„Christine ist *nicht* ihre Besitzerin", widersprach mein Kater mit Nachdruck. „Du weißt doch genauso gut wie ich, dass die Katze immer der Boss ist."

„Natürlich, wer sonst."

Octocat schüttelte enttäuscht den Kopf, dann wandte er sich wieder zu mir und beäugte mich mit einem verschmitzten Grinsen. „Was Christine betrifft, bin ich mir sicher, dass dir während der langen Fahrt etwas einfallen wird."

Mit diesen Worten erhob er sich, den Schwanz hoch aufgereckt, und stolzierte davon.

„Hey, warte mal", rief ich ihm hinterher, bevor er die Tür erreichte.

Er warf mir einen Blick über die Schulter zu. „Ja?"

„Ich glaube nicht, dass wir es im Moment schaffen, Grizabella zu besuchen."

„Warum nicht? Es ist ja nicht so, als hättest du etwas zu tun."

Autsch. Da hatte er mich. „Ich denke nicht, dass ..."

„Nein, das hat nichts mit Denken zu tun. Die Wahrheit ist,

dass *du es nicht willst,* aber am Freitag ist Valentinstag und ich habe meine bezaubernde Grizz seit Thanksgiving nicht mehr in natura gesehen."

Ich setzte mich höher im Bett auf, in der Hoffnung, durch die veränderte Körperhaltung überzeugender zu wirken. Natürlich unterstützte ich Octocats Beziehung und wollte, dass er glücklich war, aber diese Forderung war ein bisschen viel verlangt.

„Ja, es ist Valentinstag!", entgegnete ich mit fester Stimme. „Und ich habe schon etwas vor – mit Charles."

„Nein, hast du nicht."

„Woher willst du das wissen?"

Er atmete tief durch. „Wenn du schläfst, durchstöbert Pringle dein Handy und liest mir alles vor."

Mir blieb beinahe das Herz stehen. „Was?!", stieß ich entsetzt hervor. „Was meinst du mit *alles?*"

Er schmunzelte. „Ach, du weißt schon ... Deine Nachrichtenchats, E-Mails, Status-Updates und so was. Und weder du noch der Kotzbrocken haben bisher irgendwelche Pläne für den Valentinstag erwähnt."

Ich saß in der Patsche, hoffnungslos in der Patsche. Doch vor allem überkam mich eine Mordswut. „Du kannst nicht einfach in meinen privaten Sachen herumschnüffeln!"

Octocat lachte in sich hinein. „Du bist mein Mensch. Es sollte keine Geheimnisse zwischen uns geben." Und damit verschwand er.

Ich nahm noch einen Schluck Kaffee, der jedoch bereits

kalt war. So sehr ich meinen herrischen, anmaßenden Kater auch liebte, eine spontane Reise quer durchs Land kam im Moment nicht infrage. Außerdem hatte Grizabellas Mensch, Christine, keine Ahnung, dass ich mit Katzen sprechen konnte.

Ich musste einen Ausweg aus dieser Situation finden – und dringend das Passwort meines Telefons ändern.

3

Nur zu gerne hätte ich mich noch mal umgedreht und ein Weilchen geschlafen, aber die ganzen Kaffeeflecken auf der Bettdecke störten mich zu sehr. Außerdem wollte ich Octocat nicht in seiner Ansicht bestärken, dass ich nichts zu tun hätte und ihn deshalb zu seiner Freundin nach Colorado fahren könnte. Er glaubte ja wohl ohnehin schon, ich würde meine Zeit vertändeln, und wenn ich heute nur faul herumläge, würde das seine Theorie bestätigen.

Hmm. Ich könnte ja einen neuen Fall erfinden, damit er abgelenkt war und die Idee mit dem Besuch bei Grizabella wieder vergaß. Andererseits ließ sich dieser Kater nicht so schnell austricksen. Vielleicht könnte ich bis Freitag einen echten Auftrag an Land ziehen. Das müsste ich doch irgendwie hinkriegen, oder etwa nicht?

Ratlos stapfte ich die Treppe hinunter in die erste Etage und fand Octocat in seinem neuen Zimmer, wo er auf dem gigantischen Aquarium thronte, das ich ihm kürzlich gekauft hatte.

Das Reich meines Katers mit den üppigen, seidigen Kissen und der barock anmutenden Einrichtung war schöner als mein eigenes Zimmer. Es erinnerte außerdem an ein Pariser Bordell aus dem achtzehnten Jahrhundert – zumindest stellte ich es mir so ähnlich vor.

Wie dem auch sei, auf jeden Fall fühlte ich mich in diesem Raum immer völlig fehl am Platz, sodass ich ihn dort lieber in Ruhe ließ. Umgekehrt tat er mir leider nicht den Gefallen.

Dennoch musste jemand seine Fische füttern – und es war besser, wenn dieser Jemand nicht in Versuchung geriet, die Tierchen zu fressen, sobald der Deckel des Beckens geöffnet wurde.

„Ich habe dir doch gesagt, dass ich damit allein klarkomme“, murrte mein Kater, als ich mit dem Fischfutter anrückte.

Ich zuckte mit den Schultern. „Ja doch. Aber wenn's geht, möchte ich verhindern, dass in meinem Haus Katastrophen passieren.“

„In *meinem* Haus“, erwiderte er mit einem ärgerlichen Schniefen. „Und wovon sprichst du? *Katastrophe* ist im Grunde dein zweiter Vorname.“

„Mag sein. Ich bezweifle jedoch, dass es deinen Fischen gefallen würde, wenn du deine Pfoten in das Becken tauchst und mit deinen kleinen, scharfen Krallen nach ihnen schlägst."

Octocat sprang von seinem Platz auf dem Aquarium hinunter und hob eine Pfote an die Brust. „Was nennst du hier *klein?* Ich bin zutiefst verletzt, und meine Fische ebenso. Sie haben übrigens alle Namen, weißt du, und ich wäre dir dankbar, wenn du sie benutzen würdest."

Obwohl ich mich regelmäßig mit Haustieren und auch einigen Bewohnern des Waldes unterhielt, hatte ich Octocats Fische noch nie etwas anderes sagen hören als „blubb-blubb". Wollte er mich an der Nase herumführen? Andererseits, wenn Säugetiere und Vögel sprechen konnten, warum Fische dann nicht auch?

Grübelnd streute ich das Flockenfutter in das Becken und schloss die Klappe schnell wieder, damit der Kater nicht auf dumme Gedanken kam.

Sogleich sprang Octocat wieder auf den Deckel und verrenkte sich den Kopf, um durch die kleine Öffnung am Wasserfilter direkt ins Becken zu spähen. Da konnte ich mir die Frage nicht mehr verkneifen: „Wie heißen deine Fische denn nun?"

Er antwortete nicht und sah mich nur augenzwinkernd an, was ich erwiderte. „Du hast mich eben gebeten, sie mit Namen anzureden, also verrat sie mir doch bitte."

Daraufhin hüpfte er auf den Boden und setzte sich neben mich. Seine Augen folgten dem größten Aquariumbewohner, der gemächlich im Becken herumschwamm. „Siehst du den großen Orangefarbenen? Das ist Tasty.“

„Aha. Und der Gestreifte?“

Er lächelte und verfolgte besagten Fisch mit den Augen. „Das ist Yummy. Und der da drüben heißt Delicious.“

Kopfschüttelnd unterbrach ich ihn: „Octocat, das ist makaber. Ich werde nicht zulassen, dass du sie verspeist. Sie sind deine Haustiere.“

„Angela“, sagte er gespielt entsetzt. „Wer sagt, dass ich sie essen will?“

„Du!“, erwiderte ich, doch in dieser Sekunde wurden wir von einem fröhlichen Singsang unterbrochen, der durchs Haus schallte. Es musste die Türklingel sein, allerdings erkannte ich die Melodie nicht. Grandma hatte sie vermutlich kürzlich geändert – irgendein Doo-Wop-Song, bloß war diese Musik so gar nicht mein Ding.

„Das klären wir noch“, ließ ich den Kater wissen, bevor ich nach unten rannte.

Vor der Haustür stand meine bessere Hälfte, Charles, mit einem breiten Grinsen im Gesicht. Er schlang sofort die Arme um mich und gab mir einen dicken Kuss.

„Igitt. Habt ihr denn kein Zuhause?“, klagte Octocat, der gerade die Treppe herunterkam.

Ich lächelte, als Charles sich wieder von mir löste.

„Doch, aber du gleich nicht mehr“, antwortete ich meinem gehässigen Tiger.

Charles zog verwirrt die Augenbrauen hoch. „Was meinst du? Oh, ach so. Du hast mit dem Kater geredet, richtig?“

„Sorry. Er ist mal wieder ziemlich frech, aber jetzt bin ich ganz bei dir.“ Ich errötete und strich mir eine lose Haarsträhne hinters Ohr. Manchmal vergaß ich, dass andere Leute nur meine Worte verstehen konnten, wenn ich mit den Tieren sprach. „Schön, dass du da bist. Was für eine Überraschung am frühen Morgen!“

„Ich dachte, wir könnten den Tag zusammen verbringen, wenn du willst.“

„Und ob, das fände ich mega!“ Ich gab ihm einen noch viel längeren Kuss.

Octocat stolzierte demonstrativ davon, blieb jedoch nach ein paar Schritten stehen und tat so, als ob er sich übergeben müsste, nur dass sein vorgetäuschtes Würgen plötzlich zu einem sehr realen Bedürfnis führte, seinen Magen zu entleeren.

„Bah, das ist ja widerlich!“, rief ich, als der stinkende Brei nur wenige Zentimeter neben meinem linken Fuß landete.

„Wem sagst du das“, erwiderte Octocat, bevor er in Richtung Küche trottete und mich neben seiner Kotzlache stehenließ.

„Das ist ja romantisch“, kommentierte Charles die Szene grinsend.

„Nicht wahr?“ Zum Glück hatten wir für derartige Unfälle immer Reinigungsspray und eine Küchenrolle im Garderobenschrank auf Lager, die ich mir jetzt holte.

„Es ist in Ordnung, wenn heute nicht alles perfekt läuft“, versicherte mir mein Freund und nahm das schmutzige Bündel Papiertücher von mir entgegen. „Schließlich ist bloß Samstag. Viel wichtiger ist der kommende Freitag.“

„Wieso, was ist denn …“ Ich hielt inne, als ich Charles’ Stirnrunzeln und seine ernste Miene bemerkte. „Valentinstag, natürlich. Ich bin schon ganz aufgeregt.“

Ich war zwar nicht sonderlich romantisch veranlagt, aber ich liebte es, dass Charles es war.

„Das wird unser erster gemeinsamer Valentinstag, und ich will, dass er etwas Besonderes wird.“ Dann eilte er in die Küche, um die schmutzigen Tücher in den Müll zu werfen.

„Okay. Was könnten wir denn unternehmen?“, fragte ich mit einem unschuldigen Lächeln, als er Sekunden später wieder auftauchte.

„Überlass das mal mir. Ich habe schon alles geplant.“

„Cool. Erzählst du es mir?“

„Nein, es ist eine Überraschung.“ In seinen Augen blitzte etwas auf, und ich bekam Schmetterlinge im Bauch, zum einen wegen Charles und zum anderen, weil ich immer ein bisschen nervös wurde, wenn ich nicht wusste, was mir bevorstand.

„Solange du nicht vorhast, mir einen Antrag zu machen“, rutschte es mir scherzhaft heraus.

Seine Gesichtszüge schienen einzufrieren, sodass mein Puls auf gefühlte eine Million Schläge pro Minute hochschnellte.

„Oh“, raunte ich, weil mir die Worte fehlten.

Mein Freund griff sich mit der Hand in den Nacken und starrte zu Boden. „Ähm, ich wollte eigentlich bis Freitag warten, aber …“ Er verstummte, kniete sich plötzlich vor mir hin und blickte dann mit leuchtenden, hoffnungsvollen Augen zu mir auf.

„Charles, ich …“ *Ogottogott.* Was sollte ich ihm denn jetzt sagen?

Ich liebte ihn. Ich wollte mit ihm zusammen sein. Aber ich wollte noch nicht heiraten. Nicht, bevor ich mein Leben und mein Geschäft besser im Griff hatte.

Er fuhr sich mit der Zunge über die Lippen, nahm meine Hand in seine und brach dann in Gelächter aus. „War nur ein Scherz!“

Auch Octocat, der uns offenbar beobachtet hatte, lachte schallend. „Haha! Vielleicht ist der Kotzbrocken doch nicht so verkehrt“, murmelte er.

Und so sehr ich seine abfälligen Bemerkungen über meinen Freund auch hasste, noch unerträglicher erschien mir der Gedanke, dass mein Kater und Charles sich gegen mich verbündeten.

Glücklicherweise hatte Charles keine Ahnung, was Octocat gerade gesagt hatte. Ich würde es ihm auch nicht verraten.

4

Charles kochte uns eine Kanne Kaffee, und ich wärmte derweil eine Ladung von Grandmas selbstgebackenen Muffins in der Mikrowelle auf.

„Hast du wirklich den ganzen Tag frei?", fragte ich ungläubig.

„Nicht frei", erwiderte er, während er seinen bevorzugten Coffee Creamer mit Karamellgeschmack aus dem Kühlschrank nahm und mir im nächsten Moment ein breites Grinsen zuwarf. „Ich verbringe ihn mit dir."

„Ja gut, aber normalerweise ist es doch so, dass du dir nicht mal einen halben Tag freinehmen kannst, geschweige denn einen ganzen."

„Tja, ich bin dabei, einige Veränderungen in der Kanzlei vorzunehmen, damit ich mich mehr auf die wesentlichen Dinge konzentrieren kann."

„Ein Hoch auf die Work-Life-Balance! Ich habe sozusagen das gegenteilige Problem. Zu viel Freizeit und nicht genug Arbeit.“

„Hmm. Dann sollten wir uns vielleicht in der Mitte treffen.“ Er zwinkerte mir vielsagend zu, was mich erneut erröten ließ.

„Entschuldigung“, rief Octocat vorwurfsvoll, der zu uns in die Küche gekommen war und in seine halbleere Wasserschüssel starrte.

Ich drehte mich zu ihm um. „Ja, Eure Königliche Hoheit?“

„Oh, das gefällt mir“, murmelte mein Tiger und schnippte verzückt mit dem Schwanz. „Endlich redest du mich gebührlich an.“

„Das war …“, begann ich, verschluckte jedoch das „ironisch gemeint“ gerade noch rechtzeitig. Wenn ich einen friedlichen Tag mit Charles verbringen wollte, musste ich unnötige Auseinandersetzungen mit Octocat heute unbedingt vermeiden.

„Was möchtest du denn?“, erkundigte ich mich nun zuckersüß. Je eher ich dafür sorgte, dass er bekam, was er wollte, desto eher würde er Charles und mich in Ruhe lassen. Ein paar gemeinsame Stunden, und zwar *ungestörte* Stunden, hatten wir nämlich dringend nötig.

„Ich brauche dich, um mein iPad in den Vormittagssonnenfleck zu bringen. Ich habe gleich ein Gespräch mit Grizabella, und da darf ich nicht zu spät kommen.“

„Okay, gib mir eine Sekunde", sagte ich über das Piepen der Mikrowelle hinweg.

„Nicht erst in einer Sekunde, sondern jetzt gleich." Octocat stampfte mit einer Vorderpfote auf und starrte mich mit seltsam aufgerissenen Augen an. „Ich werde ihr von unserem Besuch nächste Woche erzählen. Ich kann es kaum erwarten, den Ausdruck in ihrem hübschen Gesicht zu sehen, wenn sie es erfährt ..."

„Nein!", unterbrach ich ihn, vielleicht ein wenig zu nachdrücklich.

Der Kopf meines Katers flog herum, als hätte er eine Ohrfeige bekommen. „Was meinst du mit *Nein?*"

Anscheinend hatte ich dieses Wort nicht oft genug benutzt, da ihm offenbar nicht klar war, was es bedeutete oder dass es überhaupt eine mögliche Antwort auf eine seiner vielen Forderungen sein könnte. *Oh-oh.* Ich musste mir schnell etwas einfallen lassen, bevor er mich entweder überlisten oder mir solche Schuldgefühle machen würde, dass ich doch nachgab.

„Ich habe gerade mit Charles gesprochen, und du hattest recht. Er hat tatsächlich Arbeit für uns in der Kanzlei. Wir können also nicht wegfahren, weil wir am Montagmorgen in aller Frühe loslegen müssen."

Er reckte seinen Schwanz in die Höhe und krümmte ihn zu einem Fragezeichen. „Ist das so?"

Ich stupste Charles in die Rippen, und er nickte, obwohl er nicht wusste, worum es ging.

„Hmm, ich denke, das ist gut“, räumte Octocat einen Moment später ein. „Ich fand den St. Patrick’s Day im März sowieso schon immer viel romantischer. Grün ist eine viel schönere Farbe als Rosarot, und angeblich soll man da doch das Gold am Ende des Regenbogens finden. Das wäre doch mal was, oder?“

Ich lachte nervös. „Ja, stimmt, das wäre ein Ding.“

Er nickte und blickte in Richtung Wohnzimmer. „Dann kannst du den schmalzigen Valentinstag meinetwegen haben. Und nun zu meinem dringenden Anliegen.“

Auch wenn ich ihm die Idee nicht komplett ausgeredet hatte, war es mir immerhin gelungen, die ewig lange Autofahrt um einen weiteren Monat zu verschieben. Das war zumindest ein Teilerfolg. „In Ordnung. Ich hole dir dein iPad.“

„Worum ging es bei euch gerade eigentlich?“, erkundigte sich Charles, nachdem ich Octocat zufriedengestellt hatte.

„Pst“, zischte ich. „Er kann dich noch hören.“

Charles lehnte sich dicht zu mir herüber und flüsterte in mein Ohr: „Du bist süß, wenn du dich mit deinem Kater streitest, weißt du das?“

Meine Knie wurden zu Wackelpudding, während sein Mund meinen Hals hinabwanderte und ihn mit zärtlichen Küssen bedeckte. „Hör auf damit, du Schuft.“

Er ließ von mir ab und lachte in sich hinein.

Während er unseren Kaffee fertig machte, holte ich mein

Telefon hervor und schrieb ihm eine Nachricht. Einen Moment später summte es in Charles' Gesäßtasche. „Nanu? Ist die von dir?"

Ich verdrehte die Augen und deutete mit dem Kopf auf das Handy in seiner Tasche. Ja, es war schon etwas albern, ihm zu schreiben, während wir uns im selben Raum befanden, aber ich wollte nicht riskieren, dass Octocat mitbekam, was ich ihm sagen wollte.

Der Blick meines Freundes huschte über das Display, und seine Lippen bewegten sich beim Lesen.

Du musst uns mit einem Fall beauftragen. Egal, wenn nur Fake. Hauptsache, wir sind beschäftigt. Sonst zwingt er mich, ihn nach Colorado zu fahren.

Er schnaubte und tippte zurück: *Wieso willst du nicht nach Colorado?*

Ich würde den Valentinstag verpassen.

Das kann ich nicht zulassen, schrieb er, steckte sein Handy wieder in die Gesäßtasche und schloss mich in die Arme.

„Danke", flüsterte ich, an seine Schulter gelehnt.

In diesem Moment traf mich etwas hart am Hinterkopf. Ich wirbelte herum und war nicht wirklich überrascht, Pringle mit seiner Nerf-Gun dort stehen zu sehen, die immer noch direkt auf mich gerichtet war.

„Du sollst mit dem Ding doch nicht auf mich schießen", erinnerte ich den Waschbären seufzend.

„Wie hätte ich dich sonst von deinem Loverboy ablenken

sollen?“ Die kleine Nervensäge verschränkte die Arme und feuerte jetzt zumindest nur noch böse Blicke aus seinen dunklen Knopfaugen auf mich ab.

„Was willst du?“ Warum mischten sich meine Tiere eigentlich ständig in mein Liebesleben ein? Ich hatte ohnehin schon kaum Zeit mit Charles und deshalb absolut keine Lust, den ganzen Tag den Diener für die kleinen Pelzviecher zu spielen. Wenigstens war Paisley mit Grandma unterwegs, was die Sache in diesem Moment jedoch auch nicht leichter machte.

Pringle verdrehte die Augen und schnalzte empört mit der Zunge. „Pass auf, was du sagst, Schätzchen. Ich komme in Frieden.“

„Ja klar, ich glaube dir aufs Wort, vor allem, weil du gerade auf mich geschossen hast.“

Pringle plapperte fröhlich weiter. „Ja, das war ein ziemlich guter Treffer, oder?“

Darauf erwiderte ich nichts, klopfte nur ungeduldig mit dem Fuß auf den Boden, damit er mich nicht länger auf die Folter spannte, was er wollte. Ich für meinen Teil wollte nämlich, dass er so schnell wie möglich wieder verschwand.

Der Waschbär ließ sich auf alle Viere fallen und rannte durch das Wohnzimmer zurück zur Haustür. „Ich muss dir etwas Wichtiges zeigen. Komm mit!“, rief er. „Folge mir!“

„Was will er denn?“, fragte Charles mit einer misstrauisch hochgezogenen Augenbraue.

„Keine Ahnung. Lass uns in mein Schlafzimmer gehen und die Tür hinter uns abschließen."

Er hob auch noch die andere Augenbraue. „Die Vorstellung ist zwar verlockend, aber vielleicht sollten wir zuerst herausfinden, warum er so aufgeregt ist."

Ich schnappte mir den Teller mit den Muffins und einen der Kaffeebecher. „Interessiert mich nicht. Komm, gehen wir nach oben."

Leider fing mich Pringle ab, als ich die Treppe erreichte. „Wo willst du hin?", rief er aufgebracht, bevor er mir zwei Schaumstoffpfeile rechts und links gegen die Knie schoss.

„Aua! Hör auf damit!"

Ein weiterer Pfeil sauste in mein Gesicht. „Ich höre auf, wenn du mit mir auf die Veranda kommst."

„Was ist denn auf der Veranda?", fragte ich resigniert.

Der nächste Pfeil traf mich mitten in den Bauch.

„Du willst, dass ich mit dir nach draußen komme?", seufzte ich frustriert. „Dann gib mir die Waffe. Die wird jetzt für den Rest des Jahres einkassiert."

Pringle fletschte die Zähne und knurrte, was mir schlagartig in Erinnerung rief, dass er immer noch ein wildes Tier war, obwohl er zum Teil sehr menschliche Angewohnheiten hatte. „Wenn du Carla anrührst, wirst du dich ganz schön umgucken. Und das geschieht dir dann ganz recht!"

„Schluss mit dem Theater." Charles schob sich an uns vorbei und stieß die Haustür auf.

„Seht doch!", rief der Waschbär entrüstet, als unser Blick

auf die blutige Szene fiel, die sich vor uns auftat. Er stürmte an uns vorbei und sprang mit einem Satz von der Veranda.

„Das ist jetzt euer Problem!“, rief er und verschwand eine Sekunde später hinter dem Haus.

Da musste ich ihm leider recht geben – *das* war auf jeden Fall ein Problem.

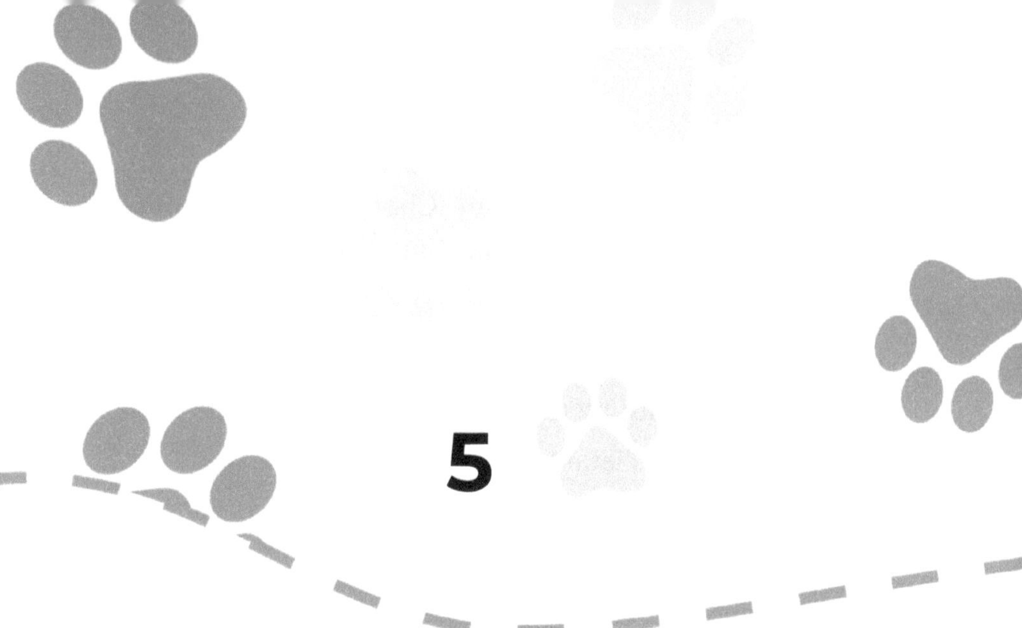

5

„Mamimamimamimami!“, schrie eines der Katzenbabys, als wir nach draußen traten. Seine Pfötchen waren blutverschmiert, aber es schien keine Schmerzen zu haben.

Seine Geschwister kletterten über es hinweg und versuchten, sich aus dem ramponierten Karton zu befreien, in den man sie gesteckt hatte.

„Sind das etwa …?“ Charles verstummte.

Ich nickte traurig. „Ausgesetzte Kätzchen, ein ganzer Wurf.“

In diesem Moment kam Octocat an uns vorbeimarschiert. „Was ist das hier für ein Lärm? Ich versuche, mit Grizabella zu sprechen, aber …“

Er wurde von aufgeregten Stimmchen unterbrochen, die

laut miauten und „Papi!“ im Chor riefen. Ich musterte meinen Kater, dessen ohnehin schon große Augen sich vor Entsetzen weiteten. Erschrocken trat er einen Schritt zurück und hüstelte.

„Nein, das kann nicht sein. Dazu fehlen mir die entscheidenden Teile. Der Tierarzt hat sie mir …“

Er hob eine Pfote und fuhr eine Kralle nach der anderen aus, während er etwas nachzuzählen schien. „Vor mindestens vier Jahren geraubt. Diese … diese kleinen Schreihälse können nicht von mir sein.“

„Papi!“, riefen die Katzenkinder erneut im Chor.

„Das ist unmöglich“, beharrte Octocat und trat vor, um sie genauer zu beäugen. „Und außerdem sehen sie mir überhaupt nicht ähnlich.“

Tatsächlich sahen sie ihm durchaus sehr ähnlich. Sie hatten die gleichen bernsteinfarbenen Augen und braun gestromtes Fell wie er, mit dem einzigen Unterschied, dass ihr Fell länger war als seins. Zwar kannte ich mich mit den verschiedenen Katzenrassen nicht sonderlich gut aus, aber ich vermutete, dass es sich passenderweise um einen Wurf Maine Coons handelte. Passenderweise deshalb, weil wir zum einen im Staat Maine lebten, aus dem diese Rasse stammte, und Octocat sich zum anderen gerne damit brüstete, Maine-Coon-Gene zu besitzen.

Die Kätzchen versuchten, sich dem Kater zu nähern, und sprangen alle auf einer Seite des Kartons herum, sodass dieser schließlich umkippte. Endlich frei, stürmten sie alle auf

Octocat zu, strichen ihm um die Beine und drückten sich zärtlich an ihn.

„Na super! Jetzt klebt das Blut auch noch an mir“, stöhnte er, machte aber zu meiner Überraschung keine Anstalten, sich zu entfernen.

Da kam Pringle wieder auf die Veranda gehüpft. Er begann, die Babys einzusammeln und klemmte sie sich unter den Arm. „Wisst ihr eigentlich, für wie viel solche kleinen Dinger im Internet gehandelt werden?“

„Nein!“, rief ich. „Pringle, hör auf damit! Wir verkaufen sie ganz sicher nicht im Internet“, schimpfte ich mit dem nervtötenden Waschbären. „Und Octocat, niemand hat behauptet, dass du ihr Vater bist“, versicherte ich meinem kauzigen Kater.

Charles legte einen Arm um meine Taille und zog mich an seine Seite. „Was sollen wir jetzt mit ihnen machen?“

„Bringen wir sie erst einmal rein und machen sie sauber.“ In diesem Moment war ich sehr froh, dass Grandma noch unterwegs war. Zweifellos hätten wir jetzt bereits fünf neue Familienmitglieder, wenn sie die Katzenbabys mit uns hier draußen entdeckt hätte. Und zweifellos hätte mich Octocat dafür bitter bezahlen lassen.

Charles half mir, die tapsigen Fellbündel zurück in die Kiste zu packen, und trug diese dann in unser größtes Badezimmer, das mit der auf Löwenfüßen stehenden viktorianischen Badewanne.

Sowohl Octocat als auch Pringle folgten ihm, Letzterer

jedoch ohne seine geliebte Nerf-Gun, was zumindest eine kleine Erleichterung darstellte. „Ich sag's dir", raunte er dem Kater zu, „wir bekämen bestimmt hundert Dollar für jedes der Kätzchen, bei fünf Stück also mindestens tausend Dollar." Offensichtlich war Pringle im Rechnen nicht so gut wie im Lesen – schade eigentlich, umgekehrt wäre es mir lieber gewesen.

„Sprich weiter", drängte mein Kater, dem die Dollarzeichen förmlich aus den Augen sprangen.

Ich verschränkte die Arme und fixierte meine herzlosen Vierbeiner. „Jetzt reicht's! Pringle, wenn ich noch einmal höre, dass du die Kätzchen verkaufen willst, werde ich dein Baumhaus abreißen."

Der Waschbär tat es mir gleich und verschränkte ebenfalls die Arme, während er mich herausfordernd anstarrte. „Welches?"

„Beide."

„Das würdest du nicht tun."

„Stell mich besser nicht auf die Probe."

„Wenn ich Carla dabei hätte, wärst du vorsichtiger mit deinen Drohungen."

„Glaubst du, ja? Dann lauf los und hol sie dir."

Nachdem Pringle aus dem Bad geflitzt war, schlug ich die Tür hinter ihm zu und schloss sie sicherheitshalber ab.

„Es wird nie langweilig, dir dabei zuzusehen, wie du mit ihnen kommunizierst", meinte Charles leise lachend, während er die Hähne an der Wanne aufdrehte.

„Nein, kein Wasser einlassen bitte."

„Warum? Ich dachte, wir würden die Babys baden."

„Ja, aber nicht so."

Ich holte zwei Waschlappen aus dem Wäscheschrank, machte sie nass und reichte Charles einen davon. „Das war schon traumatisch genug für sie heute. Lass es uns lieber auf die sanfte Tour versuchen."

Nachdem das Wasser abgelaufen war, setzten wir die Kleinen in die Badewanne und befreiten eines nach dem anderen von Blut und Dreck.

„So, geschafft." Triumphierend setzte er das letzte Kätzchen zurück auf den Boden. „Alle wieder sauber."

„Nicht ganz", flüsterte ich, nur dummerweise nicht leise genug.

„Was meinst du mit *nicht ganz?*", fragte Octocat misstrauisch, der von seinem Platz auf dem Toilettenspülkasten aus mit großem Interesse zugesehen hatte.

Einen Moment darauf riss er entsetzt die Augen auf, presste die Ohren an den Kopf und fauchte. „Ich kann mich selbst säubern!"

„Schnapp ihn dir!", rief ich Charles zu, was er prima hinkriegte, obwohl sich mein Kater heftig zur Wehr setzte.

„Es dauert nur ein paar Sekunden", versprach ich.

„Ich bin doch kein Baby mehr", brummte er. „Du musst mich nicht verhätscheln."

„Das mag sein, aber an dir klebt ebenfalls Blut. Und das müssen wir wegmachen."

„Ich hasse euch“, knurrte Octocat wiederholt, bis wir fertig waren.

Wäre ich nicht genauso durcheinander gewesen wie er, hätte ich das Waschen seines Fells vielleicht noch etwas in die Länge gezogen, um ihn für die Gemeinheiten, die er von sich gegeben hatte, zu bestrafen.

Nachdem Charles ihn wieder heruntergelassen hatte, war mein Freund mit Katzenfellflusen übersät, weil Octocat vor lauter Stress ziemlich viele Haare verloren hatte.

„Das war doch jetzt nicht so schlimm, Großer, oder?“, fragte Charles und versuchte, sich die Haare abzuklopfen, was jedoch nicht funktionierte.

„Sieh dich vor, Kotzbrocken“, zischte mein Tiger, aber der verstand seine Drohung natürlich nicht. „Wobei, nein, sieh dich besser *nicht* vor. Das macht meine Rache nur noch süßer.“

Ich warf ihm einen warnenden Blick zu, dann öffnete ich die Badezimmertür, um ihn rauszulassen.

PENG!

Unvermittelt traf mich etwas direkt auf die Nase – ein weiterer von Carlas Schaumstoffpfeilen.

„Pringle!“, brüllte ich frustriert.

Hinter mir ertönte Gelächter – fünf Kätzchen, deren Leben wir gerade gerettet hatten, nebst meinem allerliebsten, treu sorgenden Freund kringelten sich auf meine Kosten.

Vielleicht hatte Octocat recht. Vielleicht sollte er sich vorsehen. Schaumstoff hin oder her, diese Pfeile taten weh, vor allem, weil Pringle unbarmherzig auf die empfindlichsten Stellen zielte. Ich musste einen Weg finden, dieses blöde Ding ein für alle Mal verschwinden zu lassen. Aber zunächst stand etwas Wichtigeres auf dem Programm: das Wohl der kleinen Kätzchen.

6

Ich konnte dem schießwütigen Waschbären zwar die Nerf-Gun nicht abnehmen, aber immerhin gelang es mir, ihn nach draußen zu scheuchen und die Haustierklappe zu verriegeln. Hoffentlich würde es heute Morgen keine weiteren Überraschungen geben.

Als ich ins Badezimmer zurückkehrte, fand ich Charles auf dem Rand der Badewanne sitzend vor. In jedem Arm hielt er eines der Samtpfotenbabys, die er jeweils in ein kleines Handtuch gewickelt hatte. Auch wenn ich mich noch nicht bereit für die Ehe und Kinder fühlte, ließ dieser Anblick mein Herz auf der Stelle schmelzen.

Als er bemerkte, dass ich ihn beobachtete, schenkte er mir ein charmantes Lächeln – so charmant, dass ich ihm nicht länger böse sein konnte, dass er über Pringles Pfeilattacke auf meine Nase gelacht hatte. „Komm, schnapp dir die anderen

Schnurris und lass uns irgendwo hingehen, wo es bequemer ist."

Oh, dieser Mann wusste definitiv, wie er mich um den Finger wickeln konnte.

„Am besten, wir bringen sie in Octocats Zimmer", schlug ich vor, wobei ich schon ahnte, dass mein Kater sich das in irgendeiner Form bezahlen lassen würde. Aber es schien mir die beste Lösung zu sein, die wir momentan hatten.

Mit Müh und Not schaffte ich es, die anderen drei eingewickelten kleinen Zappelphilippe die kurze Strecke in sein Reich hinüberzutragen. Mein Kater erwartete uns bereits. Er stand im Türrahmen und schlug so heftig mit dem Schwanz, dass ich mir Sorgen machte, er könnte sich dabei verletzen. „Denk nicht einmal daran!", brummte er.

Doch ich ließ mich nicht abschrecken. Sein Zimmer war der sicherste Ort für die quirligen Kätzchen. Schließlich war dieser Raum nach gründlicher Prüfung bereits für katzensicher befunden worden, und es gab keine großen Möbelstücke, unter denen sie sich verstecken konnten. Octocat würde sich zur Abwechslung einfach mal zusammenreißen müssen.

Mit festem und Blick und vorgerecktem Kinn ging ich an ihm vorbei und trat ein.

Er trottete zeternd hinter mir her. „Ich kotze gleich! Ich werde die Vorhänge herunterreißen! Ich werde in einen Hungerstreik treten. Ich werde …"

„Ich werde Grizabella sagen, dass die Babys von dir sind", konterte ich.

Er blickte entsetzt zu mir auf. „Das würdest du nicht tun!"

„Ich weiß, dass sie dich stören, aber sie sind nun mal noch sehr klein und brauchen unsere Hilfe. Also könntest du bitte ausnahmsweise mal versuchen, dich zivilisiert zu benehmen?"

Mürrisch drehte er sich um. „Du schuldest mir was, aber so was von, Angela", rief er und hastete hinaus, was mir gerade ehrlich gesagt egal war. Ich würde mich nachher um ihn kümmern. Jetzt mussten Charles und ich erst einmal die Katzenkinder weiter versorgen.

Nachdem wir die Tür fest verschlossen hatten, holten wir die Kleinen aus ihren Handtuchwickeln und setzten sie in der Zimmermitte auf den Teppichboden.

„Papi?", quietsche einer der kleinen Tiger.

Daraufhin fielen alle anderen mit ein: „Papi! Papi!", jammerten sie und wurden mit jeder Sekunde unruhiger.

„Warum sind sie denn plötzlich so aufgeregt?", fragte Charles lachend, weil er glaubte, dass sie sich vor Freude so aufführten und nicht vor Angst.

„Sie wollen Octocat zurück", erklärte ich ihm, während er mit ihnen auf dem Boden hockte und ich unschlüssig an der Tür stand. „Sie glauben, er ist ihr Vater."

Charles lachte wieder. „Oh, echt?"

„Jep, zumindest nennen sie ihn *Papi.* Sie scheinen jedoch noch nicht viele Worte zu beherrschen."

„Na ja, es sind ja schließlich Babys." Er hob eines der Kätzchen hoch und setzte es auf seinen Schoß. „Vielleicht müssen sie erst noch sprechen lernen. Hast du denn überhaupt schon mal versucht, *mit* ihnen zu sprechen? Bisher hast du nur *über* sie gesprochen, oder täusche ich mich?"

„Du hast recht", seufzte ich und schüttelte über mich selbst den Kopf. Dann ließ ich mich ebenfalls auf den Boden sinken und setzte mich im Schneidersitz vor sie hin, damit sie zu mir kommen konnten. „Hallo, ihr Süßen. Mein Name ist Angie. Wie heißt ihr?"

„Will Papi!", informierte mich eines von ihnen. Seine Schnurrhaare kitzelten mich, als es an meinen nackten Füßen schnupperte. Auch wenn die miauenden Mini-Fellnasen niedlich waren, hatten sie uns in der Kürze der Zeit doch schon ordentlich viel Arbeit beschert.

„Ich werde ihn gleich holen, aber zuerst würde ich euch gerne etwas fragen: Wie um alles in der Welt seid ihr auf meiner Veranda gelandet?"

Kaum hatte ich diese Frage gestellt, brach der gesamte Wurf in Hysterie aus – selbst Charles bemerkte jetzt die Verzweiflung der Kleinen. Er streckte die Hand aus, um das nächste Kätzchen zu streicheln, kassierte dafür jedoch einen Krallenhieb.

„Keine Chance." Ganz vorsichtig erhob ich mich, um nur ja auf keines der aufgebrachten Babys zu treten. „Wir müssen Octocat holen."

„Hm, aus irgendeinem Grund habe ich so im Gefühl, dass er nicht begeistert sein wird, den Dolmetscher für uns zu spielen", erwiderte er.

Ich kicherte. „Und was könnte das für ein Grund sein? Etwa jede einzelne Begegnung, die du bisher mit ihm hattest?“ Jetzt lachten wir beide, denn genau so war es.

Charles folgte mir aus dem Zimmer, wobei er sorgfältig darauf achtete, dass keines der Kätzchen hinauswischte. Im Flur schlang er die Arme um mich. „Ich muss gerade daran denken, wie wir uns damals näher kennengelernt haben. Bei dem Doppelmord an den Hayes, weißt du noch?“

„Wie könnte ich das vergessen? Es ist nur irgendwie seltsam, dass du das als etwas Romantisches in Erinnerung hast.“ Ich löste mich aus seinen Armen und ging die Treppe hinunter.

„Hey, das mag vielleicht ein bisschen speziell sein, aber unsere Beziehung ist eben etwas ganz Besonderes“, versicherte er mir, während er mir nach unten folgte. „Apropos, ich kann den Freitag kaum erwarten. Meine Valentinstags-Überraschung wird dich bestimmt umhauen.“

Unten angekommen, hielt ich im Foyer und im Wohnzimmer nach Octocat Ausschau, konnte ihn aber nirgends entdecken. Also wandte ich mich wieder Charles zu und runzelte die Stirn: „Entweder du sagst mir jetzt auf der Stelle, was du für Freitag geplant hast, oder ich will kein Wort mehr darüber hören. Du weißt, ich hasse Überraschungen.“

Als wir uns auf den Weg in die Küche machten, schoss Octocat unter der Couch hervor und raste wie von der Tarantel gestochen an uns vorbei. „Du hasst Überraschungen?

Bestimmt nicht so sehr wie ich!“, kreischte er im Vorbeirennen, und wir hechteten hinterher.

„Ich brauche deine Hilfe“, rief ich meinem aufgeregten Kater zu. „Bitte. Es ist wichtig.“

„Vergiss es“, raunte er aus dem Inneren der Katzentoilette, in die er sich verkrochen hatte.

„Komm schon. Bitte“, flehte ich ihn theatralisch an, wobei ich die Unterlippe vorschob und treuherzig wie Paisley dreinblickte, was aber leider nicht den gewünschten Effekt hatte. Wie konnte ich ihn bloß überreden? Dieser Kater war so was von hart gesotten. Selbst wenn er gut gelaunt war, brauchte man bei ihm schon enorme Überredungskünste, und von guter Laune war er gerade meilenweit entfernt.

„Nein“, fauchte er.

Ich ließ seufzend den Kopf hängen. „Du lässt mir keine andere Wahl, hörst du?“

„Wohin gehst du?“, wollte Charles wissen, als ich in Richtung Küche eilte.

„Bleib da und pass auf, dass er nicht abhaut. Ich bin gleich wieder da.“

In der Küche durchwühlte ich unsere Kramschublade, fand kurz darauf, was ich brauchte, und kehrte zu Charles und meiner aufmüpfigen Fellnase zurück. „Wie sieht's aus, hilfst du uns jetzt?“, fragte ich den Kater warnend.

„Die Antwort lautet immer noch *nein*. Nein, nein, nein, nein, nein“, erwiderte er.

Das war mein Stichwort, um den Laserpointer zu aktivieren, den ich in kleinen, kreisenden Bewegungen über den Boden huschen ließ. Und tatsächlich: Octocat kam aus seinem Versteck hervor und stürzte sich wie von Sinnen auf den roten Punkt. Warum auch immer, aber es war das Einzige, dem er nicht widerstehen konnte.

„Haha, hab dich." Charles packte ihn mit festem Griff und drückte ihn an seine Brust. Gemeinsam stiegen wir mit dem fluchenden Tiger die große Treppe hinauf.

„Ich hasse dich", keifte er mich zum gefühlt hundertsten Mal an diesem Tag an. Und so unschön es auch war, das zu hören zu bekommen, ich ignorierte es geflissentlich. Er war schon so oft wütend auf mich gewesen, und er würde es wieder sein, aber diese kleinen Kätzchen brauchten jetzt wirklich dringend ein wenig Beistand von einem Artgenossen, sonst würden sie uns noch vor Kummer eingehen.

7

Mit einem sehr unglücklichen Octocat im Arm kehrten wir in das Katzenzimmer zurück. Die Baby-Samtpfoten hingegen waren überglücklich, ihn wiederzusehen. Ihre Klagelaute gingen sofort in Schnurren über, als sie sich um ihn drängten und sich an ihn kuscheln konnten.

„Es hat schon seine Gründe, warum ich nie Kinder hatte", schnaufte der arme Kerl, sodass ich beinahe Mitleid mit ihm hatte. Aber nur beinahe.

Er befreite sich von den kleinen Kletten und stellte sich demonstrativ an die Tür. „Es ist schön und gut, geschätzt zu werden, aber das ist definitiv zu viel des Guten."

Ich hätte nie gedacht, dass es Octocat einmal stören könnte, extrem beliebt zu sein. Bis jetzt hatte er es sich immer gerne gefallen lassen, gemocht und anerkannt zu werden – solange es ihm in den Kram passte, natürlich.

„Sie lieben dich“, sagte ich sanft.

Er hielt seinen Blick auf die Tür gerichtet. „Sie kennen mich nicht einmal. Jetzt lass mich raus.“

Ich musste mir auf die Zunge beißen, um nicht zu antworten: „Deshalb lieben sie dich wahrscheinlich.“ Sticheleien mochte mein Kater nur, wenn er sie selbst austeilte.

„Darf ich es mal probieren?“, fragte Charles, woraufhin ich gespannt nickte.

„Denk mal an die Zeit zurück, als du noch ein Kätzchen warst“, wandte er sich mit beschwichtigender Miene an Octocat. Mein Freund konnte natürlich nicht wissen, wie der Kater seine Worte aufnehmen würde. „Hättest du da nicht gerne eine größere, coolere Katze an deiner Seite gehabt, die dir zeigt, wo es langgeht?“

Octocat schnaubte empört. „Dieser Kerl hält sich wohl für oberschlau, was? Oh, Mann.“

Tja, ich hätte Charles vorher sagen können, dass es nichts brachte, an sein Mitgefühl zu appellieren. Da brauchte es schon einen härteren Ton: „Du kommst hier nicht raus, bevor wir diesen Kätzchen geholfen haben.“

„Gut. Helfen wir ihnen dahin zurück, wo sie hergekommen sind. Auf die Veranda mit ihnen!“ Er trat von einer Pfote auf die andere, bewegte sich jedoch nicht vom Fleck.

Ich hob eine Augenbraue. „Ist das dein Ernst?“

„Absolut.“ Octocat reckte sein Näschen in die Luft und

weigerte sich, mich oder die Kätzchen anzusehen, obwohl sie ständig versuchten, seine Aufmerksamkeit zu erlangen. Inzwischen waren sie zu uns herübergetapst, saßen nun in Reih und Glied hinter ihm und starrten ebenfalls auf die Tür.

„Ich werde meine Meinung dazu nicht ändern. Aber wenn du dich weiter stur stellen möchtest, muss ich da wohl etwas nachhelfen. Ich schreibe Grandma jetzt eine Nachricht und bitte sie um Unterstützung.“ Ich holte mein Handy heraus und begann zu tippen.

„Oooh, ich zittere vor Angst“, spöttelte er.

„Worum willst du Grandma denn bitten?“, fragte Charles.

Ich grinste, als ich auf Senden drückte. „Sie und Paisley sollen auf dem Heimweg vom Bootcamp im Tierladen vorbeischauen. Ich habe sie gebeten, neues Katzentrockenfutter mitzubringen, das von der Billigmarke.“

Mein Kater kochte vor Wut. Ich konnte ihm ansehen, dass er am liebsten nach mir geschlagen hätte, blieb aber trotzdem wie angewurzelt vor der Tür stehen. „Das wagst du nicht.“

„O doch, mein Lieber“, gluckste ich hämisch. Obwohl ich es hasste, zu solchen Maßnahmen greifen zu müssen, empfand ich eine gewisse Genugtuung, ihm verdientermaßen eins auszuwischen. „Ich habe Grandma gebeten, No-Name-Trockenfutter für dich und einen neuen Napf für Paisley zu besorgen.“

„Warum sollte sie einen neuen Napf brauchen?“ Er neigte den Kopf zur Seite und dachte darüber nach. Einen Augenblick später dämmerte ihm, was das zu bedeuten hatte. „NEIN!"

„O doch!", wiederholte ich. „Du wirst die neuen Crunchies aus Paisleys altem Hundenapf fressen. Und rate mal, was es ab heute auch nicht mehr gibt?"

Er wich ein paar Schritte zurück und drückte sich an die Wand. „Doch nicht etwa mein Evian?"

„Stimmt genau. Es wird Zeit, dass du auf den Geschmack von Leitungswasser kommst", entgegnete ich achselzuckend.

„Du bist eine böse Frau, Angela. Eine sehr böse Frau."

Ich grinste nur und gab ihm ein paar Minuten Zeit, das Ganze zu verdauen. Schließlich drehte er sich zu den Kätzchen um, die noch immer in einer Reihe kauerten, und legte sich mit angewinkelten Vorderbeinen vor sie hin. „Wenn ich also zustimme zu helfen, wirst du die Änderungen an meinem Speiseplan revidieren?"

„Richtig. Und je schneller wir herausfinden, was hinter dieser Sache steckt, desto schneller können wir ein neues Zuhause für sie finden – und desto eher bist du sie wieder los."

„In Ordnung", räumte er ein, während ein Kätzchen auf seinen Rücken kletterte und ein anderes an seinem zuckenden Schwanz zog. „Aber du solltest trotzdem wissen, dass ich nur helfe, weil du mich dazu zwingst."

„Okay. Dann lass uns jetzt an die Arbeit gehen. Ich brauche deine Hilfe, um mit ihnen zu reden."

Er seufzte, gähnte und ließ sich dann auf die Seite fallen.

Sofort begannen die Kleinen, sich an seinem Bauch zu pressen und dabei zufrieden zu schnurren. Das war eindeutig zu viel für Octocat. Er sprang auf und schrie: „Hört auf damit! Ich bin nicht eure Mama."

„Papa", miauten die Kätzchen fröhlich.

„Auch der bin ich nicht. Ich weiß nicht einmal, wer ihr seid. Vielleicht könnt ihr mir das jetzt mal verraten."

„Hun-gaaa!", krähte eines, was sehr lustig klang.

Octocat blickte verzweifelt zu mir herüber. „Hast du das verstanden?"

Ich nickte und übersetzte dann für Charles: „Sie sind hungrig."

Daraufhin zückte er sein Handy und schien etwas im Internet nachzuschauen.

„Was glaubst du, wie alt sie sind?", fragte ich meinen Kater.

„Schwer zu sagen. Sechs bis acht Wochen vielleicht."

Charles legte sein Telefon auf den Aquariumdeckel, hob ein Kätzchen hoch und wog es mit der Hand ab, dann reichte er es mir. „Das wiegt etwa ein Pfund, würde ich sagen, was meinst du?"

Ich nickte, obwohl ich mir nicht sicher war.

„Dann sollten wir es mit Nassfutter versuchen."

„Soll ich eine von Octocats Dosen holen?", schlug ich vor. Ein anderes Katzenfutter hatten wir im Moment ohnehin nicht im Haus.

„Untersteh dich!“, fauchte mein Tiger, was die Kätzchen erschrocken zusammenzucken ließ.

„Besser wäre eine spezielle Sorte für Katzenkinder“, erklärte Charles. „Könntest du Grandma noch mal schreiben und sie bitten, davon auch etwas aus dem Laden mitzubringen?“

„Das kann ich machen, aber ich habe ihr eben nicht wirklich geschrieben. Das war ein Bluff.“

Octocat starrte mich an, sichtlich unzufrieden mit der ganzen Situation.

„Dann fahre ich rasch etwas holen, wenn das okay ist“, bot Charles an. „Ich bin so schnell wie möglich zurück.“ Er drückte mir einen Kuss auf die Stirn und verließ vorsichtig den Raum, damit keines der Kleinen entwischen konnte.

„Kann ich jetzt gehen?“, murrte mein Kater, während die Babys weiter auf ihm herumturnten und ihn ableckten und zwickten.

„Nein, tut mir leid. Ich brauche dich noch. Glaubst du, wir können mit ihnen reden, wenn sie etwas zu mampfen bekommen haben?“

„Kann sein“, antwortete er mit einem erschöpften Seufzer. „Aber so junge Kätzchen kennen noch nicht viele Wörter. Im Vergleich zu Menschen in diesem Alter sind sie zwar deutlich weiter entwickelt, aber noch lange nicht so clever wie eine ausgewachsene Katze.“

Die Sache schien komplizierter zu werden als erwartet. „Was sollen wir dann tun?“

„Ich schlage vor, dass wir die Idee des Waschbären noch einmal überdenken. Wir könnten …“

„Halt die Klappe, das kommt überhaupt nicht in Frage.“

„Du verstehst wirklich keinen Spaß“, seufzte er. „Also, wenn du herausfinden willst, was mit ihnen passiert ist, müssest du ein paar Ermittlungen anstellen, das heißt, du müsstest zur Abwechslung mal deinen Job machen.“

Autsch! Das saß.

8

Nachdem Octocat mir versichert hatte, dass er gut auf die Kleinen aufpassen würde, sah ich mir den Ort, an dem sie ausgesetzt worden waren, einmal genauer an. Abgesehen von ein paar blutigen Pfoten- und einigen Fußabdrücken konnte ich auf der Veranda nichts Auffälliges entdecken.

Die Spuren waren jedoch unter dem Neuschnee der letzten Stunden nur noch schwach zu erkennen. Ich stellte meinen eigenen Fuß in einen der Stiefelabdrücke, um die Größe festzustellen. Er war größer, aber nur knapp, und nichts ließ darauf schließen, ob es sich um einen Männer- oder einen Frauenschuh gehandelt hatte. Ich untersuchte die nahe Umgebung, doch andere Hinweise konnte ich nicht entdecken.

Möglicherweise gab es fremde Reifenspuren vor dem

Haus, aber wenn, dann hatten sie sich mit denen von Grandmas Auto vermischt, die sie auf dem Weg zu ihrem Fitnesskurs hinterlassen hatte. Es wäre also durchaus möglich, dass die fragliche Person zu Fuß unterwegs gewesen war.

„Ha, wusste ich doch, dass du hier bist! Dein unverkennbarer Körpergeruch ist nämlich eben durch mein Baumhaus geweht." Pringle kam über das Geländer der Veranda zu mir herübergeklettert, hopste herunter und baute sich neben mir auf. Ich war froh, dass er Carla zu Hause gelassen hatte, aber auch ziemlich gekränkt über das, was er da gerade zu mir gesagt hatte.

„Wie kannst du es wagen zu behaupten, dass ich stinke!"

„Ich sagte, du riechst", korrigierte er mich, seinen winzigen Zeigefinger auf mich gerichtet. „Nicht unbedingt *schlecht*. Aber auch nicht gut."

Ich holte tief Luft und zwang mich, ruhig zu bleiben und mich zu konzentrieren. Wenn Pringle mir unbedingt auf die Nerven gehen wollte, konnte er mir dafür wenigstens ein bisschen helfen. „Hast du zufällig mitbekommen, wer die Kätzchen hier ausgesetzt hat?"

„Nö. Ich habe einen Wagen wegfahren hören, aber ich war nicht rechtzeitig zur Stelle, um etwas zu sehen."

Okay. Sie wurden also mit dem Auto hergebracht, was wohl bedeutete, dass jemand die Kiste absichtlich genau vor unserem Haus abgestellt hatte.

Darüber würde ich mir nachher noch Gedanken machen.

In diesem Augenblick war es wichtiger, Pringle dazu zu bringen, mich zu unterstützen. „Du bist doch sonst immer so fix. Wie konnte das denn passieren?"

Er sank auf alle Viere und seufzte. „Ich konnte meine Sendung in dem Moment nicht unterbrechen. *Survivor*, du weißt schon."

„Diese Dschungelcamp-Show?"

„Ja, genau. Ich bin inzwischen bei der siebenundzwanzigsten Staffel, und es ist definitiv die dramatischste bisher."

Anscheinend hatte er noch nicht mitgekriegt, dass das von jeder Staffel bei jeder verdammten Realityshow behauptet wurde. Na ja, zumindest hatte ich durch seine Fernsehsucht nicht rund um die Uhr Ärger mit ihm.

„*Aha.* Lernst du durch dieses ganze Binge-Watching wenigstens ein paar Dinge, die überlebenswichtig sein könnten?"

Er gab ein verächtliches Geräusch von sich. „Ich bitte dich. Ich schaue mir das nur an, weil es so grottenschlecht ist. Ich könnte diesen Menschen hunderte Dinge über das Überleben in der Wildnis beibringen. Übrigens, ich habe mich für die nächste Staffel beworben, unter deinem Namen und mit einem Video von dir."

Es war schon schlimm genug, dass er heimlich meine Textnachrichten und Social-Media-Beiträge las. Aber jetzt hatte er auch noch ein Video von mir ... Moment mal, was? „Welches Video?", zischte ich empört.

„Das, das ich durch dein Fenster aufgenommen habe, als

du in etwas anderes vertieft warst, natürlich." Er sagte das so leichthin, als ob er nichts Falsches daran finden würde. Das machte es noch schlimmer, denn wahrscheinlich würde er es wieder und wieder tun.

Ich ballte die Fäuste, erhob sie jedoch nicht, sondern zwang mich, nicht die Fassung zu verlieren. Private Videos von mir aufzunehmen, war definitiv nicht in Ordnung. Wenn er ein Mensch wäre, hätte ich jetzt die Polizei gerufen.

Aber leider brauchte ich Pringles Hilfe noch, um der Sache mit den Kätzchen auf den Grund zu gehen. Danach würde ich mir eine passende Strafe für ihn überlegen.

„Du schnüffelst doch gerne herum, um Geheimnissen auf die Spur zu kommen", sagte ich schließlich ruhig, obwohl ich weiterhin echt sauer auf ihn war, sodass ich es vermied, ihm in die Augen zu sehen. „Kannst du vielleicht herausfinden, woher die Kätzchen kommen?"

„Woher sie kommen?", quäkte er argwöhnisch mit seiner typischen nasalen Stimme. Vermutlich ahnte er, dass ich wütend über seine jüngste Enthüllung war. „Warum ist das wichtig?", fügte er hinzu.

Was für eine Frage! In mir brodelte es. „Hast du denn nicht das ganze Blut gesehen?"

Er machte eine wegwerfende Handbewegung. „Ja und? Das hat doch nichts zu sagen. Blut ist eben ein Teil des Lebens."

„Für dich vielleicht, aber nicht für Menschen. Wenn Blut im Spiel ist, bedeutet das normalerweise, dass etwas Ernstes passiert ist." Wie konnte er nur so viel über Menschen wissen und trotzdem so ignorant sein? All seine Realityshows und Bespitzelungen schienen ihm nicht gerade mehr Verständnis für die menschliche Natur zu verleihen.

„Ja, aber du hast *Katzenkinder* gefunden und keine *Menschenkinder,* oder? Also keine große Sache."

„Aber es würde mich wirklich beruhigen, wenn ich wüsste, was es mit dem Blut auf sich hat. Kannst du nicht vielleicht ... ich weiß nicht ... ihrem Geruch folgen oder so?"

„Bitte was? Ihrem Geruch folgen? Wofür hältst du mich? Ich bin doch kein Hund!"

Ich starrte ihn einen Moment lang mit offenem Mund an, doch dann fiel mir eine neue Strategie ein. Im Laufe der letzten Monate hatte ich festgestellt, dass es zwei wirksame Methoden gab, mit Pringle umzugehen, wenn man ihn zu etwas überreden wollte. Die erste war, ihm zu geben, was er haben wollte – ein Baumhaus, ein Abenteuer, eine Nerf-Gun und so weiter. Die zweite Methode war zwar schwieriger anzuwenden, aber auch schonender fürs Portemonnaie, denn es handelte sich um eine Art Psychotrick. Und einen solchen würde ich jetzt ausprobieren, in der Hoffnung, ihn damit zu überzeugen.

„Gehören Waschbären nicht zur Familie der Hunde?" Ich wusste zwar, dass das nur bedingt stimmte, aber das war nicht der Punkt.

„Ja, aber nur entfernt. Das heißt, wir sind nicht näher verwandt und haben nichts miteinander zu tun, kapiert?"

Ich legte theatralisch die Stirn in Falten. „Ach so, dann können Waschbären auch nicht so gut riechen wie Hunde, richtig? Okay, verstehe, macht ja nichts. Paisley kommt eh bald nach Hause, dann kann ich sie …"

„Was redest du da für einen Unsinn? Waschbären sind Hunden in jeder Hinsicht überlegen. Ich könnte den Übeltäter erschnüffeln, wenn ich wollte."

„Ja gut, aber Paisley hat eine Menge Erfahrung. Ich wette, sie könnte dem Geruch folgen, ohne auch nur die Nase zu senken."

Pringle stemmte die Vorderpfoten in die Hüften. „Ich brauche keine Erfahrung, um der Beste zu sein. Dieses Talent ist mir angeboren. Und jetzt geh mir aus dem Weg!"

Ich lächelte zufrieden in mich hinein, während ich ihm hinterher sah, wie er geschäftig unsere Einfahrt hinunterhoppelte und wenig später außer Sichtweite war. Ich hoffte, er würde die Spur der Kätzchen nachverfolgen können, doch selbst wenn nicht, war er zumindest für die nächsten Stunden beschäftigt.

In der Zwischenzeit hatte ich noch ein weiteres Beweisstück zu inspizieren, und das wartete oben im Badezimmer auf mich – die Kiste!

9

Der Pappkarton war in einem elenden Zustand, nicht nur überall voller Blut, sondern auch an den oberen Kanten und im Inneren stark zerfetzt. Wer auch immer die Kätzchen dort hineingepackt hatte, er oder sie hatte die Klappen des Deckels zuvor nach innen gefaltet, damit sie nicht außen herunterhingen.

Ich zog die Deckelseiten heraus, um sie mir genauer anzusehen, und tatsächlich entdeckte ich unter all den Flecken und Kratzern ein Versandetikett. Würde mir das die Adresse der Person verraten, die den Wurf bei mir abgestellt hatte?

Ich schnappte mir ein Paket feuchte Reinigungstücher aus dem Schränkchen unter dem Waschbecken und begann, den Aufkleber vorsichtig abzutupfen. Als ich fertig war, konnte ich die Adresse leider nur teilweise entziffern:

1 8 ir S

Gle le, E

Tja, das half mir jetzt auch nicht wirklich weiter.

Die zweite Zeile bedeutete höchstwahrscheinlich *Glendale, ME*, also *Glendale, Maine*, aber von der ersten waren nur zwei Zahlen und drei Buchstaben lesbar, und mein müdes Gehirn konnte sich darauf keinen Reim machen.

Vielleicht hatten Charles oder Grandma nachher eine zündende Idee. Ich würde sie auf jeden Fall fragen, wenn sie wieder da waren.

Im Moment hatte ich keine weiteren Anhaltspunkte und war ratlos – und Octocat wahrscheinlich mit seiner Geduld am Ende. Ich machte ein Foto von dem Adressaufkleber und kehrte dann ins Katzenzimmer zurück.

Ich hatte die Samtpfoten höchstens eine Viertelstunde allein gelassen, und so war ich nicht darauf gefasst, dass sich mir bei meiner Rückkehr ein vollkommen anderes Bild bieten würde.

Die Kätzchen standen alle stramm in einer Reihe vor dem Aquarium. Octocat hingegen marschierte mit stolzgeschwellter Brust und hoch erhobenem Schwanz vor ihnen hin und her, während er mit ihnen sprach: „Eine Katze muss stark und mutig sein, und das Wichtigste ist ein gepflegter Auftritt. Habt ihr mich verstanden?“

„Papi! Ja, Papi!“, riefen die Kätzchen unisono mit ihren piepsigen Stimmchen, was ziemlich absurd wirkte.

Octocat machte eine Kehrtwende und konnte das selbstgefällige Grinsen auf seinem Gesicht nicht verbergen, als er mich erblickte.

„Was machst du da?“, fragte ich vorsichtig. Ich war zwar neugierig, aber auf einen Vortrag von ihm konnte ich jetzt gut verzichten.

„Die neuen Rekruten trainieren“, bellte er – oder zumindest klang es fast wie ein Hund. Diesen Tonfall hatte ich zuvor noch nie an ihm gehört.

„Papi! Ja, Papi!“, riefen die Kätzchen erneut wie aus einem Mund.

Zwar war ich froh, dass er seine Haltung geändert hatte und sich der Kleinen nun doch annahm, aber jetzt auch sehr besorgt. „Und wofür genau trainierst du sie?“

„Ich bringe ihnen bei, gute Katzen zu sein, natürlich. Das ist eine sehr wichtige und außerordentlich anspruchsvolle Aufgabe.“ Mein Kater setzte ein so schräges Grinsen auf, dass es mich erschreckt hätte, wenn es nicht so komisch gewesen wäre.

Ich musste mich wirklich zusammenreißen, um nicht laut loszulachen. „Da bin ich mir sicher. Verstehen sie überhaupt alles, was du ihnen erklärst?“

„Ihr Wortschatz ist zwar noch begrenzt, das ist richtig, aber es ist nie zu früh, um mit dem Training zu beginnen. Außerdem gehe ich ja mit gutem Beispiel voran. Sie können sich das einfach alles von mir abgucken.“ Er wandte sich wieder seinen Rekruten zu, setzte sich vor sie hin und hob eine Pfote salutierend an den Kopf. Dann wartete er darauf, dass die Kätzchen es ihm nachtaten.

„Seid ihr bereit für eure nächste Lektion?“, rief er.

„Papi! Ja, Papi!“, antworteten sie im Chor.

Anscheinend waren Grandma und Paisley nicht die Einzigen, die heute ins Bootcamp gingen, und für meinen Geschmack wurde hier definitiv zu viel herumgebrüllt.

„Was ihr jetzt sehen werdet, nenne ich ‚Operation Kampfschmuser‘. Schaut mir genau zu.“ Mit diesen Worten stürmte er auf mich zu, kam aber knapp vor mir zum Stehen, bevor er mit dem Kopf voran gegen meine Beine gedonnert wäre.

Ich zuckte zusammen, weil ich einen Angriff befürchtete, aber er rieb sich dann nur liebevoll an meinen Waden. Ein lautes Schnurren entfuhr seiner Kehle, als er wieder zu den Kätzchen aufblickte. Oh, das war schön. Er brachte den Mini-Fellnasen bei, sich in kleine Knutschkugeln zu verwandeln. Ich hätte nicht gedacht, dass er zu so etwas überhaupt fähig war.

„Jetzt versucht ihr es mal, Kadetten“, rief er in einer Lautstärke, die erneut an meinen Nerven zehrte.

Die Kätzchen trabten herbei und rieben sich mit ganzem Körpereinsatz an meinen Füßen und Knöcheln, genau wie ihr Ausbilder es ihnen gezeigt hatte.

„Gut gemacht. Wirklich gut“, lobte Octocat die Bande wohlwollend, dann schaltete er zurück in seinen Offizierston.

„Kommen wir nun zum nächsten Programmpunkt, und zwar ‚Operation Räuberleiter'."

Bevor ich fragen konnte, was es damit auf sich hatte, versenkte er seine Krallen in meinem Bein und kletterte an mir hoch bis auf meine Schulter.

„Ahhhh!", schrie ich, aber das hielt die fünf Kätzchen nicht davon ab, es ihm gleichzutun. „Das tut weh!"

Octocat ignorierte mich und sprang mit einem Satz auf den Boden. „Sehr schön. Und jetzt: Allez hopp!"

„Papi! Ja, Papi!" Ein mutiges Kätzchen hüpfte ihm hinterher, aber den anderen war das Manöver zu waghalsig. Sie nahmen den Weg zurück, den sie gekommen waren – über meinen armen gepiesackten Körper.

„Warum bringst du ihnen bitte so was bei?", stöhnte ich und lehnte mich gequält gegen die Tür.

Anstatt mich anzuschauen, studierte er eingehend seine Pfote. „Wir Katzen müssen alle Mittel nutzen, die uns zur Verfügung stehen."

Autsch. Wer den Schaden hat ... „Ist das alles, was ich für dich bin? Ein Mittel zum Zweck?"

„Das ist nicht *alles,* was du für mich bist, aber es ist ein Teil davon. Vertrau mir, du wirst froh sein, dass ich sie ausgebildet habe. Warte nur ab."

„Sie können nicht bleiben", stöhnte ich, während es sich so anfühlte, als hätte man mir überall schmerzhafte Nadelstiche zugefügt. Ähnlich wie Octocat heute Vormittag, wollte ich die Kleinen in diesem Moment möglichst schnell loswerden, aber vor allem wollte ich nette neue Familien für jedes von ihnen finden.

Ob er das so geplant hatte? Das wäre wirklich ein gemeiner Geniestreich. Er musterte mich misstrauisch, wie ich da so abgekämpft an der Tür lehnte.

„Hör mal“, fuhr ich fort, „du hast dich sehr gut um sie gekümmert. Warum gönnst du dir nicht eine kleine Pause?“

Er gab einen spöttischen Laut von sich und trat einen Schritt auf mich zu. „Damit du meine bisherige Erziehung wieder zunichte machst? Nein, kommt nicht in Frage.“

Schade eigentlich. Aber einen Versuch war es wert. Nun gut, wenn er sein Regiment unbedingt weiterführen wollte, würde ich mich allerdings schnell vom Acker machen, bevor er mit seiner nächsten Operation begann. Die Kätzchen hatten bereits wieder Aufstellung bezogen und warteten auf weitere Anweisungen, als ich mich aus dem Zimmer und nach unten schlich.

Es war für mich immer noch unfassbar, dass Octocat binnen so kurzer Zeit seine Meinung zu unseren Findelkindern geändert hatte. Wir mussten ein neues Zuhause für sie finden, und zwar schnell, bevor mein intriganter Kater sie dazu benutzte, die Weltherrschaft an sich zu reißen –zutrauen würde ich es ihm.

Charles und auch Pringle würden bestimmt bald zurück sein. Ich beschloss, auf der Veranda auf sie zu warten und dabei ein wenig durch meine sozialen Netzwerke zu browsen.

Es dauerte nicht lange, bis jemand eintraf, doch es waren

Grandma und Paisley. Beide sahen sehr erschöpft aus, was sonst so gut wie nie vorkam.

„Wie war der Kurs?“, fragte ich, nachdem sie sich die Verandastufen heraufgeschleppt hatten.

„Schmerzhaft.“ Grandma ächzte bei jeder Bewegung. „Was machst du denn hier draußen?“

„Ich verstecke mich vor den Katzen“, erklärte ich, obwohl es mir etwas peinlich war.

Meine Großmutter hielt inne und warf mir einen besorgten Blick zu. „*Katzen?* Ich glaube, ich werde langsam senil. Ich könnte schwören, wir hatten heute Morgen nur eine, besser gesagt, einen.“

Ich nickte. „Das ist eine lange Geschichte. Komm mit nach oben, dann zeige ich sie dir.“

Sie schüttelte langsam den Kopf. „Ich bin mir nicht sicher, ob ich es die Treppe rauf schaffe. Erst wenn meine Oberschenkel nicht mehr brennen wie Feuer, und das könnte eine Weile dauern, vielleicht auch ein paar Stunden.“

„Sie hat ungefähr eine Million Kniebeugen gemacht“, informierte mich der ähnlich ausgepowerte Chihuahua. „Und sie musste kein einziges Mal Pipi.“

Darüber musste ich kichern. „Hast du auch Kniebeugen gemacht?“

Paisley genoss meine Aufmerksamkeit und wedelte freudig mit dem Schwanz. „Nee, da war so ein großer Hund, mit dem ich herumgetobt habe, während die Menschen die ganze Zeit so seltsam herumgehopst sind.“

„Hast du wenigstens gewonnen?“

„Na klar“, bellte sie fröhlich. „Ich habe dieser dummen alten Dogge eine ordentliche Lektion erteilt. Die wird mich nicht mehr unterschätzen!“

Ha! Unsere süße Paisley – stets für Überraschungen gut.

10

Drinnen half ich Grandma, sich auf der Couch niederzulassen, und je mehr sie keuchte und stöhnte, desto froher war ich, dass in ihrem neuen Fitnesskurs kein Platz mehr für mich frei gewesen war.

„Warte hier", sagte ich, nachdem ich ihr ein Kissen in den Rücken gestopft hatte. „Ich gehe die Kätzchen holen."

Paisley folgte mir und begann auf der Treppe, leise zu wimmern.

Ich drehte mich besorgt zu ihr um, sie hüpfte jedoch weiter tapfer die Stufen hinauf. „Ich dachte, du wärst auch müde?"

Sie spitzte die Ohren. „Ja, aber ich möchte dich trotzdem begleiten, Mami. Ich habe dich vermisst, während wir weg waren."

Warum konnte mein Kater nie so nett sein?

Obwohl sie ein Schatz war und obendrein total erschöpft, wollte ich bei den Kätzchen kein Risiko eingehen und nahm Paisley vorsichtshalber hoch, bevor ich Octocats Zimmer betrat. Paisley stieß ein empörtes Bellen aus und wand sich wütend in meinen Armen. „Menno, menno! O wie süß, die Welpen!"

„He, willst du uns beleidigen?", krächzte Octocat. „Das sind Kätzchen. Keine *Welpen,* du Banause."

Paisley wimmerte nicht einmal über die Beleidigung. Sie war viel zu aufgeregt, um sich darum zu kümmern. „Bitte lass mich runter, Mami!", bettelte sie. „Ich will Hallo sagen!"

Ich gab nach, und sogleich hüpfte sie zu den Kleinen, die noch immer in Reih und Glied standen. Begeistert quietschend leckte sie jedem zur Begrüßung die Öhrchen, woraufhin sich die Kätzchen kichernd auf die Seite fallen ließen.

„Merkt ihr nicht, dass ich hier gerade unterrichte?", fauchte Octocat mit drohend zuckendem Schwanz.

„Doch, aber deine Klasse macht jetzt gleich einen Ausflug. Grandma möchte sie kennenlernen."

„Dann soll sie hierherkommen. Es ist besser, wenn sie in ihrer gewohnten Umgebung bleiben, sonst ist am Ende mein ganzes Training dahin."

Vielleicht wäre das besser so. Vor allem Operation Räuberleiter sollten sie schnellstens für immer vergessen.

Ich sog die Luft durch die Zähne ein und schüttelte den

Kopf. „Das geht nicht, Schnucki. Grandma sitzt unten und kann sich nicht rühren, also bringen wir die Babys zu ihr."

„Wie oft habe ich dir schon gesagt, dass du mich nicht so nennen sollst?" Octocat seufzte schwer, während wir Paisley dabei zusahen, wie sie die wuseligen Fellknäuel liebevoll abschleckte.

„Mami?", rief eines der Kätzchen in die Runde und kuschelte sich an die fürsorgliche Hündin.

„Mami!", erwiderten die anderen im Chor.

Octocat keuchte. Ich kicherte.

Paisley trabte zu uns herüber, und die Fellknäuel folgten ihr auf dem Fuß. „Mami", wandte sich die Hündin an mich, „die Katzenwelpen rufen nach dir."

Ich beugte mich hinunter und kraulte sie zwischen den Ohren. „Ich glaube, sie rufen nach *dir,* Süße. Sie haben beschlossen, dass du ihre Mami bist."

„Ich? Ihre Mami? Oh, das ist so …" Vor lauter Rührung quollen Paisleys dunkle Augen über vor Tränen. In nur wenigen Wochen würden die Kätzchen wahrscheinlich allesamt größer sein als sie selbst, aber sie würde nun für immer ihre Mutter sein, daran bestand kein Zweifel.

„Mami", gurrten die Kleinen, und dann, an Octocat gewandt, „Papi".

„Octavius", trällerte Paisley, die immer noch Freudentränen weinte. „Wir haben Welpen zusammen. Heißt das, wir sollten heiraten?"

„Ich wäre jetzt bereit zu gehen, Angela", teilte mir Octocat mit tonloser Stimme mit und drehte sich zur Tür. Der arme Kerl hatte eindeutig die Nase voll von dem ganzen Wahnsinn, der heute schon passiert war.

„Paisley, kannst du einen Moment auf sie aufpassen? Ich bin gleich wieder da."

„Ja, Mami." Sie kehrte zu ihrem Wurf zurück und begann, mit ihnen fangen zu spielen. Sie ging voll auf in ihrer Mutterrolle, obwohl sie die Babys gerade erst kennengelernt hatte.

„Hey Mami, jetzt bist du eine Omi!", rief sie mir hinterher, kurz bevor ich die Tür hinter Octocat schloss.

Na toll. Ich fühlte mich noch nicht bereit, zu heiraten und eigene Kinder zu haben, aber trotzdem war ich heute auf wundersame Weise schon Großmutter geworden. Ich schob diesen Gedanken beiseite und holte die Katzentransportbox aus dem Abstellraum. Darin wollte ich die Kätzchen nach unten bringen, denn es fühlte sich einfach nicht richtig an, sie wieder in diese blutige, ramponierte Schachtel zu stecken.

Paisley redete beruhigend auf ihre Schützlinge ein, sodass es ein Kinderspiel war, sie alle in die Transportbox zu kriegen. Unten angekommen, stellte ich die Box neben Grandma auf die Couch und öffnete die Gittertür.

„Das ist Grandma. Sie ist quasi eure Uromi", teilte die stolze Hundemutter ihren Zöglingen mit. „Passt auf, dass ihr nicht von der Couch fallt oder springt. Wir Chihuahuas haben empfindliche Knochen."

Gerade als ich mich fragte, ob Paisley die kleinen Fellnasen jetzt schon für ihre echten Babys hielt, erblickte Grandma die Kätzchen und jauchzte vor Freude.

„Wo kommt ihr denn her?“, flötete sie mit einer Babystimme, die normalerweise Paisley vorbehalten blieb.

Ich erzählte ihr die Einzelheiten, während sie die Kleinen herzte und streichelte.

„Wie furchtbar! Was für ein Monster muss das sein, das so süße Babys aussetzt?“, fragte sie, nachdem ich mit meinem Bericht fertig war.

Ratlos schüttelte ich den Kopf. „Ich weiß nicht, wer das getan hat und warum, aber mich interessiert eigentlich noch viel mehr, woher das Blut stammt.“

„Blut?“, bellte Paisley erschrocken. „Sind meine Katzenwelpen verletzt? Wir müssen sofort zum Tierarzt gehen!“

Die kleine Hündin schien sich in Windeseile zu einer Helikoptermutter zu entwickeln, aber trotzdem fand ich die Idee ziemlich gut. Warum war ich nicht schon früher darauf gekommen? Wahrscheinlich waren wir schlichtweg zu beschäftigt damit gewesen, etwas über ihre Herkunft herauszufinden, ihnen Futter zu besorgen und auf sie aufzupassen.

„Wir sollten mit ihnen zum Tierarzt fahren“, stimmte ich mit einem Nicken zu. „Sie scheinen zwar nicht verletzt zu sein, aber es ist besser, auf Nummer sicher zu gehen.“

„Lass uns direkt fahren. Ich muss wissen, ob es meinen Welpen gut geht!“ Paisley wimmerte und leckte ihre Babys erneut ab. Aus irgendeinem Grund schien sie zu glauben, dass es grundsätzlich eine besondere Wirkung hatte, wenn man jemandem das Innenohr abschleckte. Sie tat das nämlich auch bei mir, wenn ich nicht aufpasste. Dann schlich sie sich gerne an mich heran, um ihre warme, feuchte Zunge in mein Ohr zu stecken.

Glücklicherweise bog Charles in diesem Moment in die Einfahrt ein, was Paisley veranlasste, ihre Panik vorübergehend zu vergessen und stattdessen vor Aufregung zu kläffen.

Auch die Kätzchen miauten ein Bellen, was sich extrem komisch anhörte, sodass ich laut loslachte. Anscheinend war die kleine Hundedame nicht die Einzige, die nicht wusste, zu welcher Art unser Wurf gehörte.

„Ich bin wieder da", rief Charles, als er im Hausflur angelangt war. Kurz darauf betrat er das Wohnzimmer. „Habt ihr mich vermisst?"

Ich lächelte erleichtert. „Du hast ja keine Ahnung, wie sehr." Das konnte er wirklich nicht ahnen, denn obwohl noch nicht einmal eine Stunde vergangen war, hatte sich in dieser Zeit dennoch rekordverdächtig viel ereignet.

Er stellte die Tüte aus dem Tierladen auf den Tisch, holte zwei Edelstahlschüsseln heraus und öffnete zwei Dosen mit Katzenfutter. Die Kleinen erkannten den Geruch eindeutig als etwas Fressbares.

„Hunger", schrien sie mit ihren niedlichen Babystimmen und stürzten sich zum Rand der Couch. Paisley gelang es, eines am Genick zu packen, bevor es über die Kante plumpsen konnte. „Vorsichtig, mein Schatz."

Charles, Grandma und ich setzten die Kätzchen vor die

Schalen auf den Boden und sahen zu, wie sie das Futter verschlangen.

„Soll ich noch eine Dose aufmachen?“, fragte er mich mit einem fragenden Blick.

„Lieber nicht. In ihre kleinen Mägen passt noch nicht viel rein, und ich will nicht, dass sie sich überfressen, vor allem, weil wir gleich zum Tierarzt fahren.“

„Ich komme nicht mit!“, verkündete Octocat aus dem Raum nebenan.

„Du bist auch nicht eingeladen!“, entgegnete ich. Jetzt, da Paisley netterweise die Verantwortung für den Wurf übernommen hatte, brauchten wir die Hilfe von Oberoffizier Octavius nicht mehr.

Blieb nur zu hoffen, dass sie es verkraften würde, wenn wir die Kätzchen zu ihren neuen Familien gebracht hatten. Es würde mir unendlich leidtun, ihr das Herz zu brechen.

11

Und schon waren wir auf dem Weg zur Tierarztpraxis, inklusive Grandma. Charles hatte vorher angerufen, um unseren Besuch ohne Termin anzukündigen, und der Sprechstundenhilfe am Telefon von den entzückenden Kätzchen vorgeschwärmt. Sie würden es nicht bereuen, uns dazwischenzuschieben, meinte er freundlich zu ihr.

Unser Grüppchen erregte ziemlich viel Aufsehen, als wir mit der miauenden Kiste in die Praxis marschierten, begleitet von der Chihuahua-Hündin, die aufgeregt neben uns herlief und ihren Katzenkindern Mut zubellte.

„Keine Sorge, meine Süßen. Ihr seid nicht krank. Der Arzt wird nur dafür sorgen, dass das so bleibt. Das gehört alles zum Erwachsenwerden dazu. Ihr werdet doch für Mami tapfer sein, oder?“

„Mami! Ja, Mami!“ Anscheinend hatten sie noch nicht alles vergessen, was sie bei Octocat gelernt hatten.

„Lassen Sie mich raten“, sagte die Dame am Empfang, die aufgestanden war, um einen besseren Blick auf die Transportkiste zu erhaschen. „Sie müssen die Russo-Truppe sein.“

„So ist es“, bestätigte ich ihr mit einem Nicken, obwohl ich die Einzige war, deren Nachname tatsächlich Russo lautete.

„Kommen Sie mit. Dr. Lowe ist gerade mit einem anderen Patienten fertig. Sie sollte gleich bei Ihnen sein.“ Sie lächelte, gab uns ein Zeichen, ihr zu folgen und führte uns mit ausladenden Hüftbewegungen in Untersuchungsraum zwei. „Viel Glück!“, sagte sie, bevor sie die Tür hinter uns schloss.

Charles blieb stehen, damit Grandma und ich uns auf die beiden Stühle setzen konnten. „Habt ihr gesehen, dass auf ihrem Kittel Pfotenabdrücke und Knochen abgebildet waren? Das ist so toll. Ich wünschte, Anwälte könnten sich ausgefallener kleiden, aber jeder im Gerichtssaal würde mich wahrscheinlich für verrückt erklären, wenn ich einen Anzug mit einem aufgedruckten Hammer oder einer Waage anhätte.“

„Mach es doch einfach trotzdem“, schlug Grandma augenzwinkernd vor. Schließlich war sie unsere Königin der ausgefallenen Outfits. Sie würde so ziemlich alles tragen, solange es nur den richtigen Pinkton hatte.

Ich lachte ein wenig angespannt. Wenigstens war Weihnachten schon vorbei, sonst würde Grandma meinem Freund womöglich einen neuen pinkfarbenen Anzug schenken. *O bitte nein.*

Wie angekündigt betrat Dr. Britt Lowe einige Minuten später mit einem Klemmbrett in der Hand den Raum. Sie war die jüngste der Tierärzte in der Praxis und diejenige, die unsere Haustiere am häufigsten behandelte. Sie musterte uns mit großen Augen und erwartungsvoller Miene. „Wie ich hörte, haben Sie einen Wurf Kätzchen."

„Ja, aber ungewollt", stellte ich rasch klar, obwohl ich nicht genau wusste, warum. „Jemand hat sie heute Morgen auf unserer Türschwelle abgestellt."

Sie warf einen Blick auf ihre Akte. „Ich habe hier eine Notiz, dass sie überall voller Blut waren?"

„Also, nicht überall", erklärte Charles. „Aber sie hatten es an den Pfoten und auch teilweise im Fell. Wir mussten sie waschen."

„Das war sicher ein Spaß", erwiderte die Tierärztin lachend. „Holen wir sie raus, damit ich mir sie ansehen kann. Am besten eines nach dem anderen, wenn das geht."

„Okay, Kinder", kläffte unsere Chihuahua-Mami. „Seid lieb zur Frau Doktor. Kein Beißen oder Knurren, verstanden?"

Dr. Lowe bückte sich und streichelte die Hündin. „Oh, hallo. Ich habe dich gar nicht gesehen, Paisley."

„Sie hängt bereits sehr an den Kleinen", sagte ich stirnrunzelnd. Je länger es dauerte, bis wir sie in andere Hände vermitteln konnten, desto trauriger würde Paisley darüber sein.

„Ich wette, Ihr Kater ist weniger erfreut", merkte Dr. Lowe an und kicherte erneut.

„Diese Wette würden Sie auf jeden Fall gewinnen." Octocat hatte selbst hier längst den Ruf weg, eine Diva zu sein. Aber der Gute konnte ja auch nichts dafür, dass er seine ersten Lebensjahre mit übermäßigem Luxus verwöhnt worden war.

Charles übergab der Ärztin eines der Kätzchen.

„Hallo, du süßer Fratz", gurrte sie. „Hach, deshalb liebe ich meinen Job."

Sie lächelte von einem Ohr zum anderen, während sie die Patientin untersuchte. „Ein Mädchen. Etwa sieben oder acht Wochen alt. Wahrscheinlich eine Maine Coon oder ein Maine-Coon-Mix."

Sie setzte ein Stethoskop an die Brust des Tierchens. „Der Herzschlag ist gut, und soweit ich sehen kann, hat sie keine Verletzungen."

„Das Blut war also nicht von ihr?", fragte Grandma mit verschränkten Armen.

„Nein, aber ich habe die anderen vier ja noch nicht gesehen."

Sie reichte mir das erste Kätzchen, und Charles holte das nächste aus der Box. Auch mit diesem schien alles in Ordnung zu sein. Die Ärztin schaute sich die Kleinen der Reihe nach an – drei Mädchen und zwei Jungen – und erklärte sie schließlich alle für gesund und unverletzt.

„Woher kam das Blut denn dann?“, wollte Charles wissen.

Dr. Lowe schüttelte den Kopf. „Tut mir leid, aber das kann ich nicht sagen.“

„Ist es in Glendale schon öfters vorgekommen, dass ein Wurf Kätzchen vor irgendeiner Haustür ausgesetzt wurde?“, fragte ich nachdenklich. Zwar war ich froh, dass unsere Findelkinder den Gesundheitscheck bestanden hatten, aber die Ungewissheit bezüglich ihrer Herkunft fühlte sich nicht gut an.

„Nein, das ist mir noch nie untergekommen“, antwortete sie, was jedoch nicht unbedingt etwas heißen musste, da sie noch nicht lange hier arbeitete. „Glauben Sie, dass sie zufällig ausgerechnet vor Ihrer Tür abgestellt wurden, oder hat das jemand ganz bewusst getan?“

„Das ist es, was wir herauszufinden versuchen“, antwortete Charles an meiner Stelle.

„Und bisher tappen wir im Dunkeln“, fügte ich mit einem tiefen Seufzer hinzu.

„Das Wichtigste ist, dass die Kleinen jetzt bei Ihnen in Sicherheit sind. Wenn Sie Hilfe bei der Suche nach einem neuen Zuhause für sie brauchen, können wir am Empfang einen Aushang machen“, schlug sie vor, während sie eine Notiz in ihre Akte schrieb. „Der heutige Besuch ist kostenlos. Alles Gute!“

Dr. Lowe verließ den Raum, und wir setzten die Kätzchen zurück in die Transportbox. Das plötzliche Auftauchen der

Babys war für mich immer noch sehr verwirrend. Ob mir jemand damit eine Art Drohung schicken wollte? War das der Grund für das Blut, das an ihnen klebte? Es mochte weit hergeholt erscheinen, aber mir war schon einmal gedroht worden, dass man mich umbringen würde. Es könnte also wieder so etwas sein, wenngleich auf eine ziemlich fiese Art und Weise.

„Und was machen wir jetzt?“, fragte ich Charles.

Die Antwort kam von Grandma: „Was auch immer dahintersteckt, die Kätzchen sind nun mal bei uns gelandet, und ich finde, wir sollten ihnen jetzt einfach ein liebevolles Zuhause zu geben. Der Rest kann uns doch gestohlen bleiben.“

„Ja! Ja! Lasst uns das machen!“ kläffte Paisley aufgeregt und raste enthusiastisch im Empfangsraum herum.

„Grandma“, murmelte ich, „ich denke, das sollten wir *gemeinsam* besprechen.“ Sie errötete, als ich sie durchdringend ansah, entschuldigte sich aber nicht für ihren Vorschlag.

„Willst du eins von ihnen behalten?“, fragte ich Charles.

„Jacques und Jillianne würden mir nie verzeihen, wenn ich noch ein Tier mit nach Hause brächte. Du weißt doch, wie sie sind.“ Er hatte recht. Seine beiden Nacktkatzen waren nicht gerade gastfreundlich. Außerdem sprachen sie nur in Reimen und Rätseln, was ein kleines Kätzchen sicher in den Wahnsinn treiben würde.

Zum Glück blieben Großmutter und Paisley ruhig, als wir die Praxis verließen. War ich ein schlechter Mensch, weil ich nicht eine Armee von Katzen bei uns aufnehmen wollte? Und wer wusste schon, ob sie nicht einen psychischen Schaden davontragen würden, wenn Octocat sie weiter drillte? Die Kratzer, die er und die fünf mir zugefügt hatten, als sie an mir hochgeklettert waren, brannten immer noch. Nein, so etwas könnte ich definitiv nicht jeden Tag ertragen.

Mir kam noch etwas in den Sinn, und das jagte mir einen gehörigen Schrecken ein: Was, wenn die Kätzchen bei der Detektivarbeit helfen wollten? Mit einer Katze zu kooperieren, erforderte schon eine Menge Geduld und Feingefühl, aber mit sechs? Nein, vielen Dank auch. Dann würde ich lieber für den Rest meines Lebens als Anwaltsgehilfin arbeiten, selbst wenn es mich nicht erfüllte.

„Wir können sie nicht behalten", platzte es ein paar Minuten aus mir heraus, als mein Entschluss feststand. „Aber wir werden dafür sorgen, dass jedes von ihnen ein perfektes Zuhause bekommt."

Grandma verschränkte die Arme vor der Brust und schmollte, während Charles zustimmend nickte. „Wir werden tolle Menschen für sie finden", sagte er und drückte meine Hand.

Ich blickte zu Paisley, die niedergeschlagen auf meinem Schoß lag. „Ich schätze, alle Welpen müssen eines Tages erwachsen werden. Ich hatte nur nicht erwartet, dass dieser Tag für meine Kleinen schon so bald kommen würde."

Ich musste mir auf die Zunge beißen, um sie nicht daran

zu erinnern, dass sie „ihre“ Welpen erst seit kaum einer Stunde kannte.

Was wir jetzt brauchten, war ein rasches ein Happy End für alle – ein schönes neues Zuhause für jedes der Kätzchen –, um ihnen und ihrer Hundemutter den Abschied so leicht wie möglich zu machen. Und bis dahin war alles andere unwichtig.

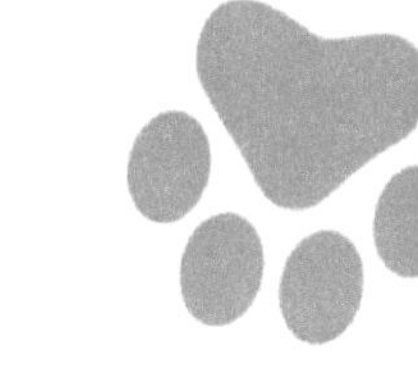

12

Als wir wieder zu Hause waren, kümmerte sich Paisley im Wohnzimmer um die Baby-Vierbeiner, während Grandma das Mittagessen für die Zweibeiner vorbereitete.

Charles und ich gingen in mein Büro im Bibliothekszimmer, um eine Online-Anzeige für die Kätzchen aufzugeben und einen Aushang für die Tierarztpraxis zu entwerfen. Obwohl wir die Kleinen nach Pringles Meinung ja verkaufen sollten, entschieden wir uns, sie kostenlos in gute Hände abzugeben, vorausgesetzt, der künftige Besitzer konnte eine tierärztliche Empfehlung vorweisen.

„Es tut mir leid, dass unser gemeinsamer Tag heute ruiniert wurde", sagte ich zu ihm, während ich in einem Freeware-Grafikprogramm den Aushang zusammenstellte. Dasselbe Programm hatte ich auch benutzt, um ein einfaches

Logo für die Website unserer Detektei, „Pet Whisperer P.I.", zu erstellen.

Charles stellte sich hinter mich und streichelte meine Schultern. „Quatsch, wieso denn? Das hier ist doch großartig. Daran werden wir uns noch ewig erinnern."

„Na ja, definitiv besser, als nur fernzusehen", räumte ich ein, obwohl ich in diesem Moment liebend gerne mit ihm auf dem Sofa gechillt und gekuschelt hätte. Tatsächlich hatten wir fast nie Zeit, einfach nur zu entspannen, weil sich in unserem Leben immer irgendwelche verrückten Dinge abspielten.

Ein Klopfen an dem großen Erkerfenster ließ mich aufschrecken. Unser launischer Waschbär von nebenan stand auf dem Sims und wartete darauf, hereingelassen zu werden. Das passierte in letzter Zeit häufiger und war der Grund, warum ich über einen Sichtschutz dort nachdachte.

„Was ist los?", fragte ich, nachdem ich ihm das Fenster geöffnet hatte.

„Was ist ... los?", äffte Pringle mich nach, wobei er zwischendrin heftig nach Luft schnappte. „Ist das alles ... was du von mir wissen willst ... nachdem ich für dich ... ermittelt habe, wo diese ... lästigen kleinen Pelzknäuel ... herkommen?"

O ja, richtig! In der ganzen Aufregung hatte ich fast vergessen, dass ich ihn auf eine Mission geschickt hatte, um ihn abzulenken und vielleicht etwas Neues herauszufinden. „Schön, dass du zurück bist. Und, was hast du für mich?"

Er hüpfte hinunter und stützte sich mit einer Hand an der

Wand ab. „Erst brauche ich eine Stärkung … Dann werde ich berichten."

„Bin gleich wieder da", sagte ich zu Charles.

„Was?", fragte er verdutzt. „Lass mich nicht allein mit diesem Vieh!"

„Mit diesem *Vieh?*", rief Pringle wütend. „Mit diesem Vieh? Ich bin ein Waschbär, mein Freund, und ich stamme von der reinrassigsten Waschbärfamilie in ganz Maine ab." Plötzlich verstummte er und fasste sich mit seiner rechten pelzigen Hand an die Brust. „Ich meine … bitte … Ich brauche etwas zu essen."

„Netter Versuch, aber musst du immer so übertreiben?", schimpfte ich, kehrte zu meinem Schreibtischstuhl zurück und drehte mich zu ihm um. „Ich hole dir gleich etwas, aber zuerst erzählst du mir, was du herausgefunden hast."

Pringle wusste, dass die Nummer gelaufen war, richtete sich auf und knackte den Nacken zur Seite. „Okay, gut."

Ich wartete, während er sich mit den Fingern durchs Fell kämmte, um sich zu sammeln, wie er es öfters tat. Schließlich begann er: „Ich bin meilenweit gerannt, aber mit dem Fall bin ich nicht weitergekommen."

„Hast du es überhaupt versucht?", fragte ich skeptisch. Er war so lange weg gewesen, dass ich mir Hoffnungen auf einen neuen Hinweis gemacht hatte. Doch das Glück war wohl nicht auf unserer Seite.

„Willst du mich beleidigen?", zischte er und fletschte die Zähne. „Natürlich habe ich es versucht. Ich habe jedes Tier gefragt, das mir über den Weg gelaufen ist, aber niemand wusste etwas über die Waisenkätzchen."

„Wenn wir hiermit durch sind, müssen wir an deinen Manieren arbeiten", rutschte es mir heraus.

Pringle ließ sich auf alle Viere fallen und starrte mich hocherhobenen Hauptes an. „Ist das dein Ernst? Ich verbringe den halben Tag damit, deine Drecksarbeit zu erledigen, und das ist der Dank dafür? Ich gehe jetzt", fauchte er.

„Warte. Es tut mir leid. Lass mich dir etwas zu essen holen. Fancy Feast?" Obwohl Octocat auf eine neue Katzenfuttermarke namens Delicious Delights umgestiegen war, um die Modelkarriere seiner Freundin zu unterstützen, musste ich diese Sorte immer noch kaufen, um die regelmäßigen Heißhungerattacken des Waschbären zu stillen.

„Ja, und ein paar Steaks, bitte", fügte er hinzu und leckte sich das Maul.

„Wie viele meinst du genau mit *ein paar Steaks?*"

„Wie viele hast du denn?"

„Ich hole es", bot Charles an. Als er an mir vorbeiging, flüsterte er mir ins Ohr: „Dann bist du wenigstens nicht schuld, wenn es nicht seinen Ansprüchen entspricht."

„Das habe ich gehört", beschwerte sich Pringle, nachdem Charles den Raum verlassen hatte. „Dafür bekomme ich jetzt doppelt so viele. Medium rare gebraten. Und bitte nicht dieses billige Zeug. Du kaufst mir nie die guten Steaks."

Die kaufte ich für mich auch nie. Und sollten sich Waschbären nicht eigentlich selbstständig ernähren? Nein, mit der Tour kam er bei mir nicht durch.

„Sorry, aber das kommt nicht infrage. Nicht, nachdem du meine Privatsphäre so krass verletzt hast."

„Ich verstehe wirklich nicht, warum ihr Menschen so besessen von eurer *Privatsphäre* seid." Das letzte Wort setzte er mit den Fingern in Anführungszeichen. „Es ist ja nicht so, dass ihr euch um unsere schert."

Das konnte ich nicht auf mir sitzen lassen. „Sag mal, wovon redest du? Ich störe dich doch nie. Es ist immer andersherum."

„Jetzt bin ich also ein Störenfried?"

„So habe ich es nicht gemeint. Es ist nur ..."

„Nur was?" Er fixierte mich herausfordernd mit weit aufgerissenen Augen.

Mit ihm zu diskutieren, war schon immer ziemlich zwecklos gewesen, und ich hatte gerade zu viele andere Dinge im Kopf, als dass ich jetzt wirklich darauf einsteigen wollte. „Vergiss es", seufzte ich daher nur.

„Also, wie schon gesagt, du schuldest mir etwas. Aber keine Sorge, ich weiß bereits genau, was ich gerne hätte, und es wird dich auch nicht viel kosten."

Oh, großartig. Wenn ich nicht darauf einginge, würde er vielleicht die Klappe halten, bis Charles mit seinem erpressten Essen zurückkehrte.

„Ich liebe meine Carla, aber ich glaube, mit zweien von ihrer Sorte würde es mir noch besser gefallen", erklärte er, während er so tat, als würde er mit der Waffe auf mich zielen. Gott sei Dank wusste ich, dass er damit seine Nerf-Gun meinte, sonst hätte mich sein Machogehabe im Namen aller Waschbär- und anderen Frauen dieser Welt ziemlich geärgert.

„Ich werde dir ganz sicher nicht noch eine Carla kaufen", sagte ich mit fester Stimme. Ich wusste, dass er es ausnutzen würde, wenn ich auch nur ein ganz kleines bisschen nachgab.

„Es ist okay, wenn es kein Markenartikel ist. Ich bin nicht wählerisch."

„Na super."

„Du kannst sie mir bis Sonnenuntergang in mein linkes Baumhaus liefern." War das nicht der Gipfel der Unverschämtheit? Dass er mir sogar vorschrieb, in *welches* Baumhaus ich ihm seine Belohnung, die er einfach so voraussetzte, bringen durfte.

„Ich werde nichts tun, bevor wir nicht herausgefunden haben, was mit diesen Kätzchen ist", sagte ich, mehr als genervt von seinen Forderungen. „Und falls du dich erinnerst, hast du nicht einmal irgendetwas dazu beigetragen."

„Hey, das ist nicht meine Schuld! Ich habe es versucht!", quietschte er. Endlich schien er die Fassung zu verlieren, was bedeutete, dass er hoffentlich gleich einknicken würde.

„Okay, wer hat Hunger auf Mittagessen?", rief Charles gutgelaunt, als er wieder zu uns stieß. Er trug zwei Teller mit gegrillten Gruyère-Tomaten-Sandwiches herein und dazu eine große Tüte, aus der es nach einer erlesenen Mischung Junkfood duftete.

„Grandma hat mich gebeten, dass wir hier oben essen, damit sie etwas Zeit mit den Kätzchen allein verbringen kann“, antwortete er auf meine unausgesprochene Frage.

„Und das hier, mein Freund, ist für dich.“ Er reichte Pringle die Papiertüte, die dieser ihm fast aus der Hand riss.

„Mach mir die Tür auf, bitte“, raunte er, ohne auch nur einen Blick in meine Richtung zu werfen.

Da ich ihn ohnehin loswerden wollte, öffnete ich ihm bereitwillig und sah zu, wie er die Treppe hinunterkletterte. Allerdings musste ich ihm dann nach unten folgen, um ihm zu helfen, weil die Haustierklappe immer noch abgeschlossen war.

„Ich bin am Verhungern“, seufzte ich, als ich wieder in der Bibliothek eintraf.

Charles ließ sich auf dem Fensterplatz nieder und wartete darauf, dass ich mich zu ihm setzte. Er reichte mir einen Teller, und ich nahm sofort einen großen Bissen von meinem Sandwich, nachdem ich ihm ein Danke zugemurmelt hatte – hmm, so was von lecker. Ich schloss genüsslich die Augen, und gemeinsam verputzten wir unsere Sandwiches beinahe genauso gierig wie die Minis zuvor ihr Dosenfutter.

„Verstehst du, warum Grandma allein mit den Kätzchen sein wollte?“ Charles wischte sich mit einer Serviette über den Mund. „Meinst du, dass sie etwas ausheckt, damit ihr sie behaltet? Hältst du das für möglich?“

Fieberhaft sprang ich auf. „Auf die Idee war ich noch gar nicht gekommen! Komm, wir müssen Gas geben!“

Ich packte seine Hand, zerrte ihn hoch, und schon rannten wir über den Flur und die Treppe hinunter. Wenn wir uns beeilten, konnten wir sie vielleicht noch aufhalten, was auch immer sie vorhatte.

Oh, meine Großmutter hatte es wirklich faustdick hinter den Ohren!

13

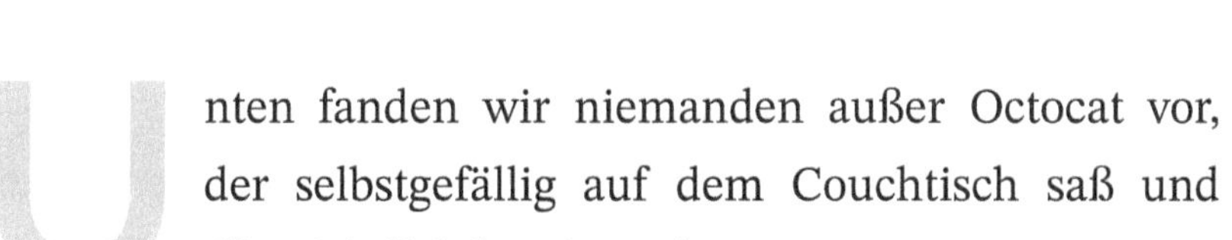

Unten fanden wir niemanden außer Octocat vor, der selbstgefällig auf dem Couchtisch saß und offensichtlich bereits auf uns wartete.

„Vermisst ihr etwas?“, fragte er süffisant, wobei ein gemeines Grinsen über sein Gesicht huschte. Mehr brauchte er nicht zu sagen. Grandma hatte sich ohne Zweifel mit den Kätzchen aus dem Staub gemacht. „Wie lange ist sie schon weg?“, entgegnete ich und erntete einen hämischen Blick.

„Sie ist aus dem Haus gestürmt, kurz nachdem der Kotzbrocken mit dem Essen nach oben gegangen ist.“ Er gähnte und streckte sich, bevor er sich wieder vor mich hinsetzte. „Übrigens, mir hat bisher niemand etwas zum Lunch angeboten.“

Oh, Mann. Ich ahnte, dass es eine Weile dauern würde,

meinen Kater zu überreden, mir zu helfen. In der Zeit könnte Großmutter es glatt bis nach Florida schaffen.

„Du isst sonst nie mittags“, erinnerte ich ihn sanft, während ich betete, dass meine Vorahnung mich dieses Mal trog.

„Du bekommst dein Essen doch immer morgens und abends“, fügte ich beschwichtigend hinzu.

„Es wäre trotzdem schön, gefragt zu werden. Vor allem, weil ich weiß, dass du dem Waschbär Steaks versprochen hast.“

„Ich habe ihm definitiv nichts versprochen.“

„Tja, ich schätze, dann kommen wir so nicht weiter.“ Er kehrte mir den Rücken zu und amüsierte sich wahrscheinlich gerade köstlich darüber, wie leicht er mich mal wieder um die Pfote wickeln konnte. Aber ich hatte keine Zeit zu verlieren, wenn ich Paisleys Gefühle schützen und herausfinden wollte, wohin Grandma die Kätzchen gebracht hatte – und beides hatte für mich im Moment oberste Priorität.

„Weißt du, wo sie hingefahren ist?“, fragte ich in einem zittrigen Flüsterton.

Er schnippte zweimal mit dem Schwanz und drehte sich dann langsam in meine Richtung. „Vielleicht“, antwortete er knapp.

Das war immerhin kein Nein. Ich würde sein kleines Spiel wohl oder übel mitspielen müssen. Deshalb erwiderte ich seufzend: „Also gut, was willst du dafür haben? Eine Dose Futter?“

Er gab einen Zischlaut von sich. „So leicht kannst du mich nicht abspeisen. Da musst du dir schon etwas Besseres einfallen lassen“, erwiderte er mit leuchtenden Augen und leckte sich über die Lippen. „Ein Steak zum Beispiel wäre für den Anfang nicht schlecht.“

„Magst du denn überhaupt Steak? Du hast doch noch nie eins probiert, oder?“ Obwohl ich gerade erst gegessen hatte, lief auch mir bei dem Gedanken daran das Wasser im Mund zusammen.

„Nein, habe ich nicht. Und da liegt ehrlich gesagt auch das Hauptproblem. Du nimmst einfach nicht genug Rücksicht auf mich und meine Bedürfnisse.“

Ich musste mich schwer zusammenreißen, um nicht laut loszuschreien, denn tatsächlich drehte sich mein ganzes Leben um diesen Kater und seine Wünsche und Bedürfnisse.

Er schnupperte und sah mich mit hocherhobener Nase an. „Ich hätte gerne mindestens sieben Steaks, eines für jedes meiner sieben Leben, mit denen ich auf die Welt gekommen bin.“

Ich seufzte und stimmte seiner übertriebenen Forderung mit einem Nicken zu. Je schneller wir seine vermutlich noch längere Wunschliste abgearbeitet hatten, desto eher würde er mir endlich helfen.

„Außerdem hätte ich gerne ein Hummerbrötchen vom Little Dog Diner.“ Er machte eine rhetorische Pause und holte Luft.

„Aber das Little Dog Diner ist drüben in Misty Harbor“, wandte ich rasch ein.

„Ich weiß, wo es ist. Und ich weiß auch, dass es dort die besten Hummerbrötchen in ganz Blueberry Bay gibt, also wirst du hinfahren.“

Ich biss die Zähne zusammen und ballte die Fäuste. „Gut. Sonst noch was?“

„Ja. Das Beste kommt zum Schluss.“ Sein breites Lächeln ließ mich erstarren. Der Himmel stehe mir bei.

„Weißt du“, fuhr er fort, ohne meinem erschrockenen Gesicht Beachtung zu schenken, „so gerne ich auch gelegentlich Zeit mit Pringle verbringe, in den letzten Wochen ist er ziemlich unausstehlich.“

„Lass mich raten. Carla.“ Darin waren wir uns ausnahmsweise einig. Vielleicht sollten wir uns zusammentun, um dem Waschbären eine Lektion zu erteilen.

Octocat machte ein schnalzendes Geräusch und zeigte mit einer Pfote in meine Richtung. „Bingo.“

„Und was stellst du dir genau vor? Willst du auch eine Nerf-Gun?“, fragte ich kichernd.

„Oh, Angela. Ist dir nicht aufgefallen, dass ich keine Daumen habe, um so ein Ding zu bedienen? Also wirklich, ich dachte, du würdest mich besser kennen. Ich brauche eine spezielle Waffe, die diejenigen von uns, die über so etwas nicht verfügen, nicht diskriminiert.“

Ich seufzte. Vielleicht waren wir ja doch nicht auf derselben Seite. „Was zum Beispiel?“, fragte ich höflich.

Mein Kater fixierte mich unablässig. „Ich dachte an eine Streitaxt."

„Willst du mich verarschen?", stotterte ich ungläubig. „Ich werde dir auf keinen Fall eine Streitaxt schenken. Du würdest mir wahrscheinlich gleich den Fuß abhacken, wenn ich das nächste Mal vergesse, dich zu füttern."

„Vielleicht wärst du danach mir gegenüber etwas aufmerksamer."

Er lachte schadenfroh, als ich mir an den Knöchel fasste, weil ich dort einen Phantomschmerz verspürte. Eine Streitaxt würde ich ihm definitiv nicht besorgen.

„Ich gebe mein Bestes. Das solltest du eigentlich wissen. Aber so ein Mordinstrument kommt mir nicht ins Haus. Also überleg dir etwas anderes."

Er räusperte sich und meinte dann: „Ein Schwert."

Ich schüttelte den Kopf.

„Ein Morgenstern", schlug er nun vor.

„Bitte?"

„Ein Morgenstern, Angela. So ein großer, stacheliger Ball am Ende einer Kette."

„Ich weiß, was das ist, aber sag mal, geht's noch? Verrat mir mal bitte, wozu du all diese schweren mittelalterlichen Waffen brauchst?", presste ich erschrocken hervor. Es war nicht das erste Mal, dass mir mein Kater Angst einjagte, aber das bislang schlimmste. Mein kleines Genie hatte ganz offenbar ziemlich labile Züge.

„Um mich zu verteidigen“, antwortete er, als ob das völlig selbstverständlich wäre.

„Gegen Schaumstoffpfeile?“

Octocat lächelte und nickte. „Ganz genau.“

„Ich könnte dir ein Schaumstoffschwert besorgen“, bot ich ihm mit einem resignierten Achselzucken an. „Oder vielleicht so ein Spielzeuglaserschwert. Das wäre doch cool. Ähm, oder nicht?“

Er stand auf und stolzierte von einem Ende des Tischs zum anderen. „Angela, wirklich! Echte Probleme erfordern echte Lösungen, kein billiges Kinderspielzeug.“

Ich verkniff mir, ihn darauf hinzuweisen, dass Pringles Waffe auch ein Spielzeug war, denn egal, was ich sagte, es schien alles nur noch schlimmer zu machen.

Ich konnte ihm ansehen, wie es in seinem Kopf ratterte, was er noch verlangen könnte. Er setzte mehrfach an, bevor er schließlich tatsächlich etwas Vernünftiges von sich gab: „Du scheinst eine Abneigung gegen mittelalterliche Waffen zu haben. Wie wäre es, wenn wir uns stattdessen den Kampfkünsten zuwenden?“

Ja, Kampfsport. Allein mit der Kraft seiner eigenen Pfoten würde er keinen so großen Schaden anrichten können, deshalb fand ich es deutlich weniger beängstigend. Es könnte tatsächlich funktionieren.

Ich nickte energisch, um ihm zu zeigen, wie sehr mir diese Idee gefiel. „Ich bin sicher, wir können dich in ein Dojo schleusen, damit du ein paar Selbstverteidigungstechniken lernst."

„Das habe ich nicht gemeint, das dürfte dir ja wohl klar sein, oder? Ich will mir nicht die Pfoten an dieser wilden Bestie schmutzig machen. Ich brauche eine Waffe, die das für mich erledigt. Wie wäre es also mit einem Nunchaku?"

„Ein Nunchaku?", kreischte ich.

„Ja, ich könnte ein Ende in den Mund nehmen und das andere schwingen, um Pringle damit zu treffen", erklärte er sachlich.

„Versprichst du, es nicht gegen mich zu verwenden?"

Er blickte zu Charles.

„Oder Charles!", fügte ich hinzu.

Mein Kater schüttelte den Kopf, als würde ihm die Antwort Schmerzen bereiten. „Das kann ich leider nicht, aber ich versichere dir, dass ich meine Pläne, dein Schlafzimmer zu durchwühlen, aufgeben werde, wenn du dem Nunchaku zustimmst."

Wunderbar, eine weitere Bestechung.

„Okay, gut. Ich werde dir ein Nunchaku besorgen, wenn dir das so wichtig ist. Und jetzt sag mir, was du über Grandmas Pläne weißt und wo sie hinwollte."

Octocat warf mir ein breites Grinsen zu und hüpfte vom Couchtisch herunter. „Ich weiß nicht, wo sie hingefahren ist, aber ich weiß, wie du sie finden kannst. Wenn du mir bitte folgen würdest."

Ich bedeutete Charles mit einem Winken, mit uns zu kommen.

„Warum hast du mit ihm gerade über all diese Waffen gesprochen?“, erkundigte er sich.

„Ach, wir haben öfters solche Themen, glaub mir.“ Leider entsprach das den Tatsachen.

„Sprechende Tiere sind schon seltsam.“ Charles lachte, aber mir war nicht gerade froh zumute – ich hatte immer noch das Bild meines verrückten Katers vor Augen, der wutentbrannt eine Streitaxt schwang.

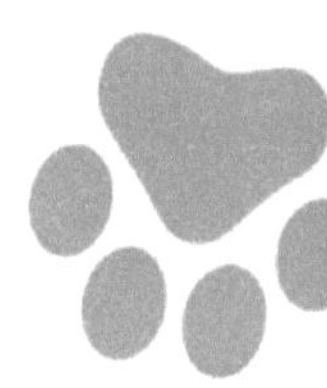

14

Octocat führte uns hinters Haus, wo Pringle in einem seiner Baumhäuser hockte und mit maximaler Lautstärke *Survivor* schaute.

„Pringle. Ich habe dir Kunden mitgebracht!", rief Octocat vom Fuß des Baumes aus.

„Ich bin doch kein Kunde", zischte ich meinem Kater zu, „eher seine Wohnungsgeberin."

Wenige Augenblicke später wurde oben der Fernseher ausgeschaltet und Pringle streckte sein maskiertes Gesicht aus dem Fenster. „Hast du meinen Lohn mitgebracht?", rief er dem Kater zu und ignorierte Charles und mich völlig.

„Nein, aber deswegen sind sie ja hier." Octocat stupste mich mit einer Pfote an, als wollte er mich nach vorne schieben.

„Ausgezeichnet!", brummte der Waschbär und kletterte

mit überraschender Geschwindigkeit zu uns herunter. Er setzte ein falsches Grinsen auf und streckte mir die Hand entgegen. „Pringle Whisperer, Privatdetektiv. Wie kann ich euch helfen?“

Ich weigerte mich, seine Geste zu erwidern, und deutete stattdessen mit dem Kopf auf Octocat. „Ich habe ihn bereits für seine Hilfe entlohnt. Dich werde ich nicht auch noch bezahlen.“

„Das war mein Honorar“, mischte sich mein Kater ein. „Mit Pringle musst du dich separat einigen.“

Ich schlug die Hände über dem Kopf zusammen. Wie sollten wir hier jemals weiterkommen? „Können wir endlich aufhören, Zeit zu verschwenden? Und kann mir denn keiner von euch zur Abwechslung mal einfach nur einen klitzekleinen Gefallen tun?“

Darüber lachten die beiden sich fünf Minuten lang kaputt.

„Was geht hier vor sich?“, fragte mich Charles, wobei er sich dicht zu mir herüberlehnen musste, um das Gegröle der beiden Tiere zu übertönen.

„Pringle will uns mal wieder bestechen. Er fordert eine Bezahlung, sonst will er uns nicht helfen.“

„Oh, kein Problem. Lass mich mal machen.“ Er holte seine Brieftasche heraus und blätterte in einem Stapel gefalteter Dollarscheine. „Wie viel braucht er denn?“

Ich wusste zwar, dass mein Freund als Seniorpartner der größten Anwaltskanzlei der Region gutes Geld verdiente, aber es überraschte mich, dass er keine Sekunde zögerte, sich auf den Wucher dieses kleinen Gangsters einzulassen und ihm einen dicken Batzen Geld anzubieten.

Pringle lehnte Charles' großzügiges Angebot jedoch ab. „Sorry, Bruder. Papiergeld ist in meiner Welt nichts wert."

„Aber du kannst dir damit Sachen kaufen", wandte ich ein.

Er verzog das Gesicht. „Das ist mir zu kompliziert mit dieser ganzen Rechnerei. Davon kriege ich Kopfschmerzen. Außerdem habe ich noch keinen menschlichen Ladenbesitzer gefunden, der mir verkaufen wollte, was ich brauche. Das ist Speziesismus, sage ich euch, und damit komme ich nicht klar."

„Okay, was willst du dann?" Im Stillen fragte ich mich, wie es eigentlich sein konnte, dass ich schon den ganzen Tag damit beschäftigt war, meinen Vierbeinern ihre Wünsche zu erfüllen? Wenn man es mit einem Pringle und einem Octocat zu tun hatte, konnte das echt übel enden.

„Neben dem Steak, das du mir bereits versprochen hast, und dem neuen Gefährten für Carla, brauche ich ..."

„Ich bekomme sieben Steaks", prahlte mein Kater, der von seiner Fellpflege aufblickte.

„Cool, cool. Mach für mich auch sieben", rief der Waschbär eifrig.

„Und ein Hummerbrötchen", ergänzte er, als hätte er nicht schon genug verraten.

„Klar. Das nehme ich ebenfalls." Pringle rieb sich voller Vorfreude auf all diese Köstlichkeiten die Hände.

„Vielen Dank für die Hilfe!“, fauchte ich meinen Haustiger an.

Pringle plapperte selig vor sich hin. „Das ist großartig. Wir sollten öfters zusammenarbeiten, mein Lieber.“ Er reckte die Pfote, und er und Octocat klatschten sich ab.

Das gab mir nun endgültig den Rest. Die beiden waren jeder für sich schon schwierig genug. Wenn sie gemeinsame Sache machten, wurde es zu einem einzigen Albtraum.

„Ich brauche außerdem einen neuen Plasmafernseher“, erklärte mir Pringle, als ob es sich um eine Kleinigkeit und nicht um eine teure Ausgabe handelte.

„Ich bin raus!“ Wütend stapfte ich davon und versuchte, mich damit abzufinden, dass wir Grandma, Paisley und den Kätzchen nicht auf die Spur kommen würden. Ich ließ gerne mit mir reden, aber das war reine Erpressung und deshalb schlichtweg ein No-Go.

Pringle huschte hinter mir her, stellte sich vor mich und warf die Hände in die Höhe. „Nein, warte! Es muss nicht unbedingt ein Plasma-TV sein, aber ich brauche einen Fernseher. Unbedingt.“

„Du hast doch schon einen.“ Ich verschränkte die Arme vor der Brust und warf ihm einen bösen Blick zu. Möglicherweise war ich ja manchmal etwas zu nachgiebig, aber ich war nicht dumm. Ich hatte ihm vor nicht allzu langer Zeit bereits einen eigenen Fernseher gekauft.

„Was will er denn?“, wollte Charles wissen.

„Einen Fernseher“, antwortete ich gereizt, weil mich die dreiste Forderung des Waschbären so aufregte.

„Hat er nicht schon einen?“ Selbst Charles konnte es nicht nachvollziehen.

Der Waschbär faltete die Hände und flehte mich an: „Bitte. Ich würde nicht darum bitten, wenn ich ihn nicht wirklich dringend bräuchte.“ Pringle versuchte nun offenbar, auf die Tränendrüse zu drücken, und eines musste man ihm lassen: Er war ein begnadeter Schauspieler.

Ich kaufte es ihm dennoch nicht ab. „Und warum brauchst du den so dringend?“

Er ließ den Kopf hängen und schniefte. „Weil mein eines Baumhaus, das keinen Fernseher hat, neidisch auf das andere mit Fernseher ist.“

Ich verdrehte die Augen. „Sorry, aber ich glaube, es hakt. Baumhäuser haben doch keine Gefühle.“

„Gut, gut, gut! Ich würde meine Häuser gerne gleichmäßiger nutzen, möchte dabei jedoch nicht auf meine Show verzichten.“

„Das deutet schwer darauf hin, dass du ein Baumhaus zu viel hast und nicht einen Fernseher zu wenig“, entgegnete ich, während ich auf einmal rasende Kopfschmerzen bekam.

Charles legte mir sanft eine Hand auf die Schulter. „Ich weiß, dass du dir Sorgen um die Kätzchen machst. Lass uns einfach gehen und schauen, was wir noch tun können, okay? Ich werde im Laufe der Woche einen Fernseher für ihn besorgen.“

Pringle erhob den Zeigefinger. „Eigentlich bräuchte ich den …“

„Im Laufe der Woche“, unterbrach ich ihn mit dem bösesten Blick, den ich aufbringen konnte. „Entweder das oder wir vergessen die ganze Sache.“

Plötzlich wurde der Waschbär sanfter. „Du bist ein harter Brocken, Angie Russo, aber ist gebongt! Wie kann ich euch helfen?“

„Ich muss wissen, wo Grandma mit Paisley und den Kätzchen hingefahren ist.“

„Das weiß ich nicht, aber ich kann es herausfinden.“

„Wie lange wird das dauern?“

„Moment, ich werde dem sofort nachgehen. Warte hier.“ Er kletterte zurück in sein Baumhaus und kam mit dem iPad in der Hand zurück – noch so ein übertriebener Luxus, den wir ihm zugestanden hatten. Es war zwar Octocats altes iPad, aber man konnte sich schon fragen, wozu diese Fellnasen überhaupt ihr eigenes Tablet brauchten.

Pringle wischte hastig auf dem Tablet herum, während er sich konzentriert mit der Zunge übers Maul fuhr, bis er die gewünschte App gefunden hatte. Dann drehte er es zu mir und zeigte auf einen blinkenden gelben Punkt, der sich auf einer Karte bewegte. „Da. Sie ist auf dem Highway. Gut?“

Es war gut, aber auch verdächtig. „Wie hast du das gemacht?“

„Ich habe euch alle mit Hightech-Trackern ausgestattet. Wenn einer von euch irgendwo hingeht, kann ich eure Telefone orten, um zu sehen, wo ihr steckt.“ Er grinste und schnaubte selbstzufrieden. „Ich muss mich eigentlich bei dir bedanken, dass du mich auf die Idee gebracht und mir erlaubt hast, deine Kreditkarte zu benutzen, um die Lizenzen, die ich dafür brauchte, zu kaufen.“

Ein weiteres Mal war meine Privatsphäre von diesem schändlichen Waschbären auf unverzeihliche Weise verletzt worden. Bis gerade hatte ich nichts davon geahnt, dass er meine Kreditkarte verwendet hatte. Ob er sie auch für andere Dinge missbraucht hatte? Ich musste meine Ausgaben eindeutig besser im Blick behalten. Und den Diebstahl meiner Karte würde ich melden und mir außerdem einen kleinen Safe zulegen. Für mein Portemonnaie und meine elektronischen Geräte, um sie nachts einschließen und Pringle an seinen ständigen Schnüffeleien zu hindern.

O Mann. Das war alles total außer Kontrolle geraten.

15

Wir nahmen uns ein paar Minuten Zeit, und es gelang uns, Pringles heimliche App mit einem kleinen Lizenz-Upgrade auf allen unseren Geräten zu installieren. Danach konnte ich Grandmas Standort auf meinem Display verfolgen, während Charles und ich zu seinem Wagen eilten.

„Bleib hier und ruf mich über FaceTime an, wenn sie vor uns zurückkommt“, wies ich Octocat an, der ohne Widerspruch zustimmte. Hmm. Vielleicht fühlte er sich schuldig, weil er Pringles Lohn in die Höhe getrieben hatte, oder vielleicht wollte er nur die Autofahrt vermeiden.

Charles steckte mein Handy in die Halterung am Armaturenbrett und warf einen kurzen Blick auf die Karte, bevor er den Motor anließ. „Sie hat fast eine halbe Stunde Vorsprung, und sie scheint noch nicht am Ziel zu sein. Wo auch immer sie hinwill, es ist ziemlich weit weg."

Ich beugte mich nach vorne, um die Karte zu studieren. „Sie ist schon beinahe in Pineville. Das ist ganz am anderen Ende der Bucht. Womöglich flüchtet sie wirklich vor uns, um die Kätzchen zu behalten."

Wir bogen auf die Hauptstraße ab und machten uns auf den Weg. Charles nahm eine Packung Kaugummi aus dem Becherhalter und bot mir einen an, bevor er sich selbst einen nahm. „Warum sollte sie vor uns flüchten? Ich meine, es ist ihr doch sicher klar, dass sie irgendwann zurückkommen muss, oder?"

„Vielleicht, um mich zu bestechen?" Ich lehnte mich zurück, blickte aus dem Seitenfenster und beobachtete die Bäume, die draußen vorbeizogen.

Mein toller Freund lachte mich aus. „Du lässt dich heute einfach von allen manipulieren, was?"

„Gewöhn dich nicht daran, und versuch es erst gar nicht", knurrte ich warnend. Er lachte wieder und schaltete das Autoradio ein. Aus den Lautsprechern ertönte ein flotter Popsong, und sogleich sangen wir beide lauthals mit. Unser Duett klang schrecklich, aber es war eine willkommene Abwechslung zu dem ganzen Katzen-Waschbär-Drama zu Hause.

„Schau!", rief ich, als wir gerade das dritte Lied zu Ende geschmettert hatten. „Sie hält an!" Ich nahm das Telefon in die Hand und zoomte die Karte heran. „Donut Paradise?“ Ich las die Adresse, die mir angezeigt wurde, laut vor. „Warum sollte sie so weit fahren, nur um ein paar Donuts zu essen?“

„Vielleicht ist Donut Paradise so ein geiler Laden wie das Little Dog Diner, nur eben für Donuts, nicht für Hummerbrötchen? Also, vielleicht lohnt sich die lange Fahrt dorthin.“

Bei dem Gedanken an Zimt-Donuts frisch aus dem Ofen begann mein Magen zu knurren. Aber nein, das ergab immer noch keinen Sinn, selbst wenn man dort die weltbesten Donuts bekäme.

Ich schaltete die Tracking-App wieder in den Navigationsmodus und steckte das Handy zurück in die Halterung. „Aber sie backt ihre Donuts lieber selbst, und diesen Laden hat sie mir gegenüber noch nie erwähnt.“

„Ach, deine Grandma tanzt doch immer auf so vielen Hochzeiten. Da kann man nur schwer den Überblick behalten.“

„Willst du damit sagen, dass ich vergessen habe, was sie mir erzählt hat?“, grummelte ich. „Oh, guck mal, es geht weiter!“

Großmutters Punkt bewegte sich noch einige Kilometer und blieb nach etwa fünf Minuten stehen. Ich zoomte heran. Ihr Ziel lag anscheinend in einem Wohngebiet, denn es befanden sich dort keine Geschäfte in der Nähe.

Dieses Mal fuhr sie nicht wieder weiter, sodass Charles und ich sie einholen konnten. Wir parkten an der Straße hinter ihrem glänzend roten Sportcoupé. „Ich fühle mich hier irgendwie fehl am Platz“, murmelte er, während wir die Häuschen in der Straße betrachteten. Alles war gepflegt, aber winzig im Vergleich zu meiner stattlichen Villa in Glendale.

Als wir aus seiner Luxuslimousine ausstiegen, rumpelte eine alte Rostlaube an uns vorbei.

„Wen kennt Grandma hier?“, fragte er, nachdem das andere Auto in eine Seitenstraße eingebogen war.

„Ich habe keine Ahnung.“

„Dann lass es uns herausfinden.“

Händchenhaltend begaben wir uns zum nächstgelegenen Haus und drückten auf die Klingel. Fast augenblicklich ertönte ein überschwängliches Bellen zweier Hunde – das eine kam eindeutig von unserer Paisley, doch das andere klang nach einem viel größeren Hund. Könnte das dieselbe Dogge sein, die sie heute Morgen im Ringkampf besiegt hatte?

Es war Grandma, die die Tür öffnete. Sie schien nicht überrascht, uns zu sehen, zumindest ließ sie sich nichts anmerken.

„Kommt doch rein, wo ihr schon mal hier seid“, sagte sie, während sich ein riesiger Hund mit zotteligem Fell an ihr vorbeidrängte.

„Jasper, komm zurück!“, rief eine andere Stimme aus dem Haus, eine viel jüngere. Eine Frau in meinem Alter erschien und befahl dem Hund, Sitz zu machen. „Tut mir leid“, sagte sie mit einem entschuldigenden Lächeln. „Wir arbeiten noch an Jaspers Manieren, wenn Besuch kommt. Also ... du musst Angie sein."

Wer war diese junge Frau? Und woher kannte sie mich?

„Mami!" Paisley kam sofort auf mich zu geflitzt, kaum dass ich das Haus betreten hatte, und tänzelte auf den Hinterbeinen. „Nimm mich hoch! Nimm mich hoch!"

Ich tat ihr den Gefallen, immer noch ziemlich verwirrt von der ganzen Situation.

„Entschuldigung, ich habe mich noch gar nicht vorgestellt. Mein Name ist Sunny", sagte sie, ließ ihren Hund los und wischte sich die Hand an ihrem Hosenbein ab, bevor sie sie mir zur Begrüßung hinhielt. Ich ließ Charles' Hand los, um ihre zu schütteln.

„Deine Großmutter ist mit meiner Nachbarin befreundet, die so etwas wie eine Großmutter für mich ist und ..."

„Nenn mich einfach Grandma, meine Liebe", warf meine Großmutter ein, während sie im Flurspiegel an ihren Haaren herumzupfte. „Das tun alle anderen auch."

„Das ist Charles", stellte ich meinen Freund vor und nahm wieder seine Hand, sehr froh darüber, dass ich nicht ganz allein hier auf der Matte stand. „Und ja, du hast recht, ich bin Angie. Angie Russo. Ähm, sind die Kätzchen zufällig hier?"

„Oh, ja! Ich war gerade dabei, mir eins auszusuchen. Keine leichte Entscheidung. Sie sind alle so was von niedlich!", schwärmte sie.

Ich schaute zu Grandma, weil ich dachte, sie würde mir

die ganze Sache jetzt erklären, doch die zuckte nur mit den Schultern. „Ich habe meine alte Freundin Tilly angerufen, um zu hören, ob sie jemanden kennt, der vielleicht gerne ein Kätzchen hätte, und sie hat mich an Sunny hier verwiesen."

Die junge Frau nickte, und eine dunkle Haarsträhne löste sich aus ihrem unordentlichen Zopf. „Jasper braucht einen Freund, aber unsere Wohnung ist leider nicht groß genug für einen zweiten Hund."

„Du möchtest also eines der Kätzchen adoptieren?", fragte ich. Ich konnte mir noch nicht so recht vorstellen, dass ein solch winziges Geschöpf zu dem sabbernden Riesenzottelbär vor mir passen könnte.

Sunny sah mich mit ihren hellblauen Augen besorgt an. „Das ist doch in Ordnung für dich, oder?"

„Natürlich ist das in Ordnung. Ich wünschte nur, Grandma hätte es mir gesagt, bevor sie mir nichts, dir nichts verschwunden ist."

„Oh, das tut mir leid", erwiderte Sunny. „Ich war total aufgeregt, als sie anrief, deshalb hat sie mir angeboten, direkt vorbeizukommen."

„Ich habe nicht einmal abgewartet, wie Tilly sich entscheidet", ergänzte Grandma mit einem Augenzwinkern. „Obwohl ich immer noch hoffe, dass sie auch eines unserer Babys adoptieren wird."

Sunny lachte. „Da bin ich aber gespannt." Sie hielt kurz inne. „Hey, würdet ihr mir vielleicht helfen, ein Kätzchen auszusuchen?"

„Es wäre uns eine Ehre“, antwortete Charles.

„Sag mal, rieche ich da etwa Donuts?“, erkundigte ich mich bei Grandma, bevor wir alle zu den Kätzchen ins Wohnzimmer gingen. Mein Magen knurrte schon wieder, und bei dem herrlichen Duft fing auch ich beinahe an zu sabbern.

16

Wir verbrachten fast eine Stunde bei Sunny. Sie entschied sich schließlich für das einzige graue Kätzchen des Wurfs und fand auch gleich einen Namen für die kleine Fellnase: *Princess Muffin.*

Auf dem Weg nach draußen vertraute mir Paisley an: „Ich wollte mich nicht von meinen Katzenwelpen trennen, von keinem von ihnen."

Ich wartete, bis Sunny die Tür hinter uns geschlossen hatte, bevor ich sie tröstete. „Ich weiß, Schätzchen. Es tut mir so leid."

Zu meiner großen Überraschung wedelte sie so heftig mit dem Schwanz, dass ihr ganzer Körper vibrierte. „Das ist schon okay, Mami. Immerhin freut es mich, dass Sunny und Jasper jetzt so glücklich sind. Glaubst du, Princess Muffin wird es gut bei ihnen haben?"

Ich lächelte und tätschelte der Chihuahua-Hündin den Rücken. „Ganz bestimmt!“

„Mehr kann eine gute Mami nicht tun, oder? Ihre Kinder auf die Welt vorzubereiten und ihnen die besten Chancen zu ermöglichen.“ Es erstaunte mich immer wieder, wie viel Liebe dieser kleine Hund zu geben vermochte.

„Du bist eine tolle Mutter, Paisley“, sagte ich sanft.

„Das bist du auch, Mami.“

Eine Welle von Gefühlen brach über mich herein, und ich konnte nicht anders, als ein paar Tränen zu vergießen, weil mich Paisleys zärtliche Worte so rührten. Zum Glück hatte ich immer Taschentücher dabei. Ich zog eines aus der der Packung und wischte mir damit über die Augen.

„Was ist los?“, fragte Charles besorgt.

„Nichts“, flunkerte ich. Wie konnte ich ihm sagen, dass ich vielleicht doch schon bereit für unsere Zukunftsplanung war, viel mehr, als mir bislang bewusst war? Ja. Vielleicht *könnte* ich eines Tages Ehefrau und Mutter sein. Immerhin hatte ich es bereits geschafft, ein wunderbares kleines Hündchen aufzuziehen und obendrein einen Kater, der auch ganz gut gelungen war, größtenteils jedenfalls.

„So, ich düse jetzt mal los!“ Grandma winkte uns durchs Autofensters zu. „Bye-bye, Kinder, wir sehen uns zu Hause.“

„Warte!“ Ich stapfte über die matschige Straße zu meiner Großmutter hinüber. „Warum bist du vorhin einfach gefahren, ohne uns etwas zu sagen? Und warum bist du dann nicht ans Telefon gegangen? Wir haben mehrmals versucht, dich anzurufen."

„Oh, das tut mir leid. Ich habe es heute Morgen auf lautlos gestellt, nachdem der Ausbilder im Bootcamp eine andere Kursteilnehmerin angemotzt hat, weil ihr Handy so laut tütete. Anscheinend habe ich vergessen, es danach wieder einzuschalten."

„Aber du hast doch Sunny angerufen", warf ich ein.

„Ja, und Tilly, aber von unserem Festnetzanschluss aus, Schatz. Manchmal ist die einfachste Möglichkeit die beste." Sie kramte in ihrer riesigen Handtasche, bis sie ihr Handy gefunden hatte, und wedelte damit vor meiner Nase herum. „Siehst du, hier ist es."

Es überraschte mich nicht, dass sich auf ihrem Telefon zig ungelesene Benachrichtigungen angesammelt hatten, sodass diese gar nicht alle auf dem Startbildschirm angezeigt werden konnten.

„Gib mir das mal, bitte." Sie reichte mir das arme, vernachlässigte Gerät, und ich tippte ihr supersicheres Passwort ein: *1-2-3-4.*

„Es sieht so aus, als hättest du mehrere Textnachrichten und verpasste Anrufe von … ähm, *Diamond Guy?*" Dieser Name war mir definitiv noch nicht untergekommen.

Grandma wurde rot und nahm das Telefon wieder an sich. „Das ist privat."

„Wer ist denn Diamond Guy?", stichelte ich und konnte mir ein breites Grinsen nicht verkneifen.

Sie strich sich durch die Haare, aber das lenkte nur wenig von der Farbe ihrer Wangen ab. „Es ist nur ein neuer Spitzname, den wir ausprobieren. Schließlich verdient er sein Geld mit dem Verkauf von Diamanten."

„Ach herrje. So flirtet ihr, Mr. Gable und du?" Ich lachte laut auf. So etwas hatte es bei ihren bisherigen Männerbekanntschaften nie gegeben, und da war ihr auch nie irgendetwas peinlich gewesen, aber bei ihrem jüngsten Techtelmechtel mit dem örtlichen Juwelier verhielt sie sich völlig untypisch.

„Sei still, du", gackerte sie. „Du und Charles, ihr wart am Anfang genauso."

„Willst du nicht wissen, was er wollte?", erwiderte ich, weiterhin amüsiert grinsend.

Sie steckte ihr Handy zurück in die Tasche und schüttelte den Kopf. „Du weißt, dass mir meine Privatsphäre wichtig ist."

Ich lachte laut auf. „Echt? Seit wann?"

„Gut. Ich rufe ihn jetzt zurück. Zufrieden?" Sie kramte ihr Handy wieder hervor und tippte auf Anrufen.

„Warum hörst du nicht erst mal deine Nachrichten ab?", schlug ich vor, als es bereits in der Leitung klingelte.

„Ich habe die Voicemail nicht eingerichtet, brauche ich auch nicht, ich habe doch einen Anrufbeantworter."

„Auf dem Festnetz", warf ich ein. „Was ist mit den Textnachrichten?"

Sie beendete den Anruf. Offensichtlich schien Mr. Gable

ebenfalls keine Mailbox zu besitzen. Ältere Leutchen sind manchmal wirklich umständlich.

Grandma hielt mir erneut ihr Handy vor die Nase. Sie hatte in der Tat sechs neue Nachrichten von Diamond Guy, aber alle lauteten ungefähr gleich: *Hallo Dorothy, bitte ruf mich an, wenn du einen Moment Zeit hast.*

Herrje. Mr. Gable hatte anscheinend keinen Schimmer, wie man heutzutage flirtete. Allein die Tatsache, dass er sie bei ihrem Vornamen nannte, fand ich merkwürdig, wo sich meine Großmutter doch von allen lieber Grandma nennen ließ.

„So, Schluss damit. Können wir jetzt bitte nach Hause fahren?", sagte sie ungeduldig und ließ den Motor an.

„Ich glaube, Charles und ich werden auf dem Heimweg kurz bei Diamond Guy vorbeischauen." Ich kicherte. „Du kannst gerne mitkommen."

„Bis nachher, Liebes." Sie schlug die Autotür zu und brauste davon.

Vergnügt lächelnd kehrte ich zu Charles zurück.

„Worüber grinst du denn so?", fragte er, bevor er mir einen kurzen Kuss auf die Wange gab.

„Über Grandma und ihren Freund. Die beiden sind echt süß."

„Ich wusste nicht, dass sie einen Freund hat."

„Sie sind noch nicht richtig zusammen, glaube ich, aber erinnerst du dich an Mr. Gable, und wie sie mit ihm an Silvester geflirtet hat?"

Bei der Erinnerung lachte er in sich hinein. „Wie könnte ich das je vergessen?“

„Gut, denn ich will gleich kurz bei ihm im Laden vorbeischauen und ein bisschen Amor spielen. Du könntest mir dabei helfen.“

„Sollten wir uns nicht besser weiter auf die Kätzchen konzentrieren?“

Ich zuckte mit den Schultern. „Wir haben keine weiteren Anhaltspunkte, woher sie und das Blut stammen, die Tierärztin hat sie für gesund erklärt, und Grandma und Paisley sind fleißig dabei, neue Besitzer für sie zu finden. Also was können wir im Moment noch tun?“

Er nickte. „Aber bist du sicher, dass es richtig ist, dem Glück der beiden auf die Sprünge zu helfen? Sollten wir sie nicht besser in Ruhe lassen, sodass sie von selbst zueinanderfinden?“

„Ach Unsinn“, erwiderte ich neckisch. „Weißt du nicht mehr, was sie damals alles angestellt hat, damit wir beide zusammenkommen?“

„Oh, stimmt auch wieder.“ Er zuckte leicht zusammen, wahrscheinlich weil ihm wieder einfiel, wie Grandma eine unangenehme Konfrontation zwischen ihm und meinem anderen potenziellen Verehrer erzwungen hatte.

„Vor dem Hintergrund ist es nur fair, wenn wir uns ein wenig einmischen“, stimmte er zu. „Wie man in den Wald hineinruft, du weißt schon … Ähm, dann gib mir bitte mal die Adresse des Ladens. Von hier aus bin ich noch nie nach

Glendale reingefahren, und ich möchte keine Zeit verschwenden."

„Er ist im Zentrum", erinnerte ich ihn. Natürlich war mir bewusst, dass er noch relativ neu in der Stadt war, aber das konnte er doch nicht vergessen haben.

„Ich weiß, aber sie mag es lieber, wenn ich ihr eine genaue Adresse gebe."

Ich hob fragend eine Augenbraue. *„Sie?"*

„Ja. Sie heißt Carla", sagte er, als ob es das Normalste der Welt wäre, seinem Navi einen Namen zu geben.

„Hey, so heißt doch auch …" Die Nerf-Gun meines Waschbären. Wie schräg. „Vergiss es."

„Was?"

„Nein, ist egal jetzt. Bist du bereit?"

„Ich bin ganz Ohr."

„Und zwar: 1385 Third Street – o mein Gott!", rief ich, und vor Schreck wäre mir beinahe das Telefon aus der Hand gefallen.

Charles blickte mich panisch an. „Was? Was?"

„Warte, das musst du dir ansehen", sagte ich und öffnete meine Fotogalerie. Dann hielt ich ihm das Bild mit dem beschädigten Adressetikett vor die Nase.

Charles checkte es sofort. „Das sieht schwer nach der Anschrift aus, die du mir gerade durchgegeben hast."

Jetzt grinste ich übers ganze Gesicht. „Ganz genau!"

„Lass uns fahren!"

17

Wir erreichten die Innenstadt von Glendale in Rekordzeit, wobei es für Charles natürlich ein Leichtes war, einen neuen Rekord aufzustellen, da er noch nie aus Richtung Pineville in unser kleines Stadtzentrum gefahren war.

Kaum hatten wir den Wagen abgestellt, kam auch schon Grandma angesaust und steuerte ihren Sportwagen in die Parklücke neben uns.

„Ich hatte gehofft, es wäre nur ein Scherz gewesen, dass du dich in mein Liebesleben einzumischen gedenkst", brummte sie, nachdem sie die Autotür hinter sich geschlossen hatte. „Zum Glück habe ich mich entschieden, vorsichtshalber vorbeizukommen. Du musst dich mit dem, was du vorhast, beeilen, denn ich werde die Kätzchen nicht länger als ein paar Minuten allein lassen."

Ich spähte durch das Autofenster und sah die Kleinen in der Transportbox auf dem Beifahrersitz warten. Großmutter hatte sogar den Motor angelassen, wohl damit sie es weiter mollig warm hatten.

„Dann lasst uns mal bei Mr. Gable vorbeischauen." Charles bot Grandma seinen Arm an, aber sie weigerte sich, ihn anzunehmen.

„Du hättest den anderen Typen nehmen sollen", raunte sie mir zu und stampfte im nächsten Augenblick über den Parkplatz davon.

Charles und ich holten sie vor dem Juweliergeschäft ein, sodass wir drei gemeinsam den Laden betraten, mit Paisley im Schlepptau.

„Hallo, Dorothy!" Mr. Gable winkte uns von hinter dem Tresen zu. „Hallo, Angie. Charles."

Wir erwiderten seinen Gruß, dann wandte er sich wieder den beiden Kunden zu, die er gerade bediente, vermutlich Mutter und Sohn. Sie begutachteten Verlobungsringe und hatten sich anscheinend schon mehrere aus nächster Nähe zeigen lassen.

„Glückwunsch", sagte Charles zu dem Sohn, den ich auf Mitte dreißig schätzte und dessen Wangen nun in etwa die gleiche Farbe annahmen wie sein dunkelrotes Haar.

„Der ist nicht für mich." Er deutete mit dem Finger auf seine Mutter. „Für sie."

Die Dame strahlte Charles und mich an. „Ist es nicht toll, endlich den Richtigen gefunden zu haben?", fragte sie uns.

Charles zog mich an seine Seite und gab mir einen Kuss auf die Wange, was die Dame entzückt aufseufzen ließ.

„Wir sind hier gleich fertig. Gebt mir noch ein paar Minuten, dann bin ich bei euch", sagte Mr. Gable entschuldigend. Dabei ruhten seine Augen einzig und allein auf Grandma.

„Mir gefällt es hier", bellte Paisley und zog damit die Aufmerksamkeit der frisch verlobten Dame auf sich.

„Oh, wie süß, was für ein Engel!" Sie ging in die Hocke und ließ sich die Küsschen des hyperaktiven Chihuahuas gerne gefallen.

„Mom." Ihr Sohn stupste sie ungeduldig an. „Dafür sind wir nicht hier."

„Ach, hör auf. Der Ring kann warten. Gib mir eine Minute mit dem kleinen Schatz hier."

Er seufzte, aber seine Mutter schien das nicht weiter zu stören.

Mr. Gable nutzte die Gelegenheit und kam zu uns herüber. Er sagte sowohl mir als auch Charles erneut Hallo, bevor er Grandma überschwänglich umarmte. „Was führt euch drei hierher? Geht es um die Kätzchen, die ich heute Morgen zu euch gebracht habe?"

Ah-ha! Ich wusste es!

Grandma blinzelte verwirrt. Wir hatten noch keine Gelegenheit gehabt, sie darüber aufzuklären, welche Adresse höchstwahrscheinlich auf dem Karton gestanden hatte. „*Du* warst das?"

„Ja, natürlich war ich das. Es tut mir leid, dass ich sie nicht vorher saubermachen konnte. Als ich dich anrief, bist du nicht rangegangen, und ich hatte es gerade sehr eilig, weil ich zu einem Termin mit einem Kunden musste. Ich dachte mir, wenn jemand weiß, was man mit den Kleinen machen sollte, dann ihr."

„Entschuldigung", unterbrach uns die Kundin, die aufgehört hatte, Paisley zu streicheln. Sie richtete sich auf und rief begeistert: „Sie haben Kätzchen?"

„Mom, wir müssen jetzt aber wirklich …"

„Ach, sei still. Du hast hier gar nichts zu melden." Sie machte eine wegwerfende Handbewegung und kam mit großen, leuchtenden Augen auf uns zu. „Und was ist mit den Kätzchen?"

„Möchten Sie sie kennenlernen?", fragte Grandma lachend. „Ich habe sie kurz im Auto gelassen, da ich nur auf einen Sprung hier bin."

„Das klingt wie das perfekte Hochzeitsgeschenk. Mein Verlobter, John, ist ein großer Tierfreund, durfte aber in seiner bisherigen Wohnung keine Haustiere halten."

Ihr Sohn zerrte an ihrem Ärmel und wirkte in diesem Augenblick eher wie ein kleiner Junge. „Aber Mom, ich bin doch allergisch gegen Katzen."

„Dann ist es wohl an der Zeit, dass du endlich ausziehst und dir eine eigene Wohnung suchst", erwiderte sie spitz und sah ihn herausfordernd an.

„Moment, ich gehe die Kleinen holen", sagte Grandma,

und schon eilte sie hinaus in die Kälte. Die Frau rannte ihr flink hinterher, gefolgt von ihrem Sohn.

„Woher kommen die Kätzchen?“, fragte ich Mr. Gable, begierig darauf, endlich die Antworten zu bekommen, nach denen ich den ganzen Tag gesucht hatte. „Und warum waren sie voller Blut?“

„Ein erschreckender Anblick, nicht wahr?“ Er schüttelte den Kopf und blickte betreten zu Boden. „Ich habe sie auf der Straße gefunden, als ich zur Arbeit ging.“

„Hier vor dem Laden?“, fragte Charles verwundert, während er Paisley auf den Arm nahm und sich von ihr das Gesicht ablecken ließ.

„Nein, nicht hier. Ich parke gerne auf dem weiter entfernten Parkplatz auf der anderen Seite, um ein bisschen Bewegung zu bekommen. Außerdem hilft mir die frische Luft, morgens richtig wach zu werden. Als ich die Kätzchen entdeckte, bin ich in den Laden gespurtet, habe mir den nächstbesten Karton geschnappt und für meine Kunden einen Zettel an der Tür hinterlassen, dass ich heute ein paar Minuten später öffne. Dann bin ich zurück zu den Kätzchen gerannt, habe sie eingesammelt und direkt zu euch gebracht. Ich habe versucht, Dorothy anzurufen, aber …“ Er zuckte mit den Schultern.

„Ich weiß. Sie hatte ihr Telefon den ganzen Tag ausgeschaltet.“

„Apropos Grandma“, schaltete sich Charles ein. „Ich habe gehört, sie sucht einen Begleiter für den Valentinstag.“

Der alte Juwelier atmete plötzlich sehr schwer, sodass ich beinahe damit rechnete, dass er gleich einen Inhalator aus der Tasche ziehen und einen Zug nehmen würde. „Ist das so? Einen Begleiter wofür?"

„Also, das ist nicht ganz richtig, eigentlich …", begann ich zu erklären.

Charles drückte fest meine Hand, um mich zum Schweigen zu bringen.

Er räusperte sich. „Sie hat einen wunderschönen Abend geplant. Es geht los mit einem romantischen Spaziergang entlang der Küste inklusive Schneeballschlacht. Nach etwa einer halben Stunde erreichen Sie ein kleines, aber feines Lokal, das an dem Abend nur für sie beide geöffnet hat. Dort wird der Koch Sie mit einem frisch zubereiteten Dinner verwöhnen, das perfekt auf Ihren persönlichen Geschmack abgestimmt ist. Zum Abschluss des Abends tanzen Sie unter dem Sternenhimmel zu einem Streichquartett, das die größten Hits der Achtziger Jahre für Sie spielt."

Mr. Gable sah aus, als würde er gleich in Tränen ausbrechen. „Das klingt traumhaft. Und das hat sie sich alles für mich ausgedacht?"

Charles drückte erneut meine Hand. „Das hat sie, aber ich glaube, jetzt traut sie sich nicht, Sie zu bitten und die Sache offiziell zu machen. Ich denke, Sie sollten sie fragen, ob sie den Tag mit Ihnen verbringen will."

Ich nickte aufmunternd. „Ja, ich wette, sie würde Ja sagen."

„Okay, das werde ich tun“, versprach er.

Wir unterhielten uns noch etwas mit Mr. Gable, während wir auf Grandma, Paisley und die Kunden warteten. Mir war direkt klar, dass Charles diesen tollen, besonderen Abend ursprünglich für mich geplant hatte, und umso bemerkenswerter fand ich es, dass er sofort bereit gewesen war, ihn herzuschenken, um zwei älteren Menschen zu helfen, ihre eigene Liebesgeschichte zu beginnen.

O Mann, dieser Kerl war ein Sechser im Lotto, oder?

18

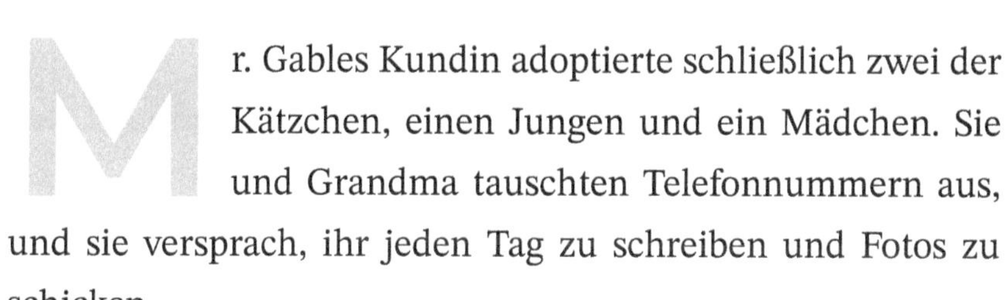

Mr. Gables Kundin adoptierte schließlich zwei der Kätzchen, einen Jungen und ein Mädchen. Sie und Grandma tauschten Telefonnummern aus, und sie versprach, ihr jeden Tag zu schreiben und Fotos zu schicken.

Somit hatten wir jetzt nur noch zwei der ursprünglich fünf Kleinen übrig. Wenn das in dem Tempo weiterging, würden wir vermutlich bis zum Einbruch der Dunkelheit für alle ein Zuhause gefunden haben.

„Sie kennen nicht zufällig jemanden, der sich gerne von einer Katze herumkommandieren lassen würde, oder?", fragte ich Mr. Gable, nachdem seine Kunden mitsamt der Kätzchen gegangen waren.

Er seufzte. „Ich wünschte, ich könnte sie dir abnehmen, aber ich fürchte, das würde Nini mir nie verzeihen."

Ich hatte seine Kaninchendame Nini kennengelernt und wusste, dass Mr. Gable mit seiner Einschätzung definitiv richtig lag. Das arme kleine Tierchen hatte vor allem und jedem Angst, besonders vor Raubtieren wie Katzen und Co.

„Also dann …“ Grandma verlagerte ihr Gewicht von einem Fuß auf den anderen, „sollten wir wohl mal gehen“, sagte sie, wobei sie eingehend ihre Schuhe zu betrachten schien.

Charles tauschte einen vielsagenden Blick mit Mr. Gable aus, während ich die Hände faltete und gespannt auf diesen einen magischen Moment wartete.

„Dorothy?“, sagte Mr. Gable, was sie aufblicken ließ.

Sie nahm Paisley auf den Arm und drückte die kleine Hündin an ihre Brust, als wäre sie eine Schmusedecke. Diese Schüchternheit kannte ich von ihr überhaupt nicht!

„Ja, Grant?“, murmelte sie in Paisleys Fell, nachdem sie einen tiefen Atemzug genommen hatte.

Seine Stimme zitterte, als er fragte: „Würdest du gerne den Valentinstag mit mir verbringen?“

Meine Großmutter neigte den Kopf leicht zur Seite. „Sicher, warum nicht? Du meinst, als Freunde?“

Nein, Grandma! Nein!, wollte ich schreien, tat es aber nicht.

Der Juwelier schaute besorgt zu Charles hinüber, der ihm aufmunternd zunickte.

„Nein“, antwortete der gute Mr. Gable sichtlich nervös. „Ich meinte, als Date. Unser erstes Date.“

Grandma errötete und streichelte Paisley einen Moment lang weiter. Schließlich begann sie zu strahlen. „Das fände ich schön", erwiderte sie bedächtig, und in dem Augenblick kam sie mir vor wie die Heldin in einem alten Spielfilm.

„Ich auch", erwiderte Mr. Gable mit einem Ausdruck, als hätte er gerade den Jackpot gewonnen. In gewisser Weise hatte er das ja auch. So anstrengend meine Grandma auch manchmal sein mochte, so war sie doch ein absoluter Schatz und mein allerliebster Lieblingsmensch. Daher konnte ich es Mr. Gable nicht verdenken, einen Narren an ihr gefressen zu haben.

„Jetzt muss ich aber wirklich gehen" Grandma trat einen Schritt zurück und stieß dabei versehentlich gegen einen der Ausstellungstische.

„Bis bald, Mr. Gable!", rief ich, während ich meine unbeholfene Großmutter sanft in Richtung Ausgang schob. „Bye!"

Als wir wieder an der frischen Luft waren, straffte sie den Rücken und fuhr sich mit den Fingern durch die Haare. „Nun, das war ziemlich unerwartet."

„War es das?", stichelte ich. „Hast du mir nicht gerade erst heute Morgen erzählt, dass du dich nur für das Bootcamp angemeldet hast, weil ..."

„Angie!", rief Grandma empört und gab mir einen leichten Klaps auf den Arm. „Das geht dich nichts an! Außerdem will ich nicht, dass Grant das mitbekommt."

„Was hat denn das Bootcamp mit Mr. Gable zu tun?",

erkundigte sich Paisley neugierig, wobei sie den Kopf schräg legte.

„Das erkläre ich dir, wenn du älter bist“, flüsterte ich und kraulte ihr den Kopf.

„Fahren wir jetzt nach Hause?“, fragte der Chihuahua, als wir uns alle in Richtung Parkplatz bewegten.

„Du, Grandma und die Kätzchen schon“, antwortete ich. „Charles und ich haben hier noch eine Kleinigkeit zu erledigen.“

„Okay, tschüüüss!“, flötete sie und rannte hinter Großmutter her, die praktisch davonschwebte.

„Tschüss, bis gleich!“, riefen wir ihnen nach.

Dann drehte Charles sich zu mir um und fragte: „Und jetzt das Blut?“

Ich nickte. „Mr. Gable hat uns gesagt, wo er die Kätzchen gefunden hat, also schauen wir uns dort mal um.“

„Na dann geh du vor, ich folge dir unauffällig“, meinte er und legte seine Hand auf meinen Rücken.

Das Stadtzentrum von Glendale war nicht sehr groß, sodass wir keine zehn Minuten brauchten, um den etwas außerhalb gelegenen Parkplatz am anderen Ende zu erreichen. Von dort aus bogen wir in die Gasse ein, die Mr. Gable erwähnt hatte.

„Wahrscheinlich hätten wir Paisley besser mitgenommen“, seufzte ich und ärgerte mich, dass ich nicht schon früher daran gedacht hatte. „Sie hätte das sofort erschnüffeln können.“

Charles blieb abrupt stehen. „Sollen wir sie holen gehen?"

„Nein, wir schaffen das auch so. Wir müssen nur die Augen offenhalten und genau darauf achten, wo wir langlaufen."

„Wonach suchen wir denn konkret? Nach blutigen Pfotenabdrücken?"

Ich heftete den Blick auf den Boden vor mir, damit mir nur ja nichts entging. „Ja, etwas Besseres fällt mir nicht ein."

„Schau mal da." Er zeigte auf einen großen, grünen Müllcontainer, der im unteren Bereich undicht zu sein schien. Das Loch war so groß, dass selbst ein größeres Tier hineinschlüpfen konnte, und vor dem Container waren tatsächlich kleine rote Pfotenabdrücke erkennbar. Als wir uns näherten, drang plötzlich ein unheimliches Rascheln aus dem Inneren zu uns heraus.

„Bleib zurück!" Charles streckte den Arm aus, um mich aufzuhalten. Es war ja nett, dass er mich beschützen wollte, doch dabei hatte er wohl eine entscheidende Tatsache vergessen – ich war diejenige, die mit Tieren sprechen konnte!

„Wer ist da drin?", rief ich. Wir hatten einen langen, harten Winter gehabt, der immer noch andauerte, sodass die einheimischen Wildtiere mitunter verzweifelt nach Futter suchten.

Bei dem Tier in dem Container konnte es sich um einen Fuchs oder einen Kojoten handeln, aber auch ein Luchs oder andere potenziell gefährliche Raubtiere waren nicht auszuschließen. Ich hatte noch nie mit Tieren gesprochen, die einer dieser Arten angehörten, und wusste daher nicht, wie schwierig es sein würde, mit ihnen zu kommunizieren. Und das beunruhigte mich.

„Hey!“, rief ich nachdrücklich. „Du da, in der Mülltonne. Komm raus, dann passiert dir auch nichts.“ Natürlich würde ich nie ein Tier verletzen, aber ich brauchte ein Druckmittel, auch um Charles zu schützen.

Im nächsten Moment steckte ein großer Hund den Kopf aus dem Loch und kam herausgekrochen. Er sah verwahrlost aus, und an seiner Schnauze klebte Blut in seinem verfilzten Fell. „Tu mir nicht weh“, jammerte er. „Ich wollte nur schnell einen Bissen essen.“

Erleichtert trat ich näher an ihn heran. „Mein Name ist Angie. Und wie heißt du?“

Er wimmerte, die Ohren flach an den Kopf gelegt. „Ich habe keinen Namen. Man braucht ein Zuhause, um einen Namen zu haben, und das hatte ich noch nie.“

„Könnte ich dir geben, wenn du willst“, bot ich ihm mit sanfter Stimme an. Der arme Kerl.

„Ein Zuhause?“, jaulte er überrascht. „Nichts wünsche ich mir sehnlicher.“

„Ich meinte einen Namen, aber ich denke, ein Zuhause könnte ich auch für dich finden. Würdest du mir zuerst bei etwas helfen?“

„Ich tu alles für dich!“, bellte er und hechelte aufgeregt, wobei ihm die Zunge seitlich aus dem Maul hing.

„Was isst du da drin?", fragte ich und reckte den Hals, konnte aber rein gar nichts erkennen.

„Warte, ich zeig's dir!", rief er, kroch zurück in den Müllcontainer und zerrte kurz darauf einen blutigen Kadaver heraus, den er mir vor die Füße legte – zum Glück nicht darauf.

„Igitt. Was ist das?"

„Nicht igitt. *Köstlich.*" Der streunende Hund leckte sich über die Lefzen. „So einen fetten Happen finde ich nur selten."

„Was ist das?", fragte ich angewidert. So gerne ich auch höflich sein wollte, aber bei dem Anblick und vor allem bei dem Geruch seiner halb verzehrten Mahlzeit drehte sich mir der Magen um.

„Sieht aus wie ein überfahrenes Tier", sagte Charles.

„Warum lag es in der Mülltonne?"

„Gute Frage. Glaubst du, dass die Kätzchen sich da drin rumgetrieben haben, bevor Mr. Gable sie gefunden hat?"

„Kätzchen? Du meinst, Katzenwelpen?", fragte der Hund, neigte den Kopf zur Seite und musterte uns aus seinen traurigen, dunkelbraunen Augen.

„Ja, Katzenwelpen", bestätigte ich ihm lächelnd.

„Sie waren diejenigen, die dieses köstliche Festmahl zuerst entdeckt haben, aber dann wurden sie von einem Mann entführt, bevor sie sich satt essen konnten, und daraufhin habe ich nicht lange gezögert."

Ach, so war das also. Das war das fehlende Puzzleteil, nach dem wir gesucht hatten. Nun ergab die ganze Geschichte der mysteriösen Kätzchen mehr Sinn. Kein Wunder, dass sie diesen Bärenhunger gehabt hatten. Ihre erste Mahlzeit seit wer weiß wie langer Zeit war unterbrochen worden.

„Danke für deine Hilfe", sagte ich zu dem Hund, und dann kam mir eine Idee: „Hey, wie gefällt dir der Name ‚Digger'? Ich dachte, weil du ja ein Profi-Buddler zu sein scheinst, so wie du da eben herumgewühlt hast."

„Das ist perfekt!", bellte er begeistert. „Meine Mutter ist ein Airedale-Terrier, und die sind bekannt für ihre Buddelkünste."

Er war nun kein namenloser Streuner mehr und trottete dankbar zu mir herüber, wobei er bei jedem Schritt mit dem Schwanz wedelte.

„Dann ist es definitiv perfekt." Ich tätschelte ihn zwischen den Ohren, denn das schien mir noch die sauberste Stelle an ihm zu sein. „Hi, Digger. Freut mich, dich kennenzulernen. Dann komm mal mit uns, und wir werden sehen, was wir tun können, um ein Zuhause für dich zu finden."

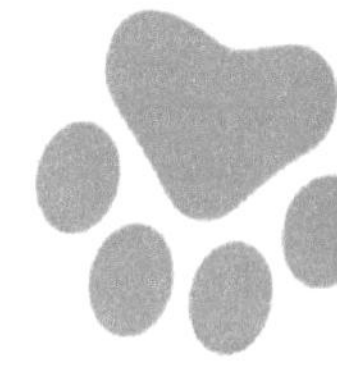

19

Glücklicherweise hatte Mr. Gable noch eine Plane übrig, die er im Sommer beim Streichen seiner Werkstatt benutzt hatte. Er war sofort bereit, sie uns zu leihen, damit wir Schmutzfink Digger zu mir nach Hause bringen konnten, ohne danach den Autorücksitz reinigen zu müssen.

Paisley nahm den neuen, viel größeren Hund auf der Stelle unter ihre Fittiche. Sie kam geradewegs auf ihn zu und stellte sich auf die Hinterbeine, um das obligatorische Popo-Beschnüffeln vorzunehmen.

„Hallo, ich heiße Paisley!“, rief sie, während sie ihm erlaubte, sich zu ihr herunterzubeugen und an ihr zu schnuppern.

„Mein Name ist Digger“, antwortete der andere Hund

stolz, weil er endlich einen Namen hatte, mit dem er sich vorstellen konnte.

„Ich werde dir alles darüber beibringen, wie man ein gutes Haustier ist!“, versicherte sie ihm. Zunächst wollte sie ihm den Garten zeigen, jedoch passte Digger nicht durch unsere Haustierklappe, also musste ich ihm die Tür öffnen, um ihn rauszulassen.

„Wo sind die Kätzchen?“, fragte ich Grandma. Es überraschte mich, dass sie nicht bei ihr im Wohnzimmer waren.

„Oben bei Octavius im Fischzimmer“, antwortete sie beiläufig zwischen zwei Schlucken Tee.

„Lass ihn bloß nicht hören, dass du es so nennst“, warnte ich sie augenzwinkernd. „Hast du die anderen Samtpfötchen auch schon vermittelt?“

„Nicht direkt, aber vielleicht. Ich muss noch mit ein paar Leuten sprechen.“ Sie lächelte über den Rand ihrer Teetasse hinweg, bevor sie einen weiteren genüsslichen Schluck nahm.

„Könntest du auch ein neues Zuhause für Digger finden?“

„Ich werde sehen, was ich tun kann“, versprach sie und stellte ihre Tasse wieder auf den Tisch. „Möchtest du auch einen Tee?“

Ich schüttelte den Kopf. „Nein, danke.“

„Ich meinte Charles.“ Sie wandte sich an meinen Freund. „Wie wär’s mit einem Tässchen?“

„Sorry, ich bin kein großer Fan von ...“

„Ach, komm schon. Wir beide müssen uns ein wenig

unterhalten“, drängte sie, stand auf und ging in Richtung Küche.

Als mir klar wurde, dass sie mit Charles unter vier Augen reden wollte, ging ich hinauf in Octocats Zimmer, um nach den Kätzchen zu sehen, was ich ohnehin vorgehabt hatte.

Der Anblick, der sich mir bot, war so niedlich, dass es mir beinahe den Atem verschlug. Die beiden verbliebenen Mini-Samtpfoten lagen dicht an meinen Kater gekuschelt, und alle drei machten zusammen ein Nickerchen.

Ich wollte mich gerade umdrehen und wieder hinausschleichen, als Octocats große, bernsteinfarbene Augen aufblitzten und er flüsterte: „Warte“.

Er erhob sich so vorsichtig, dass die beiden Kleinen friedlich weiterschlummerten. „Ich möchte etwas mit dir besprechen“, sagte er, als er bei mir angelangt war. „Lass uns auf den Flur gehen.“

„Was ist los?“, fragte ich neugierig.

„Die kleinen Strolche sind gar nicht so schlimm, weißt du. Als sie hier ankamen und überall herumsprangen, fand ich das zunächst ziemlich anstrengend, aber ehrlich gesagt habe ich sie gerne um mich“, erklärte er mit einem wehmütigen Seufzer.

„Willst du damit sagen, dass du sie behalten willst?“

„Ach was, nein!“, brummte er. „Das wäre mir dann doch zu viel. Aber sie haben mich an meine eigene Kätzchenzeit erinnert. Habe ich dir schon erzählt, dass ich eines von sieben Geschwistern war?“

„Du hast es ein, zwei Mal erwähnt." *Oder zwanzig Mal.*

„Der heutige Tag hat mich an meine eigenen Brüder und Schwestern denken lassen. Ich habe sie nicht mehr gesehen, seit Ethel mich vor all den Jahren adoptiert hat."

„Du vermisst sie bestimmt." Ich strich ihm mit der Hand über den Rücken und hoffte, er würde die tröstliche Geste zu schätzen wissen und nicht nach mir schlagen.

Er drückte sich gegen meine Hand und schnurrte. „Ja und nein. Ich bin auf jeden Fall froh, eine Einzelkatze zu sein, aber ich frage mich, ob aus ihnen auch so tolle Katzen geworden sind wie ich."

„Du willst sie ausfindig machen?"

Mein Kater nickte. „Ja, ich glaube, das würde ich gern."

„Ich denke, es macht Sinn, wenn wir unsere detektivischen Fähigkeiten hin und wieder für unsere eigenen Interessen einsetzen."

Er lächelte, hielt eine Pfote hoch, und wir klatschten uns ab. „Genau!"

„Bist du sicher, dass du nicht doch eines der Kätzchen behalten willst?", hakte ich nach. Es gefiel mir, dass die Kleinen seine sanfte Seite zum Vorschein brachten. Womöglich würde es ihm helfen, sich zu entspannen, wenn er dauerhaft einen Kumpel oder eine Kumpeline an seiner Seite hätte.

Er erschauderte und kehrte mir den Rücken zu. „Absolut sicher."

„Okay. Dann lasse ich dich mal in Ruhe, damit du mit deinem Nickerchen weitermachen kannst."

„Danke, Angela", sagte er, bevor er durch die Tür, die ich ihm wieder geöffnet hatte, zurück in sein Zimmer schlüpfte. Ich konnte ihm nicht verübeln, dass er seine vermisste Familie finden wollte. Schließlich befand ich mich in einer ähnlichen Situation – und dass meine Cousine Maggie kürzlich in mein Leben getreten war, erfüllte mich definitiv mit großer Freude.

Nachdem ich mich nun vergewissert hatte, dass die Kätzchen bei Octocat in guten Pfoten waren, ging ich wieder nach unten, weil ich Charles um einen kleinen Gefallen bitten wollte.

„Könntest du schnell noch etwas für mich besorgen? Ich brauche Futter für große Hunderassen und ein paar Steaks."

Er nahm den letzten Schluck seines Tees und fragte dann: „Wie viele Steaks?"

„Ähm, zwanzig sollten genügen", antwortete ich nach kurzer Überlegung.

Charles lachte. „Du willst wohl deine Schulden begleichen, was?"

„Ja, und wenn du dort zufällig einen Fernseher, eine Nerf-Gun oder ein Nunchaku findest, weißt du, was du zu tun hast, oder?"

„Was ist mit den Hummerbrötchen?", fragte er mit einer hochgezogenen Augenbraue.

„Die können ein paar Tage warten. Heute gibt es Steak zum Abendessen."

Während Charles unterwegs war, wollte ich Digger baden,

aber zuerst brauchte ich eine kurze Verschnaufpause. Ich nahm neben Grandma Platz, die gerade auf ihrem Telefon herumtippte und dabei verträumt lächelte.

„Lass mich raten. *Diamond Guy?*", zog ich sie auf.

Sie schnalzte mit der Zunge. „Meine Güte, es gibt auch noch andere Dinge in meinem Leben, die mir wichtig sind", schimpfte sie.

„Trotzdem muss es doch ganz schön aufregend sein, dass ihr endlich euer erstes offizielles Date haben werdet."

Grandma runzelte einen Moment lang die Stirn, bevor sie wieder lächelte. „Ich wünschte nur, ich hätte vorher noch ein paar Stunden im Bootcamp gehabt. Aber – ja – ich bin sehr aufgeregt."

„Wenn du dir nicht mit Mr. Gable schreibst, mit wem dann?", sagte ich, wobei ich versuchte, einen Blick auf ihren Bildschirm zu erhaschen. „Du betrügst ihn doch nicht schon?"

Sie schaute mich eher traurig als wütend an. „Oh, Angie. Ich habe zwar viele Gesichter, aber vor allem bin ich eine ehrliche Haut. Das solltest du eigentlich wissen."

„Und?", fragte ich, weil sie immer noch nicht auf meine erste Frage geantwortet hatte. „Mit wem chattest du dann?"

Sie verdrehte die Augen. „Du bist manchmal so was von neugierig, weißt du das?"

„Keine Ahnung, von wem ich das habe." Ich zwinkerte, und sie zwinkerte zurück.

„Ich schreibe meiner guten Freundin Gertie."

Ah, Gertie. Ich hatte sie noch nie getroffen, wohl aber ihren Hund Cujo. Grandma hatte mich mehrere Male mitgeschleppt, um mit ihm joggen zu gehen, und dann hatte der riesige Husky-Mischling mir letzten Monat tatsächlich das Leben gerettet, und dafür war ich ihm natürlich irre dankbar.

Grandma fuhr fort. „Erinnerst du dich, dass sie Schwierigkeiten hat, Cujo genügend Bewegung zu verschaffen, seit ihr Enkel auf dem College ist?"

Ich nickte.

„Ich habe ihr gerade vorgeschlagen, einen Spielkameraden für ihn zu adoptieren. Du und ich werden weiterhin mit Cujo trainieren, aber es wäre doch toll, wenn er einen Freund hätte, der ihm ansonsten Gesellschaft leistet, was meinst du?"

Ich schnappte aufgeregt nach Luft. „Digger?"

„Digger", bestätigte sie.

„Das wäre super", rief ich und umarmte sie fest.

„Ich habe auch schon eine Idee, an wen wir die letzten beiden Kätzchen eventuell vermitteln können", verriet Grandma. Wow, sie war echt gut darin. Vielleicht sollte sie im örtlichen Tierheim nicht nur bei Spendenaktionen mitmachen.

„Wirklich? Wer?", fragte ich begeistert, weil ich mich so darüber freute, dass all die Tiere an diesem Tag ein neues Zuhause gefunden hatten.

Sie schüttelte den Kopf und erhob den Zeigefinger. „Das

ist noch nicht spruchreif, aber sobald es so weit ist, bist du die Erste, die es erfährt, versprochen."

Ich reckte gähnend die Arme in die Luft und zwang mich aufzustehen. „Dann bringe ich Digger wohl mal besser in die Badewanne."

„Bevor du gehst, möchte ich etwas zurücknehmen, was ich heute zu dir gesagt habe."

Verwirrt starrte ich sie an. „Was willst du denn zurücknehmen?"

„Ich bin wirklich froh, dass du dich für Charles entschieden hast. Er ist ein guter Mann."

„Weißt du ...", begann ich und erzählte ihr, wie bereitwillig er auf seine besondere Valentinsüberraschung verzichtet hatte, um sie Grandma und Mr. Gable zu schenken.

Sie nickte berührt. „Ich danke euch beiden dafür. Aber falls es noch nicht zu spät ist, würde ich das Streichquartett gerne bitten, etwas anderes als Achtzigerjahre-Cover zu spielen."

20

Nach unserem Abendessen, für das wir sage und schreibe zwanzig Steaks brieten, verabschiedete Charles sich und fuhr zurück nach Hause. Es tat mir leid, dass unser gemeinsamer Tag, der ganz entspannt hätte sein sollen, so hektisch geworden war und dass er auch noch seine große Valentinsüberraschung geopfert hatte. Deshalb schwor ich mir, das wieder gutzumachen, indem ich selbst einige besondere Überraschungen für ihn plante.

Als der Freitag kam, hatte ich alle Hände voll zu tun. Nach meinem Guten-Morgen-Anruf bei Charles, der bis zum frühen Abend arbeiten musste, verbrachte ich den Vormittag mit Grandma und Paisley, bis sie zu einem ihrer Kunstkurse aufbrachen.

Die letzten beiden Kätzchen waren am Abend zuvor in ihr neues Zuhause umgezogen, was bedeutete, dass Octocat und ich das Haus für die nächsten paar Stunden für uns allein hatten.

„Alles Gute zum Valentinstag“, trällerte ich und stellte eine riesige Schachtel vor ihn auf den Boden.

Seine Augen leuchteten auf, als er das Ungetüm aus Pappe erblickte. „Für mich?“, japste er hocherfreut.

„Jep. Und da ist sogar noch eine Überraschung *in* der Schachtel.“

Er hob eine Pfote an die Brust. „Zwei Geschenke auf einmal? Ich bin gerührt.“

Es war wirklich nicht leicht gewesen, diese Überraschung in den letzten Tagen vor ihm zu verbergen, und ich war gespannt wie ein Flitzebogen auf die große Enthüllung. „Na los, mach schon auf“, rief ich ungeduldig.

Octocat sprang in die Schachtel, und wenige Sekunden später steckte er den Kopf wieder heraus, mit einem satinblauen Stück Stoff im Maul. „Was ist das?“, murmelte er irritiert.

„Das ist eine Fliege“, erklärte ich. „Ich dachte, du könntest sie heute Nachmittag bei deinem Videodate mit Grizabella tragen.“

„Oh, die passt genau zu ihren schönen saphirblauen Augen“, meinte er, nachdem er sie vorsichtig auf den Boden gelegt hatte.

„Ja, genau deswegen habe ich sie ausgesucht. Und da ist übrigens auch noch eine grüne Fliege drin.“

Er sah mich mit zusammengekniffenen Augen an und

neigte den Kopf leicht zur Seite – ein sicheres Zeichen dafür, dass Paisley ein wenig auf ihn abzufärben begann.

„Warum grün?“, fragte er. Ich hielt mir die Hand vor den Mund, um mein Grinsen zu verbergen, bis bei ihm der Groschen fiel, was einige Sekunden dauerte. Dann rief er schwärmerisch aus: „Grün. Herrliches Grün! Bedeutet das etwa ...?“

„Ja, das bedeutet, dass ich dich zum St. Patrick’s Day zu Grizabella fahre. Das heißt, wenn du das immer noch willst.“

Vor lauter Freude bekam er einen Anfall von Hyperaktivität, was bei ihm wirklich sehr selten vorkam. Er raste in einem Affenzahn die Treppe hinauf und wieder hinunter, um sich danach zu meinen Füßen niederzulassen. Ich streckte die Hand aus, um ihn zu streicheln, aber dazu kam ich erst gar nicht, denn er leckte mir sogleich die Fingerspitzen ab. „Du bist ein sehr guter Mensch, und ich habe dich sehr lieb, Angela“.

Ich streichelte seinen weichen Rücken. „Oooh, ich dich auch. Bist du jetzt bereit für einen FaceTime-Plausch mit deiner Süßen?“

„Ja! Ja! Ja!“

Ich befestigte die blaue Fliege an seinem Halsband und zeigte ihm im Selfie-Modus meines Handys, wie er damit aussah. „Ich bin ein sehr gut aussehender Kater, oder etwa nicht?“

Ich nickte zustimmend. „Grizabella kann sich glücklich schätzen, dich zu haben.“

„Und ich habe Glück, dass ich dich habe", säuselte er, bevor er seine volle Aufmerksamkeit auf sein iPad und das anstehende Gespräch mit seiner Freundin richtete.

Mein Herz hüpfte vor Freude bei diesen Worten. Liebesbekundungen von einer Katze zu bekommen, war selten – insbesondere von Octocat –, und deshalb machten sie mich jedes Mal unglaublich glücklich.

Pünktlich um fünf Uhr stellte ich mein Auto auf dem Parkplatz vor Charles' Anwaltskanzlei, „Longfellow & Associates", ab. Er hatte keine Ahnung, dass ich vorbeikommen würde, aber das gehörte zu meinem Überraschungsplan.

Es war ein seltsames Gefühl, wieder an dem Ort zu sein, an dem unsere Liebesgeschichte begonnen hatte – und auch dort, wo ich fast gestorben und dann mit der verrückten Fähigkeit aufgewacht war, mit Octocat sprechen zu können. Die Kanzlei hatte mir während meiner kurzen Zeit dort wirklich viel Gutes beschert – Liebe, Freundschaft, eine Katze, ein Zuhause und Zugang zu einem beeindruckenden Treuhandfonds – und für all das würde ich auf ewig dankbar sein.

Doch heute ging es ganz allein um Charles Longfellow und mich. Als er mich hereinkommen sah, sprang er von seinem Schreibtisch auf und nahm mich in die Arme. „Was machst du denn hier? Ich wollte gerade Feierabend machen und zu dir kommen."

„Ich entführe dich jetzt. Also los, lass uns gehen."

„Oh, wow. Okay, warte, ich schalte nur eben den Computer aus ..."

„Ach was, schließ einfach die Tür ab und komm mit mir. Wir haben keine Zeit zu verlieren." Ich ergriff seine Hand und zog ihn mit. Kurz darauf stiegen wir in mein Auto ein, und los ging's.

„Wohin fahren wir?", fragte er mich mit einem breiten Grinsen.

Ich zuckte mit den Schultern und hielt den Blick auf die Straße gerichtet. „Es ist nicht so ausgefallen wie das, was du dir ausgedacht hattest, aber es passt ziemlich gut zu uns, denke ich."

„Sag es mir, sag es mir!", bettelte er spielerisch.

Ich holte tief Luft und schüttelte den Kopf. „Ich verrate dir nicht, was wir machen, aber ich werde dir erklären, warum."

„Okay, schieß los!"

Ich fuhr mir mit der Zunge über die Lippen, bevor ich weitersprach. Zwar hatte ich meine kleine Ansprache schon ein paar Mal geübt, allerdings nach wie vor ein wenig Angst, dass sie falsch ankommen könnte.

„Das erste Mal getroffen haben wir uns in der Kanzlei, deshalb war das heute der Startpunkt für unseren Ausflug. Natürlich gibt es viele Paare, die sich bei der Arbeit kennenlernen, aber unsere Beziehung war schon immer ein bisschen anders und etwas Besonderes, wie du letztes Wochenende so treffend angemerkt hast. Eigentlich wolltest du da ja einen entspannten, romantischen Tag mit mir verbringen, aber dann hat sich doch mal wieder alles ganz anders entwickelt. Also haben wir kurzerhand unsere Pläne über den Haufen geworfen, um denen zu helfen, die unsere Hilfe am nötigsten brauchten. Überleg doch mal. Als wir uns damals näher kennenlernten, haben wir dafür gesorgt, dass Brock Calhoun von den Mordvorwürfen gegen ihn freigesprochen wurde, und außerdem einen verlorenen kleinen Hund wieder mit seinem Menschen zusammengebracht. Als es dann zwischen uns ernster wurde, haben wir Octocat vor einem Entführer gerettet und verhindert, dass die habgierige Verwandtschaft seiner früheren Besitzerin ihm seinen Treuhandfonds wegnahm. Letztes Wochenende haben wir fünf ausgesetzte Kätzchen und einen streunenden Hund gerettet und allen ein neues Zuhause vermittelt."

Charles nickte zustimmend, dann runzelte er die Stirn. „Ja. Da hast du wohl recht. Wünschst du dir manchmal, wir würden mehr Zeit mit normalen Dingen verbringen, was man als Paar halt so macht?"

„Auf keinen Fall!", protestierte ich. „Ich liebe dich, und ich finde uns gut so. Es ist alles genau richtig."

„Ich liebe dich auch, meine kleine Miss Doolittle." Er drückte meine Schulter und beugte sich vor, um mir einen Kuss auf die Wange zu drücken, dann fragte er beiläufig: „Und was machen wir am Valentinstag?"

„Haha, netter Versuch“, konterte ich. „Aber du musst dich nicht mehr lange gedulden. Wir sind fast da.“

Zehn Minuten später erreichten wir unser Lieblingsrestaurant, das Little Dog Diner in Misty Harbor, auf der anderen Seite der Bucht.

„Dieses Restaurant war irgendwie schon immer etwas Besonderes, nicht wahr?“, merkte Charles an, als wir uns Hand in Hand dem Eingang näherten. „Weißt du noch, als wir hierherkamen, nachdem wir den wahren Hayes-Mörder geschnappt hatten?“

„Na klar. Und weißt du noch, wer damals mit dabei war?“

In diesem Moment erblickten wir Grandma, Mr. Gable und meine Eltern, die uns von einem großen Tisch am Fenster aus zuwinkten.

Charles drehte sich neugierig zu mir um. „Ich dachte, Grandma und Grant würden zu dem Date gehen, das ich ursprünglich für uns geplant hatte?“

Ich drückte seine Hand und lehnte meinen Kopf einen Moment lang gegen seine Schulter. „Ach, Charles, wir beide spielen doch gerne die Retter in der Not, oder? Das hatten wir ja eben schon festgestellt. Und die beiden sind einfach immer noch zu nervös, um allein miteinander zu sein, also werden wir ihnen ein wenig Gesellschaft leisten, um das Eis zu brechen. Und weißt du, was wir beide auch noch gemeinsam haben? Wir verbringen gerne Zeit mit unseren Lieblingsmenschen, warum also nicht auch am Valentinstag? Na ja, zumindest für eine Weile.“

Lächelnd gingen wir hinein zu den anderen. Meine Mutter sah hinreißend aus in ihrem rosa Zopfstrickpullover. Sie war wahrscheinlich der einzige Mensch, der in einem solch gewöhnlichen Winterpulli so glamourös wirken konnte. Sie umarmte mich stürmisch und küsste mich auf beide Wangen. „Wir bleiben nur auf einen schnellen Drink", zwitscherte sie.

„Nochmals vielen Dank, dass du dieses exklusive Dinner für uns organisiert hast", sagte mein Vater und zog meinen Freund für eine kurze Männerumarmung an sich, gefolgt von ein paar freundschaftlichen Klopfern auf den Rücken.

„Wir teilen", verriet ich lächelnd, denn das war das Beste an meinem Plan für den heutigen Abend. „Meine Eltern bekommen das Dinner und wir das Streichquartett."

Charles lachte, und ich stieß ihn sanft in die Rippen.

„Was? Glaubst du etwa, ich lasse mir einen romantischen Tanz unterm Sternenzelt zu all meinen Lieblingsklassikern aus den Achtzigern entgehen?"

„Nein, das konnte ich mir auch nicht vorstellen." Nach einem Moment fragte er: „Du hast gesagt, dass wir das Date, das ich geplant habe, aufteilen. Aber was bekommen denn dann Grandma und Grant?"

„Sie werden natürlich die Schneeballschlacht machen. Das ist genau das Richtige, um lockerer miteinander zu werden. Sie sind beide ziemlich aus der Übung in Sachen Dates." Ich betrachtete das frisch gebackene Paar und freute mich, dass sie am anderen Ende des Tischs Händchen hielten.

Vielleicht brauchten sie gar nicht so viel Hilfe, wie ich erwartet hatte.

„Nehmt Platz, ihr beiden“, rief Grandma uns zu und winkte uns heran, während ihre andere Hand weiterhin in Mr. Gables lag.

Die Kellnerin kam an unseren Tisch und schenkte allen ein Glas Wasser ein. „Wie ich sehe, ist der Rest Ihrer Gruppe jetzt auch eingetroffen. Wollen Sie schon etwas bestellen?“

„Vier Hummerbrötchen für hier und zwei zum Mitnehmen“, erwiderte ich, während mir bereits das Wasser im Mund zusammenlief.

„Oh, das ist nett, Süße“, sagte meine Mutter, „aber dein Vater und ich brauchen nichts zum Mitnehmen.“

„Also nur vier für hier?“, fragte die Kellnerin und blickte mit gezücktem Bleistift von ihrem kleinen Schreibblock auf.

„Nein, noch zwei to go“, bestätigte ich mit einem nachdrücklichen Nicken.

Nachdem sie gegangen war, flüsterte ich Mom zu: „Die sind nicht für euch gedacht, sondern für meinen frechen Kater und seinen noch frecheren Waschbärkumpel. Die Beiden haben mir mal wieder geholfen und deshalb noch was gut bei mir.“

DIE MÖWEN-MISSION

Just als ich die Hoffnung beinahe aufgegeben hatte, dass ich das letzte verschollene Mitglied meiner kürzlich aufgespürten Familie je finden würde, taucht eine Möwe namens Bravo auf, die mir ein verlockendes Versprechen gibt und mich gleichzeitig übel bedroht.

Bravo behauptet, er hätte mich schon lange beobachtet – sogar schon bevor ich meine seltsame Fähigkeit erlangte, mit Tieren zu sprechen. Nun soll ich ihm helfen, einen erbitterten Streit zwischen seinem eigenen und einem verfeindeten Schwarm zu schlichten. Wenn mir das gelingt, beteuert er, wird er mich persönlich zu der Person bringen, die ich unbedingt kennenlernen möchte. Wenn ich ihm jedoch die Unterstützung verweigere, wird er eine Armee von Spechten losschicken, um mein Haus zu zerstören. Ach du Schreck!

Leider habe ich Octocat bereits versprochen, mit ihm eine Reise quer durchs Land zu unternehmen, um seine Freundin in Colorado zu besuchen, zusammen mit Grandma und Paisley. Da wir also unterwegs sind, müssen Charles und Pringle in unserer Abwesenheit Nachforschungen anstellen.

Wird es ihnen gelingen, den Fall zur Zufriedenheit des Schwarms zu lösen? Welche schockierenden Geheimnisse hält Grandma noch vor mir verborgen? Und wie soll ich es schaffen, mehr als siebzig Stunden mit meinem jammernden Kater im Auto zu verbringen? Unser bisher ungewöhnlichstes Abenteuer stellt mich vor so einige Rätsel!

1

Alles begann mit einer uralten Kaffeemaschine, die schon vor Jahren hätte entsorgt werden sollen. Nach einem verhängnisvollen Stromschlag von diesem Ding erwachte ich mit der höchst ungewöhnlichen Fähigkeit, mit Tieren sprechen zu können.

Seitdem ist mein Leben voller Fellnasengeplapper. Man sollte meinen, dass ich nun mehr über die Welt um mich herum wüsste, weil ich die Tiere verstehen kann, aber das Gegenteil scheint der Fall zu sein, da ständig neue Rätsel auftauchen, in die ich hineingezogen werde. Ich schätze, deshalb habe ich eine Detektei gegründet ...

Hallo, übrigens. Mein Name ist Angie Russo, und es wäre unverzeihlich, wenn ich nicht erwähnen würde, dass mein Partner bei der Aufklärung von Verbrechen kein Geringerer ist als mein getigerter Kater – Octavius Maxwell Ricardo

Edmund Frederick Fulton Russo, seines Zeichens Privatdetektiv. Sehr zu seinem Leidwesen habe ich mir angewöhnt, ihn kurz „Octocat" zu nennen.

Auf unsere erste Begegnung folgte geradewegs unser erster Fall, den wir gemeinsam lösten: der Mord an seiner früheren Besitzerin, die ihm einen stattlichen Treuhandfonds hinterließ, den ich nun verwalte. Daraus bezahlen wir unsere monatlichen Rechnungen und noch so einiges mehr, einschließlich der großen Villa in Blueberry Bay, zu deren Kauf er mich überredet hat. Und da wir dank widriger Umstände mit unserer Ermittlungsarbeit bisher leider genau null Dollar verdient haben, ist das geerbte Vermögen meines Katers wirklich ein Geschenk des Himmels für uns.

Meine Großmutter, mit der wir zusammenwohnen, unterstützt uns ebenfalls finanziell mit ihrer Rente, auch wenn ich sie schon oft gebeten habe, das doch sein zu lassen. Außerdem sorgt sie für unser leibliches Wohl, etwa mit köstlichen frischen Backwaren, und dekoriert unsere Wände mit allerlei skurrilen Kunstwerken – von Metallobjekten bis hin zu Teppichen aus handgesponnener Wolle ist alles dabei. Sie ist ein bisschen eigenwillig, aber dafür können wir uns immer darauf verlassen, dass es mit Grandma nie langweilig wird.

Eine weitere Mitbewohnerin von uns ist Paisley, eine kleine Hündin, die Grandma letztes Jahr aus dem Tierheim gerettet hat. Sie ist ein Tricolor-Chihuahua mit überwiegend schwarzem Fell. Paisley ist eine unverbesserliche Optimistin und immer gut drauf, ganz im Gegensatz zu unserem Waschbärnachbarn Pringle, der zwei Baumhäuser in meinem Garten bewohnt. Ja, es sind wirklich zwei, die obendrein beide mit einem Großbildfernseher ausgestattet sind. Pringle ist eine furchtbare Nervensäge und tanzt uns oft ganz schön auf der Nase herum.

Beispielsweise schert er sich nicht um die Privatsphäre anderer, vor allem nicht um meine. Kürzlich habe ich ihn dabei erwischt, wie er in meinem Handy herumgeschnüffelt und sogar ein Video von mir aufgenommen hat, um mich bei seiner Lieblings-Reality-Show anzumelden, obwohl ich da unter keinen Umständen mitmachen würde. Kaum zu glauben, ich weiß, und das ist noch längst nicht alles ...

Meine Eltern arbeiten beide als Reporter bei einem lokalen Fernsehsender, und mein Freund Charles ist der Seniorpartner der Anwaltskanzlei, wo ich als Assistentin tätig war, bevor ich Vollzeit-Detektivin wurde, beziehungsweise „Vollzeitarbeitslose", wie Pringle zu sagen pflegt.

Das alles wirft kein gutes Licht auf den Waschbären, das ist mir schon klar, aber im Grunde genommen ist er kein schlechter Kerl. Ich denke, dass er einfach nur oft ziemlich launisch ist und vielleicht auch ziemlich einsam. Immerhin ist er der Einzige hier, der niemanden an seiner Seite hat.

Grandma ist seit Kurzem mit dem örtlichen Juwelier Grant Gable zusammen, und die beiden sind einfach hinreißend. Ich habe natürlich Charles, und sogar Octocat führt eine Fernbeziehung, die er äußerst ernst nimmt. Seine Angebetete, eine wunderschöne Himalayakatze, ist ein ehemaliges

Model und inzwischen eine Mini-Influencerin auf Instagram. Sie heißt Grizabella.

Paisley hat zwar keine romantische Beziehung, aber das stört die quirlige Hündin nicht im Geringsten, weil sie es einfach liebt, ein Teil unserer Familie zu sein.

Obwohl Pringle nicht zugeben will, dass er sich nach ein bisschen Liebe sehnt, nennt er seine Spielzeugpistole, eine Nerf-Gun, „Carla" und streichelt sie zärtlich, wenn er sich unbeobachtet fühlt.

Das mit der Nerf-Gun ist so extrem aus dem Ruder gelaufen, dass ich neulich versehentlich zugestimmt habe, meinem Kater ein Nunchaku zu kaufen, damit er sich – und theoretisch auch mich – verteidigen kann. Das allerdings hat nur zu noch mehr lächerlichen Gewaltausbrüchen und mehrfach geprellten Schienbeinen meinerseits geführt – er kann wirklich nicht gut damit umgehen. Wahrscheinlich, weil er das eine Ende mit dem Maul festhalten muss, während er das andere durch die Luft schwingt. Dabei muss er sich außerdem auf die Hinterbeine stellen und den Hals zur Seite drehen. Ich schätze, bei seinen Angriffen hat er sich selbst mehr wehgetan als Pringle und mir.

Davon abgesehen halte ich es auch für ziemlich absurd, dass die beiden Vierbeiner eine Waffe benötigen, um den Alltag am Rande unseres beschaulichen, kleinen Städtchens Glendale zu meistern, aber vielleicht habe ich ja irgendetwas verpasst.

Zum Glück werde ich diese Woche Ruhe vor dem schießwütigen Waschbären haben, denn ich unternehme mit Octocat eine Reise quer durchs Land, damit er seine geliebte Grizabella in Colorado besuchen kann. Das wird eine ewig lange Fahrt von Maine aus werden, aber Grandma begleitet mich, sodass wir uns am Steuer abwechseln können. Ja, leider müssen wir das Auto nehmen, da Octocat sich nach wie vor weigert, in ein Flugzeug zu steigen.

Zugfahren war auch keine Option, denn das letzte Mal, als wir das probiert haben, wurden wir gleich in einen Mord verwickelt, sodass uns das Auto diesmal als die bessere Alternative erschien.

Übermorgen geht es in aller Frühe los, und obwohl ich mich anfangs gegen diese Reise gesträubt habe, freue ich mich nun trotzdem auf die kleine Auszeit. Hoffen wir nur, dass bis dahin nichts mehr Verrücktes passiert, womit bei uns ja stets zu rechnen ist …

Ich hatte mich gerade mit einer dampfenden Tasse Kaffee in der einen und meinem E-Reader in der anderen Hand auf meinem Lieblingsplatz am Fenster niedergelassen, als Octocat ins Zimmer schlenderte. Er trug ein liniertes Blatt Papier im Maul.

„Hia füa dich“, nuschelte er in meine Richtung. Dabei zuckte er angespannt mit dem Schwanz, was er meist dann

tat, wenn er enttäuscht von mir war, wobei ich ja noch nicht einmal etwas gesagt hatte.

„Was auch immer es ist, kann das noch ein bisschen warten?“, fragte ich sanft, obwohl ich bereits wusste, wie seine Antwort lauten würde.

Er spuckte den Bogen auf den Boden und starrte mich mit seinen bernsteinfarbenen Augen an, was mich immer leicht beunruhigte. „Nein. Es kann nicht warten. Wir haben ohnehin kaum noch Zeit. Heb das auf!“, befahl er patzig.

Ich legte den E-Reader auf die Bank, stellte den Kaffee auf dem Schreibtisch ab und ging zu Octocat hinüber, um mir anzusehen, was mein dreister Kater mir denn da Dringendes mitzuteilen hatte.

Er ließ sich auf den Hintern plumpsen und musterte mich mit unverhohlener Verachtung, was er perfekt beherrschte, und ich schätze, jeder Katzenbesitzer weiß, wovon ich spreche. „Das ist meine Packliste für die Fahrt.“

Ratlos betrachtete ich das Blatt Papier von beiden Seiten und schüttelte den Kopf. „Aber da steht doch gar nichts drauf.“

„Korrekt. Du sollst dir ja auch alles aufschreiben“, erwiderte Octocat mit einem dreifachen Schwanzzucken und begann, mir eine schier endlose Liste zu diktieren. „Zuerst brauche ich meine Fliegen, sowohl die grüne als auch die blaue. Außerdem benötige ich eine neue, goldene, die zu meinen Augen passt.“

„Aber deine Augen sind nicht …“

„Hast du dir das notiert?“, grummelte er mit einem finsteren Blick, der mir eindeutig zu verstehen gab, dass er keinen erneuten Widerspruch duldete.

O Mann. Also schön. Ich hastete zu meinem Schreibtisch, während er weiter seine Wünsche herunterleierte, schnappte mir einen roten Tintenroller und fing wütend an mitzuschreiben, kam jedoch nicht so schnell hinterher.

„Eine Hörbuchausgabe von Dr. Romans Romantik-Ratgeber“, brummte er.

„Bitte was war das Letzte?“

Mein Kater stöhnte genervt, um mir zu verstehen zu geben, wie frustrierend er mich wieder einmal fand. „Dr. Romans Romantik-Ratgeber. Als Hörbuch. Pass doch gefälligst auf.“

Geschlagene zehn Minuten später war er endlich fertig mit seiner Liste. Sie füllte beide Seiten des mitgebrachten Papiers, und ich musste sogar die letzten Punkte auf meinen Handrücken kritzeln. Zweifellos würde es mich viele Stunden kosten, bis ich jeden Einzelnen davon abgearbeitet hatte – der Tag war gelaufen.

„Bist du sicher, dass du das alles für unsere Reise brauchst?“, fragte ich ungläubig. „Einige dieser Sachen sind nicht gerade leicht zu bekommen.“

Octocat nickte forsch. „Ich bin mir sicher.“

„Aber ...“

„Ich bin in meinem Zimmer, wenn du mich brauchst.“ Mit

diesen Worten kehrte er mir den Rücken zu und stolzierte davon.

Was war noch mal der Grund, warum ich all das für ihn tat, während er sich nicht einmal dazu herabließ, auch nur ein kleines bisschen Dankbarkeit zu zeigen?

Je mehr Zeit ich mit meinem Kater verbrachte, desto weniger hatte ich das Gefühl, ihn wirklich zu verstehen. Hm, vielleicht würde dieser Roadtrip doch nicht so entspannend werden.

2

Glücklicherweise erklärte sich Grandma bereit, mir die Hälfte der Sachen von Octocats ellenlanger Liste abzunehmen, sodass ich hoffentlich noch etwas Zeit haben würde, um meine eigene Tasche zu packen. Danach würde ich wahrscheinlich völlig erschöpft ins Bett fallen.

Also begann ich mit den Besorgungen für meinen Kater, um seine wie immer besonderen Ansprüche zu erfüllen. Sie führten mich zu diversen Geschäften, die über ganz Blueberry Bay verstreut lagen, und kosteten mich mehrere Stunden.

Leider musste ich zum Schluss auch noch nach Dewdrop Springs, was mir ein wenig Unbehagen bereitete, da es nicht gerade mein Lieblingsort war. Jedes Mal, wenn ich einen Fuß in dieses verfluchte Kaff setzte, wurde jemand bestochen, ausgeraubt oder gar ermordet. Toll, oder?

Heute wollte ich einfach nur das Hörbuch für meinen Kater besorgen und dann schnell wieder nach Hause fahren. Bedauerlicherweise hatte sich der Titel, den er sich wünschte, als die begehrteste Neuerscheinung der Saison herausgestellt. Warum hatte ich bisher noch nichts davon gehört? Wahrscheinlich weil ich keinen Nachhilfebedarf in Sachen Romantik verspürte.

Es überraschte mich, dass es Octocat da offenbar anders ging. Normalerweise hielt er sich für absolut unfehlbar. Ein weiterer Beweis dafür, dass der bevorstehende Besuch bei Grizabella für ihn von großer Bedeutung war. Sie hatten sich nicht mehr persönlich gesehen, seit sie sich Ende November bei jener besagten Zugreise zum ersten Mal begegnet waren. Wie würden sie füreinander empfinden, wenn sie sich nicht nur per Videochat trafen, wie in den letzten Monaten, sondern in natura?

So sehr er mich heute und, offen gestanden, *jeden* Tag auch nervte, so hoffte ich dennoch für ihn, dass es zwischen den beiden gut laufen würde ... Auch wenn ich jetzt schon die dritte Buchhandlung abklappern musste.

Das Hörbuch war in den beiden großen Buchhandlungen, in denen ich es zuerst versucht hatte, ausverkauft gewesen, weshalb ich jetzt ein kleineres Geschäft ansteuerte und betete, dass sie noch ein Exemplar vorrätig hatten.

Zwischendurch hatte ich ihn zu Hause angerufen, um ihm ein Audible-Abo vorzuschlagen, woraufhin er wortlos auflegte. Als ich danach erneut anrief, stöhnte er mir etwas vor und erklärte mir, dass er sein Buch unbedingt auf CD haben müsse, weil er nicht auf den Download vertraue. Angeblich befürchtete er, das Buch könne „von seinem Gerät verschwinden“, wenn er es am meisten brauchte.

Noch mal zum Mitschreiben: Es handelte sich um einen Romantik-Ratgeber. In welche Notsituation könnte er denn bitte geraten, in der er diesen unbedingt brauchte? Mir war jedoch klar, dass ich besser nicht nachfragen sollte.

Stattdessen schluckte ich die letzten Reste meines Stolzes herunter und schwor mir, alles zu tun, um meinen verwöhnten Kater glücklich zu machen. So landete ich bei Literati, einem Buchladen, der seit Kurzem in neuen Händen war, wie ich gehört hatte, und nun von einer noch recht jungen Dame geführt wurde. Ich war schon ein paar Jahre nicht mehr hier gewesen, weil ich mir fast nur noch E-Books kaufte, und stellte überrascht fest, wie sehr sich dieses Geschäft seit meinem letzten Besuch verändert hatte. Es gab eine gemütliche Sitzecke, eine kleine Kaffeebar und ansprechend arrangierte Regale. Kompliment an die neue Besitzerin – ein netter Laden. Vielleicht würde ich demnächst noch einmal herkommen, um mir selbst etwas zu kaufen, wenn wir von unserer Reise zurück waren.

„Hallo, ich bin Jane. Kann ich Ihnen helfen?“ Die Stimme riss mich aus meinen Gedanken, und im nächsten Moment kam eine Frau mit hellen, wachen Augen und einem breiten Lächeln auf mich zu.

„Oh, hallo. Ich suche ein Hörbuch?“ Meine überraschte

Reaktion klang eher wie eine Frage, was ich nicht beabsichtigt hatte.

Nachdenklich verzog Jane das Gesicht, kurz darauf hob sie den rechten Zeigefinger und deutete auf den übernächsten Gang. „Ich habe genau das Richtige für Sie." Dann führte sie mich zu einer Auswahl von Büchern der Autorin Molly Fitz. „Sie sehen aus wie eine Krimileserin", meinte sie freundlich. „Stimmt's?"

Wow. Ich war beeindruckt.

„Ja stimmt, normalerweise schon, aber heute brauche ich etwas für einen, *ähm,* Freund von mir. Haben Sie Dr. Romans ...?"

„Romantik-Ratgeber. Ja, ich glaube, ein Exemplar haben wir noch." Sie führte mich auf die andere Seite des Ladens und begann, die Auslage in einem drehbaren Drahtständer durchzusehen. „Ich bin mir sicher, dass noch eins da ist ... Ah, hier!"

Sie zog das gewünschte Hörbuch hinter einem anderen hervor. „Es hatte sich versteckt. Gut, dass ich das Chaos im Griff habe."

„Vielen Dank", sagte ich mit einem großen Seufzer der Erleichterung. Damit hatte ich die Liste nun offiziell abgearbeitet.

Nachdem ich bezahlt hatte, winkte Jane mir zum Abschied hinterher. „Kommen Sie doch bald mal wieder und suchen Sie sich ein paar Bücher für sich selbst aus!"

Zwar würde ich Dewdrop Springs auch in Zukunft

meiden, so gut es eben ging, aber wenigstens könnte ich mir nun einen Besuch in diesem Laden gönnen, wenn ich das nächste Mal in der Stadt zu tun hatte. Zufrieden mit meiner Fähigkeit, allem etwas Positives abgewinnen zu können, trat ich nach draußen.

„Nein! Ich hätte ihn fast gehabt!", tönte eine wütende Stimme zu mir herauf.

Ich senkte den Blick und entdeckte eine flauschige, orange-braune Perserkatze, die mich grimmig fixierte. „Tut mir leid", murmelte ich und marschierte los zu meinem Auto, das ich ein Stück die Straße hinunter geparkt hatte.

„Warte, warte, warte!" Die Katze schien mich zu verfolgen, denn ihre Stimme kam mit jeder Silbe näher. Ich blieb stehen und drehte mich zu ihr um.

„Du kannst mich verstehen?", fragte sie staunend, wobei ihr das Maul offen stehen blieb. „Warum versteht mich mein dummer Mensch denn nicht?"

„Ja, und ich weiß nicht", flüsterte ich und hoffte, dass niemand in der Nähe war, der mitbekam, wie ich auf offener Straße mit dieser seltsamen Katze sprach.

„Mein Name ist Edwina, und ich brauche einige Dinge", teilte sie mir mit.

Ach was! Das kam mir so was von bekannt vor. Octocat hatte fast genau dasselbe zu mir gesagt, als ihm zum ersten Mal bewusst wurde, dass ich mit ihm sprechen konnte, und seitdem hatte er nicht aufgehört, Forderungen zu stellen.

Aber ich hatte gerade wirklich keine Zeit, mich um die

Wünsche einer fremden Fellnase zu kümmern. Also murmelte ich eine Entschuldigung und setzte mich wieder in Bewegung.

„Warte!“, kreischte Edwina aus vollem Halse. „Geh noch nicht!“ Ihr Geschrei veranlasste mich jedoch nicht dazu, erneut anzuhalten. Sie drohte mir mit einem Knurren und fauchte mir wütend hinterher, aber ich blieb trotzdem nicht stehen. „Ich bin noch nicht fertig mit dir. Ich rate dir, komm besser zurück!“

Endlich erreichte ich meinen Wagen, schlüpfte hinein und schlug rasch die Tür hinter mir zu. In dem Moment, als ich den Motor anlassen wollte, krachte etwas gegen meine Windschutzscheibe.

Och nö. Diese Katze schreckte ja wirklich vor nichts zurück.

Aber nein, es war nicht Edwina. Stattdessen wackelte ein großes, weißes Tier vor meiner Nase herum. Ein Vogel!

O nein. Die Perserkatze setzte sogleich zum Sprung an, landete mit einem dumpfen Aufprall auf der Motorhaube meines alten Autos und pirschte sich an ihre verwirrte Beute heran. In Panik tat ich das Erste, was mir einfiel: Ich drückte auf die Hupe, woraufhin die Katze die Flucht ergriff.

Der Vogel, eine Möwe, wie ich nun unschwer erkennen konnte, richtete sich auf und klopfte dann mit seinem Schnabel an meine Windschutzscheibe. „Könnte ich kurz mit dir sprechen?“

Obwohl ich nach wie vor in Eile war und eigentlich keine

Zeit für irgendwelche tierischen Angelegenheiten hatte, öffnete ich das Fenster und ließ ihn zu mir ins Auto steigen. Vielleicht konnte ich ihn an einen sichereren Ort fahren, weit weg von der überdrehten Mieze.

„Du bist schwer zu finden", sagte der Vogel, als er sich auf dem Beifahrersitz niedergelassen hatte. „Ich habe heute schon die ganze Gegend nach dir abgesucht."

„Du hast mich gesucht? Warum?"

„Ich behalte dich immer im Auge. Schon von Anfang an."

Ich spürte, dass eine Kopfschmerzattacke sich ankündigte. „Was meinst du mit ‚von Anfang an'?"

„Na, seitdem du uns verstehst. Wir beobachten Menschen wie dich, für den Fall, dass wir euch mal um einen Gefallen bitten müssen."

Mir schwirrte der Kopf ob dieser neuen Erkenntnis. Okay, ein Vogel wollte mich um einen Gefallen bitten, aber noch viel interessanter war, dass es offenbar andere Menschen wie mich gab. Das hatte ich zwar immer gehofft, aber noch nie einen Hinweis bekommen, dass dem tatsächlich so war.

„Kannst du mich zu den anderen führen?", fragte ich mit zitternder Stimme. Obwohl ich jetzt eigentlich keine Zeit hatte, aber wie hätte ich ihn nach dieser bahnbrechenden Neuigkeit abweisen können?

Die Möwe neigte den Kopf zur Seite. „Das kommt darauf an."

„Worauf? Wovon hängt es ab?"

„Wenn du uns hilfst, helfen wir dir auch."

„Und wenn ich das nicht tue?“

„Willst du wirklich wissen, was dann passiert? Dann zwingst du uns, unsere härtesten Waffen einzusetzen.“

Vor Schreck brachte ich keinen Ton hervor und nickte nur.

Der Vogel schüttelte sich vom Kopf bis zu den Flügelspitzen und wirkte nun noch zerzauster und unerbittlicher. „Schau. Wenn du nicht mitspielst, werden wir dir übel mitspielen. Sagen wir einfach, wir haben eine Armee von Spechten, die nur darauf wartet, dein Haus in Grund und Boden zu picken. Hast du mich verstanden?“

„Entweder helfe ich euch, oder ihr zerstört mein Zuhause?“, kreischte ich. Ein Teil von mir wünschte sich, ich hätte Edwina da draußen gewähren gelassen, aber nur ein sehr kleiner Teil.

„Du hast es erfasst.“ Er spreizte einen Flügel zur Seite und verbeugte sich.

„Ich bin momentan ziemlich beschäftigt. Wir verreisen morgen, das heißt, ich werde für eine Woche weg sein.“

„Dann lass dir etwas einfallen, damit du nicht mehr so beschäftigt bist“, meinte die Möwe und kehrte mir den Rücken zu. Klasse, das half mir jetzt auch nicht weiter. Sie drehte den Kopf um fast hundertachtzig Grad nach hinten und starrte mich mit ihren kleinen Augen prüfend an. „Es sei denn, du willst deine verschollene leibliche Großmutter nicht kennenlernen.“

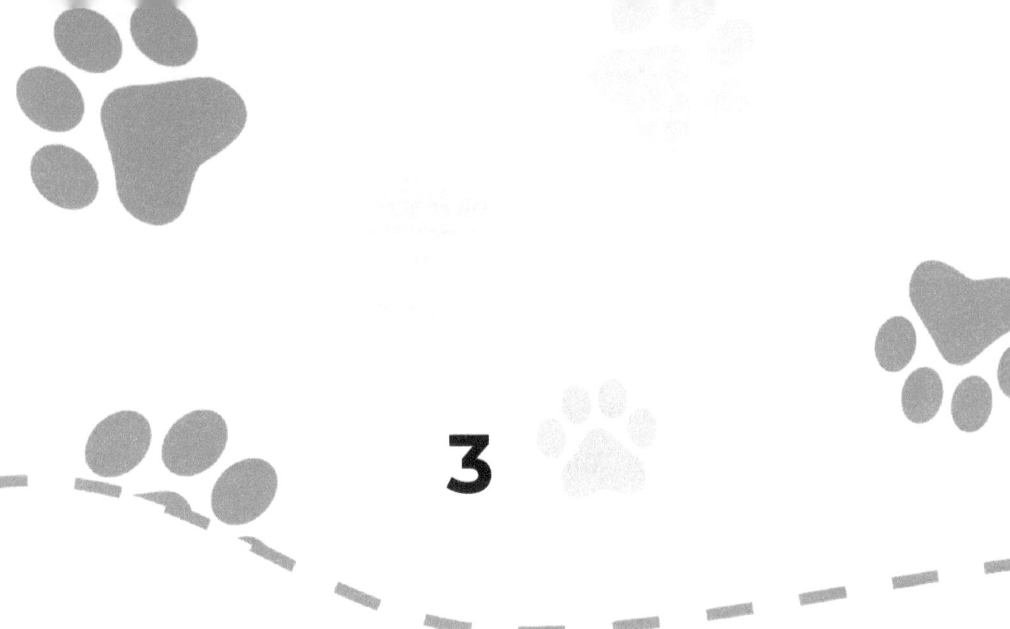

3

Ich erwiderte den Blick meines aufdringlichen Verfolgers und wagte nicht zu blinzeln, aus Angst, er könne verschwinden. „Sagtest du …? M-M-Meine verschollene Großmutter?"

Der Vogel nickte selbstgefällig. „Wir Möwen halten stets die Augen offen und wissen, was zu Land, zu Wasser und in der Luft vor sich geht. Ich wusste sogar schon, wer du bist, bevor du mein Auftrag wurdest."

„Aber wie ist das möglich?"

Er streckte einen Flügel in meine Richtung und bewegte ihn sachte auf und ab. „Aber, aber. Das hieße ja, dich zu belohnen, bevor du uns überhaupt geholfen hast. Also, was sagst du? Bist du bereit, uns zu unterstützen?"

„Ja", antwortete ich ohne zu zögern. Seit Pringle

Grandmas geheimen Brief stibitzt hatte, aus dem hervorging, dass mein leiblicher Großvater meine Mutter aus irgendeinem Grund quasi gekidnappt hatte, als sie noch ein Baby war, wollte ich unbedingt die Familie kennenlernen, von deren Existenz ich bis dato nichts geahnt hatte. Mein Großvater, William McAllister, war bereits gestorben, als wir von ihm erfuhren, aber Mom und ich hatten Kontakt zu einer Reihe anderer Verwandter aufnehmen können. Sie lebten in Georgia in einer Stadt namens Larkhaven.

Niemand wusste jedoch, wo meine leibliche Großmutter abgeblieben war. Niemand, außer dieser Möwe, wie es schien.

„Gut“, sagte sie, bevor sie sich auf dem Armaturenbrett niederließ. „Da du keine Flügel hast, werden wir fahren.“

Ich startete den Wagen. „Okay, und wohin?“

„Zum Schwarm, natürlich. Richtung Süd-Südwest.“

Da ich es noch nie so ganz beherrscht hatte, in eine bestimmte Himmelsrichtung zu navigieren, fuhr ich einfach geradeaus. Beim Anfahren rutschte der Vogel ungeschickt auf den Sitz zurück, woraufhin er ab und zu hochhüpfte, um einen Blick durch die Windschutzscheibe zu werfen und meine Fahrweise zu kritisieren.

„Doch nicht da lang. Süd-Südwest!“, rief er.

Ich bog nach links ab, was ihn offenbar zufriedenstellte.

„Wie heißt du eigentlich?“, fragte ich, nachdem wir eine Weile unterwegs waren.

„Ich bin Bravo. Zweiter Kommandant von Schwarm 82.“

Wow, das klang so offiziell. Ich hatte keine Ahnung, dass Vögel derart organisiert waren, und das auf eine mehr oder weniger militärische Weise.

„Wenn du der stellvertretende Befehlshaber bist, warum wurdest du dann als Stalker eingesetzt? Das scheint mir kein Job für einen Vogel deines Ranges zu sein."

Bravo gab ein leises, verärgertes Krächzen von sich. „Das habe ich auch gesagt, aber Alpha hat das nicht akzeptiert. Er meinte, du wärst zu wichtig, um dich einem Anfänger anzuvertrauen. Aber wenn du jetzt deinen Auftrag erfüllst, werde ich der Held sein. Vielleicht schaffe ich mir ein neues Nest an oder werde sogar unseren Alpha herausfordern."

„Ich verstehe nicht wirklich, wie das alles funktioniert", gestand ich. „Normalerweise haben Vögel zu viel Angst, um mit mir zu sprechen."

„Nicht zu viel Angst", korrigierte Bravo mich. „Wir finden euch flügellose Geschöpfe nur ein bisschen langweilig und anstrengend."

Wie nett. Doch ich nahm seine Bemerkungen nicht persönlich. Wenn ich fliegen könnte, würde es mir sicher auch so gehen.

„Wir sind da", verkündete Bravo, nachdem wir uns einige Minuten unangenehm angeschwiegen hatten. Er bedeutete mir, neben einer Reihe von Müllcontainern hinter einem Einkaufszentrum zu parken und auszusteigen.

„Was jetzt?", fragte ich verwirrt.

Er stieß einen gellenden Schrei aus, und sogleich tauchte eine weiße Armee über uns auf, die aus heiterem Himmel auf uns herabzustürzen schien.

Die dickste der Möwen landete genau zwischen mir und Bravo und musterte mich kritisch. „Ist sie das?“

„Hi. Ich bin Angie.“ Ich hielt ihm zur Begrüßung die Hand hin, zog sie aber sofort wieder zurück, als ich meinen Fauxpas bemerkte.

„Du siehst nicht wie eine Anwältin aus“, keifte mein Gegenüber, der wohl Alpha sein musste. Er zog einen Fuß hoch und verbarg ihn in seinem Gefieder.

Mir wurde richtig unbehaglich zumute, und ich atmete hörbar aus. Vielleicht war es ganz gut, dass Vögel sich für gewöhnlich nicht mit mir unterhalten wollten. Sie waren ehrlich gesagt schon ziemlich schräg. Und nicht nur das: Es wäre durchaus denkbar, dass Alpha schon beim kleinsten Missverständnis explodierte und mir die Augen auspickte. Dagegen erschien mir mein anspruchsvoller Kater auf einmal völlig harmlos.

Ich schüttelte den Kopf und zwang mich zu einem Lächeln. „Ich bin keine Rechtsanwältin. Ich bin Privatdetektivin.“

Alpha legte den Kopf schief, blieb ansonsten jedoch stocksteif stehen. „Bist du nicht?“, fragte er mich, während er seinen Stellvertreter bitterböse ansah.

Bravo zuckte zusammen. „Natürlich ist sie das. Ich habe sie in einer Kanzlei entdeckt, weißt du nicht mehr?“

„Ich war mal Rechtsanwaltsgehilfin, aber …"

„Ach, hör auf", presste Bravo hervor.

„Deshalb wirst du nie eine Alphamöwe sein", rief der Anführer.

Aus dem Schwarm erhoben sich einige ärgerliche, höhnische Rufe, und Bravo vergrub sein Gesicht unter einem Flügel. Er tat mir ehrlich leid.

„Ich bin kein Anwalt, aber ich kann euch einen besorgen. Er würde euch auch nichts berechnen", stotterte ich. Plötzlich wollte ich dem armen Kerl unbedingt helfen, und das nicht nur, weil er wusste, wo ich meine verschollene Großmutter finden konnte.

Alpha streckte beide Flügel über den Kopf und öffnete den Schnabel zu einem Gähnen. „Okay, und weiter?"

„Er ist mein Freund. Ich kann ihn sofort anrufen."

„Kreisch nicht rum, mach hinne", erwiderte er und bedachte mich mit einem stechenden Blick.

Anscheinend wollte er, dass ich Charles schnellstmöglich herbeorderte. Also zückte ich gehorsam mein Telefon und betete, dass er nicht im Gericht oder in einer Besprechung mit einem Klienten wäre. Immerhin war es noch mitten am Nachmittag.

Er ging nach dem dritten Klingeln ran. „Angie. Ist alles in Ordnung?"

„Mir geht es gut, aber ich habe einen kleinen Notfall", murmelte ich.

„Wo bist du?"

Ich ging zum Eingang des Einkaufszentrums und nannte ihm den Namen des ersten Geschäfts, das ich sah. „In Dewdrop Springs“, fügte ich hinzu.

„Ich komme so schnell wie möglich“, versprach er, ohne nach weiteren Details zu fragen.

„Danke. Ich liebe dich“, flüsterte ich, bevor ich den Anruf beendete. Ich würde ihm alles erklären, sobald er da war. Das heißt, sofern ich bis dahin herausgefunden hatte, worum es überhaupt ging.

„Und?“, fragte Alpha und hüpfte um meine Füße herum.

„Er ist auf dem Weg“, informierte ich ihn, und Bravo stieß einen erleichterten Seufzer aus.

„Wusste ich's doch, dass du die Richtige bist“, gluckste er.

„Kannst du mir vielleicht erklären, was hier los ist?“ Leider musste ich nun hier warten, bis Charles eintraf, um die Dinge zu regeln. Schließlich brauchte er mich als Dolmetscherin.

„Warum sollten wir dir irgendetwas sagen?“, meinte Alpha abfällig. „Du bist doch nur die Vermittlerin.“

Genau in diesen Moment flatterte Bravo auf meine Schulter und ließ sich auf dem weichen Stoff meiner Jacke nieder. Ich schrie vor Schreck auf und fuchtelte wild herum, um ihn loszuwerden, was mir letztlich auch gelang.

„Mensch, entspann dich“, prustete er. „Das hier ist kein Hitchcock-Film, und ich bin kein Gruselvogel. Also mach dich mal locker.“

Alpha lachte hämisch, und nun flog er auf meine Schulter. „Ich mag dich. Du bist lustig."

Ich musste mich wirklich am Riemen reißen, um ihn nicht abzuschütteln. Wenigstens mochte er mich, oder hatte er das nicht ernst gemeint?

„Weißt du eigentlich, dass dieser Film Wunder für uns bewirkt hat, für Generationen von Möwen? Bis heute lässt der gute alte Hitchcock die Menschen immer noch panisch vor uns weglaufen, während früher wir vor ihnen fliehen mussten – damals, in den dunklen Zeiten der Vogelgeschichte."

Ich nickte zustimmend und wunderte mich im Stillen, dass es offenbar tatsächlich Tiere gab, die noch eigenartiger waren als mein Kater. Und sogar eine ganze Gesellschaft von ihnen. „Ist es das, worum es hier geht?", fragte ich neugierig, um vielleicht doch noch etwas aus ihm herauszubekommen.

„Nein, nein, nein." Bravo kam herübergeflogen und nahm auf meiner anderen Schulter Platz, sodass ich nun von ihm und Alpha eingerahmt war, was mir kein gutes Gefühl gab. „Hier geht es überhaupt nicht um Menschen. Abgesehen von der Tatsache, dass wir eure Hilfe brauchen."

„Du sagtest, ihr braucht einen Anwalt", hakte ich nach. „Warum denn?"

„Wenn man es mit einem schwächeren Gegner zu tun hat, bedarf es manchmal auch eines schwächeren Richters. Nichts für ungut. Da kommst du mit deinem Anwaltsfreund ins Spiel."

Autsch.

„Ein Gegner, hm? Hat euch jemand verklagt? Wird euch ein Verbrechen vorgeworfen?“, Beides erschien mir gleichermaßen unwahrscheinlich wie lächerlich.

„Sei nicht albern. Hier geht es nicht um dumme Gesetze.“ Alpha beugte sich bedrohlich vor, und sein Schwarm brach in lautstarkes Geschrei aus. „Sondern um Krieg.“

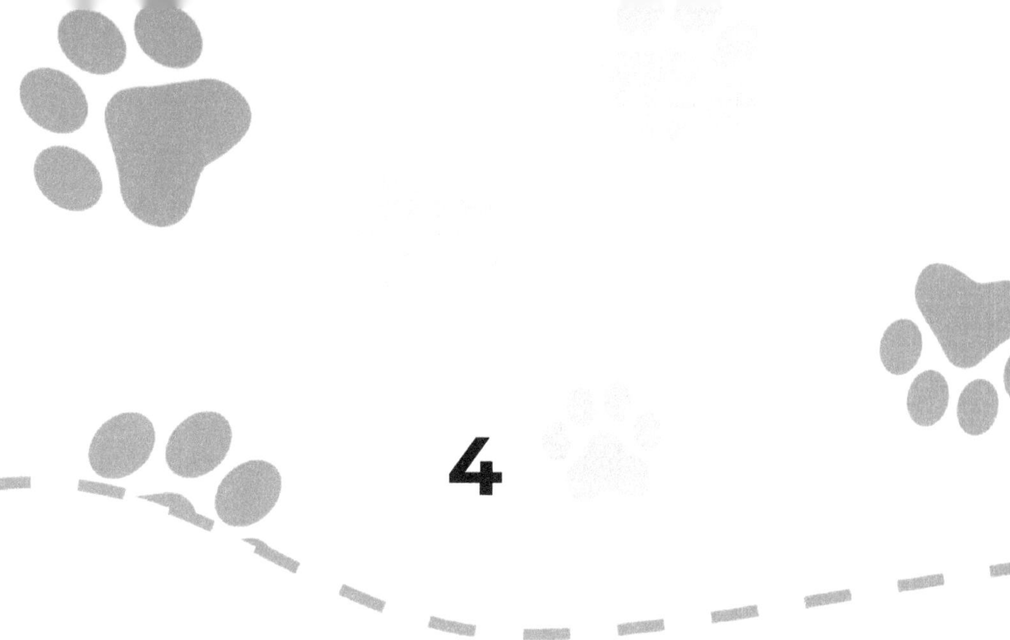

4

Während ich auf Charles wartete, schrieb ich Grandma eine Nachricht, dass ich später nach Hause kommen würde als erwartet. Normalerweise hätte ich sie kurz angerufen, denn mit Textnachrichten hatte sie es nicht so, jedoch war der Schwarm nach Alphas Kriegserklärung völlig in Aufruhr. Der Ort glich einem Pandämonium, und die Möwen schrien so laut, dass ich mich selbst kaum noch denken, geschweige denn sprechen hören konnte. Wahrscheinlich würde ich nach dieser Sache ein Hörgerät brauchen – und das mit Ende zwanzig. Hoffentlich würde Charles ihnen schnell helfen können, was auch immer sie genau brauchten, damit diese Unruhestifter wieder aus unserem Leben verschwanden.

Langsam brach die Dämmerung herein, und hier und da

gingen Straßenlaternen und Leuchtreklamen an. Mir wurde ganz mulmig zumute, weil ich allein und schutzlos in diesem Gewerbegebiet stand, in einer Stadt, die für ihre hohe Kriminalitätsrate berüchtigt war, und umringt von einem seltsamen Möwenschwarm.

Sobald sein schicker Wagen auf den Parkplatz des Einkaufszentrums rollte, flitzte ich zu ihm hinüber. Seit einiger Zeit joggte ich zwischendurch immer öfters, obwohl ich genauso gut hätte gehen können. Das hatte ich Grandma und unserem neuen morgendlichen Trainingsprogramm zu verdanken. Seitdem fühlte ich mich wohler in meinem Körper – stärker und schneller. Na ja, zumindest teilweise. Meine Großmutter rannte mir allerdings immer noch locker davon.

Charles parkte, öffnete im nächsten Augenblick die Tür und stieg eilig aus. Sofort warf ich mich in seine Arme. Zugegeben, es war übertrieben dramatisch, doch schließlich würde ich morgen zu einer längeren Reise quer durchs Land aufbrechen, und ich vermisste ihn jetzt schon ganz schrecklich.

„Was ist los?“, fragte er und trat einen Schritt zurück, um mich anzusehen.

Rasch wischte ich mir eine Kullerträne weg, die ich da erst bemerkte. Eindeutig zu viel Drama. „Mir geht’s gut. Es ist nur …“

Bevor ich den Satz beenden konnte, kam der Schwarm mit schnellen Flügelschlägen und ohrenbetäubenden Schreien herbeigeflattert.

„Ist das der Typ? Ist das unser Anwalt?“, kreischte Alpha, während er dicht über unseren Köpfen kreiste.

Charles hob einen Arm abwehrend in die Höhe und drückte mich mit dem anderen an seine Brust. Er sagte nichts, aber ich spürte sein starkes Herzklopfen an meiner Wange und seine schnellen Atemzüge in meinem Haar.

Bravo lachte zynisch, als er auf der Motorhaube von Charles’ Auto landete. „Das Hitchcock-Manöver, haha. Damit kriege ich sie jedes Mal.“

Okay, das reichte jetzt!

Ich befreite mich aus Charles’ schützendem Griff und drehte mich zu dem Schwarm um, wobei ich Bravo, der mir am nächsten war, mit dem Finger heranwinkte. „Wenn ihr unsere Hilfe wollt, lasst ihr diesen Hitchcock-Unsinn ab sofort bleiben, ist das klar?“

„Die wollen uns nur Angst einjagen?“, fragte Charles mit erstickter Stimme. „Zum Spaß?“

Ich nickte, während ich warnende Blicke in Richtung der Vögel warf. „Sie haben mir außerdem gedroht. Sie meinten, sie würden eine Armee von Spechten bei mir vorbeischicken und mein Haus verwüsten lassen, wenn ich mich weigere, bei ihrem Plan mitzumachen.“

„Das gefällt mir gar nicht.“ Charles’ Augen wanderten zwischen mir und den Vögeln hin und her. Für ihn war es immer eine schwierige Situation, wenn er an einem Gespräch mit den Tieren teilhaben wollte, aber nur mich verstehen konnte. Trotzdem gab er sein Bestes. „Ich bin mir nicht sicher, ob wir ihnen helfen sollten, wenn sie sich so benehmen."

Ach, der Gute. Er würde eines Tages einen großartigen Vater abgeben. Die Sache mit der liebevollen Strenge hatte er auf jeden Fall schon prima drauf.

„Was?", krächzte Alpha. „Aber du hast gesagt, er wäre Anwalt und könnte uns vertreten. Er kann nicht einfach nein sagen. Du hast es uns versprochen."

Ich seufzte, um mir etwas Zeit zu verschaffen, und antwortete schließlich: „Ja, wir werden euch helfen, aber nur, wenn ihr versprecht, euch von nun an zivilisiert aufzuführen."

Alpha hob beide Flügel über den Kopf und verneigte sich. „Versprochen, bei meiner Vogelehre." Ich war mir nicht sicher, wie sehr ich seiner Ehre trauen konnte, hoffte jedoch das Beste.

„Angie", presste Charles zwischen zusammengebissenen Zähnen hervor, offenbar weit weniger besänftigt von Alphas Versicherung. „Kann ich dich einen Moment im Auto sprechen?"

„Ich bin gleich wieder da", informierte ich die Möwen und stieg auf der Beifahrerseite ein. Offenbar hatte er auf dem Weg hierher die Sitzheizung für mich eingeschaltet, weil er wusste, dass ich es liebte, wenn es schon beim Einsteigen muckelig warm war.

Sobald sich die Tür hinter mir geschlossen hatte, sprach Charles in einem hastigen Flüsterton. In seinen Augen spiegelte sich Besorgnis wider – keine Spur von Verärgerung oder gar Wut. „Wollt ihr nicht morgen früh los nach Colorado? Warum halst du dir das jetzt auch noch auf?“

Er hatte natürlich recht. Das Timing war katastrophal, aber was sollte ich denn machen? „Ich hatte keine große Wahl“, antwortete ich leise und wünschte, ich hätte überzeugender geklungen, um seine Zweifel zu zerstreuen.

„Man hat immer eine Wahl. Und egal, was für ein Problem diese Möwen haben, sie können es selbst lösen. Du musst ausgeruht sein, um dich auf die lange Autofahrt konzentrieren zu können, damit ihr sicher ankommt. Alles andere ist zweitrangig.“

Ich wusste es zu schätzen, dass Charles immer nur mein Bestes im Sinn hatte, auch wenn er dafür selbst zurückstecken musste. Allerdings kannte er leider noch nicht die ganze Wahrheit, und natürlich war es durchaus möglich, dass Bravo gelogen hatte, nur um mich hierher zu locken.

Dennoch bestand eine Chance, wenngleich ich nicht wusste, wie groß diese wirklich war, endlich das Loch in meinem Herzen zu füllen, das sich aufgetan hatte, als Pringle die geheime Vergangenheit unserer Familie enthüllte. Ein Teil von mir fehlte, und diese Vögel wussten möglicherweise, wo ich diesen finden konnte. Ich musste die Gelegenheit nutzen, nicht nur für mich, sondern auch für meine Mom. Sie hatte ihre biologischen Eltern nie kennengelernt und verdiente es, nun zumindest ihre leibliche Mutter zu treffen und zu erfahren, warum das damals alles so gekommen war.

Ich schluckte schwer, dann erwiderte ich schließlich seinen Blick. „Sie haben gesagt, sie wüssten, wo meine Großmutter ist“, verriet ich ihm und atmete langsam und zittrig aus.

Er neigte den Kopf zur Seite, sichtlich verwirrt über das, was ich ihm da gerade eröffnet hatte. „Ja, sie ist zu Hause und bereitet sich auf die Reise vor. Wahrscheinlich backt sie gerade die vierte Ladung Kekse für die Fahrt.“

Ich schüttelte den Kopf, legte ihm eine Hand auf die Schulter und versuchte es erneut. „Nein, die andere.“

„Deine biologische Großmutter?“, japste er. „Aber niemand weiß, was mit ihr passiert und wo sie abgeblieben ist.“

Ich deutete mit dem Kinn in Richtung des Schwarms. „Sie behaupten, sie wüssten es.“

„Und du glaubst ihnen?“ Charles hob argwöhnisch eine Braue. Ich war mir nicht sicher, ob er mich für verrückt hielt, weil ich den Möwen vertraute, da er schon bei seiner ersten kurzen Begegnung mit ihnen erlebt hatte, dass sie nach ihren eigenen Regeln spielten. Aber ich hatte mich entschieden. Jetzt brauchte ich nur noch die richtige Einstellung, mit der ich an die Sache herangehen wollte, und da war es vielleicht besser, die Zweifel beiseitezuschieben und das Beste daraus zu machen, egal wie seltsam es auch sein mochte.

„Ja, ich denke schon“, antwortete ich nach kurzem Zögern. „Und selbst wenn ich mich täusche, muss ich es trotzdem versuchen.“

Er ergriff meine Hand und küsste sie. Als er sie wieder losließ, huschte ein breites Lächeln über sein Gesicht, was ihn noch attraktiver machte. „Dann lass uns mal loslegen und ein paar Möwen helfen." Mit diesen Worten wandte er sich zur Fahrertür um.

5

Ich klammerte mich an Charles' Hand, während Alpha und der Rest von Schwarm 82 uns zur Rückseite des Einkaufszentrums führten. Wir durchquerten dichtes Gebüsch und erreichten schließlich eine öde, struppige Wiese, die wahrscheinlich noch bis vor Kurzem mit Schnee bedeckt gewesen war.

Alpha ließ sich darauf nieder und gab den anderen ein Zeichen, es ihm gleichzutun. „Jetzt, wo wir etwas mehr Privatsphäre haben, können wir anfangen", verkündete die Leitmöwe und flog mir wieder auf die Schulter.

Charles zuckte zusammen und drückte meine Hand noch fester, blieb aber an meiner Seite.

„Okay, dann verrate uns mal, wie wir euch helfen können", ermunterte ich ihn mit einem leichten Nicken. Ich wollte ihn auf keinen Fall verärgern, denn sein Schnabel war meinem Gesicht im Moment bedrohlich nahe.

Alpha drehte den Kopf in einem seltsamen Winkel, um mich anzustarren, und kam mir mit seiner spitzen Waffe noch näher. „Wie ich bereits erwähnt habe, ist dies eine äußerst dringende Angelegenheit. Schwarm 84 hat uns den Krieg erklärt, und wir haben zehn Tage Zeit, eine friedliche Lösung zu finden, bevor diese Deklaration offiziell wird. Einen Kampf wollen wir allerdings unbedingt vermeiden, da …"

„Warte", murmelte ich. „Ich muss das kurz für Charles übersetzen."

Alpha gab einen mürrischen Laut von sich, wartete jedoch ab, bis ich meinem Freund alles mitgeteilt hatte.

„Okay", sagte ich anschließend, „mach einfach alle paar Sätze eine Pause, damit ich hinterherkomme."

Er schüttelte sein Gefieder und krallte sich schmerzhaft an meiner Schulter fest, um das Gleichgewicht zu halten. „Wie schon gesagt, wollen wir einen Krieg um jeden Preis vermeiden, denn Schwarm 84 ist viel größer und besser für einen Kampf gerüstet."

„Wie läuft so eine Schlacht zwischen Möwen denn ab?", fragte ich und konnte mir das Lachen kaum verkneifen, weil ich plötzlich ein Bild von wütenden weißen Vögeln vor Augen hatte, die sich um Fast-Food-Reste stritten. Diese Szene hatte ich seit meiner Kindheit unzählige Male in der Bucht beobachtet.

„In etwa so.“ Alpha pickte hart gegen mein Schlüsselbein. Er hatte nicht viel Kraft aufgewendet, aber es tat trotzdem höllisch weh.

Ich schüttelte ihn von meiner Schulter und rieb mir die schmerzende Stelle, was Charles dazu veranlasste, wieder in den Beschützermodus zu wechseln. „Wenn du ihr noch einmal wehtust, beende ich euren Krieg, bevor er überhaupt angefangen hat, indem ich euch alle an meine Katzen verfüttere!“

Ein panisches Gezeter erhob sich, und mehrere Möwen ergriffen die Flucht, um sich vor diesem Menschen in Sicherheit zu bringen, der mit ihrem größten Feind im Bunde stand.

„Wenn wir euch respektieren sollen, dann müsst ihr uns aber auch respektieren“, kreischte mich die Möwe an. „Du hast gerade gelacht, obwohl Dutzende Mitglieder meines Schwarms abgeschlachtet werden könnten.“

Sofort wurde mir bewusst, wie recht er hatte. Es war unsensibel von mir gewesen, denn es ging hier allem Anschein nach um Leben und Tod. „Es tut mir leid“, sagte ich nachdrücklich und hatte das Gefühl, meine Stimme würde in der Dunkelheit widerhallen wie eine Glocke. „Bitte fahr fort. Wir sind bereit, euch zu helfen, wo wir können.“

„Wir haben zehn Tage Zeit, um eine friedliche Lösung zu finden, und da wir der angegriffene Schwarm sind, dürfen wir bestimmen, welches Recht gelten soll. Wir haben uns für das menschliche Recht entschieden, und da kommst du mit deinem ungehobelten Freund ins Spiel.“

Ich übersetzte das für Charles, ließ die Beleidigung jedoch weg.

„Warum haben sie sich denn für die menschlichen Gesetze entschieden?“, fragte er mit gerunzelter Stirn.

Das war eine gute Frage, auf die auch ich gerne eine Antwort gehabt hätte.

„Wie mein stellvertretender Kommandant dir sicher schon gesagt hat, beobachten wir die Menschen. Besonders diejenigen von euch, die die Gabe besitzen, mit uns zu sprechen. Alle Vögel sind Späher, aber kein Schwarm ist so wachsam wie Nummer 82. Wir wussten, dass wir uns an dich wenden können, weil du uns verstehst und juristische Kenntnisse besitzt. 84 wird es schwer haben, innerhalb der Frist jemanden zu finden, der sie verteidigt und der vor allem genügend Beweise vorlegen kann.“

„Das macht Sinn, aber wofür kämpft ihr denn?“, fragte ich und hoffte, endlich eine Erklärung zu bekommen, um zu verstehen, worum es dem Schwarm eigentlich ging und wie Charles und ich uns dafür einsetzen konnten.

„Land“, erwiderte er knapp.

Als er nicht weiter darauf einging, ergriff Bravo das Wort: „Unser Nachbarschwarm, Nummer 83, ist vor einiger Zeit verschwunden. Wir gingen davon aus, sie hätten ihr Revier aufgegeben, deshalb haben wir uns dort niedergelassen. Aber dann haben die von 84 auf einmal Ansprüche erhoben. Sie meinen, das Land stünde ihnen zu, weil ihr Schwarm größer ist.“

„Und warum meint ihr, dass es euch zusteht?“, fragte ich, wobei ich mir nicht anmerken ließ, dass ich die Gründe des gegnerischen Schwarms durchaus nachvollziehen konnte.

Alpha verengte die Augen und fixierte mich – zumindest hatte ich den Eindruck, dass er das tat. Bei Vögeln war das schwer zu sagen, da sich ihre Augen eher seitlich am Kopf befanden. „Weil wir zuerst hier waren. Außerdem liegt das ehemalige Terrain von 83 genau neben unserem.“

„Moment, du meinst, das hier?“, fragte ich ungläubig und quietschte, weil Alpha erneut seinen Platz auf meiner Schulter eingenommen hatte. Es konnte unmöglich um ein Gewerbegebiet am Rande von Dewdrop Springs gehen. Die Mieten hier lagen weit unter dem Durchschnitt, weil nicht viele Leute freiwillig einen Fuß in diese heruntergekommene Stadt setzten.

Alpha hüpfte von meiner Schulter auf Charles' Oberarm und kletterte mithilfe seines Schnabels auf dessen Schulter. „Das hier ist nur ein kleiner Teil des Territoriums. Wir Vögel legen an einem Tag sehr viele Kilometer zurück, daher haben wir natürlich große Reviere, die mehrere menschliche Städte umfassen.“

„Gehört Glendale auch dazu? Da wohnen wir.“ Es war mir völlig neu, dass Vögel konkrete Reviergrenzen hatten, doch jetzt, wo ich darüber nachdachte, leuchtete es mir ein, genauso wie ihre Schwarmhierarchie und das Fehlen eines formellen Rechtssystems.

„Ja“, antwortete Alpha knapp. „Mit dem neuen Territorium gehört die gesamte Bucht nun uns. Allerdings müssen wir den Krieg vermeiden, damit das so bleibt.“

„Und du weißt, wo ich meine Großmutter finden kann?“ Ich wollte mich versichern, dass das auch stimmte, denn nur davon hing es ab, ob wir uns hier weiter engagieren würden. „Heißt das, sie lebt nicht weit von hier entfernt? Irgendwo in der Nähe der Bucht?“

„Sie ist näher, als du denkst“, erwiderte er, und diese kryptische Aussage machte mich total kirre. Er schüttelte erneut sein Gefieder, was Charles einen ziemlichen Schreck einjagte. „Ganz genau kann ich es dir nicht sagen. Bravo ist derjenige, der diese Dinge verfolgt.“

„Aber du bringst mich zu ihr, wenn wir euch helfen?“ Ich bettelte förmlich um diese Bestätigung, die mir in diesem Moment wichtiger als alles andere war.

„Wenn eure Hilfe zum Erfolg führt, dann ja.“

„Das werden wir“, versprach ich, denn es schien die einzige Möglichkeit zu sein. „Wir werden für euch gewinnen.“

Er nickte. „Gut.“

„Angie“, flüsterte Charles. „Du darfst dem Klienten niemals versprechen, dass du seinen Fall gewinnst, sondern nur, dass du mit allen Mitteln für ihn kämpfen wirst.“

„Ich bezweifle, dass man dir wegen der Art, wie du einen Möwenschwarm in Dewdrop Springs vertrittst, die Zulassung entzieht“, erwiderte ich mit einem nervösen Kichern.

„Wenn dein Partner Zweifel hat“, warnte Alpha und warf mir einen ernsten Seitenblick zu, „dann können wir das Ganze auch lassen. Das Leben meines Schwarms steht auf dem Spiel.“

„Nein, nein, nein!“, rief ich. „Wir helfen euch. Charles ist nur immer zu bescheiden. De facto ist er der beste Anwalt in ganz Maine. Das verspreche ich dir.“

„Angie …“, begann mein Freund erneut.

Diesmal unterbrach ihn Alpha. „Um deine Bezahlung brauchst du dir keine Sorgen zu machen. Der Schwarm wird etwas arrangieren, um dich für deine Bemühungen zu entlohnen.“

Ich übersetzte das schnell für ihn.

„Es geht mir nicht ums Geld oder was auch immer ihr da im Sinn hattet. Ich kann nur kein Versprechen geben, bevor ich nicht weiß, ob ich es halten kann. Aber ich werde auf jeden Fall alles für euch tun, was in meiner Macht steht.“ Charles riskierte es, den Kopf zu wenden und Alpha in die Augen zu sehen. „Auch ich möchte deinen Schwarm unterstützen, um diesen Krieg zu verhindern. Und ich denke, es gibt sehr gute Argumente zu eurer Verteidigung. Ich werde euch nach bestem Wissen und Gewissen vertreten. Ich verliere nicht oft vor Gericht und habe es auch dieses Mal nicht vor.“

„Dann bin ich zufrieden“, sagte Alpha mit einem knappen Nicken. „Wir treffen uns morgen wieder, um eure Fortschritte zu besprechen. Ich schicke Bravo.“

Mit einem kollektiven Kreischen erhoben sich die Möwen in den düsteren Himmel, und Charles und ich machten uns auf den Weg zurück zum Parkplatz.

Zehn Tage. Wenn alles nach Plan lief, würde ich meine verschollene Großmutter in nur zehn Tagen endlich kennenlernen. Ich konnte es noch immer nicht glauben.

6

Nachdem Alpha und sein Schwarm uns so unvermittelt stehengelassen hatten, fuhren Charles und ich zu einem kleinen Diner etwas außerhalb von Dewdrop Springs, jeder mit seinem eigenen Auto. Er bestellte einen Kaffee, aber ich brauchte Nervennahrung und entschied mich für einen Eisbecher mit heißer Karamellsoße und Amarenakirschen.

„Wie sieht unser Plan aus?", fragte er beiläufig, während er die dampfende Tasse in beiden Händen hielt.

Nicht einmal das süße Eis konnte mich über die bittere Entscheidung hinwegtrösten, die ich nun treffen musste. Unruhig stocherte ich mit dem langen Löffel in dem Glasbecher herum und stieß einen lauten Seufzer aus.

„Ich werde Octocat sagen, dass wir nicht zu Grizabella fahren können. Er wird ganz und gar nicht begeistert sein, aber wir machen das ein anderes Mal, so bald wie möglich. Das hier ist einfach eine einmalige Gelegenheit, und die kann ich mir nicht entgehen lassen, sonst lerne ich meine leibliche Großmutter vielleicht nie kennen."

Charles sog die Luft durch die Zähne ein und betrachtete mich stirnrunzelnd. „Ich denke, du solltest deine Reisepläne nicht so kurzfristig ändern. Du weißt sicher noch besser als ich, wie launisch Octocat für den Rest seines Lebens sein wird, wenn du es doch tust."

Ich lehnte mich zurück in das rot-weiße Vinylpolster der Sitzecke. Er hatte recht, wie immer. Octocat würde es mir auf übelste Weise zu spüren geben, wenn ich ihn enttäuschte, aber ich sah im Moment einfach keine Alternative. „Habe ich denn eine andere Wahl?", fragte ich resigniert.

„Du fährst wie geplant. Ich kümmere mich hier um alles." Mit diesen Worten zog er meinen Eisbecher auf seine Seite des Tischs und mopste sich eine Kirsche.

„Du kannst nicht mit ihnen reden", erinnerte ich ihn, beugte mich zu ihm hinüber, griff nach dem Becher und schob mir die restlichen Kirschen in den Mund.

Charles lächelte. „Du unterhältst dich doch mit Octocat über FaceTime, oder? Meinst du nicht, das könnte auch mit den Möwen funktionieren?"

„Aber was ist mit deiner Arbeit? Du warst in letzter Zeit immer so beschäftigt. Ich möchte nicht, dass du dir noch mehr aufbürdest ..."

„Angie, entspann dich. Es ist alles in Ordnung. Ich will dir helfen. Außerdem ist meine Freundin ab morgen für eine Woche nicht da. Also brauche ich eine neue Freizeitbeschäftigung, um mich abzulenken. Alles gut." Er zuckte mit den Schultern und nahm einen großen Schluck von seinem Kaffee.

Ich wartete ab, bis er die Tasse wieder abgestellt hatte. „Bist du sicher?"

Er nahm meine Hände und verschränkte seine Finger mit meinen. „Absolut. Diese Reise ist wichtig für dich und deinen Kater. Außerdem habe ich schon einige Präzedenzfälle im Kopf, sodass es ein Kinderspiel sein sollte, diese Verhandlung zu gewinnen."

„Du bist zu gut zu mir", seufzte ich erleichtert. Vor allem, wenn man berücksichtigte, dass er sich vor dem Schwarm zu fürchten schien. Aber das sprach ich natürlich nicht laut aus.

„Ach was, kein Ding. Du sagtest, sie hätten eine Frist von zehn Tagen, und bis dahin wirst du zurück sein. Wir können das also gemeinsam zu Ende bringen."

„Klingt perfekt." Das fand ich wirklich.

Doch dann verhärteten sich Charles' Gesichtszüge, und er lehnte sich zurück. „Eines finde ich allerdings merkwürdig. Sie haben erwähnt, dass Schwarm 83 verschwunden sei, aber warum oder wohin … das haben sie nicht gesagt."

Ich schaufelte mir gerade den Rest der Karamellsoße in den Mund und stöhnte vor Genuss. „Es sind Vögel. Die ziehen nun mal umher. Das ist sicher nichts Ungewöhnliches."

Charles biss sich auf die Lippe und nickte. „Wahrscheinlich nicht. Trotzdem würde ich mich besser fühlen, wenn ich weitere Details hätte. Es könnte mir auch bei der Verteidigung des Falls helfen."

„Das kann ich dir nicht genau sagen, aber ich wette, wenn du Bravo dazu bringen könntest, allein mit dir zu reden, ohne dass Alpha dabei ist, wäre er wesentlich zugänglicher."

„Na gut, das werde ich versuchen. Und jetzt erzähl mir, was du heute gemacht hast, bevor dir diese Vögel in die Quere kamen."

Wir lachten und plauderten, bis ich den allerletzten Klecks der süßen Verführung aus dem Eisbecher gekratzt hatte. Leider verging die Zeit viel zu schnell und wir mussten los, denn für den nächsten Tag hatten wir beide eine Menge vor.

Charles stand auf, streckte mir die Hand entgegen, und gemeinsam verließen wir das Lokal. „Ich werde dich so sehr vermissen", raunte er mir auf dem Parkplatz zu und gab mir einen Abschiedskuss, der nun für eine ganze Woche würde vorhalten müssen.

Obwohl ich das Haus heute Morgen schon früh verlassen hatte, um meine Besorgungsliste abzuarbeiten, kam ich erst um kurz nach acht Uhr abends wieder daheim an. Zu der Zeit war Paisley normalerweise schon am Schlafen. Die kleine Chihuahua-Hündin, die dösend neben der Haustür auf mich wartete, hob müde den Kopf und klopfte mit dem Schwanz auf den Parkettboden.

„Da bist du ja, Mami. Ich konnte nicht schlafen, weil du noch nicht zurück warst und ich nicht wusste, ob es dir gut geht."

Ich stellte meine Taschen auf dem Boden ab, nahm sie auf den Arm und gab ihr einen Kuss auf die Stirn. „Jetzt bin ich wieder da, meine Süße. Geh schön in dein Bettchen."

Sie leckte mir die Hände, als ich mich bückte, um sie abzusetzen, und rannte dann die Treppe hinauf, um Grandma zu suchen, wobei ihr Schwänzchen unentwegt hin und her wackelte.

Von Paisley bekam man immer eine herzliche Begrüßung, darauf war Verlass. Octocat hingegen sah nicht erfreut aus, mich zu sehen.

„Du hast lange gebraucht", brummte er von seinem Sitzplatz auf halber Höhe der Treppe. „Hast du wenigstens alles auf meiner Liste bekommen?"

„Abgesehen von dem Zeug, das Grandma übernommen hat, ja. Übrigens, gern geschehen."

„Zeug", sagte er mit einem Gähnen. „Ich mag es nicht, wenn du meine Sachen so nennst."

Meine Güte, was stellte er sich wieder an. Dabei war seine Wunschliste ein buntes Sammelsurium gewesen, von einer bestimmten Marke Krabbencocktail bis hin zu diesem blöden Hörbuch. Und „Zeug" erschien mir dafür durchaus passend.

„Warum kommst du eigentlich so spät?", fragte er

mürrisch und lief vor mir die Treppe hinauf, während ich langsam hinter ihm her stapfte.

„Mir ist etwas dazwischengekommen, genauer gesagt, ein paar Möwen“, murmelte ich, weil ich das jetzt wirklich nicht vertiefen wollte.

Octocat machte tatsächlich einen Buckel und besaß die Unverfrorenheit, mich anzufauchen. „Du lässt mich doch nicht im Stich, oder? Das wäre die blödeste Ausrede, die du dir je hast eingefallen lassen.“

Oh, wenn er nur wüsste, dass ich drauf und dran gewesen war, den Trip abzublasen. Er hatte Glück, dass ich ihn und Charles mich so sehr liebte.

„Wir machen uns morgen in aller Frühe auf den Weg. Ich werde startklar sein. Okay?“ Ich hätte ihm an dieser Stelle besser eine Standpauke zu seinen schlechten Manieren und seiner Undankbarkeit gehalten, war aber einfach zu müde, um mich weiter mit ihm zu beschäftigen.

„Gut“, sagte er, stolzierte den Flur entlang zu seinem Zimmer und schlüpfte durch die einen Spaltbreit geöffnete Tür.

Ich schüttelte den Kopf und ging die Treppe hinauf in mein Turmzimmer. Zweifellos hatte ich eine anstrengende Woche vor mir. Allein die Fahrt würde pro Strecke etwa dreißig Stunden dauern – Pausen nicht mit eingerechnet. Zum Glück würde ich mich am Steuer mit Grandma abwechseln, obwohl ich die Tour viel lieber mit meinem geräumigeren alten Auto gemacht hätte, doch sie bestand auf ihr kleines Sportcoupé.

Dem Besuch bei Grizabellas Besitzerin Christine sah ich mit gemischten Gefühlen entgegen. Es könnte ein wenig unangenehm werden, denn sie wusste nicht, dass ich mit Tieren sprechen konnte, und ich wollte es lieber dabei belassen. Also hatte ich mir eine ziemlich abwegige Ausrede einfallen lassen. Ich hatte ihr erzählt, dass ich zu einer Konferenz in ihrer Stadt wollte und es toll fände, wenn sie auf Octocat aufpassen könnte, während ich daran teilnahm.

Diese Geschichte hatte sie mir glatt abgekauft. Ich meine, warum sollte sie auch vermuten, dass ich mir das ausgedacht hatte? Auch wenn es eine Notlüge war, fühlte ich mich schlecht deswegen. Trotzdem wollte ich nicht riskieren, dass jemand von meiner verrückten – und mitunter stressigen – Fähigkeit erfuhr.

Das mit den Möwen heute war zwar ein ungeplanter Zwischenfall gewesen, aber unsere Reise würde planmäßig stattfinden, und über bestimmte Details wollte ich mir jetzt nicht den Kopf zerbrechen. Ich würde die Dinge einfach auf mich zukommen lassen.

Und so schaffte ich es, mein Gedankenkarussell anzuhalten. Meine letzte Überlegung, bevor ich einschlief, galt meinem Kater: Hoffentlich wusste er, wie sehr ich ihn liebte, und hoffentlich würde er zumindest versuchen, für die Dauer der Reise nett zu mir zu sein.

Ja, ich glaubte anscheinend immer noch an Wunder.

7

Ich erwachte durch das Getrappel von vier kleinen Pfoten, die die Treppe zu meinem Zimmer mehrfach rauf und runter liefen. Dann verstummte dieses Geräusch und ein langgezogenes Maunzen ertönte vor meiner Tür.

„Miaaauuu!", rief Octocat wie besessen. Er schien seine fünf Minuten zu haben, denn das Spektakel wiederholte sich sogleich. Er raste die Treppe hinunter, schoss nach oben und stieß ein weiteres gellendes Miauen aus – Zoomies, ganz eindeutig. Ich musste laut kichern. Solche Hyperaktivitätsanfälle waren bei ihm selten, aber wenn er sie bekam, tat mir nachher immer der Bauch weh vor Lachen, weil er dann die verrücktesten Sachen anstellte.

„Anscheinend ist da jemand ganz schön aufgeregt wegen

unserer großen Reise“, rief ich, nachdem ich die Tür schwungvoll geöffnet hatte.

Mein Kater stürmte so schnell ins Zimmer, dass ich nur einen braunen Schemen erkennen konnte. Vor meinem Bett bremste er kurz ab, sprang hinauf, stürzte sich auf mein Kissen und hüpfte mit den Vorderpfoten auf und ab. „Es ist Morgen. Können wir jetzt fahren? Miauuu-miauuu!“ Und blitzschnell war er wieder weg.

Meine Augen wanderten zum Fenster. Draußen herrschte völlige Dunkelheit. Nicht der kleinste Dämmerungsstrahl war zu sehen. Wir hatten zwar vorgehabt, früh aufzustehen, aber so früh?

Ein rascher Blick auf mein Handy bestätigte mir, dass es erst kurz nach vier war. Ursprünglich war geplant, um sechs Uhr aufzubrechen ...

Na schön. Es hatte keinen Sinn, mich über den verlorenen Schlaf zu beklagen oder zu versuchen, mich noch einmal hinzulegen, bevor wir losfuhren. Octocat war viel zu aufgeregt und würde mir keine Ruhe lassen.

Rasch suchte ich mir etwas zum Anziehen heraus. Ich entschied mich für eine blaue Jogginghose mit weißen Punkten und ein T-Shirt, das auf der Vorderseite einen frech grinsenden Garfield zeigte, der meinem Kater nicht unähnlich sah, wie ich fand. Als ich es das erste Mal trug, hatte Octocat extrem beleidigt reagiert und gemeint, er verbitte sich den Vergleich mit diesem adipösen Taugenichts. Seitdem hatte ich es nicht mehr angehabt, doch heute schien der perfekte Tag dafür zu sein. Nicht nur, weil es total bequem war, immerhin würden wir lange im Auto sitzen, sondern auch, weil ich mich damit ein wenig dafür rächen wollte, dass er mich so früh aus dem Bett geschmissen hatte. Ich lächelte in mich hinein, während ich mein Haar zu einem lockeren Dutt hochsteckte und Lipgloss auftrug.

Unten angekommen, mit meinem wahllos gepackten Koffer im Schlepptau, fand ich Grandma voller Elan in der Küche vor. Sie hielt mir einen Alu-Reisebecher hin, den ich dankend entgegennahm. Kaffee!

Gerade als ich den ersten herrlichen Schluck getrunken hatte, rannte Paisley ins Zimmer und sang: „Oh, was für ein schöner Tag für ein Abenteuer!"

Dann kam sie fiepend zu mir gesaust und stellte sich auf die Hinterbeine, was hieß, dass sie auf den Schoß genommen werden wollte.

Ich setzte den Becher ab, und erst jetzt registrierte ich, was die kleine Hündin anhatte. „Grandma", rief ich schockiert. „Was hast du mit ihr gemacht?"

„Das ist ihr Reise-Look. Gefällt er dir nicht?" Großmutter tätschelte das pinke Tuch, das sie sich lose um Hals und Kopf gewickelt hatte, und das genauso aussah wie das der Chihuahua-Hündin. Natürlich mit einem Paisley-Muster.

Außerdem trug Paisley eine pinkfarbene Schutzbrille, die gegen den Wind helfen sollte, wie Grandma später erklärte, was wohl bedeutete, dass wir zumindest einen Teil der Fahrt mit offenen Fenstern zurücklegen würden. *Octocat würde die Krise kriegen.*

Und tatsächlich, nachdem wir alle ins Auto gestiegen waren – Großmutter auf dem Beifahrersitz, ich am Steuer und die Haustiere sowie ein Teil des Gepäcks auf dem engen Rücksitz des Sportcoupés – ließ sie sofort beide Fenster herunter.

„Ich hätte damals besser ein Cabrio gekauft“, meinte Grandma, woraufhin Octocat, der sich endlich wieder beruhigt hatte, entsetzt das Gesicht verzog.

„Können wir nicht doch mit meinem Wagen fahren?“, versuchte ich es ein letztes Mal.

Sie drehte sich entgeistert zu mir um. „Natürlich nicht! Was nützt einem ein schönes Auto, wenn man es nie benutzt?“

Tja, einen schicken Sportwagen besaß ich natürlich nicht, und da wir uns abwechseln würden, beließ ich es dabei. Unser Ziel war es, in einem Rutsch bis nach Colorado durchzufahren, sie und ich im Wechsel, sodass jeder zwischendurch etwas schlafen konnte. Ich hätte es vorgezogen, unterwegs in einem Motel Halt zu machen, um mich auszuruhen, aber als Grandma vorschlug, die Strecke ohne Übernachtungspausen zurückzulegen, war auch Octocat nicht mehr davon abzubringen. Zweifellos würde ich jede Menge Koffein benötigen, um das durchzustehen.

Müde, aber entschlossen, fuhr ich los. Paisley, die direkt hinter mir saß, gab ein fröhliches Bellen von sich und stimmte dann wieder ihr Lied von vorhin an, nur noch lauter. Die eisige Morgenluft strömte ins Auto, und als wir schneller wurden, sprang die Chihuahua-Hündin über die Mittelkonsole nach vorne und kletterte auf Grandmas Schoß, um ihren Kopf aus dem Fenster zu strecken.

„Siehst du", gluckste Grandma. „Und du dachtest, die Brille wäre überflüssig."

„Können wir jetzt bitte das Fenster schließen und die Heizung einschalten?", stöhnte mein Kater. Er hatte Autofahren noch nie gemocht, aber wenigstens hatte er sich mittlerweile so weit daran gewöhnt, dass er sie ertrug, ohne sich an meinen Oberschenkeln festkrallen zu müssen, was ich in schmerzhafter Erinnerung hatte.

„Du hast uns alle zwei Stunden zu früh geweckt. Es wird noch eine ganze Weile ziemlich kalt und dunkel da draußen sein", sagte ich seufzend.

„Dunkel stört mich nicht, aber muss es denn so kalt sein?" Ich schaute ihn im Rückspiegel an, und er starrte mit seinen bernsteinfarbenen Augen unglücklich zurück.

Paisley gab ein weiteres aufgeregtes Kläffen von sich.

„Vielleicht können wir uns mit dem Fenster auch abwechseln, so wie mit dem Fahren", schlug ich mit einem leichten Achselzucken vor und versuchte angestrengt, mich auf die Straße vor mir zu konzentrieren und nicht auf den wütenden Kater hinter mir.

Dann geschah etwas Seltsames. Wenn ich nicht selbst dabei gewesen wäre, hätte ich es nie für möglich gehalten.

Octocat *lachte.* Ja, er hat tatsächlich gelacht!

„Das Wichtigste ist, dass wir so schnell wie möglich bei meiner geliebten Grizabella ankommen“, sagte er mit einem seligen Seufzer.

„Ja“, antwortete ich lächelnd und konnte kaum glauben, wie vernünftig er war.

„Und jetzt leg bitte einen Zahn zu“, forderte er mich in einem überraschend höflichen Ton auf.

Nach einem Blick auf den Tacho schüttelte ich den Kopf. „Sorry, ich bin schon etwas über dem Tempolimit.“

„Ja und? Wir wissen doch beide, dass dieses Auto viel schneller fahren kann.“

Ein kurzer Blick in den Rückspiegel bestätigte mir, dass er es todernst meinte, und wenn ich seinem Willen nicht nachkäme, würde er wieder anfangen, an mir herumzunörgeln. Mir entfuhr ein genervtes Stöhnen, dann gab ich etwas mehr Gas, um es kurz darauf wieder wegzunehmen.

Oh, Mann. Das würde eine lange, lange Fahrt werden.

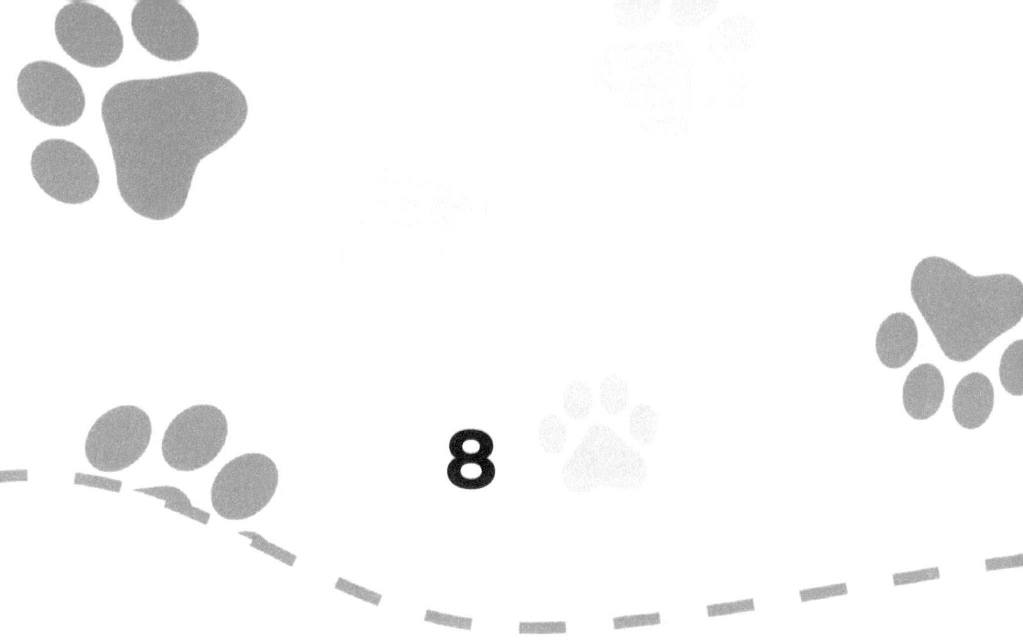

8

Ein paar Stunden nach Beginn unserer Reise kam endlich die Sonne hinter dem Horizont hervor. Grandma neben mir hatte fast die ganze Zeit vor sich hin gedöst und war immer wieder eingenickt, genau wie Paisley, die gemütlich auf ihrem Schoß lag und zwischendurch im Schlaf niedliche fiepende Laute von sich gab. Octocat hingegen saß auf dem Rücksitz und erzählte ununterbrochen von seinen Plänen für die Woche mit Grizabella. Ich nickte zustimmend und schwieg wohlweislich, denn es war nun mal so, dass er sich am liebsten selbst reden hörte.

„Mami“, ertönte die sanfte Stimme der Chihuahua-Hündin plötzlich. Sie hatte den Kopf gehoben und sah mich mit großen, funkelnden Augen an. „Ich muss mal Pipi.“

Vor nicht einmal zwei Minuten hatten wir den perfekten Rastplatz für eine kurze Pause passiert. Da wir gerade eine sehr ländliche Gegend durchquerten, würde es bis zur nächsten Möglichkeit abzufahren wahrscheinlich länger dauern.

„Wir halten bei der nächsten Gelegenheit an, versprochen“, sagte ich, denn mehr konnte ich nicht tun.

„Entschuldigung, dürfte ich bitte zu Ende reden“, knurrte mein Kater auf dem Rücksitz und fuhr mit seinem langatmigen Selbstgespräch fort.

„Ich kann nicht mehr lange einhalten“, winselte Paisley, die aufgestanden war und nervös von einer Pfote auf die andere trat. Grandma erwachte mit einem Stöhnen und schaute sich verschlafen im Auto um. Paisley wimmerte erneut, diesmal lauter und beharrlicher.

„Ich verspreche, wir fahren bei der nächsten Ausfahrt raus. Es dauert nicht mehr lange, okay?“ In Wahrheit wusste ich nicht, wie lange es noch dauern würde, hoffte aber inständig auf eine glückliche Fügung.

„Ich kann nicht mehr einhalten, ich kann nicht mehr einhalten“, quiekte die Hündin.

Da wurde mir klar, dass wir unser Glück nicht überstrapazieren durften, damit Grandma die Reise nicht mit einem nassgepinkelten Schoß fortsetzen musste. Also fuhr ich den Wagen auf den Standstreifen der Autobahn. Gott sei Dank waren zu dieser frühen Stunde nicht viele Leute unterwegs, da die Rushhour noch nicht begonnen hatte.

„Du musst sehr vorsichtig sein“, schärfte ich ihr ein, bevor ich meine Tür öffnete und sie hinter mir her traben ließ.

„Und geh nicht so weit weg, dass ich dich nicht mehr sehen kann!“

Großmutter war bereits wieder eingeschlafen, also lag es an mir, die beiden Tiere im Auge zu behalten, denn auch Octocat war aus dem Auto gesprungen und stolzierte nun auf dem Seitenstreifen entlang. Ich ließ ihn sein Ding machen, da er mit Sicherheit genau das Gegenteil von dem tun würde, was ich wollte, wenn ich ihn ermahnte.

Stattdessen drehte ich mich zu Paisley um und sah zu, wie sie sich hinhockte und wohlig aufseufzte, während sie sich erleichterte. „Hach, das fühlt sich so gut an.“

„Hunde sind ja so was von widerlich.“ Octocat marschierte mit aufgerichtetem Schwanz auf mich zu. „Also?“, sagte er und legte ungeduldig den Kopf schief.

„Also, was?“, seufzte ich.

„Wo ist mein Katzenklo?“ Er blieb stehen, ließ seinen Hintern auf den Asphalt plumpsen und betrachtete mich mit einem verächtlichen Blick. „Du kannst nicht erwarten, dass ich zur Toilette gehe, wenn es keine gibt.“

„Ich baue dein Klo nicht für eine kurze Pinkelpause auf. Das hole ich erst raus, wenn wir in Colorado sind.“

„Du erwartest also, dass ich die ganze Zeit bis dahin einhalte? Unmöglich.“

„Du kannst doch auf Toilette gehen, aber im Freien. Schau mal, ich kann die Streu nicht irgendwo hinwerfen, wenn du fertig bist, und es wäre ohnehin eine unglaubliche Verschwendung, sie nach nur einer einzigen Benutzung wegzuschmeißen. Und ich fahre sicher nicht mit einer benutzten Katzentoilette im Auto durch die Gegend, also bitte versuch, dich damit zu arrangieren."

„Und wie soll ich mich deiner Meinung nach damit arrangieren?", fragte er verärgert.

Paisley kam zurückgetrabt und leckte Octocat kräftig über das Gesicht. „Ich kann dir beibringen, wie man draußen aufs Töpfchen geht, Octavius. Das würde mir überhaupt nichts ausmachen."

„Nein, danke", sagte er mit einem Schaudern.

Ich verschränkte die Arme und starrte ihn ungeduldig an. „Gehst du nun oder nicht?"

„Nein", lautete seine knappe Antwort.

„Gut. Dann lass uns jetzt weiterfahren."

Als wir alle wieder im Auto saßen, wandelte sich Octocats aufgeregtes Geplapper über seine Pläne mit Grizabella in bitterliche Beschwerden über meine mangelnde Bereitschaft, sein Katzenklo aufzustellen.

„Würdest du bitte endlich damit aufhören?", fragte ich nach gut zehn Minuten. „Es tut mir leid, dass ich dich verärgert habe, aber das mit deinem Klo ist im Moment nicht zu ändern."

„Ich hätte gedacht, dass du inzwischen etwas mehr Rücksicht auf mich nehmen würdest", meckerte er. „Nach allem, was wir schon zusammen durchgestanden haben! Nach allem, was ich für dich getan habe. Du kannst doch nicht einfach ..."

„Ach, komm schon“, unterbrach ich ihn, weil ich gerade eine Eingebung hatte: „Wie wäre es denn, wenn wir uns das Hörbuch anhören, für das ich in ganz Blueberry Bay herumgekurvt bin?“

Seine Stimme wurde weicher. „Hm, na schön, ausnahmsweise ist das mal eine gute Idee von dir.“

Ich verdrehte die Augen und legte die CD ein.

„Dr. Romans Romantik-Ratgeber“, sagte der Erzähler mit einer tiefen, autoritären Stimme, die sich für diese Art von Buch völlig falsch anfühlte. „Kapitel eins. Lernen zu lieben“, fuhr er fort.

„Liebe ist eine wundervolle Verbindung zwischen zwei Seelen und außerdem mit das Schönste, was das Leben zu bieten hat“, dröhnte der Sprecher. „Romantik gehört zur Liebe dazu, ist jedoch nur ein kleiner Teil eines großen Ganzen, obwohl viele sie als den wertvollsten Teil empfinden.“

„Da hat er recht“, sagte Octocat mit einem glücklichen Seufzer. „Durch die Liebe zu meinem Schatz Grizabella hat sich mein Katzendasein für immer verändert.“

Wieder verdrehte ich die Augen. Zum Glück waren Charles und ich nicht so.

„In der Romantik geht es darum, die Liebe zu zelebrieren, und um das zu tun, muss man erst einmal Liebe in seinem Leben haben“.

Ich stöhnte. „Willst du dir das wirklich weiter anhören?“

„Pssst“, zischte Octocat. „Der Mann hat Ahnung.“

Ich krallte mich am Lenkrad fest und biss die Zähne zusammen, während der Sprecher – Dr. Roman selbst, wie sich herausstellte – weitere Klischees zum Besten gab und darüber schwadronierte, was für eine vielschichtige Angelegenheit die Liebe sei. Im Ernst, wie konnte dieses Buch bloß ein Bestseller werden?

Es dauerte nicht lange, bis auch Grandma die Ohren spitze. „Wer plaudert denn da aus dem Nähkästchen?“, fragte sie.

„Der wahrscheinlich intelligenteste Mensch aller Zeiten.“, antwortete Octocat, obwohl Grandma ihn natürlich nicht verstehen konnte.

Ich übersetzte das mit „Octocats neues Hörbuch“ und ergänzte so sarkastisch wie möglich ohne den Blick von der Straße zu nehmen: „Dr. Romans Romantik-Ratgeber. Wie es aussieht, ist er der intelligenteste Mensch ever.“

Ungerührt von unseren Komplimenten und Beleidigungen, fuhr Dr. Roman fort: „Im Gegensatz zur Liebe ist die Romantik niemals ein Substantiv. Sie ist immer als Verb zu verstehen. Romantik passiert nicht einfach so. Sie ist etwas, das Sie aktiv in Ihrem Leben erschaffen müssen.“ Er hielt inne, um dieser großen Weisheit Nachdruck zu verleihen.

„Ist das denn zu fassen?“, stöhnte ich leise und mehr zu mir selbst. „Er weiß noch nicht einmal, was ein Verb ist. Was für ein Quatsch.“

„Eigentlich hat er recht“, meinte Grandma nachdenklich

nickend. „So habe ich das noch nie gesehen, aber es ist wahr. Erst letzte Woche haben Grant und ich …“

„Pssst“, zischte Octocat erneut, und wir verstummten und lauschten Dr. Romans Worten, die das Auto erfüllten.

War es unfair von mir, dieses Buch so zu verurteilen, oder war ich einfach nur zu rational veranlagt? Charles hatte schon immer mehr Sinn für Romantik gehabt als ich, und mir war es mehr als recht, ihm das Feld zu überlassen, was das anging. War ich es ihm schuldig, mich mehr anzustrengen?

Uff. Ob ich Dr. Roman nun mochte oder nicht, wir würden definitiv noch für eine ganze Weile zusammen in diesem Auto festsitzen. Also beschloss ich, mir zumindest anzuhören, was der Romantikdoktor zu sagen hatte, vor allem, da Grandma und Octocat nun jedem seiner Worte gebannt lauschten. Sogar die kleine Paisley saß mit gespitzten Ohren da und blinzelte zwischendurch selig, so wie Chihuahuas es gerne tun, wenn sie mit sich und der Welt zufrieden sind.

Stillschweigend ließ ich Dr. Romans Auflistung der sieben Must-haves für mehr Romantik über mich ergehen und sagte auch nichts, als er mit seiner geführten Meditation für romantische Achtsamkeit begann. Aber als er dann auf die aphrodisierende Wirkung bestimmter Lebensmittel und Getränke einging, hatte ich genug.

„Lasst uns einen Kaffee trinken“, sagte ich und gähnte demonstrativ.

„Pssst!“, zischten mir die drei anderen wie aus einem Mund zu.

Daraufhin verstummte Dr. Romans Stimme wie von Zauberhand, jedoch ertönte in der nächsten Sekunde ein Klingelton aus den Lautsprechern.

Grandma drückte einen Knopf am Autoradio, und Charles' Stimme schallte uns entgegen. „Hey, wie läuft die Fahrt?“, fragte er.

„Ich hoffe, es macht dir nichts aus, Liebes“, sagte Grandma an mich gewandt, „aber ich habe dein Telefon vorhin über Bluetooth mit der Freisprechanlage verbunden, weil ich mir schon dachte, dass Charles bald anrufen würde. Anscheinend lag ich da richtig.“

Ich lächelte und war so unglaublich dankbar für die Ablenkung, dass ich hätte heulen können. „Alles fein!“, sagte ich, und das galt sowohl Grandma als auch Charles. „Wir kommen gut voran. Wie sieht es bei dir aus?“

Ich hörte, wie mein Freund am anderen Ende der Leitung scharf einatmete. Da wusste ich sofort, dass er keine guten Nachrichten für mich hatte.

9

„Der Schwarm ist hier“, flüsterte Charles ins Telefon. „Sie sind in meinem Vorgarten. Dutzende von ihnen.“

„Was?“, rief ich entsetzt, woraufhin mein mürrischer Kater aufstöhnte. „Warum?“

„Ich weiß es nicht. Ohne dich kann ich ja nicht mit ihnen reden“, sagte Charles. Natürlich nicht, wie denn auch?

„Sollen wir umkehren? Wir sind erst ein paar Stunden unterwegs. Ich kann zurückkommen. Du musst das nicht allein ...“

Noch bevor ich den Satz beendet hatte, erschreckte mich Octocat beinahe zu Tode, indem er vom Rücksitz nach vorne sprang und mit ausgefahrenen Krallen auf meinem Schoß landete, sodass ich das Lenkrad verriss und den Wagen ungewollt auf die Überholspur steuerte. Zum Glück war noch nicht viel Verkehr auf der Strecke und in diesem Moment kein anderes Auto in der Nähe.

„Ganz ruhig, mein Mädchen", murmelte Grandma und tätschelte liebevoll das Armaturenbrett ihres Autos.

„Ist alles in Ordnung?", fragte Charles besorgt.

„Ja, alles okay. Aber ich fürchte, wir werden wohl nicht umkehren."

„Das will ich dir auch geraten haben", fauchte Octocat und vergrub seine Krallen erneut in meinem Oberschenkel, um seinen Standpunkt zu unterstreichen.

„Ich könnte dich über FaceTime anrufen und für dich mit den Möwen reden", bot ich ihm mit gedämpfter Stimme an.

„Ach was, schon gut. Es ist zwar echt nervig, aber ich denke, sie behalten mich einfach nur im Auge", sagte er.

Im Hintergrund hörte ich, wie er den Wasserhahn aufdrehte und vermutlich die Kanne befüllte, um Kaffee zu kochen. Das weckte in mir sofort ein heftiges Verlangen nach meinem Lieblingskoffeingetränk. Oh, wie sehr wünschte ich mir, jetzt bei ihm zu sein und nicht auf diesem unerträglichen Roadtrip.

„Sie müssen mir gestern Abend nach Hause gefolgt sein", fuhr Charles fort. „Ich habe das Gefühl, sie vertrauen mir nicht."

„Ich weiß nicht viel über Vögel", gab ich zu, während wir einen Lkw überholten. „Sie wollten noch nie wirklich mit mir reden, aber ich vermute, die Möwen bei dir wollen nur sichergehen, dass du sie nicht vergisst.“ Ich zuckte mit den Schultern, obwohl er das ja nicht sehen konnte.

„Es ist schon ein blödes Gefühl“, meinte er. „Immer wenn ich aus dem Fenster schaue, sind zig Augenpaare auf mich gerichtet. Sie beobachten mich auf Schritt und Tritt, und das macht mich nervös.“

„Ach Schatz, das tut mir leid.“ Und es tat mir wirklich leid. „Ich hätte dich nicht bitten sollen …“

„Nein“, unterbrach er mich. „Ich möchte das für dich tun. Für deine Familie. Ich bin mir nur nicht sicher, ob ich ganz verstehe, was von mir erwartet wird.“

Ich wollte ihm widersprechen, kam jedoch nicht dazu, denn Charles hatte noch mehr zu sagen: „Ich habe gestern Abend einige Präzedenzfälle recherchiert, falls so was für die Möwen von Bedeutung ist, und ich habe tatsächlich ein paar vergleichbare Urteile gefunden. Es sollte nicht allzu schwierig sein, diese Sache für den Schwarm zu gewinnen, aber ehrlich gesagt, was mich hier gerade noch viel mehr beschäftigt, ist …“

„Dass der ganze Clan in deinem Garten kampiert“, beendete ich den Satz für ihn.

„Ja. Es kommt mir komisch vor. Warum trauen sie mir nicht? Und was versprechen sie sich davon?“

„Glaubst du, sie haben uns nicht die ganze Wahrheit über diese Kriegserklärung gesagt?“, fragte ich.

„Oder über das Verschwinden des anderen Schwarms“,

ergänzte er, untermalt von den gurgelnden Geräuschen seiner Kaffeemaschine.

„Meinst du, wir haben etwas Wichtiges übersehen?", überlegte ich, während mein Verlangen nach einem Schluck des heißen, bitteren Gebräus immer stärker wurde.

„Ich denke, wir sollten es auf jeden Fall überprüfen", stimmte er zu. „Vielleicht ist es auch nicht so bedeutsam, aber ich würde trotzdem gerne die Wahrheit wissen."

„Ich wünschte, ich wäre da, um dir zu helfen", stöhnte ich. „Es fühlt sich falsch an, so weit weg von dir zu sein und dich das alles allein machen zu lassen."

Ich hatte Grandma noch immer nichts von der Möwengeschichte erzählt und schon gar nicht von Bravos Angebot, mich meiner verschollenen leiblichen Großmutter vorzustellen, daher wählte ich meine Worte mit Bedacht: „Ich werde zurück sein, bevor die Verhandlung beginnt."

„Diese kreischenden Viecher werden mich bis dahin sicher auf Trab halten. Offen gestanden mache ich mir Sorgen, was sie tun werden, falls sie zu dem Schluss kommen sollten, dass ich ihre Sache ignoriere. Puh, es fühlt sich fast so an, als säße mir eine Art Vogelmafia im Nacken. Wenn es doch nur eine Möglichkeit gäbe, den verschwundenen Schwarm aufzuspüren", sagte er nachdenklich.

„Es gibt aber eine Möglichkeit", meldete sich Octocat vom Rücksitz aus zu Wort.

„Warte mal", sagte ich zu Charles. „Octocat hat anscheinend eine Idee."

„Keine Idee“, korrigierte er mit einem hochmütigen Schnauben. „Die Lösung.“

Er hielt kurz inne und meinte dann: „Ich kenne nicht alle Details – oder besser gesagt, kein einziges Detail – über diese Möwensache, da *jemand* diesen neuen Fall offenbar nicht für wichtig genug hielt, um seinem Partner darüber in Kenntnis zu setzen.“

Ich verkniff mir einen Kommentar, um einen weiteren sinnlosen Streit zu vermeiden. Aber wann bitte schön hätte ich ihm denn davon erzählen sollen? Gestern war ich noch bis spät abends unterwegs gewesen, um seine Einkaufsliste abzuarbeiten, und heute hatte ich mich auf das Autofahren konzentriert, während er jede freie Minute damit verbrachte, über Grizabella zu reden oder sich langweilige Ratschläge von Dr. Roman anzuhören.

„Wie dem auch sei“, fuhr Octocat fort, „und obwohl ich es nur ungern zugebe, aber wir haben schließlich einen Top-Spion, und der ist noch zu Hause.“

„Einen Top-Spion?“, fragte ich. Es kam selten vor, dass mein Kater jemand anderem zugestand, etwas besser zu können als er, vor allem, wenn es um etwas ging, dass er selbst mit Feuereifer tat.

„Ja, der Waschbär.“

„Oh“, murmelte ich. „Das ist keine schlechte Idee.“

„Natürlich ist das keine schlechte Idee. Sie stammt ja auch von mir.“

„Was?“, fragte Charles. „Was hat er gesagt?“

„Pringle“, erklärte ich mit einem einzigen Wort.

„Was ist mit ihm?“, wollte Charles wissen.

„Er kann für dich mit den Vögeln reden, und er liebt Klatsch und Tratsch. Ich bin sicher, du musst ihn nicht einmal um Hilfe bitten, sondern nur in seiner Gegenwart das Problem erwähnen, und er wird dieser Sache ganz von selbst nachgehen.“

„Das soll ich machen, meinst du?“

„Ja, ich denke, das ist eine gute Idee. Vor allem, wenn es die Fragen beantwortet, die für dich noch im Raum stehen.“

„Okay“, stimmte er zu und schlürfte seinen Kaffee, was mich in meinem koffeinlosen Zustand schrecklich unruhig machte. „Ich werde nach der Arbeit zu dir fahren und nach ihm Ausschau halten.“

„Super. Wenn du willst, melde dich über FaceTime, sobald du da bist. Dann erkläre ich Pringle, was er zu tun hat.“

„Ich liebe dich“, sagte Charles, bevor er einen weiteren geräuschvollen Schluck nahm.

Ich erwiderte seine Worte, und verabschiedete mich. Nachdem wir aufgelegt hatten, ertönte sofort wieder die Stimme von Dr. Roman aus den Lautsprechern. O nein, bitte nicht. Mein Kopf brauchte einen Moment Ruhe, also stoppte ich die Wiedergabe.

„Hey“, protestierte Octocat.

„Selber hey“, erwiderte ich. „Bitte gib mir mal ein paar Minuten, damit ich mich darauf konzentrieren kann, einen Rastplatz zu finden.“

„Heißt das, dass du endlich mein Katzenklo aufstellen wirst? Mir platzt nämlich schon fast die Blase."

Ich weigerte mich, diese Frage mit einer Antwort zu würdigen, da ich meinen Standpunkt bezüglich des Reiseklos bereits mehr als deutlich gemacht hatte. Ein paar Kilometer weiter tauchte ein Rastplatz auf, wo es außer einer Tankstelle jedoch nicht viel gab.

Bestimmt würde ich dort einen Kaffee bekommen, und wo wir schon mal hier waren, wollte ich auch gleich Benzin nachfüllen, um auf der sicheren Seite zu sein.

„Könntest du für uns volltanken?", fragte ich Grandma, nachdem ich an der Zapfsäule angehalten hatte, die dem Eingang des Shops am nächsten lag. Noch bevor sie antworten konnte, war ich aus dem Auto gehüpft und hineingesaust.

Ein paar Minuten später kam ich mit einem dampfenden Pappbecher zurück, den ich fest umklammerte.

„Wir sollten irgendwo anhalten und etwas frühstücken gehen", schlug Grandma vor, als sie wieder startklar war.

„Hier scheint es nichts Vernünftiges zu geben."

„Wir finden schon etwas", antwortete sie lächelnd, und schließlich entdecktem wir nach einem zwanzigminütigen Umweg ein kleines Diner, das wie ein umgebautes Mobilheim aussah.

Wir bestellten Rührei und Würstchen zum Mitnehmen, die wir auf dem Parkplatz aßen, während sich die Tiere ein wenig die Füße vertraten.

„Was hat es mit den Möwen auf sich, von denen Charles gesprochen hat?“, erkundigte sich Grandma, nachdem wir schon einige Bissen verspeist hatten.

„Oh, sie brauchen Hilfe bei einem Gebietsstreit.“ Ich versuchte, beiläufig zu klingen, und wechselte das Thema. „Und wie findest du Dr. Roman? Magst du seine Romantiktipps wirklich?“, fragte ich mit einem Kichern.

„Na ja, wahrscheinlich ist sein Buch nicht der ultimative Ratgeber, aber schlecht ist es nicht“, antwortete sie. „Warum betreibt ihr denn jetzt so einen Aufwand, um diesen Vögeln zu helfen? Hätte das nicht warten können, bis wir wieder zurück sind? Oder gibt es eine Art Ultimatum?“

„Nach ihren Gesetzen haben wir nicht mehr viel Zeit, bevor ein Krieg ausbricht“, erklärte ich ihr. „Also habe ich zugestimmt, zu ihren Bedingungen zu arbeiten, in der Hoffnung, diesen Krieg zu verhindern.“

„Aber wieso?“, fragte sie und musterte mich mit funkelnden Augen.

„Ich ...“ Mehr brachte ich nicht heraus.

„Es ist in Ordnung, Liebes. Was auch immer es ist, du kannst es mir sagen. Ich bin ein großes Mädchen. Ich kann damit umgehen“, sagte Grandma mit einem verschmitzten Grinsen.

„Es ist nur, sie sagten, sie wüssten, wo ...“ Ich wusste wirklich nicht, wie ich ihr das sagen sollte. Natürlich war sie meine Großmutter. Und dennoch wollte ich unbedingt die Frau kennenlernen, die vor so vielen Jahren aus unserer

Familie verschwunden war. „Ja also“, begann ich erneut, „du weißt doch, wie Vögel sind. Sie sehen alles, kriegen alles überall mit …“, stotterte ich nervös weiter.

„Geht es um deine andere Großmutter, Liebes?“, unterbrach Grandma mich leise und drückte meine Hand. „Wenn dem so sein sollte, ist das kein Problem für mich.“

Ich nickte, sagte aber nichts.

„Dann sollten wir diesen Vögeln besser helfen, denn ich würde sie auch gerne kennenlernen.“

10

Der Rest des Tages zog sich endlos in die Länge. Ich fühlte ich mich wie eine Ameise, die mit den Beinen an einem Klecks Honig kleben geblieben war und sich abstrampelte, ohne dabei vom Fleck zu kommen.

Zu diesem Zeitpunkt waren wir mit Dr. Romans Hörbuch schon über die Hälfte durch. Grandma hatte vor etwa einer Stunde das Steuer übernommen, aber ich konnte trotzdem nicht schlafen, und auch Octocat war weiterhin hellwach und total aufgekratzt. So langsam fand ich es nicht mehr niedlich, wie sehr er sich darauf freute, endlich anzukommen, weil er nach meinem Eindruck kurz davor war, völlig abzudrehen. Deshalb überlegte ich, ob es vielleicht besser wäre, ihn in seine Transportbox zu setzen, damit mal etwas mehr Ruhe einkehrte.

Nur zu gerne hätte ich etwas gelesen oder auf dem Handy herumgespielt, aber mir wurde immer schlecht, wenn ich den Blick von der Straße abwandte. Als mein Telefon klingelte, fuhr ich erschrocken hoch, bevor ich das Gespräch annahm.

„Angie?“, sagte Charles, weil ich mich vor lauter Verwirrung nicht direkt meldete.

„Ja, sorry, bin da ... Was gibt’s?“ Ich lehnte mich ein Stück nach vorn, gespannt auf seine Neuigkeiten.

„Ich bin gerade aus der Kanzlei raus und wollte jetzt zu dir fahren.“ Er zögerte. „Das heißt, wenn du noch mit Pringle sprechen willst.“

„Ja, ja, natürlich will ich das. Wie war dein Tag? Besser, als er angefangen hat?“

Er zögerte, sodass ich mir nun noch mehr Sorgen machte. „Doch, ja. Zumindest sind sie mir nicht alle zur Arbeit gefolgt.“

„Aber ein Teil von ihnen schon?“ Warum in aller Welt hatte ich überhaupt zugestimmt, diesen lästigen Vögeln zu helfen? Gut, sie hatten ein wirkungsvolles Druckmittel gegen mich in petto, jedoch bereitete es mir Bauchschmerzen, dass sie Charles praktisch verfolgten, während ich viel zu weit weg war, um etwas dagegen zu unternehmen.

„Ja, jedenfalls einer von ihnen.“

„Das ist wahrscheinlich Bravo. Er ist sozusagen der Verantwortliche für diese ganze rechtliche Angelegenheit.“

„Er sitzt schon den ganzen Tag an meinem Fenster. Beobachtet. Wartet. Das ist mir nicht geheuer, Angie.“

Mir gefiel das auch nicht, aber ich musste jetzt ruhig bleiben und Charles bei der Klärung der Situation unterstützen. „Gib ihn mir bitte mal."

„Moment."

Ich hörte, wie er das Fenster öffnete und nach dem Vogel pfiff, damit er zu uns kam.

„Du bist auf Lautsprecher", teilte mir Charles ein paar Sekunden später mit.

„Bravo?", fragte ich und gab mein Bestes, gelassen zu klingen. Autoritär.

„Höchstpersönlich", meldete die Möwe sich.

Ich hatte ja schon erfahren, dass im Schwarm strenge Regeln und Hierarchien herrschten. Wenn ich mich also wie eine ranghohe Möwe verhielt, könnte ich ihn vielleicht dazu bringen, das Stalking zu unterlassen. „Warum verfolgst du Charles?", begann ich nachdrücklich. „Ihr habt uns angeheuert, damit wir euch helfen, und jetzt müsst ihr uns vertrauen."

„Nein, das geht nicht. Alpha hat mir die ausdrückliche Anweisung gegeben, euch genau im Auge zu behalten, und daran muss ich mich halten."

„Und ich bitte dich höflichst, das zu unterlassen. Charles kann besser für euch tätig werden, wenn ihr ihm mehr Freiraum gebt." Ich holte tief Luft und verkniff es mir, laut ins Telefon zu seufzen.

Leider weigerte Bravo sich standhaft. „Der Befehl von Alpha ist eindeutig. Dein Freund wird einen weißen Schatten haben, bis das Ding gelaufen ist."

Einen weißen Schatten? Das hörte sich gar nicht gut an, und ich begann zu verstehen, warum mein Freund so misstrauisch war, was überhaupt zu diesem ganzen Gebietsstreit geführt hatte.

„Okay, einen Versuch war es wert“, sagte ich zu dem Vogel und bat Charles, den Lautsprecher auszuschalten.

„Okay“, grummelte er. „Und was jetzt?“

„Mach das Fenster zu“, raunte ich ins Telefon. „Ich will nicht, dass Bravo etwas mitbekommt.“

Ich wartete, bis er das Fenster mit einem dumpfen Knall geschlossen hatte.

„Das wird langsam unheimlich, oder?“, flüsterte er.

„Das war es von vornherein“ Ich hielt inne, um mir einen Plan zu überlegen. „Pass auf, wenn wir gleich aufgelegt haben, rufe ich dich noch mal an, und du lässt die Mailbox rangehen. Ich werde eine Nachricht für Pringle hinterlassen. Sorg dafür, dass Bravo nicht in der Nähe ist, wenn du sie ihm vorspielst.“

„Aber wie soll ich das denn bitte anstellen? Wie soll ich den Waschbären dazu bringen, mir zuzuhören und mir gleichzeitig auch noch die Möwe vom Leib halten?“

Das war eine gute Frage. Wie könnten wir das lösen, und wie gut konnten Vögel überhaupt hören? Würde Bravo in der Lage sein, durch ein geschlossenes Fenster zu lauschen? Ich hatte keine Ahnung, aber wir mussten das Risiko eingehen. Nicht zu versuchen, dem armen Charles aus diesem Schlamassel zu helfen, war schließlich keine Alternative.

„Lass uns Folgendes probieren: Ich spreche dir gleich zwei verschiedene Nachrichten auf die Mailbox“, erklärte ich ihm. „Die Erste, um Pringle ins Haus zu dirigieren, und die Zweite, um ihm zu erläutern, was er tun soll. Solange du Bravo nicht reinlässt, sollte er das nicht mitkriegen. Du hast doch noch den Schlüssel, den ich dir gegeben habe, oder?“

„Ja“, antwortete er.

„Gut. Fahr direkt zu mir nach Hause. Pringle ist wahrscheinlich in einem seiner Baumhäuser. Möglicherweise schnüffelt er aber auch irgendwo in der Nachbarschaft herum. Kannst du mich zurückrufen, wenn du ihn gefunden hast?“

„Was ist mit den Sprachnachrichten, die du mir hinterlassen willst?“, wunderte sich Charles.

„Die sind nur eine Sicherheitsmaßnahme. Ruf mich an, und ich werde sofort alles stehen und liegen lassen – egal, ob ich gerade schlafe, fahre oder was auch immer. Hey, würde es dir etwas ausmachen, eine Weile bei mir zu Haus zu bleiben, wenn du ihn nicht gleich findest?“

Seine Stimme klang ein wenig belegt, als er antwortete: „Okay, besser bei dir mit nur einer Möwe als bei mir mit dem ganzen Schwarm.“ Verdammt, ich wäre jetzt wirklich gerne bei ihm, und das nicht nur, weil mich dieser Roadtrip beinahe in den Wahnsinn trieb.

„Da hast du wohl recht. Du kannst auch gerne bei mir übernachten, wenn du das möchtest.“

„Nein, ich denke nicht. Dann würden sie wahrscheinlich

nur ihr Lager wechseln, und Jacques und Jillianne wären sauer, wenn ich abends nicht nach Hause käme." Das konnte ich mir lebhaft vorstellen, denn seine beiden Sphynx-Katzen waren sogar noch schräger drauf als Octocat.

„Okay, dann rufe ich dich gleich noch mal an", versprach ich, obwohl ich mich viel lieber noch weiter mit ihm unterhalten hätte, aber wir mussten in dieser Sache jetzt unbedingt etwas unternehmen. „Denk daran, nicht abzuheben. Ich liebe dich. Bye."

Wir legten auf, und ich atmete ein paar Mal tief durch, bevor ich die Wahlwiederholung drückte. Als die Mailbox ansprang, rief ich laut und deutlich ins Telefon: „Pringle! Pringle! Charles sucht nach dir. Bitte geh mit ihm ins Haus, und sprich mit ihm. Ich habe dir eine streng vertrauliche Nachricht hinterlassen, die sich in zehn Minuten selbst vernichten wird, egal ob du sie abhörst oder nicht. Also beeil dich und folge ihm hinein. Dort erhältst du weitere Anweisungen."

So, das war der erste Streich. Pringle liebte große Dramen, und ich war mir sicher, er würde meinem geheimnisvollen Appell nicht widerstehen können.

Rasch schrieb ich Charles eine Nachricht: *Nr. 1 geschafft, Nr. 2 kommt gleich.*

Ich hatte mir einen Plan zurechtgelegt, und als die Mailbox erneut ansprang, gab ich mein Bestes, um diesen der neugierigen Fellnase schmackhaft zu machen: „Agent Pringle, Gott sei Dank hast du auf unseren Hilferuf reagiert."

Ich hatte mir überlegt, sämtliche Spionagefilm-Klischees, die mir gerade einfielen, aus der Trickkiste zu holen. Der Waschbär hatte sich früher mal für einen edlen mittelalterlichen Ritter gehalten, aber seine Vorlieben änderten sich, je nachdem, welche Fernsehsendungen und Spielfilme er sich aktuell reinzog. Derzeit war er auf einem Spionage-Trip und vergötterte Tom Cruise, Arnold Schwarzenegger, Bruce Willis und Co.

„Wir befürchten, dass jemand versucht, unsere Mission zu manipulieren. Möglicherweise geben unsere vermeintlichen Verbündeten aus Schwarm 82 uns nicht alle Informationen. Bei denen ist vermutlich etwas faul, und obendrein droht ein Krieg auszubrechen. Ein anderer Schwarm ist spurlos verschwunden, und wir brauchen dich, um diese wichtigen Zeugen zu finden und die Wahrheit über ihr Verschwinden aufzuklären."

Und nun folgte der dramatische Höhepunkt meiner Ansprache. Um Pringle endgültig zu überzeugen, ließ ich die Titel bekannter Actionfilme in meine Nachricht mit einfließen. Je theatralischer und überzogener, desto mehr würde es unserem kleinen Waschbärspion gefallen: „*Der Anschlag* könnte kurz bevorstehen. Wir müssen den Einsatz der *Lethal Weapon* unbedingt verhindern. Ich verlasse mich darauf, dass du der *Terminator* dieser Intrige sein wirst, bevor jemand stirbt. Bist du bereit für diese *Mission Impossible*, Agent 007? Super, dann warte auf meinen nächsten Anruf, und ich werde dir deinen Auftrag genau erklären."

Danach legte ich schnell auf, denn ich befürchtete, dass es nur noch eine Frage von Sekunden sein könnte, bis entweder Grandma oder Octocat in Gelächter ausbrechen und damit alles ruinieren würden, falls sie mir denn zugehört hatten. Zugegeben, der letzte Teil meiner Nachricht ergab wenig Sinn, aber Pringle würde begeistert sein und alles tun, um den Fall zu lösen.

Bühne frei für Operation Waschbär!

11

Charles schrieb mir eine halbe Stunde später, dass er Pringle nirgends finden könne, jedoch noch bleiben würde, so lange wie es eben ging, ohne seine beiden vierbeinigen Chefs zu Hause zu verärgern.

Während ich darauf wartete, dass er sich erneut meldete, falls er Hilfe brauchte, nickte ich schließlich ein. Erst mitten in der Nacht schlug ich die Augen wieder auf.

Grandma saß am Steuer und schien hellwach zu sein. Sie hatte offenbar Dr. Romans Ratgeber weitergehört, während die Haustiere zusammengerollt auf dem Rücksitz schliefen. Octocat würde darüber nicht erfreut sein.

„Oh, du bist wieder munter?" Sie warf mir einen kurzen Blick zu und schaltete die CD aus.

Ich streckte mich, so gut es eben ging, wenn man angeschnallt im Auto hockte, und rieb mir die Augen. „Hat Charles angerufen?"

„Ja, hat er, aber ich habe ihm gesagt, dass du gerade schläfst wie ein Murmeltier."

Wow! Ich musste wirklich total weg gewesen sein, wenn ich selbst das Telefon nicht gehört hatte.

„Soll ich wieder fahren?", bot ich ihr an, obwohl ich mich noch ziemlich müde fühlte. Aber wir könnten sicher irgendwo einen weiteren Kaffee auftreiben, um mich wieder richtig in Schwung zu bringen, falls nötig.

„Alles gut, Liebes. Ich brauche nicht mehr so viel Schlaf wie früher, als ich noch jung war."

Ich lächelte und verkniff mir die Bemerkung, dass sie den Großteil des Tages verpennt hatte. „Okay, dann versuche ich, noch eine Mütze Schlaf zu kriegen. Weck mich, wenn du tauschen willst, ja?"

„Ja, mach ich", versprach sie und drückte erneut auf die Play-Taste an der Mittelkonsole.

Es dauerte nur ein paar Minuten, bis ich wieder in einen tiefen Schlummer fiel, also *tief* in Anbetracht der Situation. Autofahren war für mich so ziemlich die anstrengendste sitzende Tätigkeit überhaupt. Ob ich etwas träumte, weiß ich nicht mehr. Ich erinnere mich nur noch daran, dass plötzlich im Auto jemand kreischte.

„Boah, ich flipp aus! So was Cooles hab ich noch nie gesehen! Da müssen wir hin! Da müssen wir hin!", schallte Octocats Stimme durch den Wagen, während ich mühsam die Augen öffnete.

Als mein Kater bemerkte, dass er es geschafft hatte, mich zu wecken, wurde er noch lauter. „Angela, sag der alten Frau, sie soll gleich da hinten rausfahren!"

Paisley kläffte unentwegt in einer extra hohen Tonlage, wie sie es immer tat, wenn sie zu aufgeregt war, um richtige Worte hervorzubringen.

Mir dröhnte der Kopf, sodass es mir schwerfiel festzustellen, wo wir uns befanden und wie spät es war. Der Nachthimmel hing noch dunkel über uns, die Straße war leer, und doch schienen unsere tierischen Mitreisenden putzmunter zu sein.

„Angela, übernimm das Steuer! Wir sind fast an der Ausfahrt! Wir dürfen sie nicht verpassen!", lärmte mein Tiger weiter.

Ich blickte zu Großmutter hinüber, die schlaff in ihrem Sitz hing und deren Hände zwar auf dem Lenkrad lagen, es jedoch nicht mehr richtig umfassten.

„Grandma!", rief ich. „Du hättest mich wecken sollen!"

„Hm? Was?" Sie drehte sich nur für einen Sekundenbruchteil zu mir um, doch der reichte schon.

Es schepperte und rumpelte furchtbar, als das Auto von der Fahrbahn abkam und ins Schleudern geriet, wodurch die Airbags ausgelöst wurden. Paisley stieß einen schrillen Schrei aus. Octocat fauchte entsetzt. Und ich bangte um mein Leben und hoffte, jeden Augenblick aus diesem schrecklichen

Albtraum zu erwachen, was nicht geschah. Stattdessen kamen wir nach einigen Schrecksekunden auf einem Feld zum Stehen. *Puh, Glück im Unglück.*

Grandma schluchzte neben mir. „Mein armes, armes Baby. Was habe ich dir nur angetan?“ Wieder einmal sprach sie mit ihrem Auto. Also lag es wohl an mir, mich zu vergewissern, dass niemand verletzt war.

„Paisley?“, rief ich besorgt, denn zweifellos war die kleine Maus mit ihren weniger als fünf Pfund am meisten gefährdet.

„Das war krass“, wimmerte sie hinter mir. „Ich hatte solche Angst. Ich bin auf den Boden gefallen, aber es hat nur ein bisschen weh getan.“

Ich atmete erleichtert auf und holte dann noch einmal tief Luft, bevor ich fragte: „Octocat? Geht es dir gut?“

„Ich bin alles andere als glücklich über diese Wendung der Ereignisse, Angela“, brummte er. Es war nicht sein übliches ärgerliches Brummen, sondern ein tieferes, unheilvolleres. *O nein, was war los mit ihm?*

Als ich mich umdrehte, tat mir der Nacken weh, aber ich konnte sehen, dass er stocksteif auf dem Sitz saß und seine Krallen tief in die Lederpolster gebohrt hatte.

An weiteren Stellen, wo er sich festgeklammert hatte, klafften nun kleine Löcher, aus denen die Schaumstofffüllung hervorblitzte. Rasch nahm ich eine Decke vom Boden und warf sie darüber, damit Grandma es nicht sofort bemerkte. Sie war schon aufgeregt genug, weil ihrem geliebten Auto etwas zugestoßen war.

„Ich bin empört!“, drang es unter der Decke hervor, bevor mein Kater einen Moment später seinen Kopf herausstreckte, um mich für diese unfassbare Demütigung zu tadeln. „Als ich darum bat, einen Zwischenstopp einzulegen, wollte ich, dass wir uns dieses gigantische Aquarium ansehen gehen, das allergrößte im ganzen Staat. *So* hatte ich das mit dem Stopp allerdings nicht gemeint.“

„Das größte in welchem Staat? Wo sind wir hier eigentlich?“, fragte ich verwirrt. Schließlich lag das halbe Land zwischen unserem Zuhause in Maine und Grizabellas in Colorado.

„Michi-bun“, informierte Paisley mich. „Zumindest hat Grandma das gesagt, als wir vor einer Weile an einem großen Schild vorbeikamen. Willkommen in Michi-bun.“

Michigan. Damit hatten wir etwas weniger als die Hälfte unserer Reise hinter uns, was bedeutete, dass wir trotz aller Bemühungen nicht gut in der Zeit lagen.

Ich warf meinem Kater einen finsteren Blick zu, weil ich fand, dass ich viel mehr Grund hatte, mich über ihn zu ärgern als er sich über mich. „Du hast also dieses ganze Gezeter wegen eines Aquariums veranstaltet, das um diese Zeit noch nicht einmal geöffnet hat. Sag mal, geht’s noch? Du hast doch ein Aquarium zu Hause!“

„Es ist aber nicht das Größte im ganzen Bundesstaat. Ich will das hier sehen.“

„Auf keinen Fall!“ Ich drehte mich um und sah nach vorne. *Autsch, mein armer Nacken.* „Du kannst froh sein, wenn wir Grizabella jetzt überhaupt noch zu Gesicht bekommen."

„Neiiiiin!", kreischte er und katapultierte sich mit ausgestreckten Krallen auf meinen Schoß „Das kannst du mir nicht antun."

„Aua! Böse Katze!", schrie ich, packte ihn und setzte ihn wieder auf den Rücksitz, was erneut zu einem stechenden Schmerz in meinem Nacken führte.

„Grandma?" Ich stupste sie an, als ich bemerkte, dass sie weiterhin über den ausgelösten Airbag gebeugt war und das Armaturenbrett ihres Autos streichelte. „Bist du okay?"

„Mir geht es gut, aber mein armes Mädchen ist ein Wrack."

„Das kann sicher repariert werden. Dafür ist die Versicherung doch da", versuchte ich, sie mit einem aufmunternden Lächeln zu beruhigen. „Wir müssen versuchen, so schnell wie möglich Hilfe zu bekommen. Soll ich auf meinem Handy nach einem Abschleppdienst suchen?"

„Nein", schniefte sie und schluchzte. „Ich habe eine Freundin, die zufällig nicht so weit weg von hier wohnt. Sie kann uns hoffentlich abholen."

„Okay, aber dann ruf sie bitte jetzt an. Wir wissen nicht, wie groß der Schaden am Auto ist und wie lange es dauern wird, bis es wieder fahrbereit ist."

Sie schüttelte den Kopf, und abermals strömten Tränen über ihre Wangen. „Es tut mir so leid, Liebes. Ich hätte dich bitten sollen, das Steuer zu übernehmen, aber ich dachte nicht, dass ich so müde wäre."

„Nicht so schlimm. Wirklich. Unfälle passieren nun mal", sagte ich, obwohl mir selbst noch nie einer passiert war. „Es geht uns allen gut. Das ist die Hauptsache."

Grandma schnallte sich ab und stieg aus, um den Schaden zu begutachten. Ich tat es ihr gleich, und prompt versanken meine Füße mit einem schmatzenden Geräusch im Schlamm.

„Ich weiß nicht, wie das passieren konnte", murmelte sie und starrte mit entsetzter Miene auf das verunglückte Fahrzeug. „Ich war gar nicht so müde. Ich ..."

Es war nicht mehr zu ändern. Jetzt lag es an mir, meine Großmutter davor zu bewahren, sich nicht mit Selbstvorwürfen zu kasteien.

„Du musst dich nicht rechtfertigen", versicherte ich ihr und stellte mich neben sie. „Es ist doch nicht so schlimm, alles wird gut. Aber wir brauchen jemanden, der uns hier abholt. Gib mir mal dein Handy."

Sie kramte es aus ihrer Tasche hervor und reichte es mir.

„Danke dir. Wie heißt denn deine Freundin, die uns vielleicht einsammeln könnte?"

„Melissa", antwortete sie mit einem kleinen Seufzer. „Normalerweise geht sie ziemlich früh schlafen, aber sie hat mir die Nummer ihres Ehemanns für Notfälle gegeben, und der ist wohl eine Nachteule."

„Das hört sich doch schon mal gut an." Ich blätterte durch

die Kontakte, bis ich *Melissa* und dann *Melissas Ehemann* fand.

Ich würde Grandma erst später fragen, warum sie sich die Nummer eines ihr unbekannten Mannes, der irgendwo in Michigan wohnte, für Notfälle gespeichert hatte. Und was auch immer der Grund für diese seltsame Vorsichtsmaßnahme war, sie hatte damit einen guten Riecher gehabt.

12

Grandmas Freundin erschien etwa vierzig Minuten später mitsamt ihrer ganzen Familie. „Steigt ein!“, rief sie und deutete auf die hinteren Sitze des riesigen Geländewagens, wo eigentlich kaum noch Platz war. „Tut mir leid wegen der Unordnung.“

Ich quetschte mich neben ein kleines Mädchen, das fest schlief und dem ein glitzernder Tropfen Spucke aus seinem Schmollmund tropfte.

„Ich konnte sie doch nicht zu Hause lassen“, sagte Melissa, die mich musterte, während Grandma mit deren Mann den Unfallschaden begutachtete. „Deine Großmutter hat mich angerufen, aber ich fahre nur sehr ungern Auto, also sind wir alle gekommen.“

„Ich gehe da nicht rein. Es stinkt nach Hund“, informierte Octocat mich von draußen. Er rümpfte angewidert die Nase, und wieder einmal war ich heilfroh, dass andere Menschen ihn nicht verstanden. Anstatt ihm zu antworten, seufzte ich bloß. Er wusste, dass ich vor Leuten, die mein Geheimnis nicht kannten, keinesfalls mit ihm reden konnte, was ihn aber nicht davon abhielt, sich zu beschweren, und zwar in einer Tour.

„Hast du keine Angst, dass deine Katze wegläuft?", fragte Melissa und blickte mit besorgtem Blick von ihm zu mir. Sie war eine große, füllige Frau, aber das Auffälligste an ihr war ihr freundliches Dauerlächeln.

„Nein, er weiß, dass das nichts bringen würde, selbst wenn er gerade genervt ist", erwiderte ich und sah Octocat an, der meinen Wink hoffentlich verstehen würde.

In diesem Moment kam Paisley schwanzwedelnd ins Auto gehüpft, um unsere Helfer zu begrüßen.

„Oh, was für eine süße Maus!", flötete Melissa mit einer so hohen Stimme, dass mir die Ohren klingelten. „Wer ist denn dieses Engelchen?"

„Das ist Grandmas Hund Paisley."

„Ach ja, natürlich ist sie das!" Melissa nahm die quirlige Chihuahua-Hündin auf den Arm und ließ sich von ihr das Gesicht abschlecken. Da bemerkte ich, dass auf ihrem schlabberigen T-Shirt in großen Buchstaben *Crazy Chihuahua Lady* stand. Kein Wunder, dass sie und Grandma befreundet waren.

„Oh, du bist ja wirklich eine Zuckerschnute", quietschte sie. Sowohl sie als auch Paisley schienen vor Begeisterung zu zittern. War diese Frau etwa so besessen von Chihuahuas, dass sie sich sogar wie einer verhielt? Komisch.

„Ich mag sie“, bellte Paisley fröhlich.

„Sie sieht genauso aus wie meine Sky Princess“, meinte Melissa, die uns weiterhin anlächelte. „Du wirst sie nachher kennenlernen, wenn wir bei uns sind. Dann könnt ihr euch etwas ausruhen, während euer Auto repariert wird. Ach, Mensch …“ Sie deutete auf den ramponierten Sportwagen. „Das ist der Grund, warum ich nicht Auto fahre.“

Grandma kam mit Melissas Mann zurück, und sie stiegen beide vorne ein.

„Komm schon, Octocat“, rief ich und schnalzte mit der Zunge.

Zum Glück hatte er offenbar beschlossen, nicht allein am Straßenrand zurückbleiben zu wollen, und kam herangetrabt.

Melissa legte mir anerkennend eine Hand auf die Schulter. „Wow, er gehorcht dir ja aufs Wort. Fast wie ein Hund.“

„Ein Hund!?“, kreischte mein Kater. „Die spinnt ja wohl! Ich werde keine weitere Sekunde mit dieser verrückten Frau verbringen.“

„Pst. Komm schon. Es ist in Ordnung“, murmelte ich. Als ich mich zurücklehnte, merkte ich auf einmal, wie müde ich war.

Melissa schnappte hörbar nach Luft, sagte jedoch nichts und schwieg für den Rest der Fahrt zurück zu ihrem Haus, das mehr als eine halbe Stunde entfernt lag, während ich vor mich hin döste.

Als wir ankamen, schlug uns das lauteste Gebell entgegen, das ich je in meinem Leben gehört hatte. Einen Moment später kamen fünf Hunde nach draußen gerast, um uns zu begrüßen.

„Wow, wie viele sind das denn?“, fragte Grandma lachend und kraulte einen mittelgroßen Mischling hinter den Ohren.

„Sieben“, teilte Melissa ihr mit, „aber die Chihuahuas sind noch drinnen, weil sie nicht stark genug sind, um allein durch die Hundeklappe zu kommen.“

„Sie ist wahnsinnig“, keuchte Octocat. „Definitiv wahnsinnig. Ich weigere mich, dieses Haus zu betreten.“

„Es ist schon mitten in der Nacht“, sagte Grandma seufzend. „Ich weiß es zu schätzen, dass ihr uns zu Hilfe gekommen seid, aber ich hoffe, wir müssen nicht bis zum Morgen warten, um jemanden zu finden, der sich das Auto ansieht.“

„Glaub ich nicht, es gibt eine ganze Reihe Autowerkstätten hier im Umkreis. Bestimmt bietet eine von denen einen Notdienst an“, sagte Melissas Mann, der sich zu uns gesellte, nachdem er seine Tochter rasch wieder ins Bett gebracht hatte.

„Moment, ich bin gleich wieder da“, raunte Grandma uns zu, bevor sie erneut auf den Beifahrersitz des Geländewagenmonstrums kletterte und aus unserem Blickfeld verschwand.

„Also ...“, sagte Melissa und bedachte mich mit einem verschmitzten Blick. „Du bist Dorothys Enkelin, oder?“

Großmutter hatte mich ihr vorhin nicht richtig vorgestellt. „Ja genau. Mein Name ist Angie."

Ihre Stimme wurde zu einem Flüstern, als wir die kleine Treppe vor der Haustür hinaufstiegen. „Bist du diejenige, die … du weißt schon? Mit … na ja, du weißt schon?"

Es war klar, worauf sie hinauswollte, und dass machte mich plötzlich sehr wütend, aber ich ließ mir nichts anmerken. Hatte Grandma etwa irgendwelchen nahezu wildfremden Leuten mein größtes Geheimnis anvertraut? Anscheinend kannten sie und Melissa sich nicht einmal besonders gut, sonst hätte sie sicher nicht so überrascht auf Paisley reagiert, und Grandma hätte gewusst, wie viele Hunde diese Familie besaß.

„Du brauchst nichts zu sagen", fügte sie mit einem verschwörerischen Grinsen hinzu. „Und dein Geheimnis ist bei mir sicher, Ehrenwort. Ich würde es niemals irgendwem erzählen. Na ja, außer meinem Mann und meiner Tochter vielleicht. Denen erzähle ich alles."

Großartig. Also wussten sie alle drei davon, und die Kleine war höchstens sechs oder sieben Jahre alt. Kinder in dem Alter konnten doch nur schwer etwas für sich behalten. Daher hatte ich nicht das Gefühl, dass mein Geheimnis bei ihnen gut aufgehoben war.

Melissa stieß die Haustür mit einem „Herzlich willkommen" auf, und ich blickte in den dunklen Flur, in der Erwartung, ihre Chihuahuas würden gleich angeflitzt kommen, um uns zu begrüßen.

Was ich tatsächlich sah, war eine höchst unangenehme Überraschung ...

Octocat, der hinter uns die Stufen hinaufgeschlichen war, stieß plötzlich ein lautes Knurren aus und machte einen Riesensatz in das Bäumchen neben der Treppe.

„Das ist schlimmer als mein schlimmster Albtraum", jammerte er.

Gerne hätte ich ihn beruhigt und ihm gesagt, dass wir nicht lange hierbleiben würden und er sich keine Sorgen machen solle, aber ich wusste ja nicht, wie kaputt Grandmas Auto tatsächlich war und ob wir wirklich um diese Zeit noch einen Mechaniker finden würden. Also ließ ich ihn stattdessen in dem Baum sitzen, während Paisley und ich Melissa ins Haus folgten und die Tür hinter uns schlossen.

Hoffentlich würde sich das hier nicht auch als mein schlimmster Albtraum erweisen.

13

„Was machst du in meinem Haus?“, fauchte ein Maine-Coon-Kater, der Octocat sehr ähnlichsah, nur dass er mindestens doppelt so groß, doppelt so flauschig und doppelt so bedrohlich war.

Nach seiner Aufforderung, meine Anwesenheit zu erklären, marschierte er direkt auf Paisley zu und versetzte ihr mit der Pfote einen Hieb ins Gesicht. Zwar tat er das ohne Knurren oder ausgefahrene Krallen, aber das Manöver wirkte trotzdem ziemlich aggro.

„Scht!“, rief Melissa empört, und ihr Haustiger huschte davon und suchte sich einen Platz auf halber Höhe der Treppe, um uns im Auge zu behalten.

„Das ist mein Haus, und hier regiere ich!“, brummte der Kater, dessen Schwanz unruhig hin und her zuckte.

Ich beobachtete ihn misstrauisch, da ich befürchtete, er könnte einen weiteren Versuch unternehmen, auf Paisley loszugehen, wenn wir nicht aufpassten. Zum Glück war Octocat wohlweislich draußen geblieben, denn gegen diesen Türsteher-Kater hätte er keine Schnitte, falls es hart auf hart käme.

„Ich entscheide, wer hier hereinkommt, und dir habe ich das nicht genehmigt", miaute er. „Wenn du bleiben willst, musst du mir einen Leckerli-Stick geben."

„O mein Gott", keuchte Melissa und legte sich die Hand aufs Herz. „Er redet mit dir, nicht wahr? Merlin spricht, und du verstehst ihn! Was sagt er denn? Was will er?"

Ich zögerte, einerseits, weil ich ihr nicht sagen wollte, dass sich ihr Kater wie ein aufgeblasener Idiot benahm, doch vor allem, weil ich überhaupt nicht darüber sprechen wollte. Diese Frau war im Grunde eine Fremde für mich, und doch kannte sie mein allerprivatestes Geheimnis – das störte mich gewaltig.

„Und?", fragte Melissa mit ihrem breiten Lächeln.

Ich seufzte. „Er will einen Leckerli-Stick."

Sie gluckste. „Ja, das habe ich mir schon gedacht. Komm mit, ich zeige dir das Prozedere."

Dann erklärte sie mir haarklein, wie Merlin seine Leckerchen am liebsten serviert bekam, angefangen damit, wo ich mich hinstellen sollte, wenn ich die Verpackung seines Snacks öffnete, wie schnell ich mich auf den Kratzbaum zubewegen sollte, wo er diesen am liebsten einnahm, und wie lange ich den Stick in der Hand halten musste, bevor ich ihn dort ablegte, damit er sich ihn holen konnte.

Dieser Merlin wusste offenbar ganz genau, wie er sich seinen Menschen mitteilen konnte, auch wenn diese seine Worte nicht verstanden.

„Ich lasse jetzt die Hunde rein, okay?“, meinte Melissa, nachdem ich die Opfergabe an den Kater vollbracht hatte.

In dem Moment, als sie die Glasschiebetür öffnete, bemerkte ich erst, wie still es im Haus gewesen war. Paisley rollte sich sofort auf den Rücken und ließ sich von den anderen beschnuppern, dann sprang sie zappelig auf. Ein dicker Corgi beschnüffelte sie so intensiv, dass er sie aus Versehen umwarf.

„Das ist toll!“, rief die kleine Hündin. „Ich wollte schon immer in eine Hundetagesstätte gehen.“

Ich seufzte. Nun, da mein Geheimnis ohnehin bereits gelüftet war, konnte ich ihr genauso gut antworten. „Es ist keine Tagesstätte. Es ist nur …“

Urplötzlich sprang Paisley mit einem so lauten Bellen auf, dass ich vor Schreck einen Schritt zurücktrat. „Da-da-da, der Hund aus dem Spiegel! *Wa-wa-wa!*“

Und tatsächlich kam just in diesem Moment ein Chihuahua herangesaust, der Paisley wie aufs Haar glich. Genau wie sie war er dreifarbig und überwiegend schwarz. Die andere Hündin bellte einmal laut und begann dann, demonstrativ mit den Hinterbeinen zu scharren und zu schnüffeln, was wahrscheinlich als Einschüchterung gedacht war.

„Nein, *du* bist der Hund aus dem Spiegel!“, kläffte sie Paisley an.

„Sky Princess“, schimpfte Melissa. „Komm her.“

Das Chihuahua-Mädchen wuffzte und zögerte kurz, bevor sie sich von ihrem Frauchen auf den Arm nehmen ließ.

„Nimm mich hoch! Nimm mich hoch!“, bettelte Paisley, stellte sich auf die Hinterbeine und kratzte wimmernd an meinen Waden.

Ich tat ihr den Gefallen, und sofort fingen beide Hunde wieder an zu bellen und sich gegenseitig zu beschimpfen, der Hund aus dem Spiegel zu sein.

„Ach herrje. Gut, dass meine Tochter immer so tief schläft, sonst hätte ich Angst, dass sie sie aufwecken“, sagte Melissa und verdrehte die Augen. „Für den Rest der Mannschaft ist auch schon längst Schlafenszeit. Ich bringe sie in ihre Hundebetten, dann sollte hier etwas mehr Ruhe einkehren.“

Als sie wiederkam, setzten wir uns gegenüber an den Küchentisch. Melissa bot mir eine eiskalte Cola Light an, die ich dankbar annahm.

„Und wie läuft’s bei dir so?“, fragte sie, als wären wir alte Freundinnen. „Bestimmt ist es gar nicht so einfach, mit einer solch schillernden Persönlichkeit wie deiner Großmutter zusammenzuleben.“

Darüber musste ich kichern, auch wenn mir ihre

Neugierde unangenehm war. Am liebsten hätte ich erwidert, dass ich mir ebenfalls nicht vorstellen konnte, so wie sie mit einem kleinen Zoo unter einem Dach zu leben, doch ich wollte nicht unhöflich sein.

In diesem Moment ertönte ein lauter Schlag gegen das Fenster, und ich sprang erschrocken auf. „Was war das? Ich dachte, du hättest alle Hunde ins Bett gebracht?"

Melissa erhob sich von ihrem Stuhl und stapfte zum Küchenfenster. „Ernsthaft, Kumpel! Um diese Zeit?", rief sie laut. Anscheinend war ihr Kater nicht der einzige Verrückte hier.

Stöhnend und mit einem genervten Gesichtsausdruck drehte sie sich wieder zu mir um. „Das war unsere Horror-Drossel", teilte sie mir mit, als sei das vollkommen selbsterklärend, jedoch hatte ich keine Ahnung, was sie meinte.

Gespannt nahm ich einen Schluck von meiner Cola und wartete darauf zu erfahren, was es mit diesem komischen Vogel auf sich hatte.

Schließlich erklärte sie es mir: „Sie kommt schon seit einigen Jahren jeden Frühling und Sommer hierher. Dann verbringt sie den ganzen Tag damit, an unser Küchenfenster zu klopfen, und nachts wirft sie sich gegen unser Schlafzimmerfenster."

„Was? Warum macht sie das denn?"

Melissa zuckte mit den Schultern. „Vögel sind echt seltsam. Dieses Vieh könnte sich doch einfach eine andere Bleibe suchen, vielleicht würde man sie sogar irgendwo hereinlassen, aber sie scheint unser Haus zu ihrem Territorium erklärt zu haben, und davon ist sie nicht mehr abzubringen."

Ich nickte und dachte über das eigenartige Verhalten dieses Vogels nach. Offenbar führte er lieber einen sinnlosen Kampf, bei dem er sich sogar verletzen könnte, als in ein neues Zuhause umzuziehen.

Das war seltsam und brachte mich ins Grübeln. Wenn Vögel ein solch ausgeprägtes Revierverhalten besaßen, warum war dann der Schwarm, dessen Revier zuvor das Gebiet rund um Dewdrop Springs gewesen war, einfach verschwunden? Alpha, Bravo und die anderen schienen völlig unbeeindruckt von der Tatsache, dass sie weg waren, doch offensichtlich war es alles andere als normal, dass Vögel ihr Zuhause ohne einen triftigen Grund verließen. Und in Anbetracht der Beharrlichkeit der Horror-Drossel musste ein triftiger Grund schon ein drastischer Grund sein.

Das wiederum ließ darauf schließen, dass Charles mit seinem Verdacht recht hatte – irgendetwas war faul bei den Möwen. Hoffentlich würde Pringle die Wahrheit ans Licht bringen können, bevor uns die Zeit davonlief. Jetzt mussten wir ihn nur noch finden und dazu bewegen, uns zu helfen.

14

Etwa anderthalb Stunden später kam Grandma mit Melissas Mann von der Werkstatt zurück.

„Sie haben mein Mädchen so gut es ging repariert", teilte sie mir mit, sah mich dabei jedoch nicht an, vielleicht weil sie erneut den Tränen nahe war. „Der Motor und alles ist in Ordnung, nur ein Reifen war geplatzt. Den haben sie ausgetauscht, und sie meinten, ich solle vielleicht die Polster hinten reparieren lassen, wenn wir wieder zu Hause sind."

„Das sind doch gute Nachrichten, oder?" So würden wir uns nun hoffentlich bald wieder auf den Weg machen können. Melissa war zwar nett, aber die ganze Situation fühlte sich immer noch befremdlich an. Schließlich hatte nur Grandma sie vorher gekannt. Außerdem machte ich mir Sorgen um Octocat, der sich allein draußen in dieser fremden Umgebung und den unbekannten Wäldern herumtrieb.

„Zumindest ist der Wagen wieder fahrtüchtig“, sagte sie mit einem niedergeschlagenen Seufzer. Ich wusste, wie viel ihr das kleine Sportcoupé bedeutete, aber es würde schon bald wieder wie neu sein. Außerdem würde sie nun vielleicht zustimmen, in einem Hotel zu übernachten, damit wir uns beide zwischendurch richtig ausruhen konnten.

„Dann lass uns losfahren. Ich bin jetzt hellwach.“ Ich lächelte Melissa an und hoffte, dass sie es nicht als Kränkung empfand, dass ich so schnell wie möglich weiter wollte. „Vielen Dank für eure Hilfe und eure Gastfreundschaft! Das war sehr nett von euch.“

Sie umarmte mich kurz, was mich überraschte, schließlich kannten wir uns kaum, und es war nicht so mein Ding, mit fremden Leuten gleich auf Tuchfühlung zu gehen. „Ich muss gestehen, ich beneide dich“, flüsterte sie mir ins Ohr. „Was du kannst, ist echt cool. Es würde mich mega freuen, wenn du mir mal mehr darüber erzählen würdest.“

Dann trat sie einen Schritt zurück und sagte zu Grandma und mir: „Dorothy, du weißt, wo ich online zu finden bin. Oh, und bevor ihr geht, lasst mich euch noch ein paar leckere Sachen für euch und die Tiere als Proviant einpacken.“

Etwa zwanzig Minuten später befanden wir uns wieder auf der Autobahn.

„Bist du sicher, dass wir nicht einfach nach Hause fahren sollten?“, fragte ich, während ich einen Schluck von einem der Kaffee-Kaltgetränke nahm, die Melissa uns mitgegeben hatte. „Wir haben erst die Hälfte der Strecke geschafft und schon so einiges durchgemacht.

„Frag mich mal, was *ich* alles durchgemacht habe“, murrte Octocat. „Du musstest schließlich nicht draußen warten. Sei froh, dass dieser spinnerte Kater ein solcher Stubenhocker war, sonst hätte das ein böses Ende genommen – mit ihm.“

„Hör auf zu jammern und nimm einen Leckerli-Stick“, sagte ich grinsend. „Ähm, kannst du ihm einen geben, Grandma?“

Es überraschte mich nicht, dass er von diesen Fleischstäbchen genauso angetan war wie Melissas Kater Merlin. Und um eines aufzufressen, brauchte er länger als für die kleinen Snacks, die er sonst bekam, sodass wir jedes Mal, wenn wir ihm ein neues hinwarfen, tatsächlich ein paar Minuten Ruhe vor ihm hatten. Ehrlich gesagt war allein diese Entdeckung den ungeplanten Umweg wert.

„Wir haben so oder so noch eine lange Fahrt vor uns, also können wir auch genauso gut weiterfahren“, sagte Grandma, nachdem sie Octocats Snack ausgepackt und auf den Rücksitz geschleudert hatte.

„Schlaf ein bisschen, wenn du kannst“, riet ich ihr, stellte die Dose mit dem Fertigkaffee in den Getränkehalter und legte beide Hände ans Lenkrad. „Ich bin nicht müde, aber ich verspreche dir, dass ich dich wecken werde, wenn ich nicht mehr kann. Dann entscheiden wir, ob du wieder das Steuer übernimmst oder ob wir eine Pause einlegen und uns eine Weile ausruhen."

„In Ordnung", stimmte sie zu, kippte ihren Sitz so weit wie möglich zurück und überließ mich meinen Gedanken.

Und Stoff zum Nachdenken hatte ich in der Tat mehr als genug. Da war nicht nur dieser merkwürdige Fall, bei dem wir den Möwen helfen sollten, sondern auch das Rätsel um den verschwundenen Schwarm. Wir mussten unbedingt Pringle bald finden und ihn überreden, für uns den Spion zu spielen.

Außerdem war ein ernstes Gespräch mit Grandma fällig. Es ging einfach nicht an, dass sie anderen von meiner Fähigkeit, mit Tieren zu sprechen, erzählte, schon gar nicht irgendwelchen Leuten, die sie nur über das Internet kannte. Mich schauderte es, wenn ich darüber nachdachte, welche Konsequenzen ihre lose Zunge für mich haben könnte. Manchmal benahm sich meine achtzigjährige Großmutter echt wie ein kleines Kind. Wie konnte sie bloß wildfremden Menschen solche privaten Dinge anvertrauen, die niemanden etwas angingen?

Ja, gut, natürlich war es ein glücklicher Zufall gewesen, dass ihre Bekannten in Michigan so hilfsbereit waren, wenngleich ein wenig tierverrückt, doch zumindest keine Psychos.

Aber wie vielen Leuten hatte sie es sonst noch erzählt? Am liebsten hätte ich sie sofort zur Rede gestellt, jedoch wusste ich, dass ich es besser erst aufs Tapet bringen sollte, wenn wir wieder zu Hause in Glendale waren. Nicht dass am

Ende ein weiterer Unfall passierte, das wollte ich auf keinen Fall riskieren.

Da Großmutter mein Handy bereits über Bluetooth mit dem Audiosystem verbunden hatte, konnte ich mir meine Lieblings-Playlists ganz einfach über die Autolautsprecher anhören. Und so begleiteten mich diverse Lovesongs aus den Achtzigern durch die Nacht, während meine Mitfahrer die meiste Zeit friedlich schlummerten. Gelegentlich wachte einer von ihnen auf, um ein paar Minuten mit mir zu plaudern und kurz darauf wieder ins Reich der Träume abzudriften.

Als die Musik ein paar Stunden später unterbrochen wurde, weil mein Handy klingelte, bekam ich das zunächst gar nicht richtig mit, da ich so versunken war.

Grandma gab ein verschlafenes Schnauben von sich, beugte sich vor, um einen Knopf an der Stereoanlage zu drücken, und sank wieder in ihren Sitz zurück.

„Hallo? Angie?“, hörte ich Charles leicht irritiert sagen.

„Ja, ich bin's. Hi!“, erwiderte ich, während ich das Lenkrad mit beiden Händen umklammerte.

„Soll ich besser später anrufen? Ist es noch zu früh?“

„Nein, kein Problem, ich bin schon seit Stunden wach.“ Ich überlegte, ob ich ihm von unserem Unfall und dem damit verbundenen Zwischenstopp erzählen sollte, aber ich wollte ihn nicht beunruhigen, obwohl ja alles glimpflich ausgegangen war. Ich würde ihm später von unserem außerplanmäßigen Abenteuer im Mittleren Westen berichten. Im Moment hatten wir schon genug um die Ohren.

Charles stieß einen leisen Seufzer aus. „Dann ist ja gut. Ich wollte dir nur kurz berichten, dass ich heute Morgen früh aufgestanden bin, um vor der Arbeit noch bei dir vorbeizuschauen, und das war auch gut so, denn ich habe Pringle gefunden."

Diese Neuigkeit ließ mein Herz ein bisschen schneller schlagen. Wenigstens eine Sache schien nach Plan zu laufen. „Tatsächlich? Hast du ihm meine Nachricht vorgespielt? Ist er jetzt da?"

„Ja, ja und ja", antwortete Charles mit einem Lachen, sodass ich plötzlich große Sehnsucht nach ihm verspürte. Wie seltsam, dass jemand, den ich vor einem Jahr noch gar nicht kannte, aus meiner Welt nicht mehr wegzudenken war. „Willst du mit ihm reden?"

„Ja, aber warte bitte einen Moment. Ich fahre kurz mal rechts ran. Kannst du mich in ein paar Minuten über FaceTime zurückrufen?" Es war immer am einfachsten, mit Tieren zu sprechen, wenn ich sie dabei auch sehen konnte, und gerade bei unserem gewieften kleinen Waschbär-Gangster brauchte ich definitiv meine volle Konzentration.

Ja, wir benötigten seine Hilfe, aber mir war vollkommen klar, dass diese ihren Preis haben würde – sie hatte immer ihren Preis. Und das war auch der Grund, warum er zwei eigens für ihn angefertigte Baumhäuser, zwei Großbildfernseher, zwei

Nerf-Guns – von denen eine Carla hieß – und zahllose andere Gegenstände in doppelter Ausführung besaß, von denen man nie gedacht hätte, dass ein Waschbär sie überhaupt brauchte.

Er hatte praktisch von allem zwei, denn nach Pringles Meinung wurde jeder wertvolle Besitz dadurch noch wertvoller. Ich war auf jeden Fall dankbar, dass er und Grandma nicht direkt miteinander sprechen konnten, zumindest nicht ohne mich als Vermittlerin. Zusammen würden sie mit Sicherheit nicht nur im Überfluss schwelgen, sondern auch meine Geheimnisse in die ganze Welt hinausposaunen ...

Das heißt, wenn sie es nicht schon getan hatten. Diese Ungewissheit bereitete mir arge Bauchschmerzen. Mir fiel wieder ein, wie unbekümmert Melissa über Dinge gesprochen hatte, in die sie nicht hätte eingeweiht sein dürfen. *Jetzt mal eins nach dem anderen,* versuchte ich mich zu beruhigen und holte tief Luft.

Obwohl wir noch nicht einmal in Colorado angekommen waren, konnte ich es schon jetzt kaum erwarten, wieder zu Hause zu sein.

15

Nachdem ich am Seitenstreifen angehalten hatte, dauerte es einige Minuten, bis Charles zurückrief. Grandma, die aus ihrem Schlummer erwacht war, hatte mir angeboten, das Steuer zu übernehmen, aber ich hielt es für das Beste, dieses Gespräch nicht während der Fahrt zu führen. Nicht auszudenken, wenn sie abgelenkt und einen zweiten Unfall bauen würde.

Als Charles sich endlich meldete, schien er außer Atem zu sein. „Sorry … dass du … so lange … warten musstest“, japste er. Sein Gesicht war vor Anstrengung gerötet, und er machte einen abgekämpften Eindruck.

„Was ist los? Alles okay bei dir?“ Ich versuchte, mir meine Sorge nicht anmerken zu lassen.

„Ja, jetzt schon. Dieser blöde Vogel ist plötzlich hier aufgekreuzt, und ich musste ihn mit einem Besen abwehren.“ Seine

Gesichtsfarbe normalisierte sich langsam, und er lächelte, aber ich war immer noch beunruhigt.

„Was?“, rief ich.

„Mensch, nicht so laut!“, stöhnte Octocat hinter mir, doch ich ignorierte ihn geflissentlich.

„Er hat versucht, durch die Haustierklappe zu kommen, aber keine Sorge. Ich habe ihn wieder rausgescheucht.“

Nun war ich wirklich besorgt, jedoch war mir auch bewusst, dass ich mit Pringle sprechen musste, bevor er ungeduldig wurde und sich erneut aus dem Staub machte, um spannenderen Dingen nachzugehen. Und ob wir ihn dann so bald wiederfinden würden, war mehr als fraglich. Erschwerend kam hinzu, dass Charles weder mit dem Waschbären noch mit den Möwen direkt kommunizieren konnte.

„Okay, wenn es dir wirklich gut geht“, sagte ich stirnrunzelnd, „dann reich dein Handy bitte mal an Pringle weiter. Er weiß, wie das funktioniert.“

Nun konnte ich auf dem kleinen Display eine rasche Kamerafahrt durch mein eigenes Wohnzimmer verfolgen, allerdings aus einem sehr ungewohnten Blickwinkel. Einige Sekunden später füllte ein maskiertes Gesicht mit glänzenden Augen den Bildschirm.

„Commander, sind Sie das?“, fragte er mit einer Stimme, die eher nach einem Gangster aus einem uralten Spielfilm als nach einem Spion klang. Meine abenteuerliche Botschaft hatte offenbar Eindruck bei ihm hinterlassen, was hoffentlich bedeutete, dass er bereit sein würde, meine Anweisungen auszuführen.

„Korrekt." Ich sah ihm direkt in die Augen und setzte eine ernste Miene auf.

„Ich habe Ihre Nachricht erhalten, bevor sie sich selbst zerstören konnte", erwiderte er in einem undeutlichen Flüsterton und blickte hektisch nach links und rechts, bevor er sich wieder mir zuwandte. „Sie sagten, Sie hätten einen Auftrag für mich?"

„Ja, eine höchst konspirative Mission." Ich wusste nicht genau, was das bedeuten sollte, aber es hörte sich gut an. „Äh, bist du bereit für die Details?"

Pringle blinzelte. „Darling, ich wurde bereit geboren ... Hey, jetzt guck nicht so schräg!"

Verflixt. Das war der einzige Nachteil von FaceTime. Ich schaffte es einfach nicht, noch länger diese lächerliche Rolle zu spielen und dabei ernst dreinzuschauen. „Erlauben Sie mir, Klartext zu reden?", fragte ich in einem verzweifelten Versuch, das Ganze nicht zu vermasseln. Daraufhin hielt ich den Atem an und hoffte inständig, er würde zustimmen.

Der Waschbär seufzte und nickte. „Ist genehmigt."

„Wir brauchen deine Hilfe, um herauszufinden, was mit dem verschwundenen Möwenschwarm passiert ist."

Langsam breitete sich ein freches Grinsen auf seinem Gesicht aus. „Ah, davon habe ich gehört. Ich kann dir helfen, aber es wird dich einiges kosten."

Natürlich würde es das. Pringle hatte noch nie etwas aus

reiner Herzensgüte getan. Nicht ein einziges Mal. Doch zumindest war er relativ leicht zu überzeugen, wenn der Preis stimmte.

„Gut“, sagte ich, fühlte mich jedoch in diesem Moment außerstande, eine vernünftige Verhandlung mit ihm zu führen. „Wir besprechen deine Belohnung, wenn ich zurück bin. Okay?“

Er drehte sich ruckartig zur Seite und reckte die Nase in die Luft. „Das ist leider nicht okay. Ich helfe euch nur, wenn ich weiß, was für mich dabei rausspringt.“

Ich seufzte und rieb mir den Nasenrücken. „Okay, was willst du dafür haben?“

Wieder grinste er boshaft. „Eigentlich hatte ich gehofft, dass …“

„Warte!“, warf Charles ein und entriss dem Waschbären anscheinend sein Telefon, denn einen Moment später erschien sein Gesicht auf dem Bildschirm. „Er will doch bezahlt werden, oder?“

Offenbar hatte er direkt erfasst, dass Pringle gerade mit mir zu verhandeln versuchte, obwohl er dessen Worte ja nicht verstehen konnte. Aber inzwischen wusste auch er schon ziemlich genau, wie dieser Waschbär tickte.

„Ja. Hast du eine Idee?“, fragte ich hoffnungsvoll, denn mir selbst fiel gerade nichts ein.

Da tauchten Pringles Finger auf dem Bildschirm auf und er rief: „Ich weiß schon, was ich haben will. Gib mir das Handy zurück!“

Charles erahnte wohl erneut, was der dreiste kleine Kerl gesagt hatte, und erhob sich rasch. Somit war das Telefon außer Reichweite des Waschbären, und mein Freund fuhr ungerührt fort: „Die Möwen haben doch angeboten, irgendetwas als Dankeschön zu arrangieren, oder?"

Oh, stimmt ja! Was auch immer die Vögel uns schenken wollten, ich war mir sehr sicher, dass Charles und ich keinerlei Interesse daran hätten. Daher könnte es ein cleverer Schachzug sein, es Pringle schmackhaft zu machen. Vielleicht müssten wir ihm dann nicht schon wieder etwas Teures kaufen, das ein Waschbär ohnehin nicht besitzen sollte, wie etwa ein Motorrad oder einen Roboter. Und angesichts seiner seltsamen Vorliebe für doppelte Ausführungen, würde er wahrscheinlich zwei verlangen, wenn er die Chance dazu hätte.

„Gute Idee", sagte ich lächelnd. Ich fand es großartig, dass mein Freund nicht nur meine seltsame Fähigkeit akzeptierte, sondern auch alles, was damit zusammenhing, und sei es noch so crazy. Darin war er ein wahrer Meister. „Gib ihm das Handy zurück."

Wenige Sekunden später erschien Pringle wieder und starrte mich verärgert an.

„Also, wie ich schon sagte, bevor ich so unhöflich unterbrochen wurde ..." Er hielt inne und warf einen finsteren Blick nach oben, vermutlich zu Charles.

„Warte einen Moment", sagte ich, bevor er fortfahren konnte, und als er innehielt, nutzte ich die Gelegenheit, ihm mein Angebot zu unterbreiten. „Eine schwierige Spionagemission verlangt nach etwas besonders Wertvollem, meinst du nicht auch?“

Jetzt hatte ich seine Aufmerksamkeit.

„Unbedingt“, erwiderte er eilig und in einem viel freundlicheren Ton.

„Man hat uns einen geheimen Schatz versprochen.“ Ich riss die Augen auf, um dieser Enthüllung Nachdruck zu verleihen.

„Ein geheimer Schatz. *Interessant.*“ Pringle rieb sich nachdenklich das Kinn. „Und was soll das sein?“

„Das weiß niemand so genau. Das macht es ja so spannend.“

Der Waschbär verengte die Augen und taxierte mich. „Hey, du versuchst doch nicht, mich zu verarschen, oder?“

Ich schüttelte nachdrücklich den Kopf. „Nein, natürlich nicht!“

„Hmm …“ Pringle rieb sich weiter das Kinn. Seine Lippen begannen sich zu bewegen, und er schien etwas in sich hineinzumurmeln, jedoch kam kein Ton bei mir an. Schließlich lächelte er und sagte: „Okay, ist gebongt.“

„Perfekt.“

Nachdem wir das Geschäftliche nun geklärt hatten, schaltete er blitzschnell in den Action-Modus um, was ihm förmlich ins Gesicht geschrieben stand. „Wo finde ich jetzt diesen Schwarm?“

Rasch erzählte ich ihm alle Einzelheiten – oder zumindest

die wesentlichen, da er es offensichtlich kaum erwarten konnte loszulegen. Ich schlug ihm vor, sich zunächst in Dewdrop Springs umzusehen. „Geht klar, ich kümmere mich darum", versprach Pringle, ließ das Telefon zu Boden fallen, und weg war er.

Es krachte wie ein Donnerschlag in meinem Ohr, als das Gerät auf dem Dielenboden aufschlug.

„Mein Handy!", hörte ich Charles von irgendwo in der Nähe jammern. Als er es aufhob und auf Anzeichen von Schäden untersuchte, konnte ich mir das Lachen nicht mehr verkneifen.

„Nicht lustig", brummte er, lachte aber mit mir. „Ich vermisse dich echt. Amüsier dich gut, aber komm schnell wieder nach Hause, okay?"

Ich versicherte ihm, dass ich das tun würde, und wir verabschiedeten uns. Eigentlich wünschte ich mir, ich hätte dieser Reise gar nicht erst zugestimmt. Wenigstens konnte ich Charles zwischendurch über FaceTime nahe sein. Octocat hatte mit seiner Freundin die letzten Monate immer nur auf diese Weise kommuniziert. Sie brauchten dieses persönliche Treffen, um ihre Beziehung aufrechtzuerhalten. Und so sehr mein Kater auf diesem Trip auch schon meine Nerven strapaziert hatte, wenigstens war er glücklich. Das machte die Unannehmlichkeiten für mich wett, vor allem, wenn die beiden Katzen diese Woche eine tolle Zeit miteinander hatten.

„Du musst mich auch bezahlen, und mich kannst du nicht so austricksen wie den Waschbären", teilte mir Octocat von der aufgerissenen Rückbank aus mit, was mal wieder bewies, dass er es nicht länger als ein paar Minuten aushalten konnte, ohne sich zu beschweren oder etwas zu fordern.

Ich drehte mich nicht um, um ihn anzusehen, weil ich wusste, dass mein Nacken mir das übelnehmen würde. Verdammter Autounfall. Vielleicht konnte mir Grizabellas Frauchen einen guten Chiropraktiker empfehlen, wenn wir in Colorado waren, denn ich musste so bald wie möglich etwas gegen diese Schmerzen unternehmen. In diesem Zustand würde ich die nächsten Tage und die lange Heimfahrt sicher nicht durchstehen.

„Ich bezahle dir nichts", murmelte ich und räkelte mich gähnend.

Er schnalzte ärgerlich mit der Zunge und meinte dann: *„Hallo?* Du könntest dich schon ein wenig erkenntlich zeigen. Immerhin war es meine Idee, Pringle darauf anzusetzen. Stimmt's oder hab ich recht?"

Verflixt. Da konnte ich ihm nicht widersprechen.

16

Irgendwo in Iowa, umgeben von sanften Hügeln, kehrte schließlich eine Art Harmonie im Auto ein. Selbst als Octocat darum bat, sein Hörbuch ein zweites Mal anzuhören, nahm ich es ohne Widerspruch hin.

„Ich will nur sichergehen, dass ich hundertprozentig vorbereitet bin, um meine liebe Grizabella zu umwerben und zu beeindrucken", erklärte er mit einem zufriedenen Seufzer.

Vielleicht lag es nur daran, wie langweilig es war, über dreißig Stunden am Stück über die Autobahn zu gondeln, aber die Dinge, von denen Dr. Roman sprach, begannen beim zweiten Durchgang tatsächlich einen Sinn zu ergeben.

Romantik ist ein Verb, weil es eine Handlung erfordert.

Auf den ersten Blick mochte es nicht gerade romantisch erscheinen, dass Charles diese Sache mit den Möwen auf sich genommen hatte, um mir zu helfen. Aber je mehr ich darüber nachdachte, desto klarer wurde mir, dass es das Beste war, was er je für mich getan hatte. In etwa einer Woche würde ich hoffentlich meiner leiblichen Großmutter gegenüberstehen, die so lange verschollen gewesen war, und das nur dank seiner Unterstützung.

Ich war ihm etwas schuldig und nahm mir vor, ihm irgendetwas Tolles aus Colorado mitzubringen, obwohl sicher kein Souvenir der Welt an das heranreichen könnte, was er mir und meiner Familie bereits geschenkt hatte.

„Grandma?“, fragte ich, nachdem ich längere Zeit mit mir gerungen hatte, ob ich dieses schwierige Thema überhaupt ansprechen sollte. Letztlich war ich zu dem Schluss gekommen, dass ich es nicht länger in mich hineinfressen konnte. „Bist du sicher, dass es für dich in Ordnung ist, wenn ich Kontakt zu meiner anderen Großmutter aufnehme?“

Da sie gerade am Steuer saß, wollte ich sie keinesfalls verärgern oder aufregen, aber ich musste es jetzt einfach loswerden. Sie würde es verstehen, denn sie war jemand, der sein Herz stets auf der Zunge trug, im Guten wie im Schlechten. Dass sie mein Geheimnis mit ihren Online-Freunden geteilt hatte, war ein weiterer Beweis dafür. Doch selbst wenn ich deswegen stinksauer auf sie war, würde ich niemals absichtlich ihre Gefühle verletzen. Ich musste wissen, dass ich ihren Segen dazu hatte, mich demnächst mit meiner leiblichen Großmutter zu treffen. Ich musste aus ihrem Munde hören, dass es in Ordnung war, und sicher sein, dass sie dahinterstand.

Grandma umklammerte das Lenkrad nun so fest, dass ihre Knöchel weiß hervortraten. Kein gutes Zeichen. „Es war falsch von mir, dir so lange nichts von ihr zu erzählen. Ich hoffe nur, dass du und deine Mutter mir das eines Tages verzeihen könnt."

„Das haben wir bereits", versicherte ich ihr und legte ihr liebevoll eine Hand auf die Schulter, damit sie spürte, wie gern ich sie hatte und dass sich daran nichts ändern würde.

Sie seufzte und entspannte sich ein wenig, ihr Griff lockerte sich. „Du vielleicht. Aber deine Mutter wird noch eine Weile brauchen, fürchte ich."

„Ich werde mit ihr reden", sagte ich mit fester, ruhiger Stimme.

„Nein", entgegnete sie barsch, was mich erschreckte.

„Nein?"

„Sie hat ein Recht dazu, sauer zu sein. Ich bin sogar überrascht, dass du nicht noch wütender auf mich bist, Liebes."

„Was du getan hast, war falsch, aber ich kann deine Gründe nachvollziehen. Du hast es gut gemeint." In Wahrheit konnte ich ihr einfach nicht böse sein. Zumindest nicht für längere Zeit. Mit all diesen Gefühlen hatte ich mich schon ausführlich auseinandergesetzt und war bereit, sie hinter mir zu lassen und nach vorne zu schauen. Grandma hingegen schien sich noch mit Schuldgefühlen zu quälen, die schwer auf ihr lasteten und mit den Jahren immer stärker geworden waren.

„Vielleicht am Anfang", stimmte sie zu und umfasste das

Lenkrad wieder fester, „aber es war trotzdem egoistisch von mir. Als sie in New York nach Laura suchte und dein Großvater und ich vor ihr weggelaufen sind, anstatt eine persönliche Aussprache mit ihr zu suchen."

„Aber woher willst du wissen, was sie damals vorhatte? Hast du gedacht, sie würde Anzeige erstatten? Und weißt du eigentlich, warum William dich überhaupt angelogen hat?"

Wieder blitzte die Erinnerung an jenen Herbstabend auf, an dem Pringle mir den Brief gab, den er gestohlen hatte und aus dem hervorging, dass Grandma nicht meine leibliche Großmutter war. Ihr ältester und bester Freund, William McAllister, hatte sie damals dazu überredet, meine Mutter mitzunehmen und für sie zu sorgen. Als ich davon erfuhr, versuchten Charles und ich, den alten Mann aufzuspüren, aber es war zu spät. Er war bereits verstorben und hatte das Motiv für sein Handeln mit ins Grab genommen. Und so würde nur die Mutter seines Kindes – meine leibliche Großmutter – Licht in dieses Dunkel bringen können.

So schrecklich diese Enthüllungen auch waren, sie haben meiner Liebe zu Grandma keinen Abbruch getan. Sie hatte mich großgezogen und mir fast dreißig Jahre lang wahre, bedingungslose Liebe geschenkt, war immer meine größte Stütze und engste Freundin gewesen. Selbst wenn unsere Familie durch eine Lüge entstanden war, hatte sie sich dennoch zu etwas Großem und Echtem entwickelt.

Zwar sehnte ich mich danach, diese Frau zu finden, deren DNA ich in mir trug, um damit abschließen zu können und ihr vielleicht einen kleinen Teil von dem zurückzugeben, was ihr genommen worden war, aber nicht um jeden Preis. Nicht, wenn es diejenige Person verletzte, die mir am wichtigsten auf der ganzen Welt war – Grandma.

„Nein, das wusste ich nicht und weiß es bis heute nicht", sagte sie beinahe flüsternd. „Aber ich habe mich auch nicht sehr bemüht, es herauszufinden. Ich habe mich vom ersten Tag an in deine Mutter verliebt, und damit war die Sache entschieden. Ich hätte alles getan, um sie zu behalten."

„Wir werden bald herausfinden, warum das damals alles so passiert ist. Bravo hat es mir versprochen. Er behauptet, er würde sie sogar schon länger beobachten als mich. Bei mir hat er damit angefangen, nachdem Octocat und ich uns zum ersten Mal begegneten. Wenn er uns zu ihr führt, können wir sie fragen, warum William das getan hat. Ich bin sicher, er hatte seine Gründe, was auch immer sie waren."

Grandma zuckte mit den Schultern, doch ihre Haltung blieb verkrampft. „Was auch immer als Nächstes passiert, ich werde es akzeptieren, und ich werde dich und deine Mutter dabei unterstützen, dass eure Familie wieder zusammenfindet."

„Sie kann dich nicht ersetzen. Das ist nicht der Grund, warum wir sie treffen wollen."

„Ich weiß." Großmutter schenkte mir ein trauriges Lächeln, dann konzentrierte sie sich wieder auf die Straße. Ich wünschte, ich könnte sie jetzt umarmen, aber bis zu unserer nächsten Rast würden meine Worte genügen müssen.

„Ich hab dich …“

„Ich muss mal!“, heulte Octocat auf einmal lautstark und ruinierte damit unseren emotionalen Moment. „Ich muss wirklich ganz dringend! Halt an, halt an! Ich brauche mein Katzenklo, und zwar sofort.“

Seufzend verzog ich das Gesicht, weil sich mal wieder alles nur um ihn drehen musste. „Grandma, kannst du kurz rechts ranfahren?“

Sie schmunzelte. „Ich verstehe vielleicht nicht direkt, was er sagt, aber ich kann definitiv erkennen, dass es dringend ist.“ Sie wechselte die Spur und fuhr wenige Sekunden später vorsichtig auf den Standstreifen.

„Brauchst du die Pinkelunterlage?“, fragte ich, während ich mich abschnallte.

„Nein, ich brauche mein Katzenklo“, fauchte er wütend. „Und wenn du es mir nicht gibst, mache ich gleich hier ins Auto, dann riecht es halt für den Rest der Fahrt ein wenig streng.“

Na toll. Normalerweise würde ich nicht nachgeben, wenn er mich derart terrorisierte, aber Grandmas armes Auto hatte schon genug mitgemacht. Außerdem war ich von dem Gespräch mit ihr immer noch ziemlich aufgewühlt.

Also biss ich die Zähne zusammen und stellte Octocats Reisetoilette mit einer dünnen Schicht Streu auf. Den verschmutzten Teil würde ich bei der nächsten Raststätte wegwerfen und in Colorado gegebenenfalls einen neuen Beutel Katzenstreu kaufen.

Immerhin hatten wir nun schon mehr als drei Viertel des Weges hinter uns gebracht. Andererseits hatten wir trotzdem noch einige Stunden vor uns, obwohl es sich anfühlte, als wäre es mindestens eine Woche her, seit wir gestern Morgen aufgebrochen waren. Im Ernst, wir hatten noch nicht einmal unser Ziel erreicht, und ich hatte wirklich schon die Nase voll von diesem Roadtrip.

Zugegeben, mein Kater hatte seit unseren ersten gemeinsamen Autofahrten große Fortschritte gemacht, was das anging, denn früher hasste er es wie die Pest. Da brauchte er tatsächlich Beruhigungstabletten, um eine längere Tour durchzustehen. Dennoch würde es wohl niemals angenehm sein, stundenlang mit ihm im Auto zu hocken, egal wie viele Vorsichtsmaßnahmen ich auch traf.

Kurzum, das nächste Mal, wenn Octocat seine Grizabella sehen wollte, musste sie mit ihrem Frauchen zu uns kommen. Und wenn er irgendwo anders hinwollte, würden wir den Flieger nehmen – Ende der Diskussion.

17

Danach übernahm ich wieder für ein paar Stunden das Steuer, und Grandma fuhr die letzte Etappe auf unserem Weg nach Boulder.

Charles schickte mir mehrere Textnachrichten, um sich zu erkundigen, wie wir vorankamen und um mich auf den neuesten Stand zu bringen. Leider gab es keine echten Neuigkeiten. Bravo folgte ihm weiterhin auf Schritt und Tritt, und Pringle war noch nicht von seiner Aufklärungsmission zurückgekehrt. Das war zwar beides nicht sonderlich erfreulich, aber offen gestanden überraschte es mich auch nicht. Wenigstens würden wir bald da sein, sodass er mich leichter erreichen konnte, wenn er meine Hilfe brauchte.

Wir waren jetzt fast am Ziel, und ich konnte es kaum erwarten, endlich nicht mehr in dieser gefährlichen Blechbüchse sitzen zu müssen, die in den letzten zwei Tagen unser

Zuhause gewesen war. Bei unserem Unfall war zwar zum Glück nichts Schlimmes passiert, aber trotzdem hatte ich mich deswegen die ganze Zeit ziemlich unbehaglich gefühlt.

Und wie sich nun zeigen sollte, war ich nicht die Einzige, die mit neuen Ängsten zu kämpfen hatte. Als wir die Stadt erreichten, begann Octocat auf dem Rücksitz zu schnaufen und zu hecheln. Seine Zunge hing ihm aus dem Maul, während er um Luft rang.

„Oh, wie cool!", quietschte Paisley begeistert. „Octavius tut so, als wäre er ein Hund. Schau mal, ich kann dir zeigen, wie das geht, großer Bruder. *Heh. Heh. Heh.*"

Sie ließ ihre kleine, rosa Zunge jetzt ebenfalls heraushängen, während ihr ganzer Körper vor Aufregung zitterte. Octocat hingegen sah aus, als müsse er gleich kotzen.

„Paisley, lass ihn bitte in Ruhe", bat ich sie.

Die kleine Hündin bewegte sich auf die andere Seite der Sitzbank und legte den Kopf schief. „Warum? Stimmt etwas nicht mit ihm, Mami?"

„Ich kriege …", keuchte mein Kater dramatisch, „keine Luft mehr."

Ich drehte mich so weit wie möglich zu ihm um und zog ihn zu mir nach vorne. Dann setzte ich ihn vorsichtig auf meinen Schoß und hielt ihn fest.

„Sollen wir besser anhalten?", fragte ich besorgt, weil er weiterhin keuchte.

„N-n-n-nein. Nur … ner-ner-ner-vös."

„Das sind bestimmt die Liebesschmetterlinge!", rief

Paisley aus und bellte mehrfach zur Bekräftigung. „Genau wie der Romantik-Doktor gesagt hat!"

Ich kraulte Octocat hinter den Ohren, und in diesem Moment ging mir das Herz über. Er zeigte nicht oft seine Schwächen, aber wenn er es tat, liebte ich ihn dafür umso mehr.

„Stimmt das? Hast du Schmetterlinge im Bauch?" Dr. Roman hatte jenes kribbelige Gefühl, das man gemeinhin mit romantischer Liebe verbindet, zwar ein wenig anders beschrieben, aber wir hatten es für Paisley so übersetzt. Sie hatte es sofort verstanden und uns erklärt, dass sie in jeder Sekunde, in der sie in meiner oder Grandmas oder Octocats Nähe war, Liebesschmetterlinge verspüre. Was war sie nur für ein kleiner Schatz!

Octocat nickte bloß als Antwort auf meine Frage.

„Du brauchst dir keine Sorgen zu machen", versicherte ich meinem liebeskranken Kater. „Grizabella betet dich bereits an. Und du hast dir so viel Mühe gegeben, dir Dr. Romans Ratschläge angehört, diese ellenlange Liste erstellt und an alles gedacht, um den perfekten Urlaub mit ihr zu verbringen. Und ich weiß zufällig ganz genau, dass niemand sie so lieben kann wie du."

Er schloss die Augen und legte die Ohren an. Es dauerte einige Augenblicke, bis seine Atmung sich normalisierte, dann öffnete er die Augen wieder und fragte: „Bist du sicher? Grizabella ist so glamourös, und ich bin ein ganz normaler Hauskater. Außerdem habe ich seit unserem letzten Treffen ein paar Pfund zugenommen, glaube ich. Jetzt bin ich nur noch ein blöder Schwabbelkater."

Beinahe hätte ich über den „Schwabbelkater" laut aufgelacht, aber ich beherrschte mich und streichelte weiter über sein weiches Fell. Wegen seiner Nervosität hatte er angefangen, wie verrückt zu haaren, sodass eine kleine Fusselwolke über uns schwebte.

„Grizabella hat sich für dich entschieden, weil du ein feiner Kerl bist. Und auch wenn ich vielleicht ein wenig voreingenommen bin, aber ich finde, du bist der beste Kater der Welt."

Mit großen, funkelnden Augen sah er zu mir auf. „Aber bin ich auch der beste Kater, der je gelebt hat?", fragte er allen Ernstes.

„J-ja?"

„Bist du sicher?"

Das verschlug mir nun doch für einen Moment die Sprache, aber ich konnte mich schnell fangen und versicherte ihm lächelnd: „Auf jeden Fall, und ich bin mir sicher, dass Grizabella das auch so sieht."

Octocat setzte sich auf meinem Schoß auf, seine Atmung war nun wieder ruhig und seine Zunge wieder an Ort und Stelle. „Du hast doch meine Fliegen eingepackt, oder? Ich würde gerne die blaue tragen, passend zu den Augen meiner Liebsten."

„Ich habe beide hier in meiner Handtasche. Möchtest du, dass ich dir helfe, sie anzuziehen?"

„Ja, bitte."

Wow, er sagte fast nie „bitte", und bedankte sich meist nur in einem sarkastischen Tonfall. Ob er seine guten Manieren an mir erproben wollte, um für Grizabella den perfekten Gentleman spielen zu können? Oder hatte er vielleicht doch gemerkt, wie sehr ich mich für ihn aufopferte und wie dankbar er sein konnte, mich in seinem Leben zu haben.

Okay, höchstwahrscheinlich ging es um Ersteres, aber trotzdem.

Ich fischte die seidige blaue Fliege aus meiner Handtasche und legte sie ihm um. Selbst ich musste zugeben, dass er in dieser Aufmachung unglaublich gut aussah.

„Du siehst so erwachsen aus, Octavius", meinte Paisley, als er neben sie auf den Rücksitz hüpfte.

„Ich bin zufällig erwachsen. Du doch auch", erwiderte er leicht spöttisch, doch dann breitete sich ein freundliches Lächeln auf seinem Gesicht aus. „Aber ich weiß, was du meinst. Ich danke dir."

„Grizzlybella wird dir gaaanz viele Küsschen geben", versprach Paisley mit einem Augenzwinkern. „Sie wird ihre Pfoten nicht von dir lassen können, du fescher Romantikkater!"

Octocat senkte den Kopf und gluckste, dann warf er ihn zurück und lachte aus vollem Hals.

Ich übersetzte Paisleys Worte für Grandma, und dann lachten wir uns kaputt. Was da manchmal aus dem Mund dieser Tiere kam! Um nichts in der Welt würde ich das missen wollen. Nein, nicht einmal an Octocats ständigen Gejammer würde ich etwas ändern wollen, denn das hieße, ihn zu verändern. Und ich war der festen Überzeugung, dass uns das Leben letzten Endes immer genau diejenigen Menschen und Tiere schickte, die wir brauchten.

So wie Octocat und Grizabella sich auf jener denkwürdigen Zugfahrt, die keinen von uns an das ursprüngliche Ziel brachte, kennen und lieben gelernt hatten. Aber sie hatten sich gefunden. Und nun, Monate später, würden die beiden Turtelkätzchen ihren ersten gemeinsamen romantischen Urlaub miteinander verbringen. Was für eine Welt.

Eben hatte uns Grandma noch durch ein quirliges Geschäftsviertel kutschiert, und nun bogen wir in eine ruhigere Vorstadtstraße ein. Wir waren fast da! Die Häuser hier sahen viel moderner aus als die alten Villen in unserer Gegend daheim. Die Vorgärten wirkten einladend, mit gepflegten Rasenflächen und schmucken Blumenbeeten. Mich überkam das Gefühl, dass dies ein guter Ort war, um eine Familie zu gründen und seine Kinder großzuziehen. Und obwohl ich mir nicht vorstellen konnte, jemals aus Maine wegzuziehen, gefiel mir Colorado auf Anhieb. Dabei waren wir noch nicht einmal aus dem Auto ausgestiegen.

„Sie haben Ihr Ziel erreicht", verkündete das Navi, als wir vor einem Backsteinhaus mit roten Fensterläden und weißem Lattenzaun anhielten.

Christine kam uns entgegen, während Grizabella in dem Erkerfenster wartete, von dem aus sie die Einfahrt und den

Vorgarten überblicken konnte. „Willkommen, ihr Lieben!“, rief sie und umarmte erst Grandma und dann mich überschwänglich.

„Grizz ist schon den ganzen Tag so aufgeregt“, sagte sie und strahlte uns an, als wären wir alte Freunde, die sich zum ersten Mal seit Ewigkeiten wiedersehen. „Ich konnte sie nicht von diesem Fenster wegbewegen, obwohl ich es wirklich versucht habe.“

„Wie süß“, sagte ich kichernd, „als ob sie gewusst hätte, dass wir kommen, was?“

Christine zog irritiert eine Augenbraue hoch. „Natürlich wusste sie das. Du hast es Octavius gesagt, und er hat es ihr erzählt.“

„Ich verstehe nicht, worauf du …“

„Oh, vor mir musst du dich nicht verstecken.“ Sie machte eine wegwerfende Handbewegung, als ob ich diejenige wäre, die gerade einen lockeren Spruch vom Stapel gelassen hätte. „Deine Grandma hat mir erzählt, dass du quasi eine moderne Miss Dolittle bist. Aber keine Sorge, ich werde es ganz sicher niemandem verraten.“

Grandma hatte was getan? Und ich hatte naiverweise angenommen, dass das bei ihren Freunden in Michigan eine einmalige große Ausnahme gewesen war. Anscheinend würde ich sie doch schon früher zur Rede stellen müssen als geplant.

18

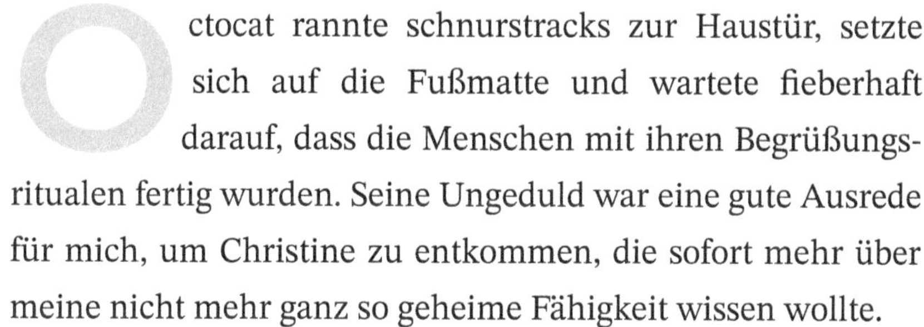

Octocat rannte schnurstracks zur Haustür, setzte sich auf die Fußmatte und wartete fieberhaft darauf, dass die Menschen mit ihren Begrüßungsritualen fertig wurden. Seine Ungeduld war eine gute Ausrede für mich, um Christine zu entkommen, die sofort mehr über meine nicht mehr ganz so geheime Fähigkeit wissen wollte.

Eilig ging ich zu meinem Kater, und die anderen folgten mir. Nachdem Christine die Tür geöffnet hatte, raste er wie ein geölter Blitz hinein in den Flur, wo seine Geliebte ihn bereits erwartete. Die wunderschöne Himalayakatze, die dort anmutig saß, trug ein mit Swarovski-Kristallen besetztes Halsband, und auch ihr seidiges Fell glänzte. Ihre funkelnden blauen Augen passten farblich perfekt zu Octocats Fliege, und trotz ihrer unterschiedlichen Abstammung gab es keinen Zweifel, dass diese beiden zusammengehörten.

Anmutig erhob sie sich, glitt nach vorne und rieb ihr flaches Gesicht an Octocats Hals und Brust. Das laute Schnurren beider Katzen erfüllte den Raum, und keiner von uns wagte, ihr Begrüßungsritual durch Worte zu unterbrechen.

„Oh, mein Liebling, Grizabella!“, rief Octocat und ließ sich begeistert über die Wange lecken, genau wie Paisley es vorausgesagt hatte.

„Octavius, mein Süßer“, erwiderte sie und hob ihren flauschigen Schwanz in die Luft, der vor Freude bebte. „Es ist schon viel zu lange her.“

Paisley trabte heran und wedelte beim Näherkommen mit dem Schwanz. „Hallo, Grizzlybella! Ich bin die kleine Schwester von Octavius. Schön, dich kennenzulernen!“ Sie drängte sich direkt zwischen die beiden verliebten Katzen, und ich war mir sicher, dass Octocat sie wegen ihrer Aufdringlichkeit gleich anfauchen würde.

Stattdessen legte er ihr eine Pfote auf den Rücken und zog sie in eine Umarmung. „Liebling, du kennst Paisley ja bereits von unseren Videoanrufen.“

„Freut mich, dich endlich persönlich zu treffen, kleine Schwester“, sagte Grizabella, wobei sie den Kopf leicht vor ihr verneigte. „Kommt. Ich werde euch meinen Geschwistern vorstellen.“

Alle drei trippelten in den Wintergarten auf der Rückseite des Hauses, in der sechs weitere bildhübsche Himalayakatzen saßen und sich zufrieden sonnten. Wir folgten ihnen.

„Das sind Julia, Viola, Ophelia, Oberon, Othello und Hamlet“, stellte sie die anderen vor. „Sie sind alle noch auf der Showbühne aktiv. Ich bin die Einzige, die schon im Ruhestand ist“, erklärte sie lachend, und meine beiden Vierbeiner stimmten mit ein, obwohl ich hätte wetten können, dass zumindest auf Paisleys Gesicht ein großes Fragezeichen stand.

„Kommt“, sagte Christine, „lasst uns eure Sachen auspacken, während die zwei Turteltäubchen sich unterhalten.“

„Äh!“, kreischte Octocat. „Mit einem Vogel verglichen zu werden, ist noch schlimmer als mit einem Hund.“

„Sie meint es gut, Süßer“, schnurrte Grizabella an seiner Seite. „Wir können nicht alle mit der perfekten menschlichen Begleiterin gesegnet sein, oder?“

Ich blieb stehen, fuhr herum und starrte entgeistert in Octocats Richtung.

„Ja, kann sein, dass ich mich ihr gegenüber so ausgedrückt habe“, brummte er und zog die Oberlippe hoch. „Aber ich kann es auch wieder zurücknehmen. Und jetzt schwirr ab, sonst überlege ich es mir noch mal.“

Danach hatte ich für den Rest des Tages ein Lächeln auf den Lippen. Trotz all seiner Meckereien liebte Octocat mich nicht nur, er hielt mich für den besten Menschen schlechthin. Und das hieß schon etwas, wenn man bedenkt, wie schwierig es war, ihn selbst an guten Tagen zufriedenzustellen.

Nachdem Grandma und ich ausgepackt hatten, bot Christine uns Tee und Kekse an. Mehr als einmal versuchte sie, das

Gespräch wieder auf meine besondere Gabe zu lenken. Und jedes Mal wand ich mich geschickt heraus. Bevor ich sie weiter einweihte, wollte ich erst mit Grandma darüber sprechen, warum sie meine privaten Angelegenheiten wildfremden Menschen gegenüber ausplauderte.

Charles schrieb mir zwischendurch mehrfach, um mich über die noch nicht vorhandenen Fortschritte in der Möwensache zu informieren. Außer den Präzedenzfällen, die sich auf die Rechte von Hausbesetzern in Maine bezogen, hatten wir noch rein gar nichts in der Hand. Leider gab es keinerlei verlässliche Informationen über den Verbleib des verschwundenen Schwarms, um dessen Territorium der Streit entbrannt war.

Da Pringle in der Nacht zuvor nicht nach Hause zurückgekehrt war, wussten wir auch nicht, ob er wertvolle Hinweise gefunden hatte. Es gab seitdem kein Lebenszeichen mehr von ihm, und ich hoffte inständig, dass er nicht irgendwo auf eine Schnellstraße geraten und überfahren worden war. Wenn ihm etwas zugestoßen sein sollte, während er in meinem Auftrag unterwegs war, würde ich mir das nie verzeihen.

Doch es hatte keinen Zweck, mich weiterhin diesbezüglich verrückt zu machen. Für den Moment musste ich mich auf die Fakten konzentrieren. Vor allem auf die Tatsache, dass Grandma mein Geheimnis offenbar überall herumerzählte. *Warum machte sie das bloß?*

An diesem Abend zogen wir uns beide früh zurück, weil uns die lange Fahrt noch in den Knochen steckte und wir uns danach sehnten, wieder in einem richtigen Bett zu schlafen. Gemeinsam begaben wir uns nach oben in Christines Gästezimmer, wo sich zwei Einzelbetten gegenüberstanden, was mir wie der perfekte Ort für das Gespräch erschien, das ich mit ihr führen wollte.

Nachdem wir beide in unsere Schlafanzüge und unter die Bettdecke geschlüpft waren, holte ich tief Luft und begann: „Grandma? Warum weiß Christine, dass ich mit Tieren sprechen kann?“

„Es erschien mir einfacher, sie einzuweihen“, gestand meine Großmutter, nachdem sie sich auf die Seite gedreht hatte, um mich anzusehen. „Sonst wäre unser Aufenthalt hier doch zu einem Eiertanz geworden, weil wir die ganze Zeit versucht hätten, die Wahrheit zu verbergen. Und es wäre ja auch keine Alternative gewesen, in einem Hotel zu übernachten. Ich bin mir sicher, dass Octocat dich dann mit seinen Nörgeleien darüber, die Zeit nicht mit seiner Freundin verbringen zu können, in den Wahnsinn getrieben hätte.“ Sie zuckte erneut mit den Schultern. „Ich dachte, das wäre die beste Lösung für alle Beteiligten.“

Diese Erklärung beruhigte mich nicht im Mindesten. Offenbar war sie sogar der Überzeugung, mir einen Gefallen getan zu haben, und das war definitiv nicht der Fall. Zwar wollte ich mich deswegen nicht mit ihr in die Haare kriegen, aber ich fand es nicht in Ordnung von ihr, und das musste ich ihr klarmachen.

„Okay, und warum hast du Melissa und ihrer Familie davon erzählt?“

Grandma verzog das Gesicht, weil sie wohl merkte, dass sie sich diesmal nicht herausreden konnte. „Oh, das. Ich hatte vergessen, dass ich es ihr gegenüber erwähnt hatte. Es ist mir irgendwann mal in einem Gespräch herausgerutscht. Das tut mir leid.“

„Warum sprichst du überhaupt mit irgendwem darüber? Das ist meine private Angelegenheit, und die geht niemanden etwas an.“

Sie blickte immer bedröppelter drein und blinzelte heftig. „Ach, du liebe Zeit. Du hast ja recht. Natürlich hast du recht, und es tut mir leid, wenn ich zu weit gegangen bin. Ich habe wirklich nicht so vielen Leuten davon erzählt, und auch niemandem, der in unserer Nähe wohnt. Ich weiß, wie unangenehm es für dich wäre, wenn die halbe Stadt davon wüsste. Dann könntest du nicht mal mehr in Ruhe einkaufen gehen.“

Ich holte tief Luft und spürte, wie ich innerlich zitterte. Auseinandersetzungen waren nie einfach, schon gar nicht mit meiner Großmutter. Für das, was ich ihr sagen wollte, brauchte ich sanfte, aber nachdrückliche Worte „Aber Grandma, ich will nicht, dass es irgendjemand erfährt, außer den Menschen, denen ich blind vertraue. Und denen möchte ich es selbst sagen.“

„Natürlich, es tut mir so leid. Ich schätze ...“ Sie seufzte. „Ich schätze, ich habe einfach so viele Jahre damit verbracht, dieses eine unfassbar große Geheimnis zu verbergen, dass es mir nun schrecklich schwerfällt, wenn ich jemandem nicht die Wahrheit sagen kann. Ich habe das Gefühl, dass alles rausmuss."

Ich lächelte, um ihr zu zeigen, dass ich das nachvollziehen konnte und dass ich ihr bereits verziehen hatte, auch wenn es mir definitiv nicht gefiel, was sie gemacht hatte. „Da warst du vielleicht ein wenig überkorrekt."

„Du hast recht, bitte entschuldige." Sie zog sich die Bettdecke bis zum Kinn und schenkte mir ein trauriges Lächeln.

Wir schwiegen beide für einen Moment, dann setzte Grandma sich ruckartig auf und sah mich mit großen Augen an. Ich konnte praktisch sehen, wie ihr ein Licht aufging. „Ich sag dir was: Erstens schwöre ich hiermit feierlich, dass ich es keiner anderen Seele gegenüber mehr erwähnen werde. Du hast mein Wort."

Daraufhin stieß ich einen tiefen Seufzer der Erleichterung aus. „Das ist lieb von dir, vielen Dank."

Dann kicherte sie und verschränkte die Hände in ihrem Schoß. „Und wenn es doch jemals wieder vorkommen sollte, werde ich diesen Leuten hinterher einfach sagen, dass ich senil geworden bin. Du kannst mich dann in das schlimmste Pflegeheim stecken, das du auftreiben kannst, und dann hast du Ruhe vor mir."

Ich keuchte. „Grandma, du weißt, dass ich das nie tun würde!"

„Okay, gut. Ich werde mich selbst einweisen."

„Du gehst nicht in ein Pflegeheim!"

„Nein, denn ich werde deine Geheimnisse nicht mehr mit irgendwem teilen. Das ist doch ein guter Deal, oder?“

„Ich liebe dich, Grandma“, flüsterte ich ihr zu und knipste mit einem höchst zufriedenen Seufzer die Nachttischlampe aus. Wenn sich doch nur alle Differenzen so friedlich beilegen ließen ... wie viel besser wäre dann diese Welt.

19

Octocat und Grizabella begannen den nächsten Morgen mit einem fürstlichen Frühstück aus Jumbo-Garnelen, die sie in Kristallschalen serviert bekamen. Danach lagen sie den größten Teil des Tages zusammen in der Sonne, die durch die großen Fenster fiel. Abends kuschelten sie sich vor ein knisterndes Kaminfeuer und leckten sich abwechselnd hingebungsvoll das Fell.

Am dritten Tag unseres Besuchs spazierte unser Katzenpärchen durch die Blumenbeete und knabberte am saftig grünen Rasen.

Und am vierten Tag hatten sie beide Bauchschmerzen. Das hielt Octocat jedoch nicht davon ab, Grizabella seine Liebe zu beweisen, indem er eine Meise jagte und ihr deren Kadaver stolz als Geschenk präsentierte.

Am fünften Tag begann das wehmütige Gejammer. Sie

wussten beide, dass ihre gemeinsame Zeit sich dem Ende zuneigte, und hassten die Aussicht, so kurz nach ihrer Wiedervereinigung schon wieder getrennt zu werden.

Als wir am sechsten Tag die Heimreise antraten, war der arme Octocat völlig am Boden zerstört. Während der gesamten Fahrt sprach er kaum ein Wort – nicht einmal, um sich zu beschweren. Aber angesichts des bevorstehenden Möwenprozesses, der uns zu Hause erwartete, konnten wir unsere Rückreise unter keinen Umständen hinauszögern, nicht einmal um eine Stunde. Ich musste dort sein, um Charles bei der Verteidigung des Falls zu unterstützen, oder die Möwen würden einen höllischen Terror veranstalten. Immerhin hatten sie uns damit gedroht.

Derweil sorgte Paisley dafür, dass Octocat genügend Kuscheleinheiten und Liebkosungen bekam. Sie war die Freundin, die er jetzt brauchte, obwohl er sie nie niemals direkt darum gebeten hätte. Grandma konzentrierte sich aufs Fahren und das neue Hörbuch, das wir in der Stadt gekauft hatten. Dabei handelte es sich um eine epische historische Saga, die unglaublicherweise sogar länger war als unsere gesamte Fahrtzeit.

Zu Hause angekommen, hatte ich gerade noch genug Zeit für ein zweistündiges Nickerchen, bevor Charles mich abholte, um gemeinsam nach Dewdrop Springs zu fahren, wo wir uns mit den Möwen erneut an den Müllcontainern verabredet hatten.

Ich band mein Haar zu einem unordentlichen Pferdeschwanz zusammen, zog ein gepunktetes Maxikleid an, das ich mit meinen schweren Stiefeln und einem Mantel kombinierte, und schon waren wir unterwegs.

„Bist du bereit für den größten Fall deines Lebens?“, scherzte ich, froh darüber, dass nur er und ich im Auto saßen und die Fahrt lediglich eine halbe Stunde statt fünfunddreißig dauern würde.

„Ich bin überhaupt nicht bereit“, gestand er mit einem schweren Seufzer. „Pringle ist nicht zurückgekommen.“

„Was?“ Fassungslos starrte ich ihn an, als könnte mir sein Gesichtsausdruck eine Erklärung liefern. „Er ist seit einer Woche verschwunden?“

Charles trommelte mit den Fingern auf das Lenkrad, ein nervöser Tick von ihm. „Ja, deshalb bin ich ja auch so besorgt. Glaubst du, ihm ist etwas zugestoßen?“

Eine beklemmende Angst stieg in mir auf. Trotz all seiner nervigen Eigenschaften war Pringle mein Freund. Und ein Kollege noch dazu. Dass ihm etwas passiert sein könnte, mochte ich mir gar nicht ausmalen.

„Bestimmt geht’s ihm gut.“ Ich zwang mich zu einem Lächeln und legte meine Hand sanft auf Charles’ Arm, damit er mit dem Klopfen aufhörte. „Er hat sich wahrscheinlich nur ablenken lassen und die Zeit vergessen, sonst nichts.“

„Was sollen wir denn ohne seine Beweise machen? Wir haben keine Fakten, die über das hinausgehen, was sie uns anfangs erzählt haben, und irgendetwas an dieser Geschichte kommt mir komisch vor. Wenn die Lage so eindeutig wäre, warum brauchen sie uns dann überhaupt? Warum war mir dieser eine Vogel tagein, tagaus auf den Fersen, während sich all die anderen in meinem Garten postiert hatten?"

Ich wusste, dass es ihm ein besseres Gefühl geben würde, wenn wir Antworten auf diese Fragen hätten, aber leider war dem nicht so. Ich konnte nur versuchen, ihn zu ermutigen und zu beten, dass es uns gelingen möge, die Sache schnell abzuschließen. „Ich weiß, dass du gute Arbeit leisten und für die Wahrheit und Gerechtigkeit kämpfen wirst ... mehr können wir im Moment nicht tun. Bring deine Argumente vor, und dann werden wir schon sehen, was die Vögel daraus machen."

„Ja, du hast recht, natürlich, aber meine Intuition sagt mir weiterhin, dass da irgendetwas faul ist."

Ich streichelte ihm beruhigend über den Arm und wechselte das Thema. Wenn wir uns jetzt über all das, was wir nicht wussten, den Kopf zerbrachen, würde es noch viel schwieriger werden, das Recht der Möwen auf das Land zu verteidigen.

Wir fuhren auf den leeren Parkplatz des Einkaufszentrums, wo bereits der gesamte Schwarm auf uns wartete. Wieder führten sie uns zu der Lichtung hinter dem Dickicht, und dort hatte sich bereits ein zweiter, noch größerer Schwarm versammelt.

„Sind wir bereit, das Verfahren zu eröffnen?", krächzte ein einbeiniges Möwenmännchen. Ich versuchte, ihn nicht anzustarren, aber er bemerkte meinen Blick und kreischte: „Die menschlichen Anwesenden müssen dem Gericht den gebührenden Respekt erweisen!“

„Oh, okay. Sorry“, murmelte ich, entsetzt von dem ohrenbetäubenden Gekreische.

Bravo landete auf Charles’ Schulter. „Und jetzt zeig’s ihnen, mein Freund!“

Indes nahm Alpha auf meiner Schulter Platz. „Bete lieber, dass er das nicht vermasselt“, zischte er. Ich schluckte schwer.

„Und wo ist der Anwalt deines Schwarms?“, fragte ich die einbeinige Möwe.

„Ich bin hier der Richter!“, krächzte er noch lauter als zuvor.

„Ich werde den Fall im Namen von Schwarm 84 vertreten“, verkündete ein junges Möwenweibchen und streckte einen Flügel zur Begrüßung aus.

„Erheben Sie sich“, kreischte die Richtermöwe und starrte dabei in unsere Richtung.

Ich biss mir auf die Lippe, um nicht darauf hinzuweisen, dass wir bereits alle standen. Auf keinen Fall wollte ich irgendetwas tun, was den einbeinigen Schreihals verärgern und zu noch lauterem Gezeter veranlassen könnte.

Er schaute Charles und mich an, dann die junge Möwin und begann: „Wir sind heute hier vor dem Hohen Gericht zusammengekommen, um über den Streit zwischen den Schwärmen 82 und 84 zu entscheiden. Konkret bezieht sich dieser auf das Gebiet, welches zuvor das Territorium von Schwarm 83 darstellte. Wenn jemand der Anwesenden etwas dagegen einzuwenden hat, möge er jetzt sprechen oder auf ewig schweigen."

Warum bloß hatten die Möwen menschliches Recht gewählt, um diesen Fall zu entscheiden, wenn sie offensichtlich so wenig darüber wussten? Was er sagte, klang wie eine Mischung aus der Rede eines Richters und eines Pfarrers bei einer Trauung. So lächerlich mir das alles vorkam, ich wusste auch, dass man am besten zu einem Tier durchdringt, wenn man sich natürlich verhält und nach seinen Regeln spielt.

Also trat ich vor, schluckte schwer und sagte: „Ich erhebe Einspruch". Alle Augen richteten sich auf mich, auch die von Charles.

„Schatz", flüsterte er mir zu, „wogegen denn bitte? Die Verhandlung hat doch noch gar nicht begonnen."

Ich konnte ihm das in dem Moment nicht erklären, da ich die Gelegenheit nutzen wollte, Einspruch zu erheben, falls das später nicht mehr gestattet sein sollte.

„Bitte trage der Versammlung deinen Einwand vor", erwiderte der Vogelrichter.

Ich räusperte mich und sprach dann laut und deutlich: „Ich erhebe Einspruch, weil es in diesem Fall um die Rechte von Möwen geht und diese Sache daher nicht durch menschliche Gesetze entschieden werden sollte."

Er neigte den Kopf zur Seite. „Interessant. Fahre fort."

„Hey, Madame!", krächzte Alpha in mein Ohr. „Was hast du vor? Hast du unsere Abmachung vergessen?"

Doch in diesem Augenblick ignorierte ich ihn bewusst.

Irgendetwas an dieser Sache hatte Charles verunsichert, und ich war mir sicher, dass er mich im umgekehrten Fall niemals dazu gezwungen hätte, wider mein Bauchgefühl weiterzumachen. Zwar brannte ich darauf, meine leibliche Großmutter kennenzulernen, ja, aber allein schon das Wissen, dass sie irgendwo da draußen und nicht sehr weit weg war, genügte mir. Notfalls würde ich mich auf eigene Faust auf die Suche nach ihr begeben.

„Da das umstrittene Gebiet Schwarm 83 gehört, schlage ich vor, dass dieser auch entscheiden soll, ob 82 oder 84 es zugesprochen bekommt."

„Aber Schwarm 83 ist spurlos verschwunden. Niemand weiß, wohin sie hingeflogen sind", rief Bravo von seinem Platz auf Charles' Schulter in die Runde.

Ich zog die Augenbrauen hoch. „Ja, und findet ihr das nicht auch ein bisschen merkwürdig?"

„Angie, was machst du da?", raunte Charles mir zu und griff nach meinem Oberarm „Dieser Fall ist so gut wie entschieden. Lass mich ihnen von den Präzedenzfällen erzählen, und wir können alle glücklich und zufrieden nach Hause gehen beziehungsweise fliegen."

Daraufhin schüttelte ich heftig den Kopf. Kurz zuvor, als ich meinen Einwand vorbrachte, war mir noch nicht klar gewesen, worauf ich hinauswollte, aber jetzt wusste ich genau, was zu tun war. „Nein", entgegnete ich entschlossen, „du würdest nicht glücklich nach Hause gehen. Nicht ohne es zu wissen."

„Hör auf deinen Freund“, kreischte Alpha mich an. „Tu, was wir dir aufgetragen haben, oder es wird dir leidtun.“

„Nein, du bist derjenige, dem es leidtun wird!“, ertönte plötzlich Pringles Stimme. Er kam herangestürmt, ein flaumiges braunes Küken auf dem Rücken – vermutlich eine Babymöwe.

In diesem Moment schossen mir genau drei Gedanken durch den Kopf:

Pringle war am Leben!

Er hatte etwas Wichtiges entdeckt!

Es würde noch länger dauern, bis ich meine verschollene Großmutter endlich kennenlernen durfte …

20

„Was hat das zu bedeuten?“, herrschte der Richtervogel den Waschbären an. Als er das Möwenjunge entdeckte, änderte er jedoch sofort den Tonfall. „Oh, hallo, Kleines. Das hier ist kein Ort für Kinder, fürchte ich.“

„Ich mag noch jung sein, aber ich habe schon viel erlebt.“ Die Stimme des Möwenkindes klang hoch und piepsig und wahnsinnig niedlich. „Ich habe Dinge gesehen, bin Situationen entkommen, die kein Vogel je erleben sollte.“

„Schmeißt sie hier raus. Wir haben einen sehr wichtigen Prozess zu führen, und zwar ohne weitere Verzögerungen!“, erklärte Alpha, stürzte sich von meiner Schulter und landete vor dem Richter.

Pringle stellte sich auf die Hinterbeine und drückte das

flauschige Küken schützend an seine Brust. „Hör auf zu plappern und hör zu, was meine kleine Freundin Möwina hier zu sagen hat. Dank ihr werde ich meinen Schatz bekommen."

Mit angehaltenem Atem wartete ich auf Möwinas Enthüllung. Was auch immer es war, ich wusste, es würde darüber entscheiden, wie dieses Drama ausging.

Alpha breitete die Flügel aus und stürzte sich auf den Waschbären. „Du hast hier gar nichts zu sagen, du dreckiger …"

Pringle fletschte die Zähne und knurrte ihn an, woraufhin Alpha sofort den Kurs änderte und zum nächstgelegenen Baum flog.

„Du kannst offen sprechen, Möwina. Dies ist ein sicherer Ort", ermutigte der Richter sie.

Sie hüpfte aus Pringles Pfoten auf den Boden und begann, ihre erschütternde Geschichte zu erzählen: „Ich bin in Schwarm 83 geschlüpft und fühlte mich mit meiner Familie sehr wohl dort. Vor einiger Zeit habe ich angefangen, das Nest zwischendurch für eine Weile zu verlassen, um flügge werden zu üben. Eines Tages kam ich von einer Erkundungstour zurück nach Hause und musste feststellen, dass alle weg waren. Jeder einzelne Vogel. Ich schrie nach meiner Mama, konnte sie aber nirgends finden. Dann sah ich diesen Kerl." Sie hielt inne und deutete mit dem Schnabel auf Alpha. „Er hüpfte da so komisch herum, und ich beschloss, ihm zu folgen. Da sah ich, wie er mit einer Katze sprach. Ich konnte die beiden erst nicht verstehen, also habe ich mich im Gebüsch noch ein Stück näher rangeschlichen, und dann hörte ich, wie diese Katze sagte: ‚Schön, mit dir Geschäfte zu machen!'. Und im nächsten Moment sah ich, dass sie eine tote Möwe im Maul trug. Da ich immer noch nicht gut fliegen konnte, hüpfte ich eilig davon und versteckte mich. Und seitdem habe ich mich die ganze Zeit verkrochen. Also, bis Pringle mich gefunden hat."

„Oh, Süße", murmelte ich. Das kleine Vogelmädchen tat mir unendlich leid.

Der Richter flatterte zu Möwina hinüber und legte väterlich einen Flügel um ihren kleinen Körper. „Eine schreckliche, schreckliche Sache, die uns diese überraschende Zeugin da gerade berichtet hat."

Sie schniefte und drückte sich an ihn. „Ich habe solche Angst gehabt."

„Es war gut, dass du es uns erzählt hast. Du hast genau das Richtige getan", versicherte er ihr. „So wie es aussieht, hat Alpha aus Schwarm 82 sich mit einem Katzenkomplizen zusammengetan, um Schwarm 83 abzuschlachten und ihr Land zu übernehmen. Aber das werden wir gewiss nicht zulassen."

„Hey!", rief ich, als ich einen weißen Schatten sah, der sich hastig gen Himmel erhob und davonschoss. „Er versucht zu fliehen!"

„O nein, das könnte ihm so passen!", rief Bravo und

stürzte hinter ihm her. „82, alle los jetzt! Und 84 auch! Wir dürfen ihn nicht ungestraft entwischen lassen."

Alle außer dem Richter, Möwina, Pringle, Charles und mir brachen fieberhaft auf, um den Kriegsverbrecher zu schnappen. So wie es aussah, würde diese Geschichte ein unangenehmes Ende für ihn nehmen.

„Du hattest ja so recht", sagte ich zu Charles und schüttelte den Kopf, weil ich noch gar nicht fassen konnte, wie sich die Ereignisse eben überschlagen hatten. „Die ganze Zeit über hattest du ein falsches Spiel vermutet, und genau das war es auch."

Er lächelte, drückte mir einen Kuss auf die Stirn und meinte: „Du wolltest für mich riskieren, deine Großmutter nicht zu treffen."

„Tja, Romantik ist ein Verb, wusstest du das nicht?", antwortete ich lachend.

Er blinzelte verwirrt. „Nein, wusste ich nicht. Aber wenn du es sagst."

„Danke für deine Hilfe, Pringle." Ich streckte die Hand nach unten und gab dem Waschbären ein High Five. „Du hast das Ding gerettet."

Er schniefte und reckte die Nase in die Luft. „Vielleicht. Aber es ist eine Schande, was mit all diesen Vögeln passiert ist."

„Trotzdem hast du dir deinen Schatz mehr als verdient." Dann kamen mir jedoch Bedenken. „Ich bin mir nicht sicher, ob Schwarm 82 weiter bereit zu der Gegenleistung ist, die sie uns versprochen haben, aber ich werde dafür sorgen, dass du ordentlich entlohnt wirst. Was hättest du denn gerne? Ein Motorrad? Einen Roboter?“

O Mann. Ich sollte ihn besser nicht auf dumme Ideen bringen.

Bei diesen spannenden Vorschlägen wurden seine Augen rund wie Untertassen. „Nun, eigentlich …“

In diesem Augenblick kündigte Bravo seine Rückkehr mit einem schrillen Schrei an, bevor er zum Sturzflug ansetzte und neben uns landete. „Die anderen haben das gut im Griff.“

Ich wusste nicht, was ich darauf erwidern sollte, also nickte ich einfach.

„Du heißt Möwina, richtig?“, sagte er zu dem Vogelmädchen, das immer noch unter dem Flügel der Richtermöwe kauerte.

Sie hüpfte auf ihn zu und salutierte vor ihm. „Sir, ja, Sir!“

Bravo beugte sich hinunter und schaute ihr direkt in die Augen, dann richtete er sich auf und sagte: „Ich weiß, dass wir den Schwarm, den du verloren hast, nicht ersetzen können, aber ich möchte dich einladen, ein Mitglied von Schwarm 82 zu werden, wenn du willst. Ich werde dich wie mein eigenes Kind aufziehen und dafür sorgen, dass dir nie wieder jemand wehtut.“

„Wow. Aber bist du nicht der neue Alpha?“, flüsterte Möwina ehrfurchtsvoll.

„Alpha? Nein, diesen Namen werde ich nicht annehmen. Nenn mich Bravo. Der bin ich, und der werde ich immer sein.

Und auch wenn ich jetzt das Sagen habe, bedeutet das nicht, dass ich mich ab sofort wie ein Idiot benehme."

„Okay, Bravo", sagte die Kleine und drückte ihren flaumigen, grauen Körper gegen den seinen.

Bei diesem Anblick kamen mir die Tränen, und selbst Pringle wischte sich verstohlen über die Augen. Charles schlang seine Arme von hinten um mich und stützte sein Kinn auf meine Schulter.

„Du hast versucht, mir begreiflich zu machen, wie übertrieben Alphas Befehle waren," sagte Bravo bekümmert zu mir. „Aber ich habe das abgetan und seine Forderungen blind befolgt. Ich hätte das alles verhindern, sie retten können ..."

„Nein", versicherte ich ihm, „das ist alles nicht deine Schuld. Sofort als du wusstest, was los war, hast du die richtige Entscheidung getroffen. Du wirst deinem Schwarm eine großartige Leitmöwe sein, Bravo. Da bin ich mir sicher."

„Ich habe unser Versprechen an dich nicht vergessen", sagte er und hüpfte über das Gras. „Folge mir zurück zu den Müllcontainern, und ich werde dir deine materielle Belohnung geben. Wir hatten uns große Hoffnung gemacht, das Land von 83 übernehmen zu können und es gut gebrauchen können, aber es ist nur fair, dass wir nicht von den Taten unseres korrupten Anführers profitieren. Sobald in meinem Schwarm wieder Ruhe eingekehrt ist und alle in Sicherheit sind, werde ich dich zu deiner Großmutter bringen. Ich wünschte, ich könnte euch als Dankeschön für alles, was ihr für uns getan habt, direkt zu ihr führen, aber was passiert ist, kam so unerwartet, und wir werden etwas Zeit benötigen, uns an die neue Situation zu gewöhnen. Und natürlich brauche ich jetzt auch etwas Zeit mit meiner neuen Tochter."

Möwina gab ein fröhliches Piepsen von sich.

Ich neigte den Kopf. „Alles gut, das verstehe ich. Sag mir Bescheid, wenn du so weit bist. Ich werde auf dich warten. Danke dir vielmals."

Während die Richtermöwe auf der Wiese blieb, um auf die Rückkehr der anderen zu warten, machte sich der Rest von uns auf den kurzen Weg zurück zum Parkplatz des Einkaufszentrums.

„Oh, ich kann es kaum erwarten, meinen geheimen Schatz zu sehen!" Pringle rieb sich die Pfoten und hüpfte auf und ab, als Bravo sich in den stinkenden Müllcontainer stürzte und begann, darin herumzuwühlen.

Ich dachte, er würde gleich mit einer dreckigen Fast-Food-Verpackung oder irgendeinem Plastikdöschen herauskommen, doch als er einige Augenblicke später wieder auftauchte, trug er einen Ring mit einem großen, funkelnden Diamanten im Schnabel. „Wer von euch bekommt ihn jetzt?", fragte er und ließ den Blick über unser Trio wandern.

„Ich!", quietschte der Waschbär verzückt, flitzte an der Seite des Müllcontainers hoch und schnappte sich das schöne Schmuckstück.

„Also, damit hatte ich jetzt nicht gerechnet", meinte Charles lachend und schlang einen Arm um meine Taille.

Ich lächelte bloß und stimmte ihm im Stillen zu. Es kam

alles so unerwartet. Nicht nur, dass der Schatz etwas wirklich Wertvolles war, sondern auch der ganze Tag, die Wahrheit über das schreckliche Schicksal, das Schwarm 83 und vermutlich Alpha als Strafe ereilt hatte.

Aber das Überraschendste von allem war das Gefühl, das in mir aufkeimte, als ich den glitzernden Verlobungsring sah. Mein Atem stockte, mein Herz schlug schneller, und ich hatte definitiv Schmetterlinge im Bauch.

Das geschah jedoch nicht, weil ich plötzlich aufgeregt gewesen wäre, sondern weil mir schlagartig etwas bewusst wurde: Hätte Charles in diesem Augenblick mit dem Ring vor mir gestanden, hätte ich definitiv Ja gesagt.

Wie geht es weiter?
Finde es schnell heraus ...

Grizzlys in Gefahr **ist jetzt erhältlich.**

Sichere dir noch heute dein Exemplar, damit du direkt mit der Fortsetzung dieser verrückten Krimiserie weiterlesen kannst!

* * *

Und vergiss nicht, dich in Mollys Liste einzutragen, damit du über alle Neuerscheinungen, monatlich stattfindende

Verlosungen und weitere coole Aktionen (einschließlich jeder Menge Katzenfotos) informiert bleibst.

Dafür musst du nur hier klicken:
Katzengeheimnisse.com/abonnieren

WIE GEHT ES WEITER?

Charles überrascht Angie mit einem Wochenend-Campingtrip. Unglücklicherweise wird aus der heiß ersehnten trauten Zweisamkeit nichts, denn Octocat und Pringle haben sich heimlich im Wohnmobil versteckt. Und als ob das nicht schon genug wäre, um jede Hoffnung auf ein wenig Romantik zunichtezumachen, taucht auch noch eine Leiche auf dem Campingplatz auf, womit die Entspannung natürlich komplett dahin ist …

Hole dir noch heute dein persönliches Exemplar und fange direkt an zu lesen. Oder blättere einfach weiter und stürze dich direkt in das erste Kapitel.

Viel Spaß!

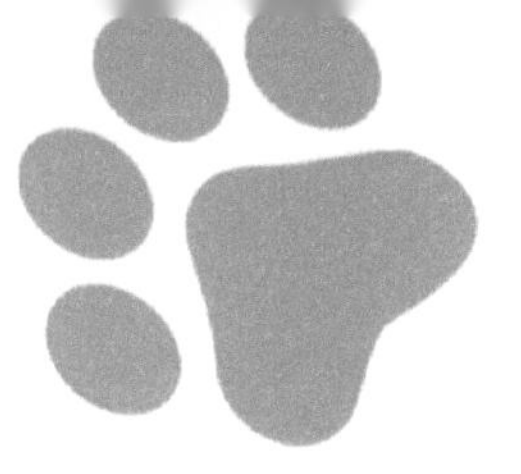

KURZE VORSCHAU

GRIZZLYS IN GEFAHR

Ich bin Angie Russo, und in letzter Zeit passiert in meinem Leben ein Unglück nach dem anderen. Das meine ich durchaus wörtlich, denn vor etwa sechs Monaten fanden mein Kater und ich uns in einem entgleisten Zug wieder, und dann, vor ein paar Wochen, hatten wir einen Unfall mit Großmutters Sportwagen, als wir gerade auf der Autobahn unterwegs waren.

Deswegen habe ich inzwischen Bedenken, mich überhaupt noch in irgendein Verkehrsmittel zu begeben und fürchte mich davor fast genauso sehr wie vor elektrischen Kaffeemaschinen, mit denen ich ebenfalls höchst unangenehme Erfahrungen gemacht habe – genau genommen begann alles mit so einem Ding.

Ich wurde nämlich von einer alten Kaffeemaschine ausgeknockt, die mir einen heftigen Stromschlag versetzt hatte, und wachte daraufhin mit der seltsamen Fähigkeit auf, mit Tieren sprechen zu können. Dieser Umstand hat vor allem zu diversen tierischen Verwicklungen und Problemen geführt. Der erwähnte Autocrash ist nur ein Beispiel von vielen. Zudem wurde ich mit mehr als genug Morden, Diebstählen, Entführungen und anderen schändlichen Verbrechen konfrontiert. Das hat man wohl davon, wenn man sich als Privatdetektivin selbstständig macht.

Also, ich will mich nicht beklagen, aber trotzdem könnte ich wirklich mal ein oder zwei entspannte Wochen ohne irgendwelche verstörenden oder gar lebensverändernden Ereignisse gebrauchen.

Ich kann mich nicht einmal mehr daran erinnern, wann ich mir das letzte Mal einfach nur gemütlich ein paar Netflix-Sendungen reingezogen oder einen ganzen Tag mit Lesen im Bett verbracht habe. Außerdem werde ich fast nie für meine Ermittlungsarbeit bezahlt, was die Frage aufwirft: Warum erkläre ich mich eigentlich immer wieder bereit, mich in einen neuen Fall zu stürzen?

Mein Partner bei „Pet Whisperer P.I.“ – so heißt meine Detektei – hat keine Probleme damit, Nein zu sagen. Zum Glück bekomme nur ich das zu Gehör. Für ihn gibt es kaum etwas Schöneres, als an einem sonnigen Fleckchen zu dösen oder sich eine ausgiebige Katzenwäsche zu gönnen ... Oh, habe ich schon erwähnt, dass mein Kollege ein Kater ist?

Er sieht aus wie eine gewöhnliche getigerte Hauskatze, bildet sich jedoch ein, etwas Besonderes zu sein. Aber pst, er darf nicht erfahren, dass ich das gesagt habe. Sein vollständiger Name lautet Octavius Maxwell Ricardo Edmund Frederick Fulton Russo. Allerdings nenne ich ihn kurz und knapp Octocat, wovon er nicht begeistert ist, doch zumindest hat er aufgehört, sich mit mir darüber zu streiten. Dass er mich eigentlich ziemlich gut leiden kann, zeigt er mir bedauerlicherweise nur selten, aber hin und wieder lässt er sich doch dazu hinreißen, und das ist dann für mich immer das Highlight des Tages.

Seine frühere Besitzerin hat ihm neben einem stattlichen Treuhandfonds, aus dem wir uns derzeit finanzieren, auch noch ein Haus hinterlassen. In dieser unserer – oder besser gesagt seiner – riesigen Villa leben wir also, zusammen mit meiner Großmutter und ihrer Chihuahua-Hündin Paisley, die sie aus dem Tierschutz gerettet hat. Außerdem gibt es da noch den neugierigen Waschbären Pringle, der zwei Baumhäuser in unserem Garten bewohnt und süchtig nach Reality-TV ist. Abgerundet wird unsere bunte Truppe durch meinen Freund Charles, seines Zeichens Rechtsanwalt und ein absoluter Schatz.

Unser jüngstes Abenteuer führte Grandma, Octocat, Paisley und mich auf eine Reise quer durchs Land, um die Freundin meines Katers zu besuchen, eine Himalayakatze und ehemaliges Showmodel namens Grizabella. Auf dem

Weg dorthin erfuhr ich, dass Grandma diversen Internetfreunden von meiner besonderen Fähigkeit erzählt hat, die ich eigentlich vor allen Leuten streng geheim halte.

Kurz vor diesem Trip wurde ich obendrein von einem Schwarm Möwen heimgesucht, die mich übel erpressten, um mich dazu zu bringen, ihnen bei ihrem Revierkampf zu helfen. Notgedrungen mussten daraufhin Charles und Pringle, die nicht mitgefahren waren, die Federführung in diesem Fall übernehmen.

Sie schafften es, sodass wir unseren Teil der Abmachung mit den Vögeln einhalten konnten. Diese jedoch haben das Versprechen, das sie mir gegeben haben, bislang noch nicht eingelöst, weil unerwartete Schwierigkeiten aufgetreten sind. Aber ich vertraue ihnen. Sicher werden sie mich schon in wenigen Tagen zu meiner seit Langem verschollenen Großmutter führen, und ich werde endlich die Wahrheit über meine Abstammung erfahren.

Bis es so weit ist, versuche ich mich auf andere Dinge zu konzentrieren. Jedoch werde ich ständig abgelenkt, hauptsächlich weil Octocat ununterbrochen Forderungen stellt und ich es einfach leid bin, mit ihm zu streiten. Deshalb fahre ich heute zum Beispiel für ihn nach Misty Harbor, was eine gute halbe Stunde dauert, da es am anderen Ende von Blueberry Bay liegt, nur um ihm in seinem Lieblingslokal, dem Little Dog Diner, ein Hummerbrötchen zu kaufen. Und am Ende wird er mir wahrscheinlich noch nicht einmal dafür danken, dass ich ihm seine Bitte erfüllt habe. Ja, so läuft das im Moment bei uns …

Habe ich schon erwähnt, dass ich wirklich dringend eine Pause von meinem verrückten Leben brauche?

Als ich an diesem Nachmittag mit einer Tüte Hummerbrötchen in der Hand nach Hause kam, saßen zwei Möwen auf meiner Veranda, die offenbar auf mich gewartet hatten.

„Bravo?“, rief ich, als ich mich den beiden näherte, um sie zu begrüßen. „Und ist das Möwina? Das gibt’s doch nicht.“

Der kleinere der beiden Vögel plusterte sein Gefieder auf und stieß ein trällerndes Kichern aus. Als ich sie vor ein paar Wochen das letzte Mal gesehen hatte, war sie kaum mehr als ein kleines, trauriges Küken gewesen. Jetzt war sie fast so groß wie ihr Adoptivvater und machte noch dazu einen sehr glücklichen Eindruck.

„Wir haben die Suche nach deiner Großmutter beendet“, informierte mich Bravo ohne Umschweife. Er hatte versprochen, auszukundschaften, wo meine verschollene leibliche Großmutter wohnte, wenn Charles, Pringle und ich im Gegenzug bei ihrem Revierstreit mit einem anderen Schwarm helfen würden. Ich wusste, dass er sein Bestes tat, um seinen Teil der Abmachung einzuhalten, aber je mehr Zeit verging, desto weniger glaubte ich daran, dass er es schaffen würde.

Jetzt wurde mir klar, dass meine Zweifel an den Möwen

unberechtigt gewesen waren, und ich lächelte von einem Ohr zum anderen. „Das ist ja wunderbar! Könnt ihr mich zu ihr führen?“ Ich ging zurück zu meinem Auto, doch die Möwen folgten mir nicht.

„Sie ist nicht mehr hier“, sagte Möwina mit einem betrübten Kopfschütteln.

Bravo ergriff erneut das Wort: „Sie hat lange Zeit hier in der Bucht gelebt, aber jetzt ist sie nicht mehr auffindbar.“

„Ist sie ...?“ Ich schluckte schwer, weil ich das Schlimmste befürchtete. „Ist sie gestorben?“

„O Gott, nein!“, piepste die kleine Möwin und verlagerte ihr Gewicht von einem Fuß auf den anderen. „Sie ist nicht tot.“

„Ich habe meine besten Möwen als Kundschafter ausgesandt, aber bisher konnten wir ihren neuen Wohnsitz noch nicht ausfindig machen“, fügte Bravo in geschäftlichem Ton hinzu, während Möwina mich mitfühlend ansah.

„Und was jetzt?“, fragte ich mit einem Seufzer. Ich wusste es zu schätzen, dass sie es mit allen Mitteln versucht hatten, gleichzeitig brach es mir jedoch das Herz, dass ich meine leibliche Großmutter vielleicht doch nie kennenlernen würde.

„Wir werden die Suche fortsetzen, aber wir müssen den Radius vergrößern. Möglicherweise hat sie den Staat verlassen. Das ist kein Problem, wirklich. Wir werden sie finden, allerdings wird es ein wenig länger dauern als ursprünglich angenommen.“

„Danke“, sagte ich und rang mir ein Lächeln ab, obwohl

mich die Nachricht, die sie mir gerade überbracht hatten, zutiefst enttäuschte. „Danke, dass ihr nicht aufgebt."

„Nichts kann einen Vogel, der eine Mission hat, aufhalten", erklärte mir Bravo mit entschlossenem Blick.

„Genau!", pflichtete seine Adoptivtochter ihm energisch bei.

„Jetzt müssen wir aber wieder los." Bravo erhob sich in die Lüfte, dicht gefolgt von Möwina.

„Tschüss, Angie", rief das Möwenmädchen, und schon segelten sie mit dem Wind davon.

Ich ließ mich auf die ausgetretenen Eichenholzstufen der Veranda sinken und betrachtete den Sonnenuntergang, während es langsam kühler wurde.

Was würde ich tun, wenn die Suche des Schwarms nach meiner Großmutter erfolglos blieb? Den Rest meiner neu entdeckten Familie in Larkhaven hatte ich bereits ausführlich befragt, jeden Winkel des Internets durchstöbert, und sogar bei einem Portal für Ahnenforschung hatte ich es versucht, aber auch dort nichts in Erfahrung bringen können.

Irgendwo da draußen hatte ich eine Großmutter, von der ich bis letztes Jahr nicht einmal wusste, dass es sie gab. Ihre gesamte Familie war ihr genommen worden, als mein Großvater ihr Baby – meine Mutter – mitnahm und Grandma bat, das kleine Mädchen weit weg zu bringen.

Keiner von uns wusste, warum er das getan hatte, und mein Großvater war bereits verstorben, als ich von seiner Existenz erfuhr. Und so blieben diese beiden Menschen, die eine entscheidende Rolle in meiner eigenen persönlichen Geschichte gespielt hatten, für mich ein Rätsel. Ein Teil von mir fehlte, und ich bezweifelte, dass ich mich jemals wieder komplett fühlen würde, solange ich sie nicht gefunden hatte.

ÜBER MOLLY FITZ

Obwohl USA-Today-Bestsellerautorin Molly Fitz genau genommen nicht mit Tieren sprechen kann, führen sie und ihre drei tierischen Co-Autoren oft tiefgründige und lebhafte Gespräche, während sie den alltäglichen Dingen des Lebens nachgehen.

Molly lebt mit ihrem Kind und ihrem eigenen Privatzoo irgendwo in der Wildnis von Alaska. Gelegentlich wagt sie sich hinaus, um ein exquisites Essen zu genießen, einen guten Kaffee zu trinken oder neue Tierfreunde zu treffen.

Erfahre mehr über Molly und ihre deutschen Veröffentlichungen, indem du dich gleich für ihren Newsletter anmeldest:

www.katzengeheimnisse.com

MISS DOLITTLES GEHEIMNIS

Angie Russo hat sich gerade mit dem ersten sprechenden Katzendetektiv von Blueberry Bay zusammengetan. Gemeinsam mit seiner bunt zusammengewürfelten Schar menschlicher und tierischer Helfer ist Octocat fest entschlossen, jede Situation zu retten – solange sie nicht mit seinem persönlichen Zeitplan kollidiert.

Viel Spaß mit Band 1 – **Kommissar Katerchen**

MERLINS MAGISCHE ABENTEUER

Gracie Springs ist keine Hexe ... ihr Kater hingegen schon. Jetzt muss sie alles in ihrer Macht Stehende tun, um sein Geheimnis zu wahren, oder sie riskiert, den Rest ihres Lebens in einem magischen Gefängnis zu verbringen. Zu dumm, dass sie den Ärger geradezu magnetisch anzuziehen scheint!

Viel Spaß mit Band 1 – **Merlin findet eine Vertraute**

AGENTUR FÜR PARANORMALE ZEITARBEIT

Tawny Bigfords gewöhnlich zu nennendes Leben nimmt eine magische Wendung, als sie über die Leiche ihrer Vermieterin stolpert und von einer sprechenden schwarzen Katze rekrutiert wird, die Rolle der Verstorbenen als offizielle Stadthexe von Beech Grove, Georgia, zu übernehmen.

Viel Spaß mit Band 1 – **Eine Hexe für alle Gelegenheiten**

DAS GEISTERHAFTE GÄSTEHAUS (MIT TRIXIE SILVERTALE)

Sydney Coleman hat alles erreicht – und doch steht sie irgendwann vor dem Nichts. Gerade, als sie ihr neues Bed and Breakfast eröffnen will, stellt sich ihr ein Geistertrio auf Schritt und Tritt in den Weg. Die Geister bestehen darauf, dass sie den Mord an ihrer Herrin aufklärt, aber Sydney braucht dringend Geld. Wenn nicht bald ein paar zahlende Gäste eintreffen, ist ihre Spukvilla dem Untergang geweiht.

Viel Spaß mit Band 1 – ***Mörderischer Mondschein***

VERBINDE DICH MIT MOLLY

Wenn du ebenfalls ein großer Fan von spannenden, schrägen Tierkrimis bist, sollten wir unbedingt Freunde werden.

Wie wäre es, wenn du direkt einmal meine Facebook-Seite besuchst, die ich speziell für meine treuen deutschen Leser eingerichtet habe? Hier der Link dazu:

Facebook.com/Katzengeheimnisse

Oder melde dich für meinen Newsletter an und sichere dir als Abonnent gratis ein digitales Geschenkpaket, einschließlich einer exklusiven Kurzgeschichte über Octocat:

Katzengeheimnisse.com/Abonnieren

www.ingramcontent.com/pod-product-compliance
Lightning Source LLC
Chambersburg PA
CBHW020716310726
48979CB00004B/943

* 9 7 8 1 6 4 4 5 1 5 6 2 4 *